刘明厚 著

世界名剧导读

A Guide to Selected World-Famous Plays

上海人民出版社

图书在版编目(CIP)数据

世界名剧导读/刘明厚著. —上海:上海人民出版社,2017
ISBN 978-7-208-14135-3

Ⅰ. ①世… Ⅱ. ①刘… Ⅲ. ①戏剧文学-文学研究-西方国家 Ⅳ. ①I106.3

中国版本图书馆 CIP 数据核字(2016)第 256524 号

责任编辑 赵蔚华
封面装帧 张志全工作室

世界名剧导读
刘明厚 著

出　　版 上海人民出版社
(200001 上海福建中路 193 号)
发　　行 上海人民出版社发行中心
印　　刷 常熟市新骅印刷有限公司
开　　本 890×1240 1/32
印　　张 10.75
插　　页 6
字　　数 254,000
版　　次 2017 年 3 月第 1 版
印　　次 2021 年 1 月第 3 次印刷
ISBN 978-7-208-14135-3/J·463
定　　价 58.00 元

刘明厚，上海戏剧学院教授、博士，国际戏剧评论家学会中国分会理事。主要从事外国戏剧教学与研究。著有《真实与虚幻的选择——易卜生后期象征主义戏剧》、《二十世纪法国戏剧》、《西方悲剧导读》等专著，发表论文近百篇，主编论文集《艺术化与世俗化的突围》、《不朽的易卜生》、《跨文化的比昂逊与中国》等多部，以及专业教材数本。先后获得过国家教育部、中国文联、中国剧协、上海市社联等颁发的各种重要奖项。

目　录

前　言

这本《世界名剧导读》包含了从古希腊悲剧以来18部具有世界性影响的经典戏剧作品，空间范围涉及欧美诸多国家，时间跨度上下2500多年。通过深入细致的剧本分析和作家作品研究，再现了西方戏剧的发展历史、文艺思潮与戏剧流派的变迁，以及戏剧思维和表现形式上的革新。

从本书的目录中可以看到，我选择从西方古典悲剧切入，到现当代喜剧结束。人类生活不正是在悲喜交加中成长、前行的吗？戏剧，是人类在充满苦难的从必然王国向自由王国跋涉、迈进的旅程中，对其自身存在状况的深切关照、感悟与认知；戏剧，是每一个伟大民族的不可或缺的自我意识和艺术形式，它蕴含并折射出各个民族自己的哲学思想、社会文化与宗教信仰。

西方悲剧的源头可追溯到2500多年前的古希腊悲剧。在遥远的、充满遐想的公元前5世纪，每年的春秋两季，在古希腊半圆形露天剧场里都要进行令人振奋的戏剧竞赛，在一次次竞赛中决胜出来的优胜者里只有三位幸运者的作品被保留了下来，这就是古希腊伟大的悲剧诗人埃斯库罗斯、索福克勒斯和欧里庇得斯。尽管悲剧的主人公是神，是半人半神的英雄，但是我们依旧能深刻感受到人类在抗争不可知的命运过程中所表现出来的自由精神与坚强意志。古希腊悲剧作品之于后世的西方悲剧带来了不可磨灭的深远的影响，构成了西方戏剧的重要源头与西方文学不可或缺的组成部分，为世界文坛做出了特有的贡献。

人，认识你自己！这是俄狄浦斯王留给我们的一道哲学命题。这位显赫的、智慧的王者能够破解狮身人面女妖之谜，却不能破解自己的身世之谜。千百年来，有多少作家想去解开这个命题。正是因为我们不能真正认识自己，结果造成了多少令人扼腕、引人痛心和深思的悲剧。古希腊人在命运面前的勇敢抗争与自由意志，成为一种人文精神，代代相传。

如果说索福克勒斯的《俄狄浦斯王》是展示与命运进行抗争中的悲剧英雄，那么欧里庇得斯的《美狄亚》却开创了男女两性之间爱欲与情感尖锐冲突的题材，尽管悲剧主人公的身份依然高高在上，但是他们的情感世界却是世俗的，欧里庇得斯的悲剧人物心理更接近普通人的心理。在两性对立的家庭悲剧中，美狄亚式的那种充满激情的爱，以及遭遇背叛后绝望而愤怒的内心波澜，引发了无数人间悲剧，它涉及人的精神层面的生存困境。例如，拉辛的《昂朵马格》、斯特林堡的《朱丽小姐》、尤金·奥尼尔的《榆树下的欲望》和田纳西·威廉斯的《欲望号街车》等经典剧作。

在两性角力的过程中，受到经济、利益等各种生存困境的压力，男女双方在心理上的对峙，被剧作家们表现得冷峻而尖锐。在男权社会里，女性在抗争中通常是挫败者，她们那令人心碎的故事，再现出剧作家对人性的关注与挖掘。例如：贵族小姐朱丽之所以在仲夏节之夜难以归复平静，重返自然乐园的道路，不能不归咎于导致她失身的那个男仆，彻底的绝望让她自杀。同样，在两性交战中，原本出色、优雅的女性布兰琪被粗野的妹夫斯坦利视为不速之客，她的高贵和教养在斯坦利看来是对他信奉的价值体系的挑战，他不仅偷偷调查了布兰琪不光彩的过去，还借布兰琪的情人米奇之手狠狠地打击她，最终把她强暴后又将她送进疯人院。而《榆树下的欲望》中的爱碧也因为所爱的男人的背叛，为了能留住伊本，她像美狄亚一样，亲手杀了自己儿子。斯特林堡、尤金·奥尼尔、田纳西·威廉斯和欧里庇得斯等戏剧家们对人生本质的追问，往往会让读者和观众的心里不得安宁。

关于人与世界，人与他人，人与自我的异化问题与荒诞母题，以多种变体在莎士比亚戏剧和现当代西方戏剧中游荡。当“李尔王”被两个不孝的女儿赶出家门，在狂风暴雨的黑夜里沦为疯癫的流浪汉时，经受了如同地狱般的苦难，正如他身边的弄人嘲笑的：只有在乌托邦里，正义和善良才能压倒邪恶。李尔王在苦难中对人、对现实社会、对命运、对神学等进行了深刻的思考、怀疑和对话，这是莎士比亚伟大的地方。《李尔王》的悲剧涉及人在现实世界里的希望与失望。梦，是如此美好，但是在冷酷无情的现实面前，多么不堪一击，个人的价值和尊严在严酷的社会现实面前往往遭遇无可挽回的失落。

特别是进入了19世纪后半期以后，西方戏剧出现了危机，许多剧作家从对社会问题的批判退居到内心，沉溺于过去与梦幻，这种现代生存悲剧更多的是关注于人本体的内在的非人化与精神分裂，当人意识到绝望之后，悲剧就开始了。在契诃夫的《海鸥》、易卜生的《约翰·盖博吕尔·博克曼》、贝克特的《等待戈多》里，人的孤独，人与他人的无法沟通，人与社会的脱节，人生的荒诞，这些现代派戏剧中一再涉及的主题或问题，被异曲同工地再现并诠释了出来。

与最古老的西方悲剧相比，现代西方悲剧的主人公不再是一个非凡的人物，帝王将相、王公贵族或传奇英雄，而是中产阶级、是普通人，甚至是一无所有的卑贱的小人物，在他们身上不再具有伟大的英雄气质和崇高的道德力量，但是，他们依旧表现出与命运抗争的不屈的自由意志与激情，这与古希腊悲剧中人面对不幸与灾难的态度是一脉相承的。现代西方社会能把一个小人物一点一点地逼到绝境，剥夺了他的自由，剩下的唯一的自由就是向背叛自己的女人复仇，从而确立自己的地位与尊严，这就是德国才华横溢的戏剧家毕西纳创作的《沃伊采克》。

现代戏剧家表达了对人的终极价值的探寻，人被社会异化与反异化是西方现代文明的基本关系，我们不仅从沃伊采克这类社会最底层的小人物身上得到证实，证实人性异化是现代西方悲剧之源。同时，我们还可以通过阿瑟·米勒的《萨勒姆的女巫》这部悲剧，看到在一定的政治气候下或身处逆境之时，人所出现的群体性的可怕的趋恶心理。现代悲剧不仅是个体的生存困境问题，而且也是社会生活领域善与恶的对峙，是与各种力量的较量中人性的悲剧。在《萨勒姆的女巫》的舞台上，充满了形形色色的欲望，关于贪婪、关于情欲、关于权势、关于虚荣的扭曲的欲望，以及由此而生的畸形的怨恨、疯狂的宣泄、疯狂的诬陷，它们在这个名为“萨勒姆”的小镇中左右着人们的生与死，左右着人们的善与恶，左右着人们的灵魂的飞升与沉沦。当个人的生命面临死亡的逼迫，只有选择谎言才能得救时，人们往往会毫不犹豫。从这点来看，这个发生在美国原本默默无闻的萨勒姆小镇上的悲剧故事，具有了一种全球性的普遍意义。而在《鬼魂奏鸣曲》这部戏里，瑞典的斯特林堡这位扰人灵魂的戏剧家则异常冷静地向我们展现了一个人欲横流、尔虞我诈的冷酷世界。在斯特林堡这里，既有法国阿尔托（Antonin Artaud，1896—1948）主张的残酷戏剧的影子，也有荒诞派戏剧中的荒诞因素，以及表现主义戏剧的主观色彩等，尽管这类主观戏剧在编剧手法上有较多的革新，但它依旧在主题上纠结于人在绝望中的迷茫。

受尼采的意志哲学、叔本华的生命哲学，以及萨特、海德格尔的存在主义哲学等影响，现代西方戏剧理论领域被拓展了，非理性主义被纳入其中，对人类本体的关注，让人们清晰地洞察到在西方现代悲剧中对理性主义、人本文化传统的反拨。这些西方经典戏剧家们置疑于传统沿革式的模仿，而尝试着以一种新的、不同的风格重新表现人与社会、人与他人、人与自我之间的异化关系，一如萨特在他的《禁闭》里通过三个死去的亡灵之间相互角逐、揭短、折磨，那个被枪毙的逃兵加尔散终于忍无可忍，大声嘶喊出了“他人就是地狱”。通过舞台上一群丧失爱心与忠诚，缺乏善良与道德的形形色色的人，再现了当代西方人深刻的精神危机。

喜剧，自古希腊以来，一直是人民大众喜闻乐见的戏剧类型，以夸张的手法、巧妙的结构、诙谐的台词，以及对喜剧人物性格的刻画，在嬉笑怒骂中对人性中的丑陋、邪恶、滑稽与乖张等予以嘲讽，寓庄于谐，针砭时弊，对正常的人生和美好的理想予以肯定。

莫里哀是17世纪法国最伟大的喜剧家，通过对阿尔巴贡这个吝啬鬼的嘲讽，抨击了资产阶级金钱至上的丑恶本质，尽管《吝啬鬼》具有强烈的喜剧效果，但它接近悲剧，莫里哀创造出了父亲是儿子的放债人和情敌的尖锐场面。此外，我们从他的《伪君子》、《太太学堂》、《醉心贵族的小市民》等作品里，可以看到莫里哀以活泼、辛辣的讽刺喜剧风格不仅关注并取材于法国的社会问题，而且直接描绘现实，具有很强的思想性，在嬉笑怒骂中给观众以深刻的思考。

怪诞、荒谬和变形是现代西方喜剧常用的表现手段，德国人沃尔夫岗·凯泽尔在《美人和野兽——文学艺术中的怪诞》中认为，怪诞由滑稽可笑和丑陋恐怖两种因素共同构成，是“一种呼唤出来并克服世界凶险方面的尝试”。怪诞作为一种表现手法与西方戏剧的关系极为密切，贯穿了整个西方戏剧史。到了20世纪，正如巴赫金所说，怪诞又一次复兴，成了戏剧艺术表现世界的重要手段，瑞士迪伦马特和意大利达里奥·福的戏剧就是如此。

迪伦马特的代表作《老妇还乡》一剧里的女主人公克莱尔·察哈纳西安用10亿美金收买司法，让全体居伦市民为她去效命杀人，她直言不讳地声称“我正用我的金钱势力安排世界秩序。这个世界曾经把我变成一个娼妓，现在我要把整个世界变成一个妓院。”这个全世界最富有的女人用一张支票从乡亲们手里买去了负心情人伊尔的生命，同时也摧毁了整个城市的光荣，而她自己的手上却没有一滴血迹。迪伦马特的嘲讽是多么犀利，他以荒诞与黑色幽默诠释了我们这个时代。尽管迪伦马特本人多次强调《老妇还乡》首先是一出喜剧，然而，整部戏剧揭示了人性的阴暗面，戏剧中的幽默让人啼笑皆非。

达里奥·福是当代意大利最杰出的喜剧家，也是最有争议的1997年诺贝尔文学奖得主。这本书里选择了他的两部中国观众比较熟悉的喜剧《一个无政府主义者的意外死亡》和《不付钱！不付钱！》，从中我们不难发现他的喜剧具有一种政治感染效应，他让那些权贵们如刺针芒、很不舒服，却让人民大众欢欣鼓舞、扬眉吐气。达里奥·福是一位非常严肃的讽刺作家，他继承了古希腊喜剧之父阿里斯托芬的喜剧精神——自由狂欢、具有独立人格，其喜剧感是一种超越感、游戏感和荒诞感，充满了战斗精神和时代气息。然而非常遗憾，这位喜剧大师，于2016年10月13日在米兰逝世，享年90岁。

《世界名剧导读》是我从洋洋大观的西方戏剧中挑选出来的名震全球的剧作，力图从社会、哲学、宗教、心理、艺术和编剧技巧等各个层面，阐释不同时代之间戏剧的联系，传统与创新的意义，以及戏剧艺术与戏剧美学思想之间、不同民族与民族之间彼此产生的相互影响，相互借鉴与认同。

这本书凝聚了我在上海戏剧学院近 40 年的教学与研究的感悟与沉淀。感谢我这一路走来所有帮助、支持过我的师长、朋友与学生，感谢本书的责任编辑赵蔚华女士。

谨以此书献给我的母校上海戏剧学院和中央戏剧学院，中戏让我成为中国第一位在这个领域里的女博士。

刘明厚

2016 年 10 月 28 日于上海

俄狄浦斯王

古希腊悲剧是西方戏剧的源头。提到古希腊，人们立即会同希腊神话、荷马史诗、古希腊悲剧、苏格拉底、亚里士多德等名字联系在一起，岁月更迭，古希腊宏大的文明与精湛的艺术至今让世人惊叹。公元前5世纪，古希腊戏剧达到了它的繁荣时期，从被保留下来的剧本来看，已经具有相当高的艺术水准，这一状况的出现是和当时的民主政治息息相关的。雅典内部民主派领袖伯里克利（公元前500—前429）执掌了雅典城邦大权，他执政期间（公元前443—前429）被称为雅典的黄金时代。伯里克利非常重视戏剧，"为了鼓励人们看戏，他开始实行'观剧津贴'"①。雅典人有高度的参政议政的民主意识和较高的文化素养，与积极参与集体性的戏剧活动是分不开的。

古希腊戏剧起源于酒神狄奥尼苏斯祭祀。为了祈祷和庆祝丰收，古希腊人在春秋两季要举行酒神祭祀活动，发展到后来它变成固定的全民性的节庆，由政府主办。公元前六世纪末，雅典政府在酒神节中主办悲剧竞赛会，这对于戏剧艺术的发展无疑起了重要的推动作用。到了伯里克利执政时期，古希腊戏剧达到了它的鼎盛时期，戏剧演出活动成为雅典人生活的

① 廖可兑著：《西欧戏剧史》，中国戏剧出版社2007年版，第2页。

一部分，反过来也促进了民主政治的繁荣。在依山傍海的半圆形露天剧场里，可以容纳一万多名观众，连续几天一起观赏悲剧诗人献演的一部三联剧或三个单一的悲剧和一个让人轻松的萨提洛斯剧，这对剧作家和演员是巨大的挑战，观众若是不满意可以向歌队（演员）扔垃圾。由政府组织的评委会最后公布竞赛结果，授予获胜的编剧、主演以奖品。在激烈的戏剧竞赛中，古希腊曾产生过很多优秀的悲剧诗人，但有作品流传下来的只有三大悲剧诗人埃斯库罗斯、索福克勒斯、欧里庇得斯，以及喜剧之父阿里斯多芬，他们的戏剧作品给后世剧作家带来了深刻而久远的影响。

一、作者简介

古希腊最著名的悲剧之一《俄狄浦斯王》的作者索福克勒斯（Sophocles，约公元前496—前406）是古希腊名闻遐迩的三大悲剧诗人之一。他出身于兵器制造厂厂主家庭，从小受过良好的教育，特别在音乐、体育方面受到严格的训练，在比赛中均获得过花冠奖赏。诗人的中年适逢雅典最繁荣时期，他和工商业民主派领袖伯里克利（公元前495—前429，自公元前444至死一直执掌雅典大权）交情很深，积极参与政治活动，曾被选为雅典十将军之一。一个戏剧家、诗人，同时又是一个军人、军事统帅，足以证明了索福克勒斯的多才多艺，智慧骁勇。

索福克勒斯一生创作了约123部悲剧和笑剧，其中获得了24个头奖和二奖，是当时戏剧竞赛中得奖最多的戏剧家，流传至今有7部完整的悲剧，以及八九十部零星片段残章。7部悲剧是：《埃阿斯》、《安提戈涅》、《俄狄浦斯王》、《厄勒克特拉》、《特剌喀斯少女》、《菲罗克忒忒斯》、《俄狄浦斯在科罗诺斯》。这些悲剧作品反映了雅典奴隶主民主政治全盛时期的思想感情。索福克勒斯提倡民主精神，反对僭主政治，倾其全部技巧歌颂敢于同命运抗争的英雄。他说，他是按照人应该具有的样子来描写。这说明索福克勒斯是一个理想主义者，而不是像另一位悲剧诗人、古希腊三大悲剧家之一欧里庇得斯那样是按照人本来的样子来描写。索福克勒斯的剧作风格质朴、简洁，富有力量。

索福克勒斯对悲剧艺术的贡献是：他打破了写“三部曲”（又称三联剧）的传统形式，而写独立的悲剧，使矛盾冲突高度集中；他增设了第三个演员，使对话在戏剧里占主要地位；他把歌队（古希腊悲剧的原始成分）作为全剧的有机部分，参与剧中的活动，加强了戏剧的动作性；他开创了倒叙式结构（又称封闭式结构）的成功范例，其悲剧布局严谨，结构紧凑；他的人物性格鲜明生动，具有坚韧顽强的自由意志。

二、《俄狄浦斯王》剧情梗概

被视为人类文化遗产瑰宝的古希腊悲剧《俄狄浦斯王》(Oedipus Rex）上演于公元前431年。悲剧展示了人的自由意志同命运的冲突与较量。

忒拜城国王拉伊俄斯与王后伊俄卡斯忒婚后生有一子，被神示告知这个孩子长大后会弑父娶母。拉伊俄斯用钉子钉住出生只有三天的儿子的两只脚跟，命令仆人把他抛到喀泰戎荒山中弄死。善良的仆人不忍心杀死哭得只剩下一丝气的婴儿，把他送给了与他一起放羊的邻国科任托斯牧羊人，让他把孩子养大。俄狄浦斯这一名字也因受伤的双脚“脚肿”而得。他成为科任托斯国没有子嗣的国王波里玻斯和王后墨洛柏的养子，在王宫中被当作亲生儿子抚养成人。直到有一天宫廷宴会上，一位客人指着俄狄浦斯说他不是国王的亲生儿子，俄狄浦斯当场和对方吵了起来，被国王、王后拉开，说那个客人酒后胡言，俄狄浦斯就是他们的亲儿子。但是俄狄浦斯还是背着“父母”到神庙里请求神示。神示没有说他是谁的儿子，却说他会弑父娶母。为避免神示成真，俄狄浦斯当即离开“父母”，只身一人离家出走。

在一个三岔路口，俄狄浦斯与一个骄横无理的老人发生冲突，将他和他的三个随从杀死，只有一个随从逃走。他途经忒拜城时，因破解了狮身人面女妖斯芬克斯之谜，即什么动物早晨时分是四只脚，中午的时候是两只脚，到了傍晚则是三只脚，脚最多时最软弱，拯救了深陷灾难与恐惧中的忒拜人。感恩的当地人拥戴俄狄浦斯为王，并让他娶了先王的遗孀伊俄卡斯忒为妻，15 年来他们生养了两个勇敢强壮的儿子，两个美丽高贵的女儿，国泰民安。

悲剧开始时，忒拜城又闹起了瘟疫，妇女不育，牲畜死亡，五谷不长，忒拜城丧失了生命的活力，人们恐慌极了，涌到王宫前，请求俄狄浦斯王像当年那样为他们解除灾难。忧心如焚的俄狄浦斯王出来安慰在王宫前乞援的人们，说他早已派内兄克瑞翁去请求神示。克瑞翁回来报告说，阿波罗神要忒拜人清除隐藏在城里的杀死先王的凶手，城邦才能太平。俄狄浦斯王当众表示，他将不遗余力地查出罪犯。然而，他万万想不到，缉凶追查到了最后，他发现自己就是那个可怕的凶手。王后伊俄卡斯忒悬梁自尽，俄狄浦斯则刺瞎自己的双眼离开了忒拜。

三、哲学命题：人，真正认识你自己

这是一部命运悲剧，一种不可抗拒的神秘命运与人对立而导致人的悲惨结局。俄狄浦斯是一个深受忒拜人爱戴和尊敬的国王，一个曾经把他们从灾难中解救出来的贤明君主。15 年前，女妖斯芬克斯要忒拜人猜一个谜语，凡猜不出的人都被它一个个吃掉了，全忒拜城却始终没有一个人能揭开这个谜底。正当人们绝望之际，途经忒拜的俄狄浦斯破了谜语：人。于是，斯芬克斯女妖跳崖自尽。感恩的忒拜人把俄狄浦斯奉若神明，用祭司的话说："我们是把你当作天灾和人生祸患的救星"、"全能的主上"(见该剧开场)、"是城邦的朋友"。但是，这位人民的救星和希望，同时又是罪魁祸首，正是他犯下了弑父娶母的弥天大罪，才使神降怒于忒拜，让整个城邦瘟疫弥漫。

然而，俄狄浦斯的不幸在于他是在完全不知情的情况下犯下罪孽，在于他与生俱来的原罪，他必须背负悲剧性罪恶接受苦难。他刚刚生下来，就被告知他将来会弑父娶母。他的父母理所当然的害怕了，当即用钉子钉住儿子的脚后跟，并让仆人把他送到荒山里弄死。这位好心的仆人出于怜悯，把这个不幸的弃婴送给了邻国的朋友、科任托斯的牧羊人，这个牧羊人又把他送给了没有后裔的科任托斯国王波吕玻斯。不幸的俄狄浦斯又非常幸运，波吕玻斯十分钟爱这个孩子，一直视为己出。要不是有一天，一位在宴会上喝醉酒的客人指着俄狄浦斯说他不是国王的亲生儿子，致使他第一次对自己的身世产生了怀疑，无论父母如何安慰，他还是亲自去向阿波罗神求问。当他得知自己将会弑父娶母时，他当即选择逃离，逃离"祖国"和"父母"，否则，除非自杀，他别无选择。俄狄浦斯的这一行动说明他是一心一意想与命运抗争的，他绝不想伤害自己的父母，从这一点来看，他是勇敢的、正直的、意志坚强的。但是，无论他怎样千方百计想要摆脱命运的魔枷，最终还是被厄运所困住。

人，真正认识你自己。这是这部悲剧给我们出的一道富有哲学意味的命题。剧中那个著名的斯芬克斯之谜，不仅是这部古希腊悲剧中一个推动故事情节向前发展的简单的细节，它还向我们提出了一个超越生命的哲学思考。俄狄浦斯看上去智慧无比，唯有他一个人能够破解狮身人面女妖的谜语，却不能破解自己的身世之谜。所有的人都把他视为救世主一样的伟大，所有的人都羡慕他的好运，俄狄浦斯自己也洋洋得意，曾天真地认为自己是命运的宠儿。他在第三场戏中有过这样一句台词：

“我认为我是仁慈命运的宠儿，不至于受辱。幸运是我的母亲。”①而事实上俄狄浦斯是盲目的，主持正义的人是凶手，明察秋毫的人是瞎子，城邦的拯救者是它的祸根，俄狄浦斯身处在黑暗之中却浑然不觉，他在不知不觉中犯下了弑父娶母的滔天大罪。因此，索福克勒斯在全剧的结尾，借歌队之口告诫人们：

忒拜本邦的居民啊，请看，这就是俄狄浦斯，他道破了那著名的谜语，成为最伟大的人；哪一位公民不曾带着羡慕的眼光注视他的好运？他现在却落到可怕的灾难的波浪中了！

因此，当我们等着瞧那最末的日子的时候，不要说一个凡人是幸福的，在他还没有跨过生命的界限，还没有得到痛苦的解脱之前。②

“不要说一个凡人是幸福的，在他还没有跨过生命的界限，还没有得到痛苦的解脱之前。”歌队长的这几句唱词实在太耐人寻味了。

---

① [希腊] 索福克勒斯著，罗念生译：《俄狄浦斯王》，《外国剧作选 1》，上海文艺出版社 1979 年版，第 100 页。

② 同上，第 116 页。

俄狄浦斯的悲剧象征着人类共同的命运——盲目。这位厄运缠身的人的确位高权重，受人崇拜过，而事实上，他完完全全是命运的弃儿，他不过是受宠一时，为的是让他跌得更加惨重。正如他自己在真相大白后意识到的：他是天神所弃绝的人，是忒拜城最高贵的同时又是最不幸的人！俄狄浦斯最后的结局意味着他必须为自己的行为付出代价。

俄狄浦斯的命运是荒诞的，是不公正的。他是罕见的集英明的君主、伟大的救世主和肮脏的罪人于一体的人物。他的荣辱沉浮的一生，意味着人生是一个猜不透的谜，人类是难以下定义的存在。因此，歌队最后唱道："不幸的俄狄浦斯王，你的命运，你的命运警告我，不要说凡人是幸福的。"

四、一个具有自由意志的悲剧英雄

作为该剧的主人公，索福克勒斯是把俄狄浦斯作为理想中的英雄来描写，赋予他反抗命运的坚强的自由意志。俄狄浦斯的这种敢于同命运抗争到底的坚韧不拔的意志，渗透在整个剧情中，表现在他义无反顾地追查那个凶犯和自己身世之谜的过程里。

例如，俄狄浦斯王明知对自己不利，却不顾先知、王后，以及知情的牧羊人的先后阻拦，非要对杀害先王的凶手和自己的身世弄个水落石出。这证明俄狄浦斯心地坦荡，是一个具有责任心的、能够直面困境和痛苦的铮铮汉子。我们看到，他从戏的开始就对先知的吞吞吐吐而恼怒，他甚至怀疑他同克瑞翁勾结在一起反对他，觊觎他的王位，结果他和他们两人先后爆发了两次激烈的冲突。盛怒之下，先知被逼说出："我说你就是你要寻找的杀人凶手。""他将成为和他同住的儿女的父兄，他生母的儿子和丈夫，他父亲的凶杀和共同播种的人。”克瑞翁也怒不可遏，说只有傻瓜才愿意去当每天都担惊受怕的国王。结果，双方剑拔弩张，不欢而散。

王后、也是俄狄浦斯王的生母伊俄卡斯忒在科任托斯报信人来了之后，突然明白了最可怕的事实真相，她再三阻止俄狄浦斯再追究下去：

伊俄卡斯忒　看在天神的面上，如果你关心自己的性命，就不要再追问了，我自己的苦闷已经够了。

俄狄浦斯　你放心，即使发现我母亲三世为奴，我有三重奴隶身份，你出身也不卑贱。

伊俄卡斯忒　我求你听我的话，不要这样。

俄狄浦斯　我不听你的话，我要把事情弄清楚。

伊俄卡斯忒　我愿你好，好心好意劝你。

俄狄浦斯　你这片好心好意一直在使我苦恼。

伊俄卡斯忒　啊，不幸的人，愿你不知道你的身世。

俄狄浦斯　谁去把牧人带来？让这个女人去赏玩她的高贵门第吧。[①]

又比如，那个不忍心杀死襁褓中的俄狄浦斯的老仆人，更不愿意伤害这个不幸的君主，一再劝阻和搪塞，直到最后被俄狄浦斯捆绑起来，以死来威胁他说真话的时候，才不得已掏出隐藏在心底十几年的秘密。

总之，当俄狄浦斯力排众议，最终发现自己就是那个杀人凶犯时，他切切实实地感到自己是被命运玩弄了，他的美好爱情和幸福生活顷刻

① ［希腊］索福克勒斯著，罗念生译：《俄狄浦斯王》，《外国剧作选 1》，上海文艺出版社 1979 年版，第 100 页。

间就遭到毁灭性的破坏。他独自支配了整个事件，结果却把自己从最高的王位上拉了下来，身败名裂，成为不齿于人的罪犯。

面对不公正的命运，俄狄浦斯没有悲观绝望，而是正视他所面临的荒诞。为了避免在阴间面对他的亲生父亲和母亲，他挖去了自己的双眼，实行了自我惩罚和自我流放。俄狄浦斯是一个敢于对自己行为负责的悲剧英雄，也是索福克勒斯塑造的一个理想中的人物，尽管他并不是完美无缺的。

古希腊人还不曾用到“荒诞”一词，但是，他们却已经有了深切的荒诞感。这种主观愿望与客观行动的相悖，人的意志与注定命运的相悖，恰恰构成了俄狄浦斯的悲剧性命运的反讽。

五、艺术特点

1. 倒叙式戏剧结构之典范

索福克勒斯素有“悲剧艺术的荷马”之美誉，他的戏剧被认为是戏剧结构技巧的典范。俄狄浦斯是全剧的中心人物，他在悲剧发生时已经完成了他的故事情节，他是弑父的凶手，母亲的丈夫，儿女的兄长。但是，他周围世界知晓了他的可怕的一切，唯独他本人蒙在鼓里，直至最后一刻，他走向真相之路，构成了这部戏的悲剧性情节。

在《俄狄浦斯王》中，索福克勒斯并没有按照时间顺序来揭示悲剧主人公那可怕的罪孽，而是以俄狄浦斯为中心，编织了两条情节线，稽查凶手和追究血缘，前一条是明线，后一条是暗线，这两条情节线构成了这部悲剧的戏剧结构。第一条线按照神示的要求追查杀死老王拉伊俄斯的凶手，目的是为了拯救灾难中的城邦与人民。先知在被俄狄浦斯王的话激怒之下，说出了“我认为你是这罪行的策划者，人是你杀的，虽然不是你亲手杀的。”先知第一次道出了秘密，当众指出俄狄浦斯就是杀害老国王的凶手，并在不知不觉之中和最亲近的人可耻地住在一起，却看不见自己的灾难。

第二条线追究自己的身世——他究竟是谁的儿子，这关系到俄狄浦斯到底是不是凶手的关键。直到第三场，这两条线才交织在一起，王后说出的关于“弑父娶母”的神示与俄狄浦斯在阿波罗神庙里获悉的神示是惊人的一致；伊俄卡斯忒道出了先王在三岔路口被人杀死的往事，这不仅使俄狄浦斯“心神不安，魂飞魄散”，而且又给全剧增加了一个关于俄狄浦斯身世之谜的悬念，两条情节线开始并列发展。追查身世的暗线成了明线，并且两线一经碰撞，立即达到高潮，一个自杀，一个自残，让人紧张得透不过气来。

2. 悲剧反讽

《俄狄浦斯王》这部悲剧是从故事将近结尾的地方写起，以唯有追查出杀害老国王的凶手才能挽救忒拜城邦来作为全剧的起爆点。在铺排情节时，索福克勒斯运用了一连串的悲剧反讽，使俄狄浦斯的命运大起大落，只发生在一天之内、一个地方，作者成功地展现了他高超的编剧技巧。

例如，索福克勒斯为俄狄浦斯先后设置了两个陷阱，这两个陷阱都是以倒叙的方式告知给观众的。

第一个陷阱是“狭路相逢”。狭窄的三岔路口，老国王拉伊俄斯带着他的四个侍从耀武扬威地驾车驶来，粗暴地命令眼前的年轻人让路，并用双矛长棍向不服气的俄狄浦斯刺了过去。年轻气盛的俄狄浦斯出于自卫和人的尊严，立即向这位蛮不讲理的长者进行了反击，他孤身奋战，结果把对方打得落花流水，四人被杀一人逃跑。这位从小在科任托斯国王身边长大的俄狄浦斯，切切实实把那里的国王和王后当作自己的生身父母，当他第一次听到他会弑父娶母的神示时，为了不当“逆子”和“罪人”，才踏上了不知凶吉祸福的浪迹天涯之路。他如何能够想到眼前这个萍水相逢、脾气暴躁的老人会同自己有着血缘关系？俄狄浦斯的性格太像他的父王拉伊俄斯了，从他跟先知和内兄克瑞翁的冲突中，观众已经领略了他的急躁、粗暴和多疑，因此，这两个同样脾气的人碰到一起，冲突与厮杀是不可避免的。

第二个陷阱是“误入婚姻”。当俄狄浦斯凭着自己的智慧和勇气，猜破了人面狮身女妖斯芬克斯之谜后，他成了拯救城邦的大英雄，得到了他意想不到的最高的奖赏——耀眼的王冠和美貌的王后。这一至高无上的荣誉不是他强争硬夺的，也不是他自己要求的，是感恩的当地臣民自愿奉献给他的，俄狄浦斯只是顺应了忒拜人的安排，顺应了命运的安排。两个素不相识的男女被人撮合在一起，缔结了神圣的婚姻，共同生儿育女，家庭和睦，城邦安定。15 年来，从未有人来谴责他们践踏了伦理道德，那位无所不知的先知也没有站出来阻止过这门罪孽的婚姻，而把拯救城邦和民众为己任的俄狄浦斯王却还在不遗余力地追凶破案。俄狄浦斯是世上最最不幸的人，他最害怕的弑父和乱伦之罪偏偏就在他不知不觉中犯下了，他竟然和母亲共同繁育后代，他是自己儿女们的父亲，也是他们的兄长。这种双重的身份，不仅令人不寒而栗，而且构成了对俄狄浦斯最大的悲剧性反讽。

索福克勒斯是运用“悲剧反讽”的高手。这种“悲剧反讽”还表现在剧中人物的语言里。例如，俄狄浦斯严肃地向长老们（歌队）表示：“我如今掌握着他（拉伊俄斯）先前的王权，娶了他的妻子，占有了他的床榻共同播种，如果他求嗣的心没有遭受挫折，那么同母的子女就能把我们连结成一家人，但是厄运落到了他头上；我为他作战，就像为自己的父亲作战一样。”[①] 结果是俄狄浦斯搬起石头砸了自己的脚。

又例如，科任托斯的送信人请俄狄浦斯回去继承王位，因为老国王波吕玻斯死了，是寿终正寝。俄狄浦斯虽然庆幸自己逃过了“弑父”这一神示，但他还是拒绝回“家”，因为“母亲”还健在，他害怕第二个神示会应验。这时王后伊俄卡斯忒过来安慰他说：“别害怕你会玷污你母亲的婚姻，许多人曾在梦中娶过母亲。”[②] 这种悲剧反讽是极其富有戏剧性的，它强化了俄狄浦斯的悲剧命运。

3.“发现”与“突转”

在编剧技巧上，索福克勒斯还采用“发现”和“突转”的同时并存，来构成这部悲剧情节的编排。俄狄浦斯弑父娶母的罪行是一步一步地揭露出来的。他原本是怀着为民除害、拯救城邦的高尚目的去追查谋杀前国王拉伊俄斯的凶手，结果引起了他与先知和内兄的冲突，到底谁是凶手，这是一个很大的悬念。王后本来想安慰俄狄浦斯，说出了她的前夫是在一个三岔路口被一伙强盗杀死，不是死在他们的亲生儿子手里。而俄狄浦斯也曾在三岔路口杀过人，不过他是单枪匹马。这里“一伙”与“一个”有着量的区别，暂时起了一个先扬后抑的作用，使得俄狄浦斯的身世之谜更加扑朔迷离，迂回曲折。

当科任托斯的报信人带来要俄狄浦斯回国继位的信息，从而说出俄狄浦斯与科任托斯国王并无血缘关系时，这一“发现”，不仅使俄狄浦斯王也使得在场的王后伊俄卡斯忒心惊肉跳，已经悟出真相的伊俄卡

---

① [希腊] 索福克勒斯著，罗念生译：《俄狄浦斯王》，《外国剧作选 1》，上海文艺出版社 1979 年版，第 70 页。

② 同上，第 96 页。

斯忒哀求俄狄浦斯赶紧停止一切调查。但处在侥幸与恐惧之中的俄狄浦斯已经不能冷静地判断伊俄卡斯忒从眼睛里和语调中所流露出来的痛苦的真正含义，极度的焦虑使他一味从自我出发，误以为是王后出于虚荣心，害怕查出夫君出身卑微而感到羞耻。这一个迂回，将两条情节线交织在一起，绷得紧紧的，到了一触即发的地步。直到俄狄浦斯下令找来最后一个、也是唯一一个老国王被害时的证人、同时又是俄狄浦斯血缘关系的证人——那个躲在乡下的老仆人时，"包袱"才被最后抖开。结果是一旦俄狄浦斯的身世之谜被"发现"，立即导致整个剧情和主人公命运的颠倒乾坤的大转变：审判者变成了杀人犯，拥有权力、荣誉和财富的君王变成了不洁的、被人厌恶的最下贱的罪人，俄狄浦斯从主动状态转变到被动状态，他为民众除害、稽查凶手的结果却导致自我毁灭。这种逆转型悲剧模式，索福克勒斯的《俄狄浦斯王》堪称典范。

4. 双关语

双关语也是《俄狄浦斯王》这部悲剧的特点之一，它在剧中也同样起着"悲剧反讽"的作用。比如，俄狄浦斯说，他清除污染，不是为了某些疏远的朋友，而是为了他自己，因为杀害国王的手也会用同样的毒手来对付他。事实是这位自负的国王最后用自己的手刺瞎了自己的双眼，他被自己的话而言中了。

又如，俄狄浦斯威胁克瑞翁，假如你以为谋害亲人能不受惩罚，你可大错特错了。结果真相大白时，他不得不自食其果。他还当众宣布："我不许任何人接待那罪人——不论他是谁，不许同他交谈，也不许同他一起祈祷、祭神，或是为他举行净罪礼；人人都把他赶出门外。"[1] 最

① ［希腊］索福克勒斯著，罗念生译：《俄狄浦斯王》，《外国剧作选 1》，上海文艺出版社 1979 年版，第 70 页。

后，俄狄浦斯不得不自食其果实行自我惩罚，自我流放而去。

还有，类似先知忒瑞西阿斯的话“正是运气害了你”，侍女叙述王后那痛不欲生的情景，“她为她的床榻而悲叹，她多么不幸，她在那里生了两种人，给丈夫生丈夫，给儿子生子女。”这种悖论，把压迫在俄狄浦斯身上的人世间最大的不幸揭示得既具体又生动，其悲剧性掩藏在表面的荒谬之背后。

5. 人物心理刻画

索福克勒斯除了在情节结构上受人称道外，他对人物的心理揭示也是非常细腻的。俄狄浦斯王为拯救城邦，用咄咄逼人的语言迫使先知道出真情，这显示出他追查凶手的迫切心理与决心。当他第一次听到他就是那个神示所说的不洁的人时，一下子跳了起来，流露出他的内心的不安与震惊，这种感觉越到后来就越发严重。王后伊俄卡斯忒为了安慰心神不宁的俄狄浦斯，先后说出先王被害的地点，以及有关那可怕神示的说法。不料她每说出一个细节，俄狄浦斯的心就往下沉一点，愈来愈难以掩饰自己内心的恐惧。当他听到先王是被一伙强盗而不是一个强盗杀死时，他稍稍舒了口气，不自觉地流露出他的一丝侥幸心理。当他的“祖国”来人报告波吕玻斯国王去世的讣告，以及请他回去继承王位的消息后，俄狄浦斯顿时悲喜交加，甚至是喜胜于悲。他对王后说：“夫人呀，我们为什么要重视皮托的颁布预言的庙宇，或空中啼叫的鸟儿呢？它们曾指出我命中注定要杀害我父亲。但是他已经死了，埋进了泥土，我却还在这里，没有动过刀枪。这似灵不灵的神示已被波吕玻斯随身带着，和他一起躺在冥府里，不值半文钱了。”① 俄狄浦斯嘲笑神示的

① ［希腊］索福克勒斯著，罗念生译：《俄狄浦斯王》，《外国剧作选 1》，上海文艺出版社 1979 年版，第 96 页。

不灵验，他为自己庆幸，那种从未有过的轻松感和解脱感，使他忘记了丧“父”的悲痛。

不过，这只是一个先扬后抑的暂时性的松懈，为了最后彻底把他打趴在地。俄狄浦斯因担心“娶母”的神示应验而拒绝回科任托斯，结果，报信人一句“你不是她生的”，如同一声霹雳在俄狄浦斯头上炸响，炸得他瞠目结舌，方寸大乱，竟然判断不出伊俄卡斯忒为何坚决阻止他追究下去的真正原因，反而推开她说：“让这个女人去赏玩她的高贵门第吧！”“她也许因为我出身卑微感觉耻辱。”直到这个时候他还怀着一丝侥幸心理，认为自己是幸运的宠儿，他找来那个远在乡下的牧羊老人，颤抖着追问他关于那个孩子的下落。当他亲耳听到了他最最害怕的真相时，他彻底崩溃了，连呼两声“哎呀！哎呀！一切都应验了！”随后冲进宫内，他无颜见人，无颜再见天日！

索福克勒斯紧紧地抓住悲剧主人公的心理活动和发展变化，俄狄浦斯从先前沉重焦虑的神态里，突然爆发出一个放声的“笑”，到重新变得不安起来，与王后发生冲突，再到紧张地拷问老仆人，最后一个趔趄地“冲出”等一系列戏剧动作，把俄狄浦斯这一人物复杂而微妙的内心世界揭示得丝丝入扣。

6. 歌队的作用

歌队在古希腊悲剧中始终占有重要的位置，它不间断地出现在舞台上。歌队演员载歌载舞，在剧中用来表现抒情力量；他们还在幕间，或者讲述以前发生的故事，或者对剧中人物的争执、事件发表他们的看法，参与剧中的活动。

比如，当先知与俄狄浦斯发生口角，生气地拂袖离去之前，扔下这样几句话“今天你就会暴露你的身份，也叫你身败名裂”，“告诉你吧，你刚才大声威胁，通令要捉拿的，杀害拉伊俄斯的凶手就在这里；表面看来，他是个侨民，一转眼就会发现他是个土生的忒拜人，再也不能享受他好运了。他将从明眼人变成瞎子，从富翁变成乞丐……”[①] 先知的话令所有在场的人震惊不已，这时一群由长老组成的歌队听后忧心忡忡地唱道：“……那聪明的先知非常的，非常的使我烦恼，我不能同意，也不能承认，不知说什么好！我心里忧虑，对现在和未来的事情都看不清……在我没有证实他的话是真的以前，我绝不能同意谴责俄狄浦斯。从前那著名的、有翅膀的女妖逼近他的时候，我们看见过他的聪明，他经得住考验，他是城邦的朋友，我相信，他绝不会有罪。”[②] 歌队不仅唱出他们对俄狄浦斯与先知之间尖锐冲突的感受，也表达了所有忒拜人的所思所想，以及他们对待这场冲突的态度，他们绝不迷信先知，只相信事实。索福克勒斯的歌队比起他的前后两位悲剧诗人埃斯库罗斯和欧里庇得斯来，运用得更为和谐、自然。在该剧的“第四合唱歌”中，歌队悲叹悲剧主人公俄狄浦斯的命运，合唱歌词也写得很美。

古希腊悲剧的流血场面都是放在幕后进行的，这是古希腊悲剧同古罗马悲剧的一个显著的区别。高贵的王后伊俄卡斯忒明了真相后上吊自杀了，不幸的俄狄浦斯为了避免在阴间见到他的父母，用他妻子也是他母亲的金别针屡次狠狠地刺自己的双眼，“每刺一下，那血红的眼珠里流出的血便打湿了他的胡子，那血不是一滴滴的滴，而是许多黑的血点，雹子般一齐下降。”[③] 这些血淋淋的恐怖场面不是当众演出来的，而是通过一个传报人之口告诉给观众的。

---

① [希腊] 索福克勒斯著，罗念生译：《俄狄浦斯王》，《外国剧作选 1》，上海文艺出版社 1979 年版，第 78 页。
② 同上，第 79 页。
③ 同上，第 108 页。

18 世纪法国杰出的启蒙运动思想家、戏剧家伏尔泰（1694—1788）十分推崇这部古希腊悲剧，很欣赏这一恐怖场面和悲剧主人公的不幸遭遇，在他看来，这正是悲剧的基本特征和价值所在。这种真正动人的悲剧所产生的效应，就在于它能引起观众的同情和怜悯。

结　语

索福克勒斯在《俄狄浦斯王》这部悲剧里，表示出对神的敬畏，他认为这是一个很重要的品质。俄狄浦斯害怕神示应验而离“家”出走，他的父亲拉伊俄斯也是出于同样的原因，放弃父母的天职，残害自己的亲生骨肉，正是神示说必须清除不洁的罪犯，俄狄浦斯才不顾一切追究到底。但是，索福克勒斯在另一方面更是强调和颂扬了人的坚强的自由意志。俄狄浦斯在命运面前并非逆来顺受，他凭着自己的意志和智慧，千方百计想要挣脱厄运的魔枷。这种坚定的意志和坦荡的胸怀，引起观众对他的深深的同情。这种困兽犹斗的抗争，也体现出了个体生命的无穷追求与“命运”的不断惩罚之间的矛盾构成的悲剧意识。[①] 这种自由精神与坚强意志已经远远超越了神话故事，超越了世俗生活。

我们从俄狄浦斯王的遭遇中，不由地对人与神的哲学、人与神的矛盾冲突产生思考。如同这部悲剧的主人公俄狄浦斯王那样，现代人也同样意识到他在宇宙之中只是个弃儿，他不明白自己为什么来到这个世界上，孤单单地面对着这个荒诞而陌生的社会。俄狄浦斯的命运是荒诞的，但是，他却能自承其咎，而不是悲观绝望，这使他后来成为一个

① 见《外国文学研究》1999 年第三期第 64 页。

圣者。这不能不给我们现代观众以启迪。在这部古希腊悲剧中，我们能够感受到那种来自永恒的宗教情感。这部2500多年前的悲剧告诉我们，“悲剧存在于天地之间，存在于已知和未知之间，存在于人神之间”。①

索福克勒斯的《俄狄浦斯王》被后人不断地搬演、模仿、改编和研究。每个时代的艺术家、理论家都会从中得出自己的看法。例如，18世纪德国戏剧家席勒（1759—1805），他对古希腊悲剧中的命运观就持保留的态度，他从道德意志和理性主义出发，认为悲剧艺术应以道德为基础，向命运屈服是不光彩不体面的事。现代著名的精神病医学家弗洛伊德（1856—1939）则从该剧中总结出与人的“性欲”和“无意识”密切相关的“恋母情结”，即“俄狄浦斯情结”，他认为这种情结存在于每个人的儿童时代，他从精神分析的角度来解释悲剧的效果，得出悲剧的效果是来自恋母妒父，与人的最初的性冲动有关，而非来自“神意”和“人力”的矛盾冲突，在弗洛伊德看来，是“俄狄浦斯情结”引起观众心灵的震颤。

《俄狄浦斯王》这出古老的悲剧虽然距离我们今天的观众已经有2500多年的历史了，但是，它的魅力依旧存在，它至今给我们以思考和启迪，给我们以美的享受。

---

① 见《外国文学研究》1999年第三期，希腊国家剧院院长阿·米诺蒂斯语。

美狄亚

如果说，在索福克勒斯的《俄狄浦斯王》里，在作为掌握城邦生存大权的“原父”——俄狄浦斯王——的身上，我们看到了那种为了公众的利益、为了城邦与百姓的生存而义无反顾地选择不利于自己的行动：追查凶手，追究身世，血腥的自残，以及交出王权并自我流放。那么，当个人的生存遭遇困境时，出于本能的自我保护，而做出了极端的行动，甚至是令人发指的残酷行为，就像欧里庇得斯的美狄亚那样。前者为公，后者为私，千百年来美狄亚曾遭受到人们无数谴责；而俄狄浦斯却获得人们广泛的同情和敬意。其实，美狄亚和俄狄浦斯一样，都体现了对自由选择的认知，具有一种令人崇敬的自由精神和自由意志，这一古希腊悲剧中的自由精神与意志在后世西方悲剧中被继承下来。比如，英国莎士比亚（William Shakespeare，1564—1616）的《哈姆雷特》，美国尤金·奥尼尔（Eugene O'Neill，1888—1953）的《悲悼》和法国存在主义戏剧家萨特（Jean Paul Sartre，1905—1980）的《苍蝇》等剧，悲剧主人公在体现自由意志的行动中，获得了自我价值。

欧里庇得斯（Euripides 公元前 485？—前 406）是第一个在西方戏剧史上真正表现两性冲突的悲剧家，他将古希腊悲剧里的自由精神与自由意志，表现在两性关系之中。尽管有人指责欧里庇得斯断送了古希腊悲剧，指责他的悲剧不再围绕着旧式的英雄主题，而是趋向于日常生活，反映社会问题，甚至让奴隶、农民也走进高贵的悲剧里，语言也趋向平民化，欧里庇得斯的这种做法显然大大违背了希腊传统的审美习惯。不过，这位趋向写实，敢于揭示现实社会问题的悲剧家，却是最早在悲剧里表现两性关系，表现人的欲望、包括情欲、权力欲、野心、残酷、阴谋、背信弃义、复仇、乱伦等人性的弱点。欧里庇得斯的作品更接近我们的现实生活，从而为后世戏剧家拓宽了悲剧的表现题材，特别是在两性冲突中，女性对自我保护、自我生存的关注，给予后世戏剧家很大的启迪。所以，我们有必要来了解与认识欧里庇得斯及其著名悲剧《美狄亚》。

一、作者简介

欧里庇得斯是古希腊著名的三大悲剧诗人之一。他出身于阿卡提一个贵族家庭，具有抗击波斯侵略者光荣传统的萨尔弥斯是诗人的诞生地，从小受过良好的教育。他博览群书，珍藏了大量的书籍，对哲学很有研究，有舞台上的哲学家之美誉。

从 18 岁开始欧里庇得斯迷上了戏剧创作，一生写了 90 余部剧本。

其中完整的留传到今天的有《美狄亚》(公元前 431)、《希波吕特斯》(公元前 428)、《特洛亚妇女》(公元前 415)、《伊菲革涅亚在奥利斯》(公元前 405)、《酒神的伴侣》(公元前 408）等 17 部悲剧和一部笑剧《圆目巨人》。在戏剧竞赛中他有 6 部悲剧得奖，他的《圆目巨人》是古希腊仅存的一部“羊人剧”。

欧里庇得斯生活在雅典奴隶主民主制盛极而衰的年代，他的传世之作多是在伯罗奔尼撒战争期间产生的。旷日持久的战争使雅典的经济破产，自由民中的两极分化加剧，奴隶和奴隶主之间的矛盾冲突日趋尖锐。欧里庇得斯在剧中揭示了这些社会问题，诸如内战问题、民主制问题、家庭问题、贫富问题、女性问题等，其政治倾向鲜明，是“社会问题剧”的鼻祖。

例如，在《阿尔克提斯》里，他谴责男人的自私与不道德，为了活命竟然要妻子替自己去死。在《希波吕特斯》里，年轻的王后费德尔爱上国王前妻之子希波吕特斯王子，遭到拒绝后由爱转恨，自杀前向老国王诬陷希波吕特斯，导致无辜的王子被害的惨剧。欧里庇得斯认为这是由于爱神的嫉妒而引起了这场悲剧，流露出作者对宗教信仰的质疑。在《特洛亚妇女》中，通过被攻陷后的特洛亚妇女任由男人选择，随意分配给任何一个胜利者的可怕遭遇，谴责了战争的罪恶。由于欧里庇得斯在他的悲剧中反对战争，反对雅典对盟邦的暴政，对神表示出怀疑，结果为雅典当局所不容。公元前 408 年，欧里庇得斯不得不离开祖国移居马其顿，那时他已经是 77 岁高龄的老人了，两年之后他客死在那里。

欧里庇得斯是三大悲剧家中更具有民主倾向的诗人。他的创作标志着旧的英雄悲剧的结束。尽管与埃斯库罗斯、索福克勒斯一样，欧里庇得斯的悲剧创作也是以希腊神话为题材，但对他来说这只是外壳，他悲剧里那些神话中的人物已失去了本来的高贵与神性，而跟现实生活中的人接近起来。由于欧里庇得斯关注于现实的社会问题，造成他的悲剧风格趋向写实。他甚至把奴隶和农民也搬上舞台，作为悲剧的主角，例如《伊翁》中的老家人，这是他前面的两位悲剧诗人难以做到的。欧里庇得斯还擅长于描写人物的心理，特别是女性的心理刻画，美狄亚在决定杀子报仇时，内心冲突的尖锐性与激烈性被揭示得十分逼真动人。欧里庇得斯的悲剧人物个性鲜明，语言自然流畅，接近生活口语。合唱队到了他的手里，已被放在不那么重要的地位上。此外，欧里庇得斯还在编剧上使用了“开场白”，帮助观众了解剧情，又常用“神力”收尾，造成一种令人疏解的结局，例如《美狄亚》中结尾的龙车运用就是一种神力的表现。

二、《美狄亚》作品分析

代表作《美狄亚》是一部妻子向移情别恋的丈夫复仇的著名悲剧，它历来被人们认为是最动人的希腊悲剧之一。美狄亚是科尔喀斯公主，为了爱情背叛了自己的父亲，帮助伊尔俄科斯国王埃宋的儿子伊阿宋盗走稀世珍宝金羊毛，并同他一起回到伊尔俄科斯。为了替丈夫报仇，美狄亚利用巫术间接害死了篡位的伊阿宋的叔叔也就是伊尔俄科斯国王，夫妻两人不得不侨居科任托斯。在这异乡客地，她为伊阿宋生了两个健康可爱的儿子，生活过得平静而快乐。不过，这都是过去的往事。悲剧开始时，伊阿宋移情别恋，要另娶科任托斯公主为妻，遗弃了美狄亚，他还帮着科任托斯国王克瑞翁要把美狄亚和两个孩子驱逐出境。这是这部倒叙式悲剧结构的起爆点。被激怒的美狄亚产生了不可遏制的报复心理，她先设计害死新娘和国王克瑞翁，接着又亲手杀死了自己的一双儿子，留下了悲痛欲绝的伊阿宋，离开了伤心地科任托斯。

美狄亚的复仇行动是惊心动魄的，这部古希腊悲剧是西方戏剧史上第一部表现两性关系尖锐对抗的悲剧。卢梭在《论人类不平等的起源和基础》中曾这样说：人的最原始的感情就是自我生存的感情，最原始的关怀就是对自我保存的关怀。[1] 卢梭的这句话是我们理解美狄亚采取这种骇人听闻报复行动的一把钥匙。

（一）人物分析

1. 为爱而狂的痴情女子美狄亚

美狄亚是科尔喀斯的公主，聪明美貌，还会一点巫术，她生活在闭塞、偏远的黑海东岸，对外面的世界一无所知。面对闯入者伊阿宋，她感到很新奇，伊阿宋的英俊、勇敢深深打动了她的少女情怀，迷乱了她的心智。她明知伊阿宋是位不速之客，是专门前来盗取她父亲的举世珍宝金羊毛的，但是，当她看到父王对伊阿宋百般刁难，设置种种障碍，比如，父王让伊阿宋去耕地，犁地的牛鼻孔里会喷出火来，伊阿宋必须一边躲避不断喷射出来的火焰，一边播撒种子；而播下去的种子象牙会变成一个个武士来攻击他，伊阿宋还必须和这些武士拼命、搏斗。美狄亚看在眼里，被这位智勇双全的年轻人深深吸引住了，她强烈地爱上了伊阿宋，很想帮助他。当美狄亚听到身处困境中的伊阿宋信誓旦旦地说"让主宰婚姻的宙斯和赫拉作证，我愿意把你当作我的合法妻子带回家乡"时，她完全相信了伊阿宋的山盟海誓。于是，在城邦的利益与个人的爱情之间，这位痴情女子做出了选择，为了爱情，她义无反顾地帮助伊阿宋盗走了金羊毛，追随他逃离了王宫。同时，她还带着自己的弟弟一起上船，她知道父王是不会放过他们的。果然，父王追来了，在海上对他们进行围追堵截。紧要关头，为了自己所爱的那个男人伊阿宋，美狄亚忍痛把自己的弟弟杀害并肢解了，还把它们一块一块地扔在海里。

---

① ［法］让—雅克·卢梭著：《论人类不平等的起源和基础》，商务印书馆，1982 年版，第 85 页。

一切正如美狄亚所预料的那样，父王为了收集儿子的全尸，顾不上追赶他们。为了这场浪漫的跨国婚姻，把爱情看得高于一切的美狄亚背叛了自己的祖国和父亲，成为一个没有根基、没有亲人祝福的新嫁娘，伊阿宋成为她唯一可以依靠的人。

美狄亚的爱是强烈而真诚的，她爱伊阿宋胜过爱自己，爱到可以为他赴汤蹈火。这不仅表现在她为了伊阿宋，对自己的父王、兄弟那样无情无义，不留余地的背叛，还表现在她为伊阿宋复仇，间接害死了伊阿宋篡夺王位的叔叔，成为伊尔俄科斯的罪人，从而再一次丧失了立足之地。美狄亚的爱情是如此的炽热而疯狂，她从没有想过她为之付出一切的丈夫会背叛她，她能施展法术制服国宝“金羊毛”最后的守护者——巨蟒，能够用法术加害于王权的篡位者伊阿宋的叔叔，能够用智慧算准父亲会驾船来追杀他们又爱子心切、而防患于未然带上兄弟上船，就是没有心智计算出丈夫伊阿宋会喜新厌旧背叛自己。在这一点上，她和俄狄浦斯有点相似，俄狄浦斯能猜破斯芬克斯之谜，就是猜不破自己的身世之谜，不能认清自己。美狄亚是个单纯的人，她完全没有洞察到伊阿宋是一个有强烈政治野心的家伙，她一直觉得自己很幸福，还有两个可爱的孩子绕膝。她会很多法术，就是没有办法让丈夫回心转意。她成为可怜的弃妇，成为一名复仇女神。爱，能使人疯狂、丧失理性；爱，也能够使人无畏到残忍。在男性构建起来的现实社会里，美狄亚没有话语权，她只能在家里哭泣、愤怒，她被伊阿宋、被克瑞翁这些男人逼得走投无路，剥夺了立锥之地。为了生存，为了捍卫自己的切身利益，美狄亚在绝境中不得不做出有力的反击，就像一头被激怒的母狮，对绝情人进行了狠狠的反扑。

2. 野心勃勃的无情男子伊阿宋

伊阿宋是一个有政治野心的男人。正是为了王位，他才冒着九死一生的危险，驾着“阿耳戈”船，远渡重洋去美狄亚的国度盗取“金羊毛”。在危机重重的科尔喀斯，当他意识到多情、美丽的公主美狄亚是唯一可以让他摆脱死亡陷阱而活命的人，同时也是唯一可以帮助他实现愿望得到金羊毛的关键人物，他当机立断立下了爱情的盟誓，骗取了少女美狄亚的信任与真情。当他在美狄亚以兄弟的生命为代价开出一条逃亡的血路，终于胜利回到祖国伊尔俄科斯后，他丝毫不觉得内心有所不安而加倍珍爱美狄亚，他关心的只是他的权益，满心以为可以登上王位，拿着金羊毛去见杀兄篡位的执政王、也是他的叔叔，以此向王宫上下炫耀他的光荣，换取属于他的王位。不料叔叔不肯兑现他先前的承诺：只要伊阿宋偷回举世珍宝金羊毛，就把王位还给他。为了出这口恶气，伊阿宋利用了会巫术的美狄亚，假妻子之手去复仇。果然，美狄亚毫不犹豫地站起来护卫丈夫的利益，她把一头老羊放在锅里煮，结果变成了一头活蹦乱跳的小羊羔。国王的女儿也如法炮制，想让老父亲恢复青春，在王位上统治得长长久久，结果却事与愿违。伊阿宋假手杀人，害死了国王，美狄亚却为心爱的丈夫担当了谋杀者的罪名，引起了伊尔俄科斯人的愤怒，把他们驱逐出境。就这样他们客居在科任托斯，伊阿宋成了两个儿子的父亲，美狄亚成为真正的贤妻良母，伊阿宋却对她依旧不心存感激。

对一个有政治野心的人来说，感情永远是次要的，屈从于理性的。一直在觊觎王位的伊阿宋是不会满足于过普通人的普通生活的，他要娶科任托斯公主为妻，不仅仅是男人的喜新厌旧，更多的则是出于他的政治目的，他宁可背负“忘恩负义”的骂名，舍弃妻子和儿子，也要换取王位的宝座。对伊阿宋来说，美狄亚的价值已经利用完了，她的存在反而变成了一种障碍，成为他向高处发展的绊脚石，所以他要把美狄亚从他的生活里驱逐出去。

伊阿宋的自私、无情还表现在他连自己的儿子的利益也不予考虑。他既不尽丈夫的责任，抛弃美狄亚，也不顾及作为父亲的神圣职责。他根本不考虑他们母子三人能到哪里去安身立命，明知美狄亚已经回不了娘家，他的城邦也不可能接纳她，而一双儿子尚且年幼，没有一点生存能力，对这一切伊阿宋全然不顾。为了讨公主新娘的欢心，他狠下心把两个年幼的儿子与美狄亚一起赶出科任托斯，让他们自生自灭，彻底暴露出他的自私、冷酷和无情无义。无论美狄亚如何哭泣、哀怨、愤怒，他都毫不为之所动，铁了心要弃旧迎新，决绝地要把美狄亚母子扫地出门。更难容忍的是他的伪善，为了他的王权欲，他还假惺惺地说这样做是为了给儿子生下王族兄弟，是为了他们的前程。伊阿宋的花言巧语与无耻行为，大大伤透了美狄亚的心。

（二）思想内涵：是家庭悲剧也是社会悲剧

研究历史是为了把握现在，研究过去是为了把握人物当下的行为动机。深受伤害的美狄亚痛不欲生，她对伊阿宋强烈的爱转为强烈的恨。当她被无情地剥夺了妻子的身份，当她被限时驱逐出境，当止不住的泪水都不能让丈夫的心变得柔软时，痴情女幡然从梦中惊醒。求生意志是与生俱来的，弃妇之恨使美狄亚成为一个有着自由精神与独立意志的坚强女人。她独自擦干眼泪，不再对男人抱任何幻想，她动用了自己会巫术的本领，顷刻之间，新娘、国王，以及两个心爱的儿子，四条人命被生生地毁灭了，伊阿宋那个关于王位的美梦也成了泡影，踌躇满志的新郎官成为痛不欲生的孤家寡人。

身为女性，美狄亚了解女人，大多数女人见到金光灿灿的金银珠宝这一类礼物会被吸引、难以拒绝。于是，一顶闪闪发亮的金冠，一件香气四溢的金丝锦袍，带着美狄亚的假意的恭顺，由两个儿子送进了宫中。高傲的公主厌恶两个孩子，但是她的眼睛扫到孩子手中亮闪闪的礼物，顿时眼睛发亮了，孩子们前脚刚走，她就迫不及待地穿戴起来，中了奸计的新娘立刻发出可怕的惨叫，头上的金冠冒出了火焰，身上的袍子吞噬着她那细嫩的肌肤。惨叫声引来了国王克瑞翁，克瑞翁扑上去欲用双手扒去爱女身上的锦袍，却就此牢不可分地黏在了上面，国王跟公主一样变得血肉模糊，一起被火烧得面目全非。夺走美狄亚爱情的王宫变成了可怕的人间地狱，其景象真是惨不忍睹。美狄亚在完成第一步复仇计划后，又忍痛杀子，绝了伊阿宋的根，因为在希腊人的眼里，没有后裔是人生最大的不幸。按照叔本华的生命意志论，我要生存是至关重要的，美狄亚采取那令人震惊的复仇行动是可以理解的，是人的生存本能的表现，也是女性反抗命运和不平等的男性社会的觉醒与行动。

《美狄亚》是一部家庭悲剧，是两性对立中生命意志的对抗。在男性为中心的现实社会里，男人们对女人的要求是“那种痛不欲生的悲怆、欣喜若狂的欢乐并不属她个人所有，因此她不必处处显示自己的种种力量。女人应比男人更加温和、沉静并平凡，亦即既不能比男人欢乐，也不能比男人更痛苦。”① 这是男人的哲学，美狄亚并不认同它。欧里庇得斯也对美狄亚的遭遇充满同情，因此，他并没有把这部家庭悲剧局限在两性关系与抗衡之上，他还把它放到一个大的社会背景之下来加以表现，这是作者高明的地方。

《美狄亚》也是一部社会悲剧。通过这场血腥的由爱情的背叛所引

① ［德］叔本华著：《悲观论集卷》，电子图书，第33页。

发的复仇事件，欧里庇得斯深刻地反映了公元前431年的雅典道德沦丧、人心险恶的社会面貌。随着私有制的发展，家庭制度被巩固下来，婚姻逐渐固定为一夫一妻制。但这一制度只是对女性而言，男人则仍可以纵欲贪欢，胡作非为，妇女的地位降落到几乎与奴隶差不多。痛苦不已的美狄亚悲叹道：

在一切有理智、有灵性的生物当中，我们女人算是最不幸的。首先，我们得用重金争购一个丈夫，他反会变成我们的主人；但是，如果不去购买丈夫，那又是更可悲的事。而最重要的结果还要看我们得到的是一个好丈夫，还是一个坏家伙。因为离婚对我们女人是不名誉的事，我们又不能把我们的丈夫轰出去。一个在家里什么都不懂的女子，走进一种新的习惯和风俗里面，得变作一个先知，知道怎样驾驭她的丈夫。如果这事做得很成功，我们的丈夫接受婚姻的羁绊，那么，我们的生活便是可羡的；要不然，我们还是死了好。

一个男人同家里的人住得烦恼了，可以到外面去散散他的心里的郁积，不是找朋友，就是找玩耍的人；可是我们女人就只能靠着一个人。他们男人反说我们安处在家中，全然没有生命危险；他们却要拿着长矛上阵：这说法真是荒谬。我宁愿提着盾牌打三次仗，也不愿生一次孩子。①

在这个男女不平等的社会里，女人的命运被操纵在男人手里。事实上，伊阿宋犯了重婚罪，希腊的法律却不去惩罚他，人们也不去指责这

---

① ［希腊］欧里庇得斯著，罗念生译：《美狄亚》，《外国剧作选》，上海文艺出版社1979年版，第137页。

个负心汉；美狄亚却受到了驱逐，就像扔橘子皮一样被随手扔掉了，而且要她立即从人们的眼前消失，一天也不许停留，这真是毫无公理可言。无情无义的伊阿宋甚至帮着国王与新娘一起驱赶美狄亚和她的孩子，他和美狄亚的孩子。然而，以民主标榜的雅典却没有人站出来说一句公道话，没有一个人站出来护卫一下势单力薄的弱女子美狄亚。只有一群女人们（歌队）同情她的不幸遭遇，在人背后为美狄亚悲叹，劝慰她顺从丈夫与命运。在这种境遇里，美狄亚无法借社会的力量来争取她在家庭中的合法权利，她没有退路可走，她早就为了伊阿宋背叛了自己的祖国和父王，娘家人不可能站出来为她撑腰说话。这时候的美狄亚是打落了牙齿往肚子里咽。

被逼入绝境又举目无亲的美狄亚对歌队也就是那群当地女人们倒出了心里的苦水："这是你们的城邦，你们的家乡，你们有丰富的生活，有朋友来往；我却孤孤单单在此流落，那家伙把我从外地抢来，又这样将我虐待，我没有母亲、弟兄、亲戚，不能逃出这灾难，到别处去停泊。"① 面对前所未有的生存困境，美狄亚只有两条路，要么坐以待毙，带着两个年幼的儿子像流浪狗一样在陌生的地方乞讨街头；要么采取行动自救，她必须马上做出选择。

美狄亚选择了后者。从表面上看，美狄亚复仇杀人是一种触犯法律的行为，而实际上却是不公正的社会所造成的，是这个不合理的社会逼良为娼，把弱女子逼成杀人犯，美狄亚的血腥复仇是在走投无路的绝望中对社会的一种抗争。欧里庇得斯敏锐地抓住这一女性问题和男女不平等的社会问题，其倾向性非常鲜明。他同情这些被欺凌的女性弱势

① ［希腊］欧里庇得斯著，罗念生译：《美狄亚》，《外国剧作选》，上海文艺出版社1979年版，第137页。

群体，借歌队之口说道：“如今那神圣的河水向上逆流，一切秩序和宇宙都颠倒了：男子汉的心多么奸诈，那当着天神发出的盟誓也靠不住了！”“盟誓的美德已经消失，全希腊再也不见信义的踪迹。”（见《美狄亚》第一合唱歌，第一曲首节）欧里庇得斯还让歌队长当面指责伊阿宋：“伊阿宋，你的话遮饰得再漂亮不过；可是，在我看来，你听了虽然不痛快，我还是要说，你欺骗了你的妻子，对不住她。”①

有些批评家们认为美狄亚的复仇过于残酷，杀害儿子是出于疯狂而犯下的罪孽，指责美狄亚是一个心理变态的女人。这实则是抹煞了《美狄亚》这部悲剧的社会内涵，是社会的罪恶酿成了美狄亚的悲剧命运，是不合理的社会制度迫使她挺起胸膛进行强烈的反击，向社会提出控诉和挑战。当她看清了伊阿宋的真正面目之后，由对他强烈的爱转为强烈的恨，当她在雅典这片广袤的土地上没有一寸安身之处，又无法借社会力量来进行斗争的时候，她只能自救，采取这骇人的报复手段。美狄亚的遭遇是当时妇女的共同遭遇，因此，这部戏的悲剧冲突远远超出了流血悲剧的狭隘范畴，而具有了深刻的社会意义。

（三）尖锐的心理冲突

欧里庇得斯在揭示美狄亚的复仇与母爱的心理冲突中，写得十分细腻、生动。当伊阿宋突然将妻子推进痛苦的深渊时，美狄亚曾想到过死，“我宁愿抛弃这可恨的生命，从死亡里得到安息！”美狄亚悔恨自己背叛了祖国和父亲，“啊，我的父亲、我的祖国呀，我现在惭愧我杀害

---

① ［希腊］欧里庇得斯著，罗念生译：《美狄亚》，《外国剧作选》，上海文艺出版社1979年版，第149页。

了我的兄弟，离开了你们。”[①] 她再三恳求国王克瑞翁不要将她赶走，因为她无处可去投靠，为了她的孩子，美狄亚向国王低下了她高贵的头："让我依然住在这地方，我自会默默地忍受这委屈，服从强者的命令的。""我凭你的膝头和你的新婚的女儿恳求你。"她曾经为了伊阿宋为了她那份深沉而疯狂的爱，不顾一切到不给自己留下半步退路。经不住美狄亚的苦苦哀求，克瑞翁总算答应宽限她一天时间可滞留于科任托斯，让她考虑她们母子三人可以到哪里去。他低估了一个心灵严重受到伤害的弱女子反弹起来的刚强意志和潜在能量。就是这一天时间，为美狄亚赢得了实施复仇行动的机会。

面对终于从王宫里回来的丈夫，美狄亚的委屈与愤怒，如决了堤的洪水滔滔不绝。她想不到伊阿宋为自己辩白时却无耻地找了这么一个借口：他之所以这样做，不是为了爱情才娶科任托斯公主，而是为了美狄亚和孩子着想，"救救你，再生出一些和你这两个儿子作兄弟的高贵的孩子，来保障我们的家庭。"[②] 一副深谋远虑的好丈夫好父亲的形象。多么卑鄙无耻啊！美狄亚没有被他的伪装所欺骗，对他的巧言诡辩嗤之以鼻："我可不要那种痛苦的富贵生活和那种刺伤人的幸福。"几番唇枪舌剑的交锋，更坚定了美狄亚复仇的决心。于是，她先让仆人请回伊阿宋，一反先前的怨恨与愤怒，低头表示自己理解了丈夫的良苦用心，只求能够留下两个年幼的儿子，免受漂泊之苦，并以祖传的金冠和金丝锦袍作为礼物向公主新娘示弱。结果，不仅让伊阿宋上当，也蒙蔽了公主的眼睛，造成了国王、公主一起惨死的悲剧。

---

① ［希腊］欧里庇得斯著，罗念生译：《美狄亚》，《外国剧作选》，上海文艺出版社1979年版，第134页。
② 同上，第148页。

欧里庇得斯在刻画美狄亚从一个怨妇变为复仇女神的过程中，对人物的心理发展与变化把握得非常准确，在表现时层层递进。特别在第五场，美狄亚在杀子前，欧里庇得斯安排了一大段独白，分几个层次进行了人物内心世界的探幽。

第一个回合：

1. 悲叹孩子会成为没有母亲的孤儿，因为她将在孩子们没有成人之前就被驱逐出境。

孩子们呀，孩子们！你们在这里有一个城邦，有一个家，你们永远离开这不幸的我，住在这里，你们会这样成为无母的孤儿。在我还没有享受到你们的孝敬之前，在我还没有看见你们享受幸福，还没有为你们预备婚前的淋浴，为你们迎接新娘，布置新床，为你们高举火炬之前，我就将被驱逐出去，流落他乡……（见《美狄亚》，十一第五场）

2. 悲叹自己白白生养了儿子。

啊，我的孩儿，我真是白养了你们，白受苦，白费力，白受了生产时的剧痛。我先前——哎呀！——对你们怀着很大的希望，希望你们养老，亲手装殓我的尸首，这都是我们凡人所羡慕的事情；但如今，这种甜蜜的念头完全打消了，因为我失去了你们，就要去过那艰难痛苦的生活；你们也就要去过另一种生活，不能再拿这可爱的眼睛来望着你们的母亲了。（见《美狄亚》，十一第五场）

3. 孩子们的目光使得她心软。

唉，唉！我的孩子，你们为什么拿这样的眼睛望着我？为什么向着我最后一笑？哎呀！我怎样办呢？朋友们，我如今看见他们这明亮的眼睛，我的心就软了！我决不能够！我得把我的孩儿带出去。为什么要叫他们的父亲受罪，弄得我自己反受到这双倍的痛苦？（见《美狄亚》，十一第五场）

4. 不能饶恕仇人，要复仇。

我到底是怎么的？难道我想饶了我的仇人，反招受他们的嘲笑吗？我得勇敢一些！我竟自这样脆弱，使我心里发生了这样软弱的思想！（见《美狄亚》，十一第五场）

这是母爱与弃妇之恨的矛盾冲突的第一个回合。

第二个回合：

1. 她想放了无辜的孩子。

（自语）哎呀呀！我的心呀，快不要这样做！可怜的人呀，你放了孩子，饶了他们吧！即使他们不能同你一块儿过活，但是他们毕竟还活在世上，这也好宽慰你啊！（见《美狄亚》，十一第五场）

2. 绝不能让我的仇人侮辱了我的儿子。

不，凭那些住在下界的报仇神起誓，这一定不行，我不能让我的仇人侮辱我的孩儿！无论如何，他们非死不可！既然要死，我生了他们，就可以把他们杀死。命运既然这样注定了，便无法逃避。（见《美狄亚》，十一第五场）

第三个回合：

1. 吻别儿子时母爱又占了上风。

我的孩儿的这样可爱的手、可爱的嘴、这样高贵的形体、高贵的容貌！愿你们享福——可是，是在那个地方享福，因为你们在这里所有的幸福已被你们父亲剥夺了。我的孩儿的这样甜蜜的吻、这样细嫩的脸、这样芳香的呼吸！分别了，分别了！我不愿再看你们一眼！——我的痛苦已经制服了我；我现在才觉得我要做的是一件多么可怕的罪行，我的愤怒已经战胜了我的理智。（见《美狄亚》，十一第五场）

2. 复仇的愤怒最后战胜了理智。

我决不耽误时机，决不抛撇我的孩儿，让他们死在更残忍者的手里。我的心啊，快坚强起来！为什么还要迟疑，不去做这可怕的、必须做的坏事！啊，我这不幸的手呀，快拿起，拿起宝剑，到你的生涯的痛苦的起点上去，不要畏缩，不要想念你的孩子多么可爱，不要想念你怎样生了他们，在这短促的一日之间暂且把他们忘掉，到后来再哀悼他们吧。他们虽是你杀的，你到底也心疼他们！——啊，我真是个苦命的女人！（见《美狄亚》，十一第五场）

三次冲突，三个回合，把美狄亚心里爱恨交织的痛苦揭示得淋漓尽致。一边是一双天真可爱的儿子，一边是冷酷无情的丈夫；一边是神圣不可侵犯的母爱，一边是被践踏的女性尊严所燃起的复仇欲火，两者之间的交战一个回合接一个回合，最后是复仇的欲火战胜了母爱和舐犊之情，美狄亚无视以歌队形式出现的女人们怎样劝说，她全然不为所动。此时此刻，她不再发出令人心碎的痛苦呻吟，而完完全全成了复仇女神的象征。

孩子被杀是在幕后进行的，幕后传来的小兄弟俩求救的呼声，激起了观众或读者对两个可怜无辜的孩子的无限怜悯，人们的心被揪痛了，不由地责备美狄亚丧失理性，更痛恨那个忘恩负义的伊阿宋，正是他对权利的强烈追逐而种下了这不可饶恕的祸根。伊阿宋从震惊到悲痛欲绝，完成了美狄亚复仇的最终目的。不管伊阿宋如何哀求她留下孩子的尸骨都遭到了拒绝。最后，美狄亚坐着龙车，带着她儿子的尸体离开了这个充满痛苦的城邦。

结　语

《美狄亚》这部古希腊悲剧涉及爱情与生命、权力与欲望、嫉恨与复仇这些人类所共有的情感。它们困扰着人类，有谁能使爱情永存，幸运长伴？两性之间的矛盾冲突该怎么和谐、统一？这是古希腊悲剧家提出的一个具有普遍意义的命题。美狄亚曾经为了爱付出了巨大的代价，俄狄浦斯也凭借自己的智慧和勇气登上权力的最高宝座。正当他们都心满意足地生活着的时候，不幸的命运却突然而至，尽管他们都努力抗争过，坚决行动过，但美好的日子已经一去不复返了。索福克勒斯因此说："当我们等着瞧那最后的日子的时候，不要说一个凡人是幸福的，在他还没有跨过生命的界限，还没有得到痛苦的解脱之前。"[1] 欧里庇得斯则特别能理解受到伤害的女人的心理。俄狄浦斯是个圣者，美狄亚不是，她宁可让自己承受双倍的痛苦，也不放过伤害她的男人。坚毅而刚强的美狄亚绝不逆来顺受，她愿意承受来自四面八方的严厉指责，独自面对一切，向着理想的人生愤然前行。

与索福克勒斯相比，欧里庇得斯的悲剧创作更接近现实生活，手法也更加写实，正如他自己所言：他是写人本来就有的样子。他非常注重人物心理、特别是女性心理的刻画。他的作品中有着明显的批判现实的内容，美狄亚被遗弃的遭遇是当时雅典社会道德沦丧的缩影。《美狄亚》一剧的戏剧结构非常紧凑，特别是欧里庇得斯把弃妇之恨和慈母之爱这两种对立的情感，揭示得既细腻又深刻。不过，剧中那个愿意收留美狄亚的雅典国王埃勾斯的出场显得比较突然，亚里士多德曾经在《诗学》中批评埃勾斯出场这一场景。

欧里庇得斯的悲剧对于后代文学中产生的影响是深远的，高乃依、拉辛、歌德等都从他的悲剧里得到过启示，重写他所处理过的题材。古罗马悲剧家塞内加曾摹仿欧里庇得斯，写出了《美狄亚》、《特洛亚的妇女》、《淮德拉》和《疯狂的赫剌克勒斯》。而像美狄亚这类敢爱敢恨、报复型女性角色，在她身后站起了一长串不同世纪、不同国家的姐妹，在两性冲突中，她们像美狄亚一样具有强烈的女性独立意识和自由精神。比如：挪威易卜生（1828—1906）的海达·高布乐（《海达·高布乐》）、瑞典斯特林堡（1849—1912）的罗拉（《父亲》）、美国奥尼尔

---

① 《外国剧作选 1》，上海文艺出版社 1979 年版，第 117 页。

（1888—1953）的莱维尼亚（《悲悼》）和瑞士迪伦马特（1921—1990）的克莱尔·察哈纳西安（《老妇还乡》）等，这些西方戏剧史上令人刮目相看的女性角色，各有自己的痛苦和不幸，但她们有一个共同的特点，就是绝不做命运的奴隶，为了维护自己的尊严，为了把自己从生存困境中解脱出来，不去乞求男人的同情与怜悯，而是依靠自己的力量以牙还牙。

李尔王

莎士比亚（William Shakespeare，1564—1616）及其戏剧是欧洲文艺复兴时期戏剧的最高峰，也是英国最杰出的引以为自豪的戏剧家、诗人。他创作了 2 首长诗和 154 首十四行诗，并利用流行于欧洲各国的故事和英国历史创作出他自己的 37 部不朽的戏剧。他运用英文格律诗的语言文字创造了 800 个性格迥异的舞台形象，直至今天世界各国还在上演莎士比亚戏剧。

一、人文主义思想与莎士比亚

所谓文艺复兴是指从 14 世纪末至 17 世纪初欧洲新兴资产阶级第一次掀起的反封建反教会的思想文化运动。其中心思想是人文主义，即主张用人性反对神性，用人权反对神权，用人有追求现世生活的权利，反对宗教的禁欲主义。其发源地为意大利。这是一股旺盛的民主思想，它使人们认识到他们现世的生活、兴趣、价值、才能、尊严和成就的重要性，摆脱天主教教义、信仰里的教条的桎梏。

人文主义思想贯穿于莎士比亚的戏剧创作之中，他早期戏剧（1590—1600）除历史剧外，其喜剧尤为明显。这一时期正值英国伊丽莎白女王统治的全盛时期，女王对内通过宗教改革，血腥立法，镇压农民起义，削弱了封建贵族的势力，为资本主义工商业发展扫清了许多障碍，因此，资产阶级拥护王权，国内政局相对比较稳定。莎士比亚对这一时期的英国社会抱着积极乐观的态度，在他的两个历史剧四部曲：1.《亨利六世》(上、中、下，1590—1591)、《理查三世》(1592)；2.《理查二世》(1595)、《亨利四世》(上、下，1597)、《亨利五世》(1598)之中，莎士比亚借用英国历史，折射出他对战争与和平、权力与个人、正义与邪恶等关系的思考。在他的《仲夏夜之梦》(1595)、《威尼斯商人》(1596)、《温莎的风流娘儿们》(1598)、《无事生非》(1599)、《皆大欢喜》(1599）和《第十二夜》(1600）等喜剧里，莎士比亚热情地表达了人有追求爱情和幸福的权力与自由，他提倡个性解放、男女平等，歌颂了美好的爱情和友情，赞美了人的智慧、正义、宽容与真诚相待。因此，他剧中的男女主人公，特别是女主人公，都是优雅、漂亮、乐观向上、聪明能干的，她们敢于冲破宗教禁忌、封建伦理道德和传统偏见的束缚。

例如，在《罗密欧与朱丽叶》(1595）这部充满诗意和浪漫的爱情悲剧里，罗密欧与朱丽叶是两个出身在世代相仇家族里的贵族少男少女，他们在舞会上邂逅相遇，一见钟情，坠入情网，不顾一切私定终身于朱丽叶家的后花园，还背着双方的父母秘密举行了婚礼。在朱丽叶这个只有 14 岁的姑娘看来，“只有你的名字才是我的仇敌，即使你不姓蒙太古，仍然是这样一个你。姓不姓蒙太古又有什么关系呢？它又不是手，又不是脚，又不是胳膊，又不是脸，又不是身体上的任何其他部分。啊，换个姓名吧，姓名本来是毫无意义的。我们叫做玫瑰的一种花，要是换个名字，它的香味还是同样的芬芳。罗密欧要是换了别的名字，他可爱的完美也不会有丝毫的改变。罗密欧，抛弃你的名字吧，我愿意把我整个的心灵，赔偿你这个身外的空名。”在这场著名的阳台会里，罗密欧与朱丽叶都是捧着一颗真诚的、炽热的心，和对方做着交换。因此，一旦封建势力把刀架在了朱丽叶的脖子上，罗密欧被驱逐，父母逼婚，为了忠于自己的爱情，朱丽叶义无反顾地试图以假死来逃婚，最后和罗密欧双双殉情。

罗密欧与朱丽叶对传统爱情观的挑战是石破天惊的，这对伟大而高贵的情侣以他们如此年轻、宝贵的生命，表达了他们向人文主义新道德、新理想的不屈追求，以及向父母包办的封建婚姻制度和封建意识进行勇敢的反抗，他们用生命的代价终于唤回了双方家长的和好，以爱化解了仇恨，这一结局预示了充满希望的、美好的明天。

纵观莎士比亚早期喜剧创作，他对于爱情的高度肯定，对于人的价值、尊严的歌颂，通过诗意的、浪漫的爱情故事和大团圆的结局，反映了当时的社会现象和新兴资产阶级的愿望，不过，也掩盖了现实社会里不可调和的矛盾。随着圈地运动引起的农民暴动，以及詹姆士一世上台后采取的不利于资产阶级发展的措施，英国社会各种矛盾越来越尖锐化。

莎士比亚的人文主义理想在严峻、冷酷的社会现实面前遭到碰壁，于是，他早期作品里那种轻松愉悦的戏剧氛围消失了，代之而起的是抑郁愤世的情绪与阴暗悲观的色彩。莎士比亚转向了他的中期戏剧（1601—1607），即具有揭露与批判力量的悲剧创作。他的悲剧主人公的性格与内心冲突，相比他的早期戏剧中的人物，无论是喜剧还是历史剧，都要更加复杂而丰富，他们和他们的敌人或对手都是以同归于尽的方式而告终。莎士比亚脍炙人口的四大悲剧《哈姆雷特》（Hamlet,

1601)、《奥赛罗》(Othello，1604)、《李尔王》(King Lear，1605)、《麦克白》(Macbeth，1606)，以现实主义的手法深刻地揭示出英国政治社会中争权夺利的罪恶活动，以及各种尖锐的社会矛盾。在这四部沉重的悲剧里，我们感受到在这些悲剧主人公身上人文主义理想是怎样在丑恶的现实面前破灭的，由此也让我们感受莎士比亚正在经历怎样的人文主义思想的危机。

二、《李尔王》剧本分析

五幕剧《李尔王》(1605）是莎士比亚四大悲剧之一，也是莎士比亚戏剧创作中最优秀的作品之一，直至21世纪的今天，这部悲剧仍然被不同语种、不同宗教、不同文化背景的人们所演绎。例如，《李尔王》在当今跨文化的改编和演绎中，具有世界性影响力的有被日本导演黑泽明改编成电影的《乱》、英国国家剧院现场（National Theatre Live）版的《李尔王》，在中国则有被台湾吴兴国改编成京剧的《李尔在此》，也备受东西方观众的关注，等等。

在莎士比亚的《李尔王》首演之前，这个故事情节已经为当时的观众所熟悉了。有一部佚名的戏剧叫《李尔王编年史》(The True Chronicle History of King Lear)。还有资料表明，李尔王的故事来自于东方，如俄罗斯、土耳其、印度、日本等国。“而故事的基本叙事元素最早出现在9世纪中国的口头艺术中”，“使《李尔王》自身带有浓厚的东方色彩和东方的道德价值观念。”[①] 提出这份资料与结论的是艾伦·R. 杨（Alan

① 安凌著：《重写与规划——英语戏剧在现代中国的改译和演出》，暨南大学出版社2015年版，第30页。

R.Young）教授，他是英国文学专家，在欧洲具有很大的知名度。该文发表在期刊“Studies in English，1500—1900 ”1975 年春季版上。英国莎士比亚的《李尔王》这部悲剧竟然与中国牵扯出丝丝连连的关系，这是非常有意思的事情。中国戏剧家当中最早关注《李尔王》的是顾仲彝先生，顾仲彝不仅是中国著名编剧、翻译家，而且先后在复旦大学和上海戏剧学院当过教授，他于 1942 年根据《李尔王》改编成《三千金》，1943 年 5 月 12 日首演于上海卡尔登剧院，导演是费穆。

《李尔王》这部悲剧故事叙述了年迈的大不列颠国王李尔凭三个女儿表达对自己爱的程度划分国土，结果他听信大女儿、二女儿的献媚之词，把国土一分为二送给她们，却剥夺了不会花言巧语的小女儿的继承权并把她赶走。李尔王后被两个女儿赶出家门，在暴风雨中沦为疯癫的流浪汉，碰到了可怜的汤姆，也就是大臣葛洛斯特中了庶子爱德蒙的诡计而下令驱逐的大儿子爱德伽。在法国的小女儿考狄利娅得知父王李尔的遭遇，率兵秘密在英国登陆，结果考狄利娅的军队大败，她和李尔被抓，爱德蒙下令要秘密处死他们。爱德伽找到了爱德蒙，并且在决斗中杀死了这个居心叵测的兄弟。最后李尔王因小女儿考狄利娅之死过于悲伤，也心碎而去。

1. 多线头的情节结构

《李尔王》是一部多线头的、人物关系错综复杂的悲剧。戏剧的主线是李尔王从试探爱心、分土授国为起爆点，开始了他与三个女儿高纳里尔、里根和考狄利娅之间的故事。副线是大臣葛洛斯特伯爵和他的两个儿子长子爱德伽、私生子爱德蒙之间的纠葛。这两条情节线彼此交织，相互映衬。葛洛斯特为救助在暴风雨中无家可归的李尔王，被李尔王的女儿挖掉了双眼，而告密者正是他的小儿子爱德蒙。爱德蒙与高纳里尔和里根两人都关系暧昧，导致姐妹反目。还有一条次线是忠臣肯特冒死保护李尔王的故事。这再一次佐证了莎士比亚戏剧情节的丰富性与生动性。

这么多条故事线索，如此复杂的人物关系，莎士比亚却铺排得有条不紊，矛盾冲突发展快速利落而不拖沓，两条情节线平行发展，又有交叉，最后汇聚。

《李尔王》第一幕第一场戏就向观众介绍了全剧的主要角色，引出了整个戏的主线和另外两条副线，展现了李尔王的个性特征。刚出场时，李尔王是一位强权统治者，刚愎自用，决定把他的王国分割成三份，分送给三个女儿。他原先的设想是把较为外围的两块领地由高纳里尔夫妇和里根夫妇治理，一块中心领地则给小女儿考狄利娅作陪嫁。他说做这个决定的原因是自己年迈了：

李　尔：现在我要向你们说明我的心事。把那地图给我。告诉你们吧，我已经把我的国土划成三部分；我因为自己年老了，决心摆脱一切事务的牵萦，把责任交卸给年轻力壮之人，让自己松一松肩，好安安心心地等死。康华尔贤婿，还有同样是我心爱的奥本尼贤婿，为了预防他日的争执，我想还是趁现在把我的几个女儿的嫁奁当众分配清楚。法兰西和勃艮第两位君主正在竞争我的小女儿的爱情，他们为了求婚而住在我们宫廷里，也已经有好多时候了，现在他们就可以得到答复。孩子们，在我还没有把我的政权、领土和国事的重任全部放弃以前，告诉我，你们中间哪一个人最爱我？我要看看谁最有孝心，最有贤德，我就给她最大的恩惠。①

① ［英］莎士比亚著，朱生豪译：《莎士比亚全集》9，人民文学出版社 1978 年版，第 150 页。

从以上这段李尔王的台词里，我们可以看到李尔既是一个爱自己女儿的父亲，同时也是一个昏庸的国王，他不知道自己犯了一个巨大的政治错误——分土授国，把在血与火的斗争中好不容易统一起来的国家重新分裂开来。更令人匪夷所思的是，李尔王竟以试探女儿对自己爱的程度，来决定分割国土与财产的多少。这场试探构成了全剧剧情展开的最重要铺垫。

这一幕开场还交代了第二条情节线大臣葛洛斯特伯爵和他两个儿子之间的关系。在葛洛斯特伯爵和肯特伯爵的私房对话里，交代了葛洛斯特对嫡出长子爱德伽和私生次子爱德蒙是一视同仁的，并无偏袒。可是，爱德蒙心眼过多，就因为他是非婚生的次子，所以自认为前景渺茫。按照伊丽莎白时代长嗣继承权，他将来不可能和哥哥爱德伽一样继承财产，这是他的心病，是他嫉恨兄长爱德伽的重要原因。

这两条情节线几乎是并列发展的。在回答父王李尔的提问时，大女儿高纳里尔和二女儿里根用虚情假意，以非常夸张的言辞肉麻地表达了她们对父王的爱。大女儿说：“我对您的爱，不是言语所能表达。我爱您胜过自己的眼睛、整个空间和广大的自由；超越一切可以估价的贵重稀有的事物……不曾有一个女儿这样爱过她的父亲，也不曾有一个父亲这样被他的儿女所爱；这一种爱可以使唇舌无能为力，辩才失去效用；我爱您是不可以数量计算的呢。”[①] 二女儿里根也不甘示弱，她的表白同样夸张，媚态十足：“我跟姐姐具有同样的品质。在我的真心中，我觉得她刚才说的话，正是我爱您的实际的情形，可是她还不能充分说明我

① ［英］莎士比亚著，朱生豪译：《莎士比亚全集》9，人民文学出版社 1978 年版，第 151 页。

的心思：我厌弃一切凡是敏锐的知觉所能感受到的快乐，只有爱您才是我的无上的幸福。”①

完全被两个女儿的甜言蜜语所迷惑的李尔王听了心花怒放，可是轮到小女儿考狄利娅，她却说她没有话说。

李　尔：没有？

考狄利娅：没有。

李　尔：没有只能换到没有，重新说过。

考狄利娅：我是个笨拙的人，不会把我的心涌上我的嘴里；我爱您只是按照我的名分，一分不多，一分不少。

李　尔：怎么，考狄利娅！把你的话修正修正，否则你要毁坏你自己的前程了。

考狄利娅：……我的姐姐们要是用她们整个心来爱您，那么她们为什么要嫁人呢？要是有一天我出嫁了，那接受我的忠诚的誓约的丈夫，将要得到我的一半的爱，我的一半的关心和责任；假如我只爱我的父亲，我一定不会像我的两个姐姐一样再去嫁人的。②

考狄利娅的回答是符合理性的，是诚实而率真的，不带任何修饰和夸张。她对父王的回答符合伊丽莎白时代的社会准则，只是李尔听了不顺耳。考狄利娅多次在回答中使用了“没有”——Nothing 。Nothing 这个词在全剧中反复出现，这是一个关键词，它带有灾难性的含义。考

① ［英］莎士比亚著，朱生豪译：《莎士比亚全集》9，人民文学出版社 1978 年版，第 151 页。
② 同上，第 152 页。

狄利娅此时说的“Nothing ——无”，跟她在剧终时的死亡是首尾呼应的——她被爱德蒙下令勒死了，剥夺了生命，她孤独地死去，一无所有。此外，“Nothing ——无”也是针对悲剧主人公李尔王的，李尔王对自己亲生女儿们的了解也是“Nothing ——无”。而另一个像李尔王一样年迈昏庸、轻信谗言的葛洛斯特伯爵对两个儿子爱德伽和爱德蒙的了解也同样是“Nothing ——无”。

葛洛斯特后来被里根夫妇挖掉了眼睛，什么也看不见了，才醒悟了过来。李尔王被两个大女儿逼疯以后，也是心智全“无”，直到最后才明白，曾被他无情地赶走的小女儿考狄利娅才是始终如一真正爱他的人。然而，丧失理性的李尔王一开始非但不听忠臣肯特伯爵的再三忠告与阻拦，反而将肯特从自己身边粗暴地赶走，否则就杀死他；李尔王一意孤行，剥夺了不会取悦他的考狄利娅的继承权，当众将她羞辱，让考狄利娅一无所有地被法兰西国王娶走。李尔王此时此刻的过激反应是没有理智的，是冲动的、鲁莽的，他对考狄利娅和肯特伯爵的动怒，将他们驱逐出境，为他后来受到两个女儿的轻慢和背叛，种下了苦果。考狄利娅临走前对两位姐姐说的话，表明她完全知道她们口是心非的为人，这为后面的戏剧冲突与情节发展埋下了伏笔。果然不出考狄利娅所料，李尔王在大女儿高纳里尔家里还没有住满一个月，就遭到了嫌弃与冷落，要撤掉李尔的50名随从；气急败坏的李尔王当即赶到二女儿里根家寻求安慰。

第一幕戏人物关系交代清楚，戏剧动作发展迅速。第二幕戏矛盾冲突步步上升，一环紧扣一环。私生子爱德蒙开始行动，他用阴险的计谋让父亲葛洛斯特听信了他的谗言，相信长子爱德伽正迫不及待地想继承爵位与财产欲加害自己，于是下了追杀令，迫使无辜的爱德伽隐名埋姓逃亡荒野，假扮成疯乞丐“可怜的汤姆”。另一头李尔王已经派人到二女儿里根的宫廷里通知他的到来，信使就是隐藏身份、假扮低微的仆人肯特伯爵，李尔王到来后却见不到里根夫妇迎接，这使他大惑不解，十分气恼。紧接着他发现竟然是二女婿康华尔下令给他的信使肯特上了枷具，这无异于火上浇油。李尔王本以为二女儿里根会庇护自己，不料里根比高纳里尔更狠，不仅不肯收留来投奔她的老父亲，而且表示李尔今后只能带25个随从，甚至一个也不需要，并赶他回到高纳里尔那里去。李尔王受到两个女儿这样的践踏，简直气炸了，呼叫上苍惩罚这两个不孝之女。毫无怜悯之心的两个女儿把愤怒的老父亲李尔关在了狂风暴雨肆虐的大门外面。李尔能否挺得住这双重的从精神到肉体的打击，给观众留下了揪心的悬念。

第三幕戏是悲剧发展的第一个高潮，李尔王在暴风骤雨的黑夜中奔跑，身陷绝望的境地，身边只有一个弄人跟随着他，再也没有前呼后拥、八面威风的场面。他浑身透湿，撕心裂肺地哀嚎着，让暴风雨把所有的愤怒都倾倒在这个世界上，毁灭这无情无义的人类，那孤独颤抖的身影和哀嚎声令人肝肠寸断。葛洛斯特大臣因同情不幸的老国王李尔，在凄风苦雨中把李尔带回了家，结果惨遭李尔王的二女儿里根和康华尔夫妇的迫害，他们在葛洛斯特家里非但不顾主客之礼，里根还破口大骂，凶狠地拔掉葛洛斯特的胡子，康华尔公爵亲自挖掉了他的两只眼睛，还放在脚下踩踏。而告密者爱德蒙听到父亲的惨叫，却像没事一样走了；一个仆人实在看不下去这血腥、残忍的场面，拔剑刺向主人康华尔公爵，结果被对方杀死。李尔和葛洛斯特这两位身份高贵的老人其下场都惨不忍睹，莎士比亚把这幕戏写得惊心动魄。

第四幕戏主线和副线既相互陪衬，又彼此交织在一起。葛洛斯特对于悲惨遭遇的反应跟李尔王十分相似。他们都受到自己口蜜腹剑的儿女们的欺骗，冤枉了真正善良的孩子，他们对自己以往的行为感到愧疚、悔恨。两位老人野外相见的情景令人唏嘘，疯癫的李尔终于明白，身居高位，最大的危险就是听信谄媚奉承，高纳里尔、里根两姐妹篡夺君权，扰乱纲纪，违背天理。可怜的汤姆——爱德伽——成了双目失明的父亲葛洛斯特的引路人，他没有暴露自己身份；考狄利娅为了李尔也率领军队向两位姐姐讨伐，在肯特的帮助下父女相见，李尔王向考狄利娅忏悔。而心如铁石的高纳里尔、里根臭味相投，同时看上了年轻、帅气、处处能顺着她们意的爱德蒙，姐妹俩为此钩心斗角、争风吃醋。李尔的大女婿奥本尼公爵则选择站到了高纳里尔的对立面，痛骂她人品丑恶。

第五幕，全剧的高潮与结尾，是莎士比亚对人物结局的交代，主线和副线进入了终局。李尔王和考狄利娅被爱德蒙活捉，爱德蒙下密令处死考狄利娅，但要制造是考狄利娅自杀的假象，显示了爱德蒙这一人物的阴险狠毒。考狄利娅坦然面对自己的厄运和死亡，李尔却浸沉在和小女儿重聚的喜悦之中，他不在乎战争的输赢，也不在乎自己的被俘。高纳里尔为争夺爱德蒙而毒死了自己的妹妹里根，最后也自杀身亡了。奥本尼掌握了全局，他对爱德蒙私自囚禁李尔王和考狄利娅非常不满；爱德伽在与爱德蒙的决斗中杀死了这个罪恶的兄弟。最后，白发苍苍的李尔抱着考狄利娅的尸体再次发疯，心碎而死。爱德蒙、里根、高纳里尔、康华尔一个个死去；连对李尔王赤胆忠心的肯特也决意要追随李尔于地下，到这时我们才明白他在第四幕第七场戏里说过的一句话：今天的这场战争打响以后，不管结果是好是坏，我的一切一切都将最终了结。原来肯特是把自己的命运和李尔王结合在一起。全剧在一片死亡、空虚中落幕。

这个结局留给观众无尽的思考，我们为善良、美丽的考狄利娅之死哀叹。她不同于其他人，不像她的父王和姐姐们：他们犯有大错，罪有应得。她错在哪里要有这样的报应？英国评论家奈茨说：《李尔王》是具有普遍性的寓言剧，“表达了人生遭遇的某些永恒的东西”。[①] 的确，莎士比亚在暴露我们这个世界的丑恶的同时，也暴露了我们人性的丑恶，这种对人的本质与存在的痛苦的追问，值得我们去认真反思。

2. 多侧面的人物刻画

尽管《李尔王》的结局是悲惨的，但是它与莎士比亚其他悲剧一样，在善与恶的斗争中，正义终于战胜了邪恶，恶人遭到了恶报。不过，好人还是同坏人同归于尽，这是莎士比亚悲剧的持点。这让我们想起了考狄利娅被捕后说过的一句话：“满怀善意反而得到恶报，我们的遭遇并不新奇。”[②] 她和李尔王的遭遇印证了这句话。

李尔王作为全剧中最重要的角色，莎士比亚为他花了大量的笔墨加以刻画。李尔王刚出场时，完全是一副唯我独尊的统治者的模样，他说的话不容置疑。当肯特看到李尔王分土授国，混淆了国与家的概念，还咒骂、驱逐自己天真善良的小女儿考狄利娅时，他刚喊了一声“陛下”，李尔立即打断他：“闭嘴，肯特！不要来激怒龙的逆鳞。”[③] 忠诚于李尔王的肯特不依不饶，冒死直言进谏，批评李尔王干下了最愚蠢的事情，规劝他收回这鲁莽的成命，保留自己的权力，不要听信花言巧语，考狄

① ［英］奈茨：《李尔王》，杨周翰编选：《莎士比亚评论汇编》（下），中国社会科学院出版社 1980 年版，第 290 页。

② ［英］莎士比亚著，朱生豪译：《莎士比亚全集》9，人民文学出版社 1978 年版，第 261 页。

③ 同上，第 154 页。

利娅不是一个无情无义的人。忠言逆耳，李尔王非但不冷静下来反思一下，反而龙颜大怒，欲拔剑杀了肯特，骂他是“逆贼”，是“可恶的奴才”“目无君上”，把肯特从自己身边赶走，把他放逐，断绝了君臣关系。在李尔王对肯特和考狄利娅的粗暴态度中，我们可以看到李尔王的专横跋扈、刚愎自用。他没有得到他所期望的考狄利娅甜言蜜语的爱的表达，相反，考狄利娅率真平实的回答刺痛了自负的李尔王，李尔王贸然割断了父女之情。

作为一个父亲，为避免日后的纷争，李尔王把财产分送给女儿们，本意是好的。然而，作为一国之君，他竟把国土也分送了，将不列颠王国当作私有财产分而治之，把权力分散给女儿们，这必然会造成很多问题，会造成国家的分裂与混乱，造成家庭的不和与矛盾。这种做法与当时英国社会的传统是格格不入的、背道而驰的，而且向小女儿考狄利娅求婚的是法国国王，这等于把英国的一大块土地分给了法国人。李尔王犯下了一个严重的政治错误，分土授国，把本来统一的国家分裂开来，这等于在制造社会矛盾和政治动乱，李尔王的这个不可思议的举措令人震惊！年迈昏庸、专制粗暴是李尔王开场时的基本形象。

莎士比亚让这个把权力、国土和财产通通交出去的李尔王立即得到了报应，为自己的愚蠢付出了沉重的代价。李尔王本想轮流在两个女儿家里居住，一个月轮换一次。不料一个月还没有住满，大女儿高纳里尔就暴露出她伪善的真面目，她要削减父亲一半的随从，这等于打击了一个君王的尊严；紧接着二女儿里根也与姐姐沆瀣一气，先是故意怠慢，迟迟不出来见父亲，后又当面教训老父亲，在姐姐削减一半随从的数目上再减去一半。李尔王一贯在有人违逆顶撞他的时候会有强烈的反应，现在他懵了，他还想欺骗自己是误解了两个女儿，还想过给二女婿康华尔的无礼行为找一个借口：也许是他身体欠佳。等到里根终于出现后，李尔王先是想博取她的同情，无效以后又摆出一副可怜相：“看着我这一把胡子，你不觉得羞愧吗？”然而，两个无情无义的女儿对李尔的发火、乞怜都无动于衷，和过去那种温顺的样子完全判若两人，李尔王简直都认不出自己的女儿了，他骂她们是“忘恩负义的畜生”。然而，大势已去，李尔王再也不可能挽回败局了。

为了保持住一个君王和父亲的最后尊严，李尔王冒着倾盆大雨冲了出去，他宁可在风雨交加的黑夜中露宿荒郊，也不愿跟不孝不义的女儿住在一起。他现在才明白他是自食其果，失去了王位和权力，他不过是一个遭女儿嫌弃、鄙视的糟老头，两个女儿连一句假惺惺的拦阻他出走的话都没有。李尔王为自己一手造成的灾祸痛心疾首，这是他命运的巨大转折。

在当晚这个狂风暴雨的夜晚，李尔王选择了出走，表明至少在心理上是他抛弃了女儿，不是女儿抛弃了他。他在羞辱他的女儿们面前强忍眼泪，“宁愿让这颗心碎成万片，也不愿意流下一滴泪来。”① 尽管二女婿康华尔威胁李尔王，说他走了就再也别回来了，他们会把门锁上，李尔王还是头也不回地冲进了狂风呼啸的雨幕中，冲进了黑夜里。李尔王的这一行动表明他保持了一个人的尊严，保持了一个帝三的尊严。

莎士比亚把李尔王的出走置放在一个特殊的戏剧情境里——风雨肆虐的黑夜的荒野，是别有一番用意的，作者是借用大自然的狂风暴雨来象征、映射出悲剧主人公李尔王此时此刻的愤怒心境。李尔王的两个女儿的冷酷无情，丧失了对白发苍苍的老父亲最起码的恻隐之心和尊

① ［英］莎士比亚著，朱生豪译：《莎士比亚全集》9，人民文学出版社 1978 年版，第 204 页。

重，这是违背社会秩序规范和伦理道德的，人世间的动荡也感应了自然界的动荡，连苍天都为李尔王的遭遇痛心疾首，为他的那两个毫无仁心的不孝之女而震怒。李尔王在暴风雨中发泄出自己的满腔痛苦，他老泪纵横，早已分不清哪是雨水哪是泪水，如今他一无所有，但求一死。彻底的绝望，让李尔王感受到人世间一切皆空，让他变得癫狂，这与开幕时威风、高傲的李尔王形成了鲜明的对比。看到这个满头银发的老人在荒野里任凭风吹雨打，没有一片挡风避雨的栖身之地，令人顿生怜悯。

人，只有在苦难中才能睁开眼睛，客观地打量我们这个充满罪恶的、冷酷无情的世界。李尔这个原本专制的君王，只要一瞪眼就可以叫他周围的人吓得浑身发抖、抱头鼠窜的君王，开始了他的现实人生之旅。他在极其恶劣的天气中第一次体会到了穷人的疾苦，质疑上苍的不公。李尔王对穷苦民众的关心，其实是一种自我反省，表露出他人性中善的一面，这也是他自我觉醒的开始。

莎士比亚让李尔王为他自己的错误受到惩罚，在前所未有的从精神到肉体的巨大打击之下，李尔王失去了理智，成了一个疯子。在这个逐渐变疯的过程里，李尔王经受了如同地狱般的苦难，正如他身边的弄人所嘲笑的：只有在乌托邦里，正义和善良才能压倒邪恶，在李尔王的现实社会里就不可能了。李尔王在苦难中对人、对现实社会、对命运、对神学等进行了深刻的思考、怀疑和对话，这是莎士比亚伟大的地方。

在人生的最后阶段，李尔王与自己天使般的小女儿考狄利娅重新团圆了，尽管这个团聚是短暂的，但对李尔王来说是幸福的。他从疯癫中清醒过来，变成了一个通情达理的可爱的老人，他对小女儿说：“你不该把我从坟墓中间拖出来。你是一个有福的灵魂，我却缚在一个烈火的车轮上，我自己的泪水像熔铅一样灼痛着我的脸。”[1] 他忍不住跪在考狄利娅的面前：“请不要取笑我，我是一个非常愚蠢的傻老头子，活了八十多岁了；不瞒您说，我怕我的头脑有点儿不大健全。我想我应该认识您……我想这位夫人是我的孩子考狄利娅。”[2]“你必须原谅我。请你不咎既往，宽恕我的过失；我是个老糊涂的人。”[3] 李尔对考狄利娅说的这番话，表明他已经明白了很多事理。对一个刚愎自用的统治者来说，能当面承认自己犯下的错误是多么不容易啊，这是一个巨大的变化！

考狄利娅是纯洁、高尚、善良和爱的化身。她对父亲给她的伤害、误解没有一丝怨恨；她对李尔的亲吻和安慰的话语，犹如温暖的春风、和谐的音乐，取代了先前降临在李尔王身上的暴风骤雨，温柔地将李尔王从高纳里尔和里根造成的苦难与伤害中解救了出来。

小女儿的爱让李尔王的心重新找回了平静，即便是最后和考狄利娅一起被捕，他都无所谓，因为他满足于能和考狄利娅在一起的快乐，对外界的纷争战事的输赢，他完全不关心不在乎。这时候的李尔不再是一个君王，而是一个纯粹的父亲了。他怎能接受爱女考狄利娅之死?！他抱着她，用一根羽毛去试探爱女是否还有气息。这一细节，暗示李尔心中的万般不舍，他不相信他人的话，他要亲自去证明考狄利娅是否还活着。

李　尔：哀号吧，哀号吧，哀号吧，哀号吧！啊！你们都是些石头一样的人；要是我有了你们的那些舌头和眼睛，我要用我的眼泪和哭声震撼穹苍。她是一去不回的了。一个人死了还是活着，我是知道的；她

①② ［英］莎士比亚著，朱生豪译：《莎士比亚全集》9，人民文学出版社1978年版，第255页。
③ 同上，第256页。

已经像泥土一样死去。借一面镜子给我，要是她的气息还能够在镜面上呵起一层薄雾，那么她还没有死。[1]

莎士比亚连续用了四个“哀号吧”来揭示李尔王内心的巨大的苦痛，李尔王不仅是悲痛欲绝的，而且是无比愤怒的，他要亲手杀了那个把考狄利娅缢死的凶手、奸贼！他最后的死是死于心碎，死于对这个无情世界的彻底绝望。

结　语

《李尔王》是一部气势恢弘的悲剧。全剧人物众多，有 30 多个角色，戏剧情节错综复杂，但是莎士比亚在结构矛盾冲突和人物关系中，显得从从容容，游刃有余。该剧通过国王李尔被阿谀奉承所迷惑，不识真正的忠良品质，最终遭到毁灭的悲惨故事，以富有冲击力的舞台手段，揭露了英国资本主义原始积累时期的社会罪恶，以及私欲过度引发后果的惨痛程度。莎士比亚对见利忘义、口蜜腹剑、贪婪野蛮等人性之恶的尖锐抨击，对忠诚、善良、坚定等美好情操的高度肯定，以及对生命、命运和存在的真诚追问，使《李尔王》这部悲剧具有极高的文学价值。

莎士比亚擅于在行动中刻画人物，除了李尔王的形象刻画是非常成功之外，其他人物也给人印象深刻。如，像李尔一样内心高贵，却被庶子的口蜜腹剑乱了心智，缺乏判断真假的理性能力，直至双目失明后才

① ［英］莎士比亚著，朱生豪译：《莎士比亚全集》9，人民文学出版社 1978 年版，第 270 页。

幡然醒悟的葛洛斯特伯爵；追求本性、有节有义的肯特伯爵、葛罗斯特长子爱德伽、李尔王的小女儿考狄利娅；以及残忍贪婪，善于伪装、违逆纲常、制造动乱的角色高纳里尔、里根和葛罗斯特的私生子爱德蒙等。仅仅因为葛洛斯特给予露宿在暴风雨中的李尔一点帮助，给了他遮风挡雨的地方，高纳里尔和里根就叫嚣着要对葛洛斯特处以极刑："立刻绞死他！""挖掉他的眼睛！"葛洛斯特收留的不是别人，恰恰就是她们的父亲，为了爱她们而把自己所有的财产、权力都毫无保留奉献给她们的父王李尔！爱德蒙不仅出卖了自己的父亲，还对挖掉他父亲双眼的两个女魔头献媚，造成她们自相残杀。这些反面角色是社会动荡不安的灾难的制造者，是地狱里恶魔的化身，直接引发了李尔的疯狂。

在这部给观众带来压抑和恐惧的悲剧里，人们能够接受这些反面人物的死亡，但还是有很多人对《李尔王》剧终时让善与美的化身考狄利娅和老父亲一起死去感到难以接受。因此，在 18 世纪西方有戏剧家把这部悲剧的结尾改为大团圆的结局，考狄利娅被从绞刑架上及时救了下来，登上了女王的宝座，嫁给了爱德伽。[①] 李尔与忠臣葛洛斯特和肯特一起生活。但是，这绝对不是莎士比亚的本意，莎士比亚就是要借考狄利娅与李尔王的悲惨结局，引起观众对世事的痛苦和人类本性的质疑、警觉与思考。

作为人类戏剧史上里程碑似的人物，《李尔王》依旧活跃在当今世界各国的舞台上，仅在上海就有改编成京剧的《歧王梦》(上海京剧院)、《李尔在此》(台湾当代传奇剧场，编导演吴兴国）等演出；2014 年日本导演铃木忠志也带着他改编、导演的《李尔王》来到上海戏剧学院的舞

---

① ［英］詹姆斯·L. 史密斯著，武文译：《情节剧》，中国戏剧出版社 1992 年版，第 88 页。

台上公演。这些搬演反映了当代戏剧家对该剧的新的理解。《李尔王》与莎士比亚其他戏剧一样，蕴含了巨大的包容性，蕴含了莎士比亚对于人与自我、人与社会、人与他人的矛盾冲突的认知和普遍人性的了解与怜悯。因此，莎士比亚戏剧能在当代各国观众中产生共鸣。

毫无疑义，莎士比亚不仅属于英国，而且属于整个世界；不仅属于一个时代，而且属于所有的时代！

昂朵马格

让·拉辛（Jean Racine，1639—1699），17 世纪法国最著名的古典主义悲剧家，也是当时欧洲最伟大的三大戏剧家之一，另外两位是莫里哀和高乃依。拉辛在西方戏剧史上具有非常重要的地位，他的悲剧被誉为古典主义的完美典范。重要代表作有《昂朵马格》(1667)、《费德尔》(1677）和《阿达莉》(1691)。拉辛用亚历山大格式的十二音节诗行创作剧本，雅致、清纯，激情洋溢，具有强烈的节奏感。学术界形成了一个共识，这就是拉辛的语言特色是无法翻译的。深刻、细腻的心理剖析是拉辛悲剧最鲜明的特点，他所塑造的戏剧人物情感饱满，充满了强烈的欲望与张力，他的戏剧结构严谨，环环紧扣、条理清晰。拉辛还擅长于写抒情诗，《心灵雅歌》(1694）使他成为如龙沙①、雨果、波德莱尔一样伟大的诗人。

一、拉辛生平简介

1639 年 12 月 22 日，让·拉辛出身于法国北部拉费泰米隆一小官员

① 彼埃尔·德·龙沙（1524—1585），法国第一个近代抒情诗人。1547 年组织七星诗社。1550 年发表《颂歌集》四卷，声誉鹊起。

家庭。幼年时父母双亡，由祖父母抚养。10 岁时祖父也离他而去，他和祖母相依为命。祖母带拉辛进入巴黎皇家码头（Port-Royal）修道院，他在那里接受了完整的古希腊罗马古典文学教育，同时也受到詹森派[①]的熏陶，这对拉辛的一生和戏剧事业带来了深刻的影响。

1664 年 6 月 20 日，拉辛的第一部戏剧《泰巴伊德》(又名《兄弟阋墙》)，由莫里哀剧团在巴黎上演。次年，莫里哀剧团又上演拉辛的第二部戏剧《亚历山大大帝》(1665)，这为拉辛写戏积累了经验，他很快就成为在巴黎享有盛誉的悲剧家高乃依的劲敌。拉辛的重要悲剧主要是发表在 1667 年到 1677 年的十年间。如《布尼塔尼居斯》(1669)、《贝蕾妮丝》(1670)、《巴雅泽》(1672)、《米特里达特》(1673)、《伊菲莱涅亚》(1674）等。

1667 年，拉辛的悲剧《昂朵马格》(1667）在巴黎上演引起轰动，给他带来了很高的声誉，夺走了高乃依在法国剧坛上的煊赫宝座，但是他的才华也遭到贵族保守派的敌视与攻击，一度受到舆论的围剿，幸好有国王路易十四（1638—1715）的支持，拉辛的地位才得以巩固。两年后，拉辛的又一部悲剧《布尼塔尼居斯》(1669）问世，该剧取材于罗马历史，因暴露了罗马暴君的罪行，再次给反对他的法国贵族们找到借口，指责拉辛对君主政治持怀疑态度，把莫须有的罪名强加在他的头上。愤怒的拉辛不得不为自己辩解，进行反击。

不久，拉辛又创作出另一部重要悲剧《费德尔》(1667)，描写年轻的王后费德尔爱上了年迈国王的前妻之子希波吕特斯，在老国王出去久无音讯的情况下，鼓起勇气向希波吕特斯王子倾诉了自己的爱情，遭到

① 詹森派（Jansenism）：17 世纪、18 世纪法国的一个神学流派，强调原罪、人性堕落、命运注定，需要有神的恩典、感化。

拒绝，她羞愧难当。正在这时丈夫突然回来，费德尔在得知希波吕特斯另有所爱后，由爱转向嫉恨，自杀之前诬陷王子，导致希波吕特斯的被害。拉辛对王后费德尔的心理分析与刻画，层层递进，令人赞叹。《费德尔》上演之后，反对派贵族对才华横溢的拉辛发起的攻击更为激烈，他们指责这部悲剧有伤风化，更过分的是他们让一个叫普拉东的人写了一部同名戏剧也叫《费德尔》，并且同时在巴黎上演。反对派买下了两个剧院的全部包厢，连续六天，一边是上演普拉东《费德尔》的剧院高朋满座，而另一边拉辛的剧院却空无一人，反对派贵族想方设法打压拉辛，迫使拉辛的《费德尔》停止演出。结果，在强大的社会恶势力面前，文人拉辛再也招架不住了，他不得不搁笔长达十二年之久。该剧上演后拉辛便做了路易十四的史官。

然而，拉辛在悲剧艺术上的卓越才华是任何人都遮挡不住的。1673年，34 岁的拉辛当选为法兰西学院院士，成为四十名不朽者之一。1677年，路易十四封拉辛和布瓦洛[①]为官吏。1678 年、1683 年、1687 年拉辛三次随路易十四征战根特、阿尔萨斯、卢森堡等地，收集战史资料。1690 年，他被封为国王侍臣，1694 年任国王私人秘书。

1674 年路易十四从弗朗什·孔泰战役凯旋，之后，签订奈梅亨条约，西班牙拱手把瑞士边境的这一大片土地让给法国，确立了法国在欧洲的霸主地位，路易十四也被尊为“路易大帝”。路易十四踌躇满志，在凡尔赛宫大宴群臣，拉辛的《伊菲莱涅亚》(1675) 被选中在宫里演出，后来又在巴黎公演，拉辛在法国悲剧剧坛独占鳌头的地位再次得到

---

① 尼古拉·布瓦洛（1636—1711），法国诗人、文学理论家。被称为古典主义的立法者和发言人。最重要的文艺理论专著是 1674 年的《诗的艺术》。这部作品集中表现了他的哲学及美学思想，被誉为古典主义的法典。

巩固。古典主义三一律的创作法则在拉辛手中被运用自如，不感到丝毫约束。①

三一律是 17 世纪法国首相黎塞留（1585—1642）针对当时法国文艺界存在的乱象，强行提出并推行的古典主义创作法则。黎塞留在当时的王权政治中占有决策性主导地位。他对戏剧创作提出了规范化的要求，要求在政治上必须服从于国家的整体利益，宣扬公民义务；在哲学思想上，强调个人感情让位于理性，即崇尚理性原则，克制个人情欲；在文学观点上，把古希腊、罗马文学奉为典范，运用艺术手法处理现成的故事情节。强调按照“三一律”（即要求时间、地点、情节的严格一致）来写剧本；悲剧、喜剧要绝对区分，因为悲剧是高雅的，是写王公贵族的，喜剧则是卑俗的，是写贫民百姓的；必须用诗的语言写戏。黎塞留还在 1634 年创办了法兰西学院，在全国文艺、学术、政治等领域严格遴选出 40 名最有代表性的学者、作家作为院士，称为四十“不朽者”。黎塞留利用法兰西学院来指导古典主义戏剧创作，监督并制止一切违反这些创作法则的现象和行为。于是，古典主义作为一种文艺流派很快就形成了，并且波及欧洲各国，时断时续地在西方戏剧舞台上统治了差不多有 200 年之久。

拉辛在进行戏剧创作时，严格遵循古典主义的创作法则，写出了许多脍炙人口的作品。1691 年，拉辛创作了他最后一部取材于《圣经》的悲剧《阿达莉》（1691），表现民众起来反对暴君的意志和力量，这个为保全自己的统治地位而不惜杀绝自己后代的女暴君阿达莉，在僧人若亚德领导下的民众暴动中终于被杀死。这部悲剧里涉及了政治与宗教，是

① 引自 http：//www.baike.com/wiki/ 让 · 拉辛。

拉辛与詹森派和解后的一部重要剧作。拉辛晚年因不满路易十四的政策，与国王的关系日趋疏远，最后他被禁止进入宫廷。1699年4月2日，拉辛因肝癌在孤独中与世长辞。

法国著名启蒙思想家、文学家伏尔泰[①]给予拉辛很高的评价，他说："我承认，在整理了高乃依的作品之后，我成了拉辛的崇拜者。"[②]从后人对拉辛及其戏剧的源源不断的研究里我们可以看到，拉辛对予世界悲剧艺术做出了巨大的贡献，作为17世纪法国最伟大的古典主义悲剧家，他是当之无愧的。

二、拉辛的悲剧观

拉辛自幼受到詹森教派的熏陶，所以受到宿命论的影响。特别是1675年之后，詹森派再次受到国王路易十四的打压，已无容身之地。拉辛的《费德尔》实际上是告诉人们和批评他的詹森派教徒们，如果要想活下去，信仰必须让步，否则只有选择死亡。拉辛自幼受到希腊文学的熏陶，他在詹森派学校读书的老师是当时优秀的希腊语学者，因此他深受古希腊悲剧的影响，相信命运。但是他不同于古希腊悲剧家埃斯库罗斯和索福克勒斯，他不认为上帝毫无怜悯之心，把人们引向悲惨的、不能掌控的毁灭道路。在拉辛那里，命运往往把人们引向痛苦的、疯狂的单相思，这种单向的恋情，往往像影子一样追随着、纠缠着这类不幸的男男女女，在无望中备受煎熬和折

① 伏尔泰，本名弗朗索瓦—马利·阿鲁埃（Franois-Marie Arouet，1694—1778年），伏尔泰是他的笔名。法国18世纪启蒙思想家、文学家、哲学家、史学家。

② [美] 威尔·杜兰著，幼狮文化公司译：《世界文明史·路易十四时代》，东方出版社1999年版，第104页。

磨，而且越是达不到目的，相思的对象越是冷漠，他们就越是爱得强烈，爱得不能自拔，直至毁灭，毁灭所爱的人，自己也从自尽中获得解脱。

从欧里庇得斯开始，神灵就被赋予了象征意义。爱神维纳斯（希腊人把爱神叫阿芙洛狄特）代表人性中不可满足的情欲，往往导致人的心理失常，例如欧里庇得斯的《希波吕特斯》中高贵的王后费德尔。在拉辛的悲剧世界里，宫廷里的王公贵族们往往去追逐不法的爱情，他们那淫乱的激情，使当事者成为欲望的奴隶不能自拔，一旦内心的欲望得不到满足，他们便会走向极端，由爱生恨，进行无情的报复，哪怕犯下杀人的罪孽也在所不惜。就像王后费德尔，她不由自主地强烈地爱上了王子希波吕特斯，遭到拒绝后，痛不欲生。后来，得知希波吕特斯另有所爱，费德尔醋意大发，妒火中烧，她由爱生恨，发誓要杀死那个藐视她爱情的男人，“我残忍的双手，急于报复泄恨，要让无辜的鲜血四处飞溅”①。

亚里士多德在《诗学》第十三章里，指出无意中铸就的大错是悲剧的特征。在拉辛的心目中，无意中铸就的大错，是人性中存在的缺陷，翻江倒海的欲望因无法抑制而使人丧失理性，招致毁灭。这种不顾理性的疯狂举动，在拉辛看来是命运，“人不能左右命运”②，人被注定的命运所支配。“人类的弱点本来就是在所难免，凡人的命运由天而定，不可改变。”③拉辛这种命运观，导致他的戏剧走向悲观主义，在拉辛的悲剧里充满了生命的激情。

---

① ［法］高乃依、拉辛著，张秋红等译：《高乃依·拉辛戏剧选》，人民文学出版社2001年版，第544页。
② 同上，第545页。
③ 同上，第546页。

三、拉辛的情爱观

纵观拉辛的悲剧创作，我们不难发现他的情节设置是建立在一种三角关系上的，宫廷里一对年轻的情侣两情相悦，由于第三者的介入而破裂，这个第三者的身份往往是王后，单恋的痛苦永远得不到回报，最后恨意取代了爱欲酿成大祸。拉辛不同于古希腊悲剧的一个重要方面是，拉辛的悲剧人物是完全意识到自身的缺陷和问题的，只是他们无法克服，他们的内心完全受到情欲的主宰。古希腊悲剧英雄俄狄浦斯到剧终时才明白一切都是命运的安排，无论他怎样千方百计想要逃脱杀父娶母的厄运，但最终还是摆脱不掉命运的魔枷。而拉辛的《费德尔》同名女主人公从一开始就意识到她的爱情是畸形的、可怕的，有失体统的。费德尔始终有一个清醒的认识，知道她对希波吕特斯的这份强烈的情感这是难以启齿的乱伦之爱，她爱上了不该爱上的前妻之子，这使她在理智与感情的矛盾冲突中备受煎熬，苦不堪言。《昂朵马格》里的国王卑吕斯也因为特洛亚王后昂朵马格的出现而丧失理性，狂热地爱恋上她，竟然忘记自己对希腊和对自己未婚妻爱妙娜的神圣职责，去悉心保护全希腊人的后患、特洛亚王室唯一的遗孤——昂朵马格的儿子。

在拉辛看来，单向的情爱是一种心理上的病态。这是一种致命的疾病，使人深陷其中不可自拔，既毁了自己的尊严，又给国家、民族和他人带来祸害。这种人难以控制住自己的情绪，内心的激情像火山一样暗流涌动，一旦爆发出来，后果不堪设想。他们自欺欺人地希望能够完成自己的心愿，最后总是以快速死亡而告终。我们可以清楚地看到拉辛悲剧的主人公们个个像着了魔一样，一意孤行，为激情迷失了方向。例如，卑吕斯宁愿辜负于全希腊人，也不愿杀死特洛亚唯一的遗孤，原因就是不愿意伤害他痴迷的女人、沦为女奴的原特洛亚王后昂朵马格。然而，高傲的昂朵马格从来不为卑吕斯的一片真心所打动，哪怕只是一厢情愿、一意孤行的卑吕斯最后在神庙里纵然死了还是爱着昂朵马格。同样，深受单相思痛苦折磨的费德尔也像卑吕斯一样在爱欲的漩涡里不能自拔，她也想方设法解除其内心的苦恼，好不容易鼓起勇气让王子希波吕特斯明白了她的心迹，却被冷冷地拒绝，这使她无地自容。当她得知希波吕特斯另有所爱时，又受到嫉妒痛苦的折磨，她不能容忍自己的爱情被蔑视，而且她的情敌的地位比她低下。于是，费德尔彻底丧失了理性，借老国王之手来进行狠毒的报复。

拉辛既同情这类深陷情爱泥潭不能自拔的男男女女，又严肃批判他们因醉心个人情欲而迷失自我，丧失了理性，这些有身份的王公贵族，甚至为此忘记了自己高贵的社会职责。比如《昂朵马格》中的希腊使者奥莱斯特为了获取他的意中人爱妙娜的欢心，完全把全希腊人的重托——杀死昂朵马格的儿子，铲除后患——弃而不顾，背弃了自己作为使节的重大责任，犯下了弑君渎神之罪。这种疯狂的对个人情欲的追求，不仅害己害人，而且还危及到国家、危及到民族的整体利益。所以说，拉辛是从反面来肯定理性的重要性。

四、《昂朵马格》剧本分析

五幕悲剧《昂朵马格》（Andromaque）创作于 1667 年，被认为是法国第一部标准的古典主义悲剧。按照古典主义创作原则的要求，剧作家不能写现实题材，只能改编古希腊、罗马的现成戏剧故事进行再创造。

拉辛的《昂朵马格》取材于希腊神话和古希腊悲剧家欧里庇得斯的两部悲剧《昂朵马格》及《特洛亚妇女》。昂朵马格是特洛亚军事首领赫克托尔的遗孀，特洛亚被希腊人攻陷之后，她从王后降为俘虏，被杀害她丈夫的希腊英雄阿克琉斯的儿子卑吕斯带回到自己的王国伊卑鲁斯。掌握生杀大权的卑吕斯为昂朵马格的美貌与高贵气质所倾倒，不顾自己的未婚妻、希腊公主爱妙娜的感受，以杀死赫克托尔的儿子阿斯佳纳为要挟，要娶昂朵马格为妻。昂朵马格面临痛苦的抉择：要么应允嫁给卑吕斯，要么听任儿子被处死。为了保全赫克托尔的独子、特洛亚唯一的遗孤，昂朵马格答应嫁给仇人卑吕斯，但是要他在神庙里起誓把她的儿子当作亲儿子对待，抚养他长大，帮他光复特洛亚，自己则准备在婚礼后自杀。一直在等待完婚的爱妙娜因为得不到卑吕斯的爱情，利用希腊使者奥莱斯特对自己的感情，命令他去杀掉卑吕斯，事后又后悔万分，自刎在卑吕斯身旁。奥莱斯特既没有得到爱妙娜，反而遭到她的恨，又犯了渎神弑君之罪而精神错乱。昂朵马格最终不仅保全了儿子和自己的贞操，而且还掌握了伊卑鲁斯的统治大权。

1. 人物组合关系

这部悲剧颠覆了常规的戏剧套路，使用了环环相扣的单恋单相思人物走向。拉辛设置了一个四角关系，由昂朵马格、卑吕斯、卑吕斯的未婚妻爱妙娜、希腊使者奥莱斯特四人组成。伊卑鲁斯国王卑吕斯不爱等待完婚的爱妙娜公主，却苦恋着女俘虏昂朵马格，他明知这样做会得罪、惹怒希腊人，还是决意娶不爱自己的这位前特洛亚王后，庇护她的儿子。爱妙娜公主深爱着未婚夫卑吕斯，却遭到他的冷落和抛弃，由爱转恨，以毁灭卑吕斯来一解心头之恨，利用了奥莱斯特对她的爱。奥莱斯特深爱爱妙娜不能自拔，为了讨好爱妙娜而成为她报复杀人的工具，谋杀了伊卑鲁斯国王卑吕斯。

在这出宫廷悲剧里，四个主人公个个出身名门，家庭背景显赫，符合古典主义对悲剧主人公身份的要求。昂朵马格是特洛亚王后，她的丈夫赫克托尔是特洛亚第一勇士和军事首领。卑吕斯的父亲阿喀琉斯是希腊最伟大的英雄，阿喀琉斯在与赫克托尔的对决中取胜，杀死了赫克托尔，从而结束了这场长达十年的特洛亚战争，希腊人大胜而归，特洛亚所有的男人被斩尽杀绝，所有的女人被沦为女奴，分配给任何一个希腊人。因此，昂朵马格怎么愿意去嫁给一个有杀夫之仇和亡国之恨的仇敌卑吕斯？！爱妙娜的母亲海伦以美貌冠绝希腊，是世界上最漂亮的女人，爱妙娜的父亲是希腊联军首领阿伽门农的弟弟、斯巴达国王墨涅拉俄斯，因为海伦那倾国倾城的美貌，迷住了在希腊做客的特洛亚王子帕里斯的心，在爱神的帮助之下拐走了海伦，从而引发了这场著名的特洛亚战争。而奥莱斯特则是希腊联军首领阿伽门农的儿子，阿伽门农不仅是希腊迈锡尼国王，也是希腊诸王之王。

老一代人所彼此纠缠着的爱恨情仇，又影响到了下一代。痛遭婚约背叛的爱妙娜得知她的未婚夫卑吕斯兴高采烈地带着一支婚礼队伍和昂朵马格一起走向神庙时，这个愤怒中的女人叫来奥莱斯特，吩咐他去刺杀卑吕斯，“我的光荣被侮辱，我要让他为我而死，这对你还不够吗？打倒一个暴君的代价是爱妙娜！”① 在得知奥莱斯特迟疑着没有动手时，爱妙娜更加怒火中烧，她想到她的母后海伦能让千万男子汉，无论是希腊人还是特洛亚人，甘愿为她战死疆场；现如今她爱妙娜连一个男人也

① ［法］拉辛著，张秋红等译：《昂朵马格》，《高乃依·拉辛戏剧选》，人民文学出版社 2001 年版，第 359 页。

支配不了，那个口口声声说爱她的奥莱斯特也不肯替她报仇。想到此，爱妙娜差不多要丧失理性，想要亲自去动手，不仅要杀卑吕斯，还要杀奥莱斯特。这里，卑吕斯、奥莱斯特和爱妙娜这三位名人之后在情欲的驱使下，完全丧失了理性，不仅没有得到幸福，而且还害人害己，以悲剧而告终。

2. 戏剧结构与心理分析

在《昂朵马格》这部悲剧里，拉辛充分展露出他在戏剧结构和人物心理分析方面的卓越才华。整个跌宕起伏的剧情就发生在伊卑吕斯王国的一天时间里，事件从希腊使者奥莱斯特来到伊卑鲁斯开始，这是卑吕斯庇护昂朵马格儿子的必然结果。

全剧四个主要人物，环环相扣，牵一发而动全身。他们之间的关系就像旋转的木马一样，一个追逐一个，却永远不可能走到一起。除了昂朵马格，他们每个人都纠缠在自己的欲望世界里不能自拔。爱妙娜、卑吕斯和奥莱斯特都满怀初恋的激情，热烈、坚定而又冷酷。卑吕斯身为伊卑鲁斯国王，操有生杀大权，他威逼昂朵马格嫁给他，如果不从就让她看着自己的儿子被处死，以达到他逼嫁的目的。而昂朵马格即便是从王后降格为奴，却坚守自己内心的高贵，既要悉心保护好自己的儿子，又要为亡夫赫克托尔守节，把特洛亚人的死敌卑吕斯拒之千里。希腊使者奥莱斯特上场的任务很明确，从卑吕斯手中夺走昂朵马格的儿子，以他的血浇灭全希腊人的愤怒与忧虑；但他的内心却呼唤他来此地寻找一个狠心肠的女子，从卑吕斯身边夺走爱妙娜，“我在恋爱，我到这儿来为的是寻找爱妙娜，我要感动她，把她带走，不然，就死在她的面前。”①

① ［法］拉辛著，齐放等译：《昂朵马格》，《拉辛戏剧选》，上海译文出版社 1985 年版，第 7 页。

拉辛在第一幕里很快就把人物关系交代了出来，矛盾冲突一触即发，接近高潮。奥莱斯特的上场，带来了一个重要的信息：在一次专题讨论卑吕斯的希腊诸国王公大会上，大家因卑吕斯非但没有杀死昂朵马格和她的儿子，反而庇护他们而愤怒，因此，奥莱斯特带着全希腊人的重托率团来找卑吕斯，他的使命是迫使卑吕斯国王必须做出决定，如何处置昂朵马格和她的儿子。奥赖斯特的出现，逼迫卑吕斯和昂朵马格立即作出选择，而昂朵马格的抉择必然会牵动爱妙娜的命运；爱妙娜决定采取什么样的行动，又会直接影响到奥莱斯特。奥莱斯特承认自己是爱情的奴隶，一心想把爱妙娜公主带回希腊，暗中希望卑吕斯拒绝交出昂朵马格的儿子。

拉辛在第一场戏里铺垫定当，到第二场戏马上展开对峙，剧情进展快速。奥莱斯特以希腊诸国的名义，强硬要求卑吕斯交出昂朵马格的儿子，并且把他处死。他指责卑吕斯“竟保留下这场旷日持久的战争的遗孽”，“当心养在你怀抱里的这条毒蛇，不要有一天因为你保全了它的性命而惩罚到自己……请你满足全希腊人的愿望，保证他们的复仇，保障你自己的生命，请你除掉这个敌人吧!”[①] 卑吕斯并不惧怕希腊人的威胁，他断然拒绝。这两个人物的会晤气氛严肃而紧张，对话中带有强烈的火药味。卑吕斯的拒绝不仅直截了当，而且还带有羞辱性。他讥讽奥莱斯特要杀死一个不构成威胁的幼童，嘲笑希腊诸国过于谨慎小心，无异于怯懦。他严厉谴责希腊诸国侵犯他的个人权力，他打了胜仗不是为了附庸于希腊。卑吕斯毫不客气地对奥莱斯特下了逐客令，这等于挑战了全希腊。拉辛为灾祸降临作了铺垫，卑吕斯的粗暴、鲁莽、自负的性

---

① ［法］拉辛著，张秋红等译：《昂朵马格》，《高乃依·拉辛戏剧选》，人民文学出版社2001年版，第301页。

格也被凸显了出来，这一性格特点与他后来缺乏理智、被谋杀都关系密切。

卑吕斯之所以允许奥莱斯特去看望爱妙娜，不是他不知道奥莱斯特对爱妙娜的感情，而是对奥莱斯特有可能带爱妙娜私奔根本就不在乎。这说明卑吕斯对自己的未婚妻爱妙娜不是寡情，而是根本就不爱她，心里完全没有她的地位。

在做足铺垫之后，重要人物昂朵马格在第一幕第三场才上场，卑吕斯要他的老师费尼克斯马上走开，表明他是多么急切地想和昂朵马格在一起。卑吕斯对昂朵马格和爱妙娜这两个女人的感情决定了整个剧情的走向。

昂朵马格请求卑吕斯把她母子二人放逐，让他们远离卑吕斯的王国，远离希腊，让她们自生自灭。当卑吕斯说他在希腊人面前庇护了她的儿子，她欠了他一个大大的人情，应该接受他的求婚时，昂朵马格当场表明她不可能爱卑吕斯，因为他是她一切苦难的主要根源。卑吕斯勃然大怒，说要把她的儿子交给希腊人，暴露了他先前在奥莱斯特面前所表现的虚伪性，事实上他留着赫克托尔和昂朵马格的儿子是做筹码，用来威逼、利诱昂朵马格就范。卑吕斯承认他杀戮无数，带头在特洛亚杀人放火，无比残忍，但是，昂朵马格居然对他如此冷漠无情，拒绝他的求婚，这比他更加残忍。卑吕斯还进一步表示，现在战争已经结束，他和昂朵马格可以结成联盟，对付共同的敌人希腊，他可以释放她的儿子，做他的父亲，甚至帮助他为特洛亚向希腊复仇。在个人情欲的驱使下，一国之君的卑吕斯竟然说出这等没有理智的疯话，根本不顾希腊人十年浴血奋战得来不易的胜利成果，去向希腊人的死敌昂朵马格献媚。但是，昂朵马格誓死守节，她对保卫国家而英勇死去的丈夫赫克托尔的爱忠贞不渝，早有以死相随之意，她的表现合情合理，是符合理性的。

卑吕斯的爱是专横的、霸道的、一意孤行的，在这一点上他和爱妙娜一样，爱得不能自拔，爱得痛不欲生。他和她，还有奥莱斯特，都为自己的欲望而苦苦煎熬，不达目的誓不罢休。嫉妒与愤怒的爱妙娜心里明白奥莱斯特对她的感情，但她羞于见他，因为她被卑吕斯冷落了、抛弃了。她怨恨卑吕斯的负心，“唉！我太爱他了，叫我怎能不恨他呢！”爱妙娜对她的心腹克来欧娜说道。她不甘心自己败于一个女奴之手，昂朵马格现在不过是一个女俘虏，她无法忍受周围人那种嘲笑的目光。同时，她心底还留着一丝期待：卑吕斯会回心转意，回到她身边来。因此，她希望希腊使团杀了那个特洛亚王室的独苗、昂朵马格的儿子。

3. 悲剧英雄昂朵马格

在这群王公贵族中，只有地位低下的昂朵马格是坚守道德伦理观、保持高贵的理性的。为了她的信念，昂朵马格不会贪生怕死，更不会为全特洛亚人的死敌卑吕斯而献身。她对卑吕斯说“既然你要把我的儿子交出去，那么就把母亲也交出去吧！”在她身上看不到一丝奴颜婢膝，只有高贵和坚贞。昂朵马格受到了卑吕斯的警告，必须当即做出选择：“我对你说清楚，你必须或者是死亡或者是统治。我的心被一年的负恩搞得绝望了。……待一会儿我再来找你，带你到神庙去，你的儿子会在那儿等我。到那里你可以看见我，或是驯服或是发怒；或是给你加冕，夫人，或是当你的面把他处死。”① 这是真正的严酷的生死相逼。昂朵马格内心陷入了极度痛苦的矛盾冲突之中，一边是她深爱的丈夫和死里逃

① ［法］拉辛著，张秋红等译：《昂朵马格》，《高乃依·拉辛戏剧选》，人民文学出版社 2001 年版，第 347 页。

生的儿子，一边是屠杀她同胞杀红了眼的凶犯，国仇与家仇，她怎能忘记又怎么可能释怀！？“不，我绝不能做他的罪恶的从犯。假如他愿意，就让他把我们当作最后的牺牲品吧，那样他才能克服我所有的仇恨！”[①]昂朵马格向她的友人赛菲则倾诉了她的心头之痛。经过内心一番挣扎之后，昂朵马格决定牺牲自己救护她的儿子。

昂朵马格：既然我应当牺牲自己，

那么我要去向卑吕斯交托我残余的生命。

我要到祭坛上接受他的誓言，

使他同我的儿子永远连接在一起。

但是我这双手只要我一个人的命，

立刻就要了却我的不贞的同时，

我还能偿还我负于卑吕斯的，

负于我儿子、我丈夫和我自己的义务。[②]

与卑吕斯等三位人物形成了鲜明对比的，是身陷囹圄的昂朵马格坚强地面对生存困境与苦难，她既富有深厚的感情，为亡夫守节，又具有高贵的理性与智慧，为特洛亚王室保全唯一的遗孤、全特洛亚人希望的唯一受托者，她准备牺牲自己，她把自己的儿子托付给心腹赛菲则，要赛菲则在必要的时候告诉儿子他那荣耀的身世。

拉辛把悲剧冲突建立在人物的内心冲突和心理分析的基础之上，这

① [法] 拉辛著，张秋红等译：《昂朵马格》，《高乃依·拉辛戏剧选》，人民文学出版社 2001 年版，第 349 页。

② [法] 拉辛著，张秋红等译：《昂朵马格》，《高乃依·拉辛戏剧选》，人民文学出版社 2001 年版，第 354 页。

是一种悲剧对立双方内在的冲突，他悲剧主人公的爱情世界是人类情欲和性格的世界。如果说这四位悲剧主人公有什么共同点的话，那就是他们都想挣脱精神困境的束缚，争取一种让爱欲得到满足的、自由的境界。而事实上他们都无法解决这种束缚，也无法解决他们之间的内在矛盾。

从第二幕起，拉辛揭示了爱妙娜的心理挣扎。爱妙娜在第一场里那一大段独白，极其生动而真实地再现了她内心的痛苦和复杂的心态。拉辛让观众和读者真切地感受到爱妙娜内心深处的痛苦纠结：爱、恨、羞辱、恐惧。她的语言是不连贯的，逻辑是混乱的。她忽而提出问题，忽而回忆往事，忽而心意已决，忽而又有所顾忌。总之，这些台词是爱妙娜内心痛苦挣扎的一种宣泄。

拉辛完整地展示了爱妙娜那炽热的爱欲之火，如何灼伤自己和所爱的人，使她成为一个复仇女神。即使卑吕斯冷酷无情，决意要舍弃她而娶昂朵马格，她还是割舍不下卑吕斯。这正是爱妙娜的不幸和悲哀，这个陷入情网而不能自拔的公主，令人心生怜悯。她让奥莱斯特去找负心汉卑吕斯，让他在她和特洛亚女人昂朵马格之间做一抉择，她做好准备跟奥莱斯特一道回希腊。其实爱妙娜是在欺骗自己，听到昂朵马格答应嫁给卑吕斯的消息，她非但不肯跟奥莱斯特离开这个伤心之地，反而说她决不能听任她的敌人蛮横无理地侮辱她，命令奥莱斯特立刻跑去神庙给她报仇，干掉卑吕斯，一刻也不许犹豫。

拉辛在每一幕戏里，自始至终都把他的悲剧主人公置放在一种爱欲、嫉妒、仇恨、权利、孤独、恐惧所构成的困境里。从第二幕起，悲剧人物对自己的选择游移不定，反反复复，一步进一步地增加了戏剧的悬念和张力。比如，痴迷于昂朵马格的卑吕斯决定娶爱妙娜为妻，不是为了希腊人考虑，而是幻想他要是和爱妙娜结婚，就会激起昂朵马格的嫉妒和痛苦，这样一来她一定会来求他宽恕。他痛恨昂朵马格的高傲，丝毫不知感恩。他愿意把一切都交给她，他的一片真心、他的王位，可是这个特洛亚女人却还说他是在迫害她。现在她该知道什么是真正的迫害了，他要把她的儿子交出去，交给希腊人去处死，她一定会痛哭流涕，伤心欲绝的。这无异于亲手给她心头扎上一刀。

拉辛揭示了卑吕斯内心真实的想法。卑吕斯因为自己的情欲得不到满足，由爱生恨，燃起了报复的念头，即刻向昂朵马格宣布了自己的这一决定，还告诉奥莱斯特他可以带走昂朵马格的儿子，让他和希腊使团第二天一起来参加他和爱妙娜的婚礼。这个不爱江山爱美人的国王试图像他在战场上一样，在情场上也战无不胜。卑吕斯的这一行动的结果，立即对其他三位悲剧主人公产生了一连串的反响。这是在编剧手法上的一个迂回，起了先扬后抑的作用。

4. 高潮戏

第五幕是高潮戏，也是全剧的终局，剧中人物的最终命运即将揭晓。在对性的角逐和占有的争斗中，本来重新燃起爱的希望的爱妙娜又重新跌入冰谷，走进神庙的新娘不是她，这让她面临双重的羞辱：卑吕斯彻底背叛了她的爱情，而向她求爱的奥莱斯特又行将背叛对她的承诺。这一切让爱妙娜忍无可忍。杀人这个原始的野性冲动，占据了她的整个心灵。我们仅从这个人物的内心冲突中，看到了爱妙娜那种爱而不得的疯狂和痛苦。

为了把紧张气氛推到极点，奉爱妙娜之命弑君的奥莱斯特迟迟没有下杀手。让观众感到毛骨悚然的，不是谋杀本身，而是步步紧逼的可怕气氛和不可预测的悬念。爱妙娜公主唆使奥莱斯特对卑吕斯的谋杀，不是冷血的谋划算计，而是在情欲的支配下失去理智后的冲动。爱妙娜隐约意识到，她将铸下大错。观众看到她正在给自己制造一场道德灾难，为她捏了一把汗。

最终，国王卑吕斯在神庙里与昂朵马格举行婚礼的时候被杀死了；爱妙娜和奥莱斯特都因自己犯下的罪行而心理崩溃。昂朵马格则保全了自己的儿子，又保全了自己的贞洁，她获取了伊卑鲁斯的王位，人民听从昂朵马格的命令，手握武器追杀希腊使团，替死去的卑吕斯国王报仇。和古希腊悲剧一样，按照17世纪法国古典主义戏剧的审美准则，舞台上不允许出现暴力的血腥的场面，卑吕斯的死是叙述出来的。拉辛的处理手法符合当时观众的审美心理，不需要展现血腥的杀戮场面而取得很好的戏剧效果，这种悲剧美学与古希腊悲剧是一脉相承的。

奥莱斯特前来告诉爱妙娜，卑吕斯国王已经被杀死在圣坛上了。之前，卑吕斯给昂朵马格戴上王冠、发誓善待她的儿子、视阿斯佳纳为己出、承认阿斯佳纳为特洛亚的合法国王，因而激怒了希腊使团，他们一拥而上，杀了卑吕斯，他本人根本就没有动手的机会。

奥莱斯特虽然没有亲自动手，但是他率领的希腊使团替爱妙娜报了仇，他天真地想把她立即带走。可是爱妙娜听到卑吕斯的死讯后惊恐万状，她不是后悔、悲伤，像寻常女人那样，却一反逻辑，让奥莱斯特闭嘴，把罪责全部推到了奥莱斯特的身上。她诅咒奥莱斯特，谁让他杀死了她深爱着的人？谁叫他做了卑吕斯命运的审判者？

奥莱斯特答道："是你，是你亲口要我杀的！"可是爱妙娜竟然说她是出于嫉妒失去了理智，说的全是疯话。她责骂奥莱斯特不该把一个嫉妒女人的疯话当真。他应该问问她真实的感情，他应该问她一百次，是不是真的要杀死卑吕斯。她认为这一切全是奥莱斯特和他使团的错，是他们促使卑吕斯选择了昂朵马格。要不是奥莱斯特的到来，卑吕斯兴许还在她和昂朵马格之间徘徊，兴许还会爱上自己。她骂他是奸邪的人，是残忍的人，是懦弱的暗杀犯。最后，爱妙娜冲到神庙里伏在卑吕斯的尸体上痛哭一场后自刎在他的身旁，这是她对卑吕斯的爱的最深刻最真实的表现。

爱妙娜的愤怒和蛮不讲理对奥莱斯特来说，无疑是狠狠地挨了一顿闷棍，他对爱妙娜的爱和忠诚，非但没有换来一声感谢，反而得到无比憎恨，留下骂名，让他成了一个弑君者、渎神者和暗杀犯，罪大恶极。奥莱斯特惊恐极了，特别是得知爱妙娜为了卑吕斯而自杀时，他彻底绝望了，这个女人真正爱的是别的男人根本就不是他，他却成了一个愚蠢而疯狂的怪物！这让奥莱斯特感到前所未有的孤独和绝望，他所谓的爱情受到了最大的嘲弄。这位阿伽门农的儿子陷于混乱之中，他两眼发黑，出现了幻觉，感觉周围血流成河，好像看到他的情敌卑吕斯的尸体复活了，站立了起来，拥吻着爱妙娜，他看到爱妙娜以憎恶的目光盯着他看。可怜的奥莱斯特终于精神错乱完全疯掉了。

昂朵马格胜利了，在同命运的抗争中她是唯一的赢家，她成了卑吕斯王国的合法统治者。大乱之后必有大治，这是拉辛对悲剧艺术的态度，也是他对崇尚理性的昂朵马格的肯定。

五、小结

《昂朵马格》是法国第一部标准的古典主义悲剧，以心理刻画，特别是女性心理分析见长。卢纳查尔斯基说："拉辛是位卓越的、惊人的心理学家。他透过透明纯净的形式，以撇开任何浪漫的情调，剖析人的整个灵魂，表现人的感情的最细腻入微的部分，表现一切内心矛盾的微小波动和隐藏于人的心灵深处的内在的斗争因素。尤其令人惊奇的是他洞察女性心灵的能力。”① 这一评论是非常中肯的。

拉辛在昂朵马格、卑吕斯、爱妙娜、奥莱斯特这四个主要角色身边都安排一个心腹人物，他们是赛菲则、菲尼克斯、克莱欧娜、毕德拉，这些次要角色往往站在理性的、客观的立场上，提醒或劝解主人公在致命的激情中保持头脑的清醒。在他们与悲剧主人公推心置腹的对话里，让观众了解到这些内心躁动不安的当事者复杂而微妙的内心世界，让人们看到了个体欲望与社会法则之间所发生的尖锐冲突，从而引起反思。

拉辛的《昂朵马格》是一部具有巨大感染力的悲剧，它的戏剧效果具有一种震撼人心的力量。正如拉辛在他的《费德尔·序言》里所提到的：“我描写激情，目的在于显示激情会陷入如何的不幸；我描写败德，是为了使人知道败德的一切丑恶现象。为社会利益而创作的作家，他的主要目的应该于此，这个目的也是古代作家念念不忘的。古人的戏剧是一所真正的学校，其道德教育之重要不下于哲学家……我们应该希望我们的现代作品像古代作品那样富有教育意义。”②

让·拉辛是把人的过分情欲当作人的负面属性来加以批判的，他让我们看到了人的情欲对人的行为和思想所具有的巨大支配力量。因此，他刻画了一个身陷囹圄，却自尊自爱、保持清醒理智的坚强的女性形象昂朵马格，用这位悲剧英雄来反衬出卑吕斯、奥莱斯特、爱妙娜三位年轻贵族的醉心情欲，并以他们的“毁灭”或“疯癫”为结局，来激起观

---

① ［英］阿·尼柯尔著，徐士瑚译：《西欧戏剧理论》，中国戏剧出版社 1985 年版。
② 缪朗山著：《西方文艺理论史纲》，中国人民大学出版社 1985 年版，第 380 页。

众的恐惧与怜悯，并借此对当时法国宫廷内部王公贵族的阴谋权诈、情欲横流、为追求个人欲望而丧失理性的丑恶现象，进行深刻的揭露与批判。

参考资料：

https://en.wikipedia.org/wiki/Jean_Racine

吝啬鬼

一、莫里哀简介

莫里哀（Moliere，1622—1673），17 世纪法国最伟大的喜剧家，身兼编剧、主演、导演、剧团主管为一身。真名让·巴梯斯特·包克兰(Jean Baptiste Poquelin)，莫里哀是他的艺名。1622 年出身于巴黎一个资产阶级家庭，其父亲是有“国王侍从”身份的法国宫廷室内陈设商，这种小贵人身份可以出入宫廷，有机会接近国王和其他权贵。作为家里的长子，父亲希望他继承祖业，但莫里哀因为戏剧宁可放弃这世袭权利，把它让给了弟弟。莫里哀 10 岁丧母，外祖父心疼他，常带他去看戏，使莫里哀对那些会说俏皮话的艺人和喜剧产生了浓厚的兴趣。1643 年莫里哀和几位年轻朋友组织了一个“盛名剧团”，由于没有演剧经验，也不会经营管理，结果负下了债务，莫里哀作为负责人被关进牢里。父亲用钱把他赎了出来，希望他浪子回头，因为那个时代演员被称为戏子，是被人瞧不起的，教会也会把他们驱逐出教。但是，莫里哀还是坚定地选择了喜剧为他的终身职业，加入了另外一个剧团离开巴黎，到法国西南一带流浪演出。

从 1645 年到 1658 年，莫里哀走遍了大半个法国，广泛而深入地接触到社会的各个阶层和角落，以及各省不同的风俗与形形色色的人物，熟悉了各种丰富多彩的民间戏剧、闹剧。这一切大大滋润了莫里哀的创作才华，他成了剧团经理、编剧和主要演员。

1658 年 10 月 24 日，莫里哀的剧团终于得到机会在巴黎宫廷演出。演出的剧目是莫里哀创作的《风流医生》，得到了路易十四的欢心，允许莫里哀和他的剧团留下来。紧接着莫里哀又推出了他的《可笑的女才子》(1659)，获得巨大的成功，喝彩声震耳欲聋，国王便把王宫剧场拨给了莫里哀，从此莫里哀在巴黎站稳了脚跟。1662 年，莫里哀的性格喜剧《太太学堂》的公演，把法国喜剧送上了一个新顶点。这部戏涉及女孩子的教育问题，就像 19 世纪中期挪威易卜生的《玩偶之家》一样，莫里哀向封建男权社会和夫权思想扔了一颗炸弹。欣赏莫里哀才华的路易十四以“优秀的喜剧诗人”奖励莫里哀每年一千法郎的津贴，直到他 1673 年去世。莫里哀在去世的当天还在舞台上主演自己的新作《心病者》，当时他已经病得很重，不断咳嗽，勉强把戏演完，观众还以为他演技高超，演活了一个逼真的没病找病的疑神疑鬼者。戏一结束莫里哀就被送回到家里，咳破了肺部血管，当晚他就与世长辞了。对他所热爱的喜剧事业，莫里哀真正做到了鞠躬尽瘁，死而后已。

从 1660 年至 1669 年，是莫里哀创作的黄金时期。重要作品有《伪君子》、《吝啬鬼》、《太太学堂》、《贵人迷》等。这些戏剧由于嘲讽和触及了贵族阶级、宗教僧侣和资产者，如揭穿宗教的假仁假义，贵族的愚蠢和伪善，资产者的无情和贪婪，以及他们怎样竭力追求官爵称号的丑态，时常掀起轩然大波，嫉妒莫里哀才华的人用各种流言蜚语来中伤他。莫里哀的喜剧以强烈的戏剧性和生动有力的台词引人入胜。

《伪君子》(1664—1669) 是莫里哀的代表作。这部喜剧揭露并嘲讽了宗教僧侣的伪善和假仁假义。穷教士达尔杜弗伪装虔诚，被富商奥尔恭带回家，让他担任全家的精神导师，遭到家人的反对。奥尔恭迷信达尔杜弗，因为儿子指责达尔杜弗的伪善，不仅剥夺了儿子的继承权，把所有财产都归在了达尔杜弗的名下，还要把已有未婚夫的女儿许配给他。但是，达尔杜弗却觊觎奥尔恭年轻貌美的续弦夫人艾尔密尔，恬不知耻地借用上帝的名义去勾引她，说谁让太太长得这样漂亮啊，太太是上帝造化出来的，爱太太就是爱上帝。当艾尔密尔请他检点自重，不要忘记自己是位信士时，达尔杜弗为自己辩护说："哎呀，我是信士，却也是人，我看见您的仙姿妙容，心荡神驰，不能自持了。"[①] 后来奥尔恭发现了真相，要把这个伪君子赶走时，反被达尔杜弗以主人的身份驱逐，并向国王告发奥尔恭一件涉及政治的秘密，想把他置于死地。幸亏国王明察秋毫，逮捕了这个宗教骗子。

1664 年 5 月 12 日，这部具有高度思想性和艺术性的《伪君子》(原名《达尔杜弗》) 前三幕在巴黎首演，激起了巴黎观众的强烈反响。莫里哀居然敢在天主教的国家里攻击教会，这大大激怒了天主教会，说莫里哀是个魔鬼，对他进行了强烈的攻击，还告到王太后那里，阻挠这部戏的演出，迫使路易十四下令《伪君子》停止公演。莫里哀为此进行了反击，到处读他的剧本，向国王递交了《第一陈情表》。这一年的 9 月、11 月，莫里哀先后在御弟府和凡尔赛宫演出他的《伪君子》。直到 1666 年 1 月路易十四的母亲王太后去世，形势对莫里哀有利了，莫里哀对剧本作了修改并再次上演。1667 年 8 月 5 日，就在《伪君子》演出的第二天，巴黎最高法院院长拉莫瓦雍（1617—1677）下令禁演此剧；巴黎大主教也张贴告示，不许

① [法] 莫里哀著，李健吾译：《莫里哀喜剧六种》，上海译文出版社 1978 年版，第 161 页。

教民阅读或听这个剧本的朗读，违者取消教籍。为了争取这部戏的公演，莫里哀又向路易十四递交了《第二陈情表》，并寻找一切可能的机会进行演出，扩大这部戏的影响，如1668年到孔代亲王府演出。莫里哀为了《伪君子》这部讽刺剧进行了不懈的抗争，历经五年之久，直到1669年2月5日，路易十四允许《伪君子》正式公演。后来，《伪君子》从1680年法兰西喜剧院成立起，一直成为它的保留剧目，达尔杜弗也早已成为伪君子的代名词。由于这部戏大胆地揭露了宗教的伪善，法国教会一直怀恨在心，莫里哀去世后，教会连一块墓地都不肯给，后来是屈从于国王路易十四的干预，才同意把莫里哀葬在尚未受洗的死婴专用墓地里。

莫里哀及其喜剧作品给法国带来了巨大的荣耀，死后境遇却如此悲惨。但是人民大众喜欢他的喜剧，世界各地的观众至今还在欣赏他的喜剧。莫里哀剧中的战斗性和狂欢性，他把严肃的主题隐藏在世态万象里和生动活泼的情调里，从而把喜剧艺术提高到和悲剧一样的高度。

就在莫里哀为了他的《伪君子》的上演权而四处奔忙的时候，他同时还创作了其他脍炙人口的喜剧，如《爱情是医生》(1665)、《愤世嫉俗》(1666)、《屈打成医》(1666)、《吝啬鬼》(1668）和《贵人迷》(1670）等。莫里哀一生创作了30部喜剧和一些诗歌，他以他高超的喜剧艺术，反映了他所生活的时代变革，抨击封建制度，创造了一系列性格鲜明、栩栩如生的人物形象，在欧洲建立了现实主义喜剧传统。莫里哀同时代的戏剧理论家布瓦洛（1636—1711）崇拜这位伟大的、天才的喜剧家，曾写过赞美莫里哀的诗：

莫里哀，许多嫉妒的才子，

竟敢蔑视你最美丽的作品，

他们的谴责也不过是白费力气，
你的可爱的天真烂漫将一代又一代地
永远使后人嬉笑开怀。

罕见与有名的才人，
你写诗的时候，
肥沃的才气不用劳动与辛苦；
阿波罗为你打开他的宝藏，
你知道什么诗的特征；
在智力战斗中，比剑的能手[①]
……

据说路易十四曾经问布瓦洛，在他统治期间，谁在文学上给他带来最大光荣？“陛下，是莫里哀。”布瓦洛答道。法兰西学院在莫里哀身后为他竖立了一尊雕像，上面写着：“他的光荣什么也不缺少，我们的光荣却少了他。”[②]这是法兰西学院对莫里哀独特的人格魅力和精彩的喜剧艺术的高度肯定。

二、《吝啬鬼》的编剧特点

随着资本的积累，在政治上没有话语权的资产阶级千方百计地想弄

① ［法］莫里哀著，李健吾译：《莫里哀喜剧》1，湖南人民出版社1982年版，第26页。

② Http：//wenku.baidu.com/link?url

到贵族头衔，抬高自己的社会地位。与此同时，由于资本主义的迅速发展，破坏了农业经济，使得一些贵族败落下来，他们不得不俯就资产者，或利用婚姻手段，或出卖土地和头衔，来解决经济问题，这使资产者越发看到金钱的威力。莫里哀敏锐地观察到这一社会现象，抨击他们对发财致富的渴望，以及那种为了金钱可以不顾一切亲情的贪婪。这一主题在《吝啬鬼》中得到了最鲜明的表现。

与《伪君子》齐名的五幕喜剧《吝啬鬼》(The Miser）首演于 1668 年 9 月 9 日的巴黎。这部喜剧是根据古罗马喜剧家普劳图斯 (公元前 254 ？—前 184) 的《一坛金子》改编的。不过，莫里哀的吝啬鬼阿尔巴贡不再是古罗马喜剧里的类型化人物，莫里哀的吝啬鬼要比普劳图斯的吝啬鬼丰满得多，是一个活生生的、有血有肉的喜剧性人物。莫里哀通过对这个守财奴的嘲讽，来达到揭露资产阶级金钱至上的丑恶本质，再现社会现实的目的。

1. 三一律编剧法

三一律是法国 17 世纪古典主义的创作法则，由法国首相黎塞留 (1585—1642) 推行的，他强调理性至上，在编剧上要求时间、地点、事件的严格一致。古典主义作为一种文艺流派，不仅影响到整个欧洲，而且时断时续在欧洲舞台上统治了 200 年之久。莫里哀作为 17 世纪最杰出的喜剧家，《吝啬鬼》是遵循了古典主义三一律的创作法则来写的。全剧场景都发生在一个地点——阿尔巴贡家里；故事情节展现在一天之内。戏一开始，高利贷者阿尔巴贡的女儿艾莉丝和管家法赖尔相爱，阿尔巴贡却要艾莉丝嫁给一个有钱的老鳏夫昂赛耳默爵爷。阿尔巴贡的儿子克莱昂特和贵族贫女玛丽雅娜小姐情投意合，阿尔巴贡也觊觎玛丽雅娜的美貌，欲娶儿子的意中人为妻，让儿子去娶一个有钱的老寡妇，为此，父子俩成为情敌。阿尔巴贡埋藏在花园里的一万金币被盗，他痛金成疯，叫来法务人员审案。此外，还有阿尔巴贡和仆人之间的矛盾冲突，与媒婆福洛席娜的周旋，以及与管家法赖尔和厨师雅克师傅的碰撞。那么多错综复杂的人物关系，莫里哀却在一天之内、一个地点里，安排得井然有序，相互交错，波澜起伏，全剧散发着浓厚的生活气息和滑稽笑闹的喜剧效果。

2. 多线头情节结构

《吝啬鬼》一剧里有着如此多线头的情节线，它包含着两对情人的爱情故事和阿尔巴贡的搅局，以及他的钱匣子被偷的事件，莫里哀的布局严密，突出了阿尔巴贡与克莱昂特这对父子之间的主要矛盾，阿尔巴贡不仅与儿子在爱情上争风，而且还在经济上对立。

这部喜剧在情节结构上是别具一格的。莫里哀设计了一个放射状的戏剧结构，自始至终把吝啬鬼阿尔巴贡置放在全剧矛盾的中心，让他与周围所有的人都对立。阿尔巴贡与儿子、女儿争吵，滥施他父亲的权威，不仅在经济上克扣他们，还要逼他们跟根本不爱的陌生人结婚，只因为那两个老寡妇、老鳏夫有钱在儿女的婚事上他绞尽脑汁，根本不考虑儿女的幸福，挖空心思敛财，把家庭关系弄得十分紧张，儿子克莱昂特和女儿艾莉丝都怨恨他，想离开这个家，这是家庭关系中的阿尔巴贡。在社会关系中，阿尔巴贡也与所有的人为敌。他见不得仆人阿箭穿灯笼裤，认为这是窝藏东西的好地方，动手搜他的身，恨不得绞死一两个穿这种裤子的人；他与媒婆福洛席娜周旋，任凭福洛席娜说破了嘴，就是钱不脱手；他和雅克厨师大吵大闹，因为他要为女儿订婚，捎带宴请意中人玛丽雅娜，雅克师傅跟他要钱买菜，阿尔巴贡冲上去把厨师揍了一通，喊着你要吃穷我啊！只要是涉及金钱，就等于碰了他的命根子，要了他的命，他绝不含糊。就连来帮他调查失窃案的法务人员，阿尔巴贡也步步紧逼，威胁他们如果查不出他藏在花园里钱匣子的下落，那么，他就连法务人员一起上告。此外，还有阿尔巴贡和慷慨的昂塞耳默爵爷的对比。以上这一切构成了全剧引人入胜的情节，把吝啬鬼贪婪、冷酷、狡诈而又好色的性格特点发挥到淋漓尽致的程度。

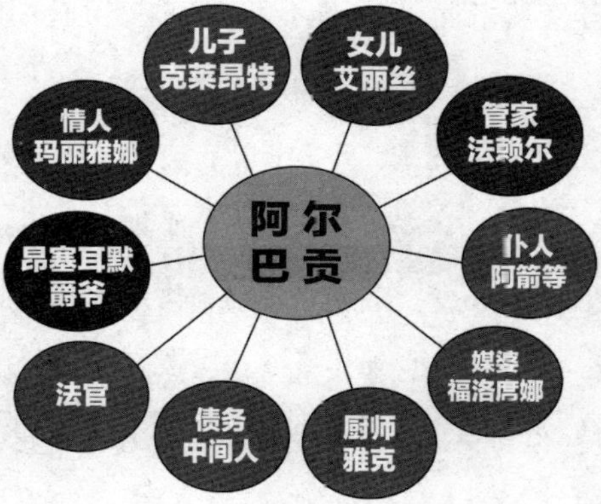

在上面这张图表里我们可以比较清楚地看到阿尔巴贡在全剧中的重要位置，莫里哀在突出阿尔巴贡与儿子克莱昂特的这条主要情节线时，将吝啬鬼置放在一种积累财富的狂热与贪求美色享受之间的矛盾境遇里。

莫里哀设置了父子俩同时爱上一位破落贵族少女的喜剧性情节，让他们俩在爱情上对立，父亲垂涎欲滴的姑娘，恰恰是儿子爱不释手的意中人，于是，最亲密的父子关系变成了势不两立的情敌关系。为了美丽的玛丽雅娜，父子俩吵得面红耳赤，欲断绝父子关系。不仅如此，莫里哀还让这对父子在经济上也对立。这就是老子阿尔巴贡在外面放高利贷，而且使用了连最刻薄的放阎王债的人都想不到的方法，即把一大堆破烂玩意儿，什么旧壁毯、缺腿的桌椅，甚至蜥蜴标本都折成价算钱，还标榜说是与人为善，别人借他一万五千法郎，拿到手只有一万二千现金，另外三千就是这堆破烂。这个举债人不是别人，就是阿尔巴贡的亲儿子克莱昂特。克莱昂特因为在恋爱，想接济经济拮据的玛丽雅娜母女，苦于父亲的一毛不拔，故不得不到外面去借债。克莱昂特以未到手的遗产做担保，还跟中间人保证，不出 8 个月他的父亲就会死去，这在阿尔巴贡看来，等于用生命做了担保，于是这笔买卖成交。当时放贷人和举债人都不知道对方身份，因此在中间人西蒙老板那里突然相遇，父子俩不可避免地爆发了尖锐的冲突：

阿尔巴贡 怎么，死鬼？不务正业，走短命绝路的，原来是你啊！

克莱昂特 怎么，爸爸？伤天害理，干欺心事的，原来是您啊！

阿尔巴贡 死活不管，胡乱借钱的，原来是你啊！

克莱昂特 放印子钱，非法致富的，原来是您啊！

阿尔巴贡 你倒说，你这样胡作非为，拿钱乱花，把父母流血流汗为你攒下的家业败光了，害不害臊？

克莱昂特 您做这种生意，辱没您的身份，一个钱又一个钱往里扣，没有知足的这一天，丢尽了体面，坏尽了名声，就连古来声名最狼藉的放高利贷的，他们丧心病狂，想出种种花样，和您重利盘剥的手段一比，也不如您苛刻，您倒是羞也不羞？①

这种人物关系的设置是如此的尖锐，具有一种悲剧性质。爱情与金钱都是世人所普遍看重的东西，莫里哀故意把它们放大了，夸张化了，而且偏偏是发生在最亲密的父子关系上，因此，问题就变得极其严肃而复杂起来，既让人惨不忍睹，又让人欲罢不能。《吝啬鬼》于 1668 年首

① ［法］莫里哀著，李健吾译：《莫里哀喜剧六种》，上海译文出版社 1978 年版，第 238 页。

演以来，就引起舆论的争议。德国文豪歌德指出：莫里哀的《吝啬鬼》具有高度的悲剧意义，他创造出了父亲是儿子的放债人的尖锐场面。有些资产阶级评论家把《吝啬鬼》当作喜剧伤风败俗的例证。例如，法国的卢梭（1712—1778）批评说这部戏父亲不像父亲，儿子不像儿子。德国在进入 19 世纪以后，还有剧团还把父子关系改成亲戚关系的。

3. 身份隐藏

为了达到某种目的，戏剧中的人物往往隐藏自己真实的身份，用另一副面孔出现在人们面前。当然，身份隐藏并不是莫里哀首创的，在他之前的英国戏剧家莎士比亚经常会在他的喜剧里使用身份隐藏这种表现手法。例如，莎士比亚喜剧《第十二夜》里，年轻的贵族小姐薇奥拉在海难中被人救起，为了靠近自己喜欢的奥西诺公爵，女扮男装，化名西萨里奥。薇奥拉不仅隐藏性别，还降低身份当了奥西诺公爵的侍从，并受命替奥西诺公爵向年轻貌美的伯爵小姐奥丽维娅求婚，偏偏奥丽维亚爱上了公爵的侍从西萨里奥，喜剧性由此产生，最终薇奥拉和奥西诺公爵有情人终成眷属。莎士比亚通过身份隐藏，把一个爱情故事写得既诗意又浪漫。莫里哀的《吝啬鬼》也涉及为了爱情而隐藏身份：内心高傲的贵族青年法赖尔为了心上人艾莉丝而降贵纡尊，来到资产者阿尔巴贡家里当管家，时时处处迎合他、讨他的欢心。不过，莫里哀的喜剧是现实主义的，是对社会问题的嬉笑怒骂，是毫不留情的尖锐嘲讽，他的喜剧完全没有莎士比亚喜剧中那份花前月下的诗情画意。

法赖尔是出生在西班牙那波利的贵族青年，身世显赫，父亲堂·陶马·达尔毕尔在当地颇有名望。一场海难把年幼的法赖尔和父母妹妹冲散了，一位西班牙船长救了他并收养了他，他不知道他的亲人们是死是活。长大后法赖尔来到巴黎，在一次海上事故中救了落水的艾莉丝一命。两人一见钟情，倾心相爱。为了艾莉丝，法赖尔隐藏了自己高贵的身份，隐名换姓乔装成仆人来到阿尔巴贡家里，假意对艾莉丝的父亲阿谀奉承，赢得阿尔巴贡的信任，当了他的管家。

法赖尔的身份隐藏并非像莫里哀其他喜剧中的人物，如《唐·璜》中的同名主人公那样，是为了干欺骗的勾当。当唐·璜得知有 12 个人骑马来向他复仇时，这个虚情假意、作恶多端的纨绔子情急之中，只好化妆成农民仓皇逃走。法赖尔隐藏身份不是为了欺骗作恶，而是为了他崇高的、美好的爱情。当阿尔巴贡逼女儿艾莉丝嫁给一位贵族老人时，法赖尔在她身旁为她逃婚出谋划策，与父母包办的封建婚姻习俗抗衡。他隐藏身份，表明他要冲破等级制度和门第观念，自由恋爱，追求真正的爱情。17 世纪的法国是一个等级制度森严的国家，人被分为三个等级，第一等级是国王和红衣主教，第二等级是贵族阶级，第三等级是资产阶级与广大的平民、农民。法赖尔与艾莉丝分属于两个不同的等级，但是法赖尔要冲破等级的藩篱，追求那自主的、由心而动的真爱，以及由爱而缔结的婚姻。这一爱情观是人文主义的，是先进的资产阶级思想意识，代表了历史的进步。

阿尔巴贡把巧妙的身份隐藏者法赖尔当作心腹，把不听话的女儿艾莉丝交给法赖尔去管教，这就造成了喜剧性情景。法赖尔适时地变化自己的身份，一会儿他站在阿尔巴贡这一边帮腔，是一个忠心耿耿的仆人，教训艾莉丝“世上的东西，就数钱可贵。上天给了你一位正人君子当父亲，你就该谢谢上天才是。他懂得什么叫作生活。有人肯娶一个姑娘，不要嫁妆，就不该再问别的。什么全包含在里头了：不要嫁妆就是美貌、青春、门第、名声、智慧和正直。”[①] 法赖尔表面上是在开导艾莉丝，暗

① [法] 莫里哀著，李健吾译：《莫里哀喜剧六种》，上海译文出版社 1978 年版，第 230 页。

地里却是在讥讽阿尔巴贡的金钱哲学；财迷心窍的阿尔巴贡却听得心花怒放，认为这番话犹如神仙指点一般。等阿尔巴贡一离开房间，法赖尔立即换了一副面孔，变成了艾莉丝的情人、保护者，温和地向她解释，他这样做是为了不刺激阿尔巴贡，更有利于达到他们的目的，因为越是假意奉承，越是容易见效，艾莉丝只要装病逃婚，万不得已就和他一起私奔。身份隐藏给法赖尔带上了一副隐形的假面具，造成了喜剧性效果。

在阿尔巴贡的钱匣子被盗走后，给法赖尔的身份隐藏造成了新的误会与困境，从而把戏剧动作快速向前推进。雅克厨师曾经被法赖尔冒犯过，他记恨在心，现在他有机会报复了，诬陷法赖尔是盗贼。法赖尔起先以为阿尔巴贡口口声声说的宝贝是指他心爱的艾莉丝，于是他一口承认了下来，坦诚道“我为她神魂颠倒，为她美丽的眼睛心荡神驰，可是我绝没有存心不良，玷污我的痴情，我能看见她，饱餐秀色，就心满意足了。”① 然而，一旦误会解除，法赖尔为了自己的名誉，终于卸去伪装，说出了自己荣耀的身世，结果使海上遇难的一家人团圆了，玛丽雅娜原来是法赖尔的亲妹妹，阿尔巴贡逼艾莉丝嫁的那个贵族“鳏夫”就是法赖尔的父亲昂塞耳默。昂塞耳默也是为了忘记痛苦的过去，误以为全家人都葬身大海，于是隐藏身份，改名换姓来到巴黎开始新的生活。

在《吝啬鬼》这部戏里，身份隐藏可以让管家法赖尔公然表现出和吝啬鬼阿尔巴贡见解一致，实际上是放大了吝啬鬼的嗜钱如命的本性和丑态，对他进行戏弄和嘲笑。这种瞒剧中人而不瞒观众的表现手法，让观众在笑声中更加清醒地认清楚这类高利贷者追逐金钱时那种填不满的欲壑，哪怕犯罪也在所不惜。

---

① ［法］莫里哀著，李健吾译：《莫里哀喜剧六种》，上海译文出版社 1978 年版，第 292 页。

4. 夸张与巧合

这是喜剧家最常用的编剧手法，所谓无巧不成书。莫里哀在人物关系的设置中，运用了大量的巧合法，儿子克莱昂特心醉神迷的姑娘玛丽雅娜，恰巧是父亲阿尔巴贡相中的妙不可言的意中人。阿尔巴贡在外放狠毒的高利贷，却放到了自己的儿子头上。艾莉丝爱上的法赖尔和克莱昂特爱上的玛丽雅娜，最后发现他们原来是失散多年的亲兄妹；阿尔巴贡硬逼女儿嫁的昂塞耳默老爷则是法赖尔兄妹的父亲。这种人物关系的变化把两家人紧密纠缠在一起，情节发展迂回曲折，气氛造足之后，让有情人终成眷属，满足了观众的审美心理。

夸张技巧主要是运用在对主人公阿尔巴贡的人物塑造上。在表现阿尔巴贡这位守财奴财迷心窍的本性时，莫里哀深谙于这种夸张的喜剧手法，让这么重要的角色到一幕三场才亮相，阿尔巴贡的出场是先声夺人，一上来就怒气冲冲，辱骂阿箭是"贼"，扬言要送他上绞刑架。他暴跳如雷的原因仅仅是因为阿箭站在他的面前等候他的小主人克莱昂特，这在阿尔巴贡眼里，就是贼，就是奸细，是在监视他，觊觎他的财产，要偷他的东西。阿尔巴贡贪财爱钱，已发展到了疑神疑鬼的病态。

媒婆福洛席娜为了从阿尔巴贡那里得到一点说媒拉纤的好处费，夸赞阿尔巴贡身体好，能活 100 岁，她觉得还不够夸张，马上又改口说：

"其实您要活 120 岁。要是您死啊，除非把您活活儿打死。您要埋您的儿子和您孩子的孩子。"① 阿尔巴贡果然听了眉开眼笑，他看中了风姿卓绝的姑娘玛丽雅娜，却担心她没有财产带过来。观众和读者都不会

① ［法］莫里哀著，李健吾译：《莫里哀喜剧六种》，上海译文出版社 1978 年版，第 242 页。

忘记，他逼嫁女儿艾莉丝出嫁，就是图对方不要嫁妆而根本不顾那个老鳏夫合不合女儿的意，现在他想续弦，却要玛丽雅娜必须带上陪嫁！他最最关心的就是财产问题，厚颜无耻地问福洛席娜："你有没有同她母亲谈起她能给女儿多少财产的事？你有没有对她讲，赶上这种事，她就该想想办法，哪怕是上天入地，皮破肉开，也得张罗一些财礼？"[1] 莫里哀用了"上天入地"、"皮破肉开"这些词汇，暴露出他既好色又贪婪的冷酷本性。当他的好色和吝啬发生碰撞时，喜剧性就来了。又比如，当阿尔巴贡埋在花园里的钱匣子被偷走之后，他痛金成疯，大喊大叫，连帽子也顾不上戴，歇斯底里地在花园里呼天抢地：

"捉贼！捉贼！捉凶手！捉杀人犯！我完啦，叫人暗害啦，叫人抹了脖子啦。……我可怜的钱，我可怜的钱，我的好朋友！人家把你活生生从我这边抢走啦；我也就没有了依靠，没有了安慰，没有了欢乐。我是什么都完啦，我活在世上也没有意思啦，我在咽气，我死啦，我叫人埋啦……"[2] 在这一大段的独白里，淋漓尽致地暴露出金钱是与阿尔巴贡的生命、快乐紧紧地联系在一起的，没有了钱就等于杀了他，要了他的命！他贪财爱财，已经到了走火入魔的程度。事情是如此的严重，对于吝啬鬼阿尔巴贡来说，整个天都塌了下来。痛不欲生的阿尔巴贡叫来了警务员、宪兵、法官，他还要刑具、绞刑架、刽子手；如果找不到他的钱，他就要把所有的人都统统绞死！阿尔巴贡这个高利贷者在钱匣子失窃这一戏剧情境里所发出的咆哮和表现出来的疯癫状态，真的是令人毛骨悚然。

---

① ［法］莫里哀著，李健吾译：《莫里哀喜剧六种》，上海译文出版社 1978 年版，第 243 页。

② 同上，第 282 页。

5. 用细节刻画人物

毫无疑问，吝啬鬼阿尔巴贡是莫里哀重点讽刺、抨击的对象。像莫里哀另一部重要剧作中的达尔杜弗已成为“伪君子”的代名词一样，阿尔巴贡在西方社会也早已成为了吝啬鬼、守财奴的代名词。阿尔巴贡这个喜剧性人物给人的印象十分深刻，与莫里哀运用许多细节来加以刻画有着密切的关系。

例如，阿尔巴贡藏他的钱，不是像绝大多数人那样是放在保险箱里，阿尔巴贡是把钱装在匣子里埋在花园里，因为在他看来保险箱根本不保险，“简直就是引贼入室的好目标，要抢总是先抢保险箱。”① 阿尔巴贡要儿子去娶一个有钱的老寡妇，逼女儿去嫁给一个有钱的贵族老鳏夫，算计着这一进一出他可以得到多少钱财方面的好处。他对女儿的婚姻大事首先考虑的是不要嫁妆的问题，不要嫁妆就可以给他省下一大笔钱了。因此，阿尔巴贡不顾艾莉丝的坚决反对，决定当晚就要女儿订婚。他一连说了五遍“不要嫁妆！”这“不要嫁妆”是他逼婚的最好最充分的理由。

艾莉丝　我宁可寻死，也不嫁那种丈夫。

阿尔巴贡　你寻死不了，还要嫁他。看看你这份儿胆量！谁见过做女儿的这样和父亲讲话的？

艾莉丝　可是谁见过做父亲的这样嫁女儿的？

阿尔巴贡　这门亲事再好没有。我敢说，人人赞成。

---

① ［法］莫里哀著，李健吾译：《莫里哀喜剧六种》，上海译文出版社 1978 年版，第 218 页。

艾莉丝　我呀，我敢说，没有一个懂事的人赞成。[①]

这门亲事在冷血的阿尔巴贡眼里是千载难逢的好机会，金钱可以弥补年龄、性情等方面的差距。“不要嫁妆”就不该有任何要求，不该过问丈夫是一个什么样的人；“不要嫁妆”就是美貌、青春、门第、名声、智慧和正直。一句“不要嫁妆”把阿尔巴贡这个自私自利、唯利是图、拿亲生女儿的终身幸福做交易的钱串子、吝啬鬼的形象，勾勒得活灵活现，入木三分。

以放高利贷为生的阿尔巴贡，他放债的狠毒也是独一无二的。他竟然想得出把旧衣、杂物等破烂玩意儿折算成钱，还美其名曰“力求克己”大发慈悲。结果被举债者儿子克莱昂特痛骂“简直是奸商，杀人不见血的凶手！谁听说过这种高利贷的？利息已经高到不能再高了，他还不知足，要我把他拾来的破铜烂铁，照三千法郎收下来！我拿到手，连六百法郎也变卖不出去。”[②] 难怪克莱昂特后来见到这个刻薄凶残的放债人竟然是自己的父亲时，怒斥阿尔巴贡爱钱爱到如此丧心病狂、辱没家门的地步！

阿尔巴贡这种财迷心窍的变态，已经到了荒诞的地步，就连对自己的亲生骨肉他也放心不下。克莱昂特与艾莉丝在阿尔巴贡自言自语时正好路过，他立即疑上心头，恶狠狠地拦住他们，一再追问是否听到了他刚才说的话。阿尔巴贡在与媒婆福洛席娜的周旋中，听到福洛席娜称赞他身子骨硬朗，玛丽雅娜如何喜欢他就眉开眼笑，一听到媒婆要向他

① [法] 莫里哀著，李健吾译：《莫里哀喜剧六种》，上海译文出版社 1978 年版，第 225 页。
② 同上，第 235 页。

借钱，马上拉长了脸，变得严肃起来，任凭媒婆巧舌如簧说烂了嘴，阿尔巴贡的脸一会儿阴一会儿阳，变过来变过去，就是钱不脱手，一毛不拔。

仆人阿箭偷了阿尔巴贡埋在花园里的钱匣子，弄得全家鸡飞狗跳不得安宁，克莱昂特却因此掌握了主动权。他毕竟是儿子，深知要医好父亲的痛金病，只有依靠金钱这把万能钥匙。他逼使阿尔巴贡在美女和金钱之间进行选择："只要您肯让我娶玛丽雅娜，您的钱就会还给您。"莫里哀用细节来刻画人物的生动性在这里再次得以体现，这就是阿尔巴贡表示他必须亲眼见到他的钱匣子，才肯作出决定。

克莱昂特和玛丽雅娜、法赖尔和艾莉丝两对有情人终于要欢天喜地成亲了，不料阿尔巴贡突然向亲家昂塞耳默提出了三点要求：

（1）不负担儿女两桩婚事的任何费用。（2）昂塞耳默要给他做一件新礼服，以便在办喜事的那天穿。（3）由昂塞耳默付报酬给法院调查员。为了金钱阿尔巴贡连最后一点颜面都不要了，这些让人瞠目结舌的细节，再次证明金钱在这位资产者的心目中所达到神化的巨大力量。昂塞耳默没有拒绝，他的慷慨与阿尔巴贡的吝啬形成了鲜明的对比，反衬出阿尔巴贡的丑恶，他对金钱的贪婪扭曲了人世间最单纯、美好的亲情，败坏了人与人之间的正常关系。

6. 周围人对阿尔巴贡的评价

莫里哀将阿尔巴贡置放在全剧矛盾冲突的中心，他周围的人没有一个不怨恨他、讥讽他的。不仅他自己的儿女都无法忍受他的万分吝啬，"窘得抬不起头来"，才促使克莱昂特在外赌博、借高利贷，兄妹俩商议着要离开父亲，摆脱他的压制；而且他周围的仆人个个都恨他、鄙视他、嘲笑他，在背后骂他是吝啬鬼、财迷、钱串子。

仆人阿箭对福洛席娜说起阿尔巴贡更是一针见血："在人类当中，阿尔巴贡先生是顶不人情的人，心最狠、手最紧的人。任凭你帮什么忙，要他感恩承情，能把钱包打开呀，那等于做梦。……他恨透了'给'这个字；他从来不说我给你日安，说也只说我借你日安。……总之，他爱钱比爱名声、荣誉和道德全厉害多了。他一见人伸手，就浑身抽搐。这等于击中了他的要害，刺穿了他的心脏，挖掉他的五脏。"①

厨师雅克师傅因为同情饿得只剩皮包骨头的马，不得不省下自己的口粮来喂它们。他把大家背后对主人的议论和嗤笑告诉阿尔巴贡："人家说起您来，刻薄话就像大雨点子，四面八方全是。人家就喜欢挖苦您，无时无刻，不拿您的吝啬当做笑话。有人讲您专为自己印了一些历书，四季的大斋和举行圣典之前的日子，加了一倍，好叫一家大小多断几回食。"②雅克师傅还讲述了阿尔巴贡半夜起来偷马料荞麦，被车夫痛打，有苦说不出的故事，以及阿尔巴贡把偷吃他东西的猫告上法庭的奇闻异事。以上这些几近儿戏的真实故事，淋漓尽致地再现出阿尔巴贡对金钱的贪婪，这使他成了十足的滑稽可笑的人物。

总而言之，阿尔巴贡的所作所为不仅荒唐而且愚蠢，他成了每个人的笑柄、话柄。在仆人的嬉笑怒骂中，彻底颠覆了高利贷者阿尔巴贡的权威性。从周围的人对阿尔巴贡的评论中我们可以看到，莫里哀对阿尔巴贡的讽刺是多么犀利。对于这类贪得无厌的资产者来说，金钱、致富的冲动和贪欲，绝对统治了他们的思想感情。全剧最后两句台词是留给双方家长的。昂塞耳默说："快去看你们的母亲，把喜事告诉她吧。"阿

① ［法］莫里哀著，李健吾译：《莫里哀喜剧六种》，上海译文出版社 1978 年版，第 240 页。
② 同上，第 256 页。

尔巴贡说："我呀，去看我的宝贝匣子。"[①] 莫里哀最后将两位父亲的形象进行了对比，昂塞耳默想的是亲情，是带孩子们去见他们的母亲，庆祝他们的订婚，这是亲人长期离散之后的美满大团圆，充满了人情味儿。阿尔巴贡则想到去看他的宝贝钱匣子，根本不关心儿女的婚事。通过这一对比，莫里哀再次画龙点睛形象地告诉我们，吝啬鬼不仅自私自利，而且冷血到毫无骨肉之情。

莫里哀在《吝啬鬼》这部喜剧里吸收民间传统的谚语、双关语来进行如实的世态描绘，使全剧充满浓郁的生活气息。法赖尔、阿箭、雅克师傅、媒婆福洛席娜等性格鲜明，言语锋利，幽默中带有讽刺意味，有力地鞭挞了资产阶级嗜钱如命的丑恶本质，使全剧妙趣横生。

最后，让我们用歌德在他的《谈话录》里对莫里哀的高度赞誉作为本文的结束语："莫里哀是如此伟大，每次读他的作品，每次重新感到新奇。他是一个独来独往的人，他的喜剧接近悲剧，戏写得那样聪明，没有人有胆量想模仿他。"

---

① ［法］莫里哀著，李健吾译：《莫里哀喜剧六种》，上海译文出版社 1978 年版，第 302 页。

约翰·盖勃吕尔·博克曼

一、易卜生及其戏剧简介

亨利克·易卜生（Herik Ibsen，1828—1906），挪威剧作家、诗人，有“现代戏剧之父”之美誉。《英国年鉴 1979》评价说：“易卜生的成就，可以与他同时代的三位伟人达尔文、马克思与弗洛伊德在他们各自领域中的成就相媲美。”易卜生曾影响过世界许多国家的戏剧家，他的戏剧博大而精深，许多艺术流派——自然主义、新浪漫主义、象征主义、表现主义等——都想把易卜生作为自己的先驱，直至今日，易卜生的戏剧还在世界各国上演。

1828 年 3 月 20 日易卜生诞生于挪威希恩一木材商人家庭，后来家道中落，只有七八岁的易卜生已经感受到了世态炎凉。15 岁时易卜生离家到格里姆斯达特镇一家药店当学徒，父亲希望儿子有一技之长，日后可以养活自己。易卜生性情孤傲，以阅读打发工作之余的闲暇时光，莎士比亚、歌德、拜伦的作品是他经常翻阅的，有时他自己也动手写诗。1850 年易卜生来到首都奥斯陆（原名克里斯替阿尼遏）考大学却没有成功，就此留了下来。这一时期整个欧洲发生了革命的浪潮，易卜生结交了文艺界的一些有进步思想倾向的朋友，参加各种社会活动和工人运动，撰写政论文章。他的政治热情在他的《觉醒吧，斯堪的纳维亚人》为题的诗里得到鲜明的反映，号召挪威和瑞典共同出兵支援丹麦，抗击普鲁士侵略者。这一年易卜生创作了他第一部戏剧《卡提利那》(1850)，在这部历史剧里表现出他后来戏剧中反复出现的个人的反抗精神。后来，易卜生先后受聘在卑尔根民族剧院（1851—1857）和首都挪威剧院（1857—1863）当编剧。出于对挪威社会现实的失望，1864 年易卜生远走他国，一别就是 27 年，先后在罗马和德国居住。1891 年载誉回国，1906 年在奥斯陆逝世。

易卜生的戏剧创作被分为三个时期：

早期戏剧（1849—1867）以浪漫激情为基础的民族浪漫主义戏剧。题材大多取材于北欧神话、历史传奇。主要剧作有《英格夫人》(1854)、《觊觎王位的人》(1863)，以及带有哲学意味的《布朗德》(1866）和《培尔·金特》(1867）等。

中期戏剧（1868—1882）是以理性思辨为支撑的现实主义社会问题剧。其中《社会之柱》(1877)、《玩偶之家》(1879)、《群鬼》(1881）和《人民公敌》(1882)，这四部戏剧给易卜生带来了世界声誉。

后期戏剧（1884—1899）以心理分析为依托，具有象征主义色彩。重要的剧作有《野鸭》(1884)、《罗斯默庄》(1886)、《海上夫人》(1888)、《海达·高布勒》(1890)、《建筑师》(1892）和《当我们死人再生时》（1899）等 8 部。

易卜生从不同的视角提出了人生、人性、人本的问题，着重表现了理想和现实的矛盾，他作品的思想深度，来自他对人生的认真思考和深刻体验。他的大胆革新精神，诸如用接近日常生活口语的散文体取代传统戏剧的诗体语言；用中小资产阶级及其生活来取代传统戏剧中以帝王将相、王公贵族或传奇英雄为主人公；他改造了陈旧俗套的编剧手法，摒弃了当时舞台上流行的乔装、误会、谋杀和决斗等惊险场面，而以深刻的生活内容、坚实的符合逻辑的人物性格代之，在戏剧情节发展中着意安排“舞台讨论”；他设计出一种开放式的结尾，以展示追寻的徒劳，这种对传统戏剧结尾的颠覆，反映了易卜生对现代人生存状态的深刻思考和人在各种力量面前的无能为力的担忧。“奇迹不会发生”已经是现代戏剧家的共识。这些戏剧革新大大拉近了观众与舞台的距离，改变了19世纪下半期西方戏剧的审美心理与审美情趣，从而为戏剧艺术开辟了一个新的天地，拉开了西方现代戏剧的序幕。

《玩偶之家》(1879）是易卜生的代表作品。易卜生通过家庭矛盾反映社会矛盾，揭露了整个资本主义社会和婚姻关系、家庭关系的虚伪与荒谬，提出了妇女独立解放、改善两性关系等重大的时代问题。女主人公娜拉是个具有资产阶级个性解放思想的叛逆女性，她出于对丈夫海尔茂的爱，一向唯丈夫的马首是瞻，想尽办法让他高兴，独守自己为救治丈夫冒名借款的秘密和烦恼。但是看到丈夫得知她冒名借贷之事后的惊恐，不仅不理解妻子的苦心，还怒斥她无耻后，娜拉终于看清了海尔茂伪善自私的真实面目，及自己在家庭中的玩偶地位，义无反顾地离家出走。娜拉最后的行动，被誉为妇女解放的独立宣言。易卜生因娜拉离家出走的关门声而赢得世界声誉，被公认为“首倡让戏剧成为争论的场所”的社会问题剧作家。

“现在我只信，首先我是一个人，跟你一样的人——至少我要学做一个人。”[①] 娜拉的这一呼喊惊醒了东西方女性。她为追求独立、人格和

① ［挪威］易卜生著，潘家洵译：《玩偶之家》，人民文学出版社 1978 年版，第 199 页。

尊严迈出勇敢的一步，敲响了西方妇女解放运动的钟声，也唤醒了千百年来深受封建意识、封建伦理道德压迫的中国青年和女性，为我国的反封建反压迫、反封建礼教、追求个性解放、婚姻自主的“五四”运动起了启蒙作用。1925 年诺贝尔文学奖得主萧伯纳（1856—1950）说娜拉出走，在她身后发出的碰门声比滑铁卢或色当的炮声还更有力量。

1907 年鲁迅在《文化偏至论》认为易卜生“愤世俗之昏迷，悲真理之匿耀”，称赞他“瑰才卓识”，“死守真理，以拒庸愚”。1914 年，中国话剧先驱陆镜若在《俳优杂志》发表《伊蒲生之剧》一文，介绍了《人形家庭》(玩偶之家)、《民众之敌》(人民公敌)、《亡魂》(群鬼)、《海上美人》(海上夫人）等 11 部易卜生戏剧。1918 年，《新青年》4 卷 6 号推出“易卜生专号”，专门介绍易卜生戏剧和思想，其中有胡适的《易卜生主义》，易卜生的《娜拉》(全剧)、《国民之敌》(节选）和《小爱友夫》(节选)，以及袁振英撰写的《易卜生传》，由此在中国掀起“易卜生热”。

易卜生戏剧在中国的传播，大大推动了中国话剧的启蒙与发展。其中影响最为广泛深刻的就是《玩偶之家》，在“五四”时期风靡剧坛，契合了当时的时代精神。鲁迅做过名为《娜拉走后怎样》的演讲，一批青年文人纷纷模仿易卜生的《玩偶之家》，掀起了中国的娜拉剧热潮。例如，胡适的《终身大事》、凌均逸的《醒了么?》、熊佛西的《新人的生活》、欧阳予倩的《泼妇》等，强烈地表现出“五四”戏剧直面社会人生的现实主义精神。

易卜生的《玩偶之家》、《群鬼》、《野鸭》、《罗斯默庄》等剧中人物，往往都是在一个封闭式的客厅里生存、活动，而他们过去的“前史”，又往往是现时当下人物决心行动的推动力，“前史”深藏在他们的内心深处，而现在发生巨大变化的动因就来自于过去，因为过去无法使他们“绕道而行”。特别是自《野鸭》之后的后期戏剧里，易卜生开始转换视角，其戏剧的重心逐渐从社会批评移向内心活动的描写和精神生活的分析，他的人物大多是陷入于心灵的深渊里，在与世隔绝的孤独中，靠幻想来麻痹自己，欺骗自己，直至把自己的生活和他人的生活彻底摧毁。这种自我封闭、自我囚禁的人生态度，最具典型的就是《约翰·盖勃吕尔·博克曼》中同名主人公。

二、《约翰·盖勃吕尔·博克曼》的叙事结构

四幕剧《约翰·盖勃吕尔·博克曼》(John Gabriel Borkman，1896）是易卜生后期戏剧中一部非常独特的作品，观众或读者能在每一幕戏里感受到一种深刻的孤独感，一种空有壮志的无奈，一种为维护个人尊严而自我欺骗的悲哀。

戏剧主人公约翰·盖勃吕尔·博克曼是个矿工的儿子，凭着他的聪明和才干，终于成了一名采矿工程师，并且爬上了银行总经理的宝座。他野心勃勃，想要开采庞大的矿山，掌管全国的商业和铁路、轮船航线。就在他马上要当选为国会议员的时候，他冒险挪用了银行的公款，结果东窗事发，博克曼身败名裂，好像“初次出兵就受了重伤的拿破仑”[①]，他为此付出了8年牢狱生活的沉重代价。出狱后，博克曼年复一年地把自己关在楼上的房间里，天天等待银行请他出山复职，在想象中重新确定自己的价值，就像半个世纪后出现在法国舞台上的荒诞派戏剧家塞缪尔·贝克特的流浪汉狄狄和戈戈一样，苦苦等待着那个永远也不

① ［挪威］易卜生著，潘家洵译：《易卜生戏剧集》(四)，人民出版社1959年版，第211页。

会出现的“戈多”。用博克曼的情人、博克曼太太的妹妹艾勒·瑞替姆的话说：“整整一生过去了，一生白糟蹋了。”[①]

剧情发生在挪威首都附近的瑞替姆府邸，时间是冬日的黄昏。这个时间设置颇具有象征意味，象征剧中三位主人公博克曼、博克曼的妻子耿希尔德、博克曼的情人和妻妹艾勒已经走到了人生的黄昏，来日不多了。重病在身的艾勒为了让养子遏哈特，即博克曼和耿希尔德的儿子能陪伴她所剩无几的最后日子，来到了博克曼家，她的到来打破了这个家死水般的平静。易卜生在这个悲剧情境中，把真正的情节置放在遥远的往昔，在戏剧中则巧妙地安排了三个彼此怨恨的孤独老人的“久别重逢”场面，使这里死气沉沉的生活变得生动紧张起来，从而导致人物心理上的巨大冲击。

第一幕姐妹重逢，艾勒对耿希尔德说“从咱们上次见面以来到现在已经八年了”[②]。第二幕情人重逢，是艾勒与情人博克曼之间的交谈：“博克曼，咱们俩好像不知多少年没有见了。”[③]在第三幕中夫妻重逢，博克曼的台词则是“我们最后一次面对面站着——那是我被传到法庭上提供证词的时候。”[④]“他们由于过去的往事像被锁链铐到了一起”[⑤]，激起了新一轮的矛盾冲突与信任危机，这三个人之间的对话揭示出这三个人之间过去的真实关系，于是，过去的往事与回忆在当下被唤醒了，被再现了出来。

艾勒与博克曼相爱，博克曼却娶了她的姐姐，并无耻地要求艾勒嫁给能成就他大业的亨克尔律师。感情深受伤害的艾勒拒绝像玩偶一样被

① [挪威] 易卜生著，潘家洵译：《易卜生戏剧集》(四)，人民文学出版社 1959 年版，第 219 页。
② [挪威] 易卜生著，潘家洵译：《易卜生文集》第七卷，人民出版社 1995 年版。
③ 同上，第 128 页。
④ 同上，第 144 页。
⑤ [德] 彼得·斯丛狄著，王建译：《现代戏剧理论 1880—1950》，北京大学出版社 2006 年版，第 17 页。

转手，于是博克曼认为自己被告发是亨克尔的报复，他为此也迁怒于艾勒。艾勒念于旧情，在博克曼财产被没收后收养了他的儿子并视为己出，直到孩子长大后被母亲耿希尔德接走。博克曼夫妇之间则不存在感情，只有冷漠与怨恨，耿希尔德也认为博克曼毁了自己的一生，辱没了家庭声誉。其实抱怨“一生都被糟蹋了”是这三位老人的共识，只是他们谁也不愿意跨越过去与现在的鸿沟，事实上也是不可能跨越的。“过去”在这里并不是事件，而是“时间”，这与古希腊悲剧《俄狄浦斯王》不一样，俄狄浦斯王在不知情的状况下弑父娶母是客观存在的事实，“他走向真相之路构成了悲剧性的情节。反之，在易卜生那里真相是内心的真相。”[①] 这就是易卜生这部戏剧的叙事结构特点。

为了博克曼这个男人，姐妹俩成了情敌，多年来一直没有见过面。出于对过去情人的爱，艾勒在博克曼破产之后，不但出资为他们夫妻提供住所，而且全身心地扶养他们的儿子遏哈特，体验了当母亲的欢乐。可是博克曼出狱之后耿希尔德就把儿子接走，艾勒再次失去了精神寄托，她内心的痛苦与幽怨伴随着孤独感与日俱增，身体也一日不如一日。为了使自己在离开人世的时候有个人陪伴，她在一个风雪的黄昏来到博克曼家实际上是自己的府邸里，打算把遏哈特带走，于是便出现了艾勒要遏哈特以娱晚年和耿希尔德要遏哈特重振门庭声誉的冲突。姐妹俩各揣心事，和从前一样，为了一个男人——遏哈特，她们又准备开战了。“当你自作主张，替我把遏哈特拉扯大——你究竟是什么居心？”耿希尔德责问妹妹艾勒，毫无感恩之心。

在情人重逢的这场戏里，艾勒同博克曼再次相会，步入暮年的艾勒

① ［德］彼得·斯丛狄著，王建译：《现代戏剧理论 1880—1950》，北京大学出版社 2006 年版，第 22 页。

激动地嗔怪博克曼出卖了爱情，杀害了她的灵魂，毁灭了她的生趣。她做梦也没想到博克曼竟然反过来觉得他蒙受了巨大的委屈，责怪她当年不助他一臂之力，那时他距离成功仅一步之遥。好在到了知命之年的艾勒已不想再清算这笔感情孽债了，她只有一个要求，把她扶养过八年的遏哈特带走，做她的儿子，改用她的姓，继承她的遗产，来作为博克曼赎罪的代价。博克曼从来就只爱他自己，儿子跟谁的姓他并不太在乎，何况还有经济上的好处，他答应了艾勒的请求。

夫妻重逢也同样带出了过去往事的细节。八年多来，虽然同住在一个屋顶之下，夫妻间却从不照面，博克曼住在楼上耿希尔德住在楼下，相互回避，相互憎恨，他们各自守住自己的小天地，从不越雷池半步。耿希尔德只是从楼上传来的脚步声中，判断她的丈夫是否还活着。现在出于女人的嫉妒心，耿希尔德暗中上楼偷听博克曼和艾勒的谈话。当听到博克曼同意艾勒把儿子带走时，她忍不住跳了出来。于是出现了夫妻相见这一幕。易卜生用“唇枪舌剑”，将这对夫妻间隐藏了多年的矛盾激化出来，遏哈特是耿希尔德全部的希望，博克曼却要把他拱手相让，这对她来说无疑是毁灭性的打击。因此，耿希尔德不仅对丈夫不依不饶，同时也迁怒于她的妹妹艾勒·瑞替姆。

这三个精心设计的重逢场面相继出现在舞台上，处理得自然流畅，相得益彰。整个剧情仅仅发生在从黄昏到黑夜来临的短暂的时间里，主要事件从开始到终结也仅仅限制在瑞替姆府邸（注：艾勒·瑞替姆在博克曼入狱、宣布破产之后，买下了博克曼的这座住宅，并让原主人长期居住）；只有最后一幕发生在雪山上。易卜生在如此有限的时空条件下，运用其擅长的回溯法，包含了对这些主要角色漫长生活历程的多方位的追忆，揭示出过去的往事在他们内心深处最真实的感受，尤其凸显了博克曼的生活轨迹，以及他所经历的一个严酷的心理厮杀过程，撕肝裂胆，哀怨悲凉。易卜生让那些沉溺于过去和梦幻、退居到内心、陷于沉默和被动中的人物构成戏剧的中心内容，从而使该剧具有相当丰富的内涵。

三、博克曼的“超人”悲剧

如果说8年牢狱的囚禁是法律对一个敢于挪用公款罪犯的惩罚，那么，刑满释放后博克曼自我囚禁了8年则是他的个人选择，为了维护他那所谓的做人的尊严与价值。这又是一个白日梦患者，一如易卜生《野鸭》(1884）中的白日梦患者雅尔马。不过相比之下，雅尔马在他家的楼上搭建的阁楼“森林”里，在他幻想当照相术发明者的幻觉里还过得有滋有味，乐在其中；博克曼则沉浸在最彻底的孤独之中，8年来他不接触任何人，包括他的妻子耿希尔德和过去的情人艾勒·瑞替姆。他的偏执与自私，使他具有不可动摇的意志。博克曼的悲剧，揭示了现代人在现实社会中自我的失落和自由意志的失落，这种失落使人不敢直面自己的生存，因而更难以实现自我。

人，总是在希望与失望中度过自己的一生。戏开始时，博克曼在这种希望和失望中已经整整生活了8年，也徒然等待了8年。长期与世隔绝的生活，使他变成了一个妄想狂：“等我复职的时辰一到——等他们觉得没有我办不成事儿的时候——等他们亲自上楼来找我，爬在我脚边，求我再出去当银行总经理的时候——就是那家新银行，就是他们设立了而办不下去的那家银行——到那时候，我就站在这儿，接见他们！并且要让远近的人——全国的人——都知道约翰·盖勃吕尔·博克曼要逼他们接受了条件才肯——”[1] 他的狂妄与野心，使他不能清醒地意识到自己被社会所抛弃的现实，或者说他不敢正视自己的现实。易卜生在刻画这个人物时所运用的细节：每当听到敲门声，博克曼马上会装腔作势，一手按在写字台上，一手插在前胸衣襟里，准备接待等待已久的代表团。在这里，我们好像看到又一个雅尔马在制造生活的骗局。博克曼把自己囚禁在屋子里，从不下楼半步，这使人想起了《野鸭》一剧中的那间小阁楼，他就像一只受了重伤的狼，他的意志、他的野心、他的刚愎自用，以及为达到目的而不择手段和攻击性，足以使他称得上“狼”而不是一只“野鸭”。

这是一个自我意识十分强烈的人物，博克曼曾坚定不移地认为，他是“特选的出类拔萃的人”，负有解放地下深处亿万吨矿藏的神圣使命。这个使命对博克曼来说是自觉的，是不可抗拒的，也是与生俱来的。他仿佛能听到地下的宝藏在向他呼喊，在向他歌唱，他能看到它们在向他招手。博克曼整个儿被迷惑住了，他全身心地爱它们，爱随之而来的权力，这使他变得狂妄、变得野心勃勃，变得不可一世，变得非理性直至神经错乱。

由此可见，对地下宝藏的开掘，对更大荣耀和权力的追求，是博克曼的生命激流之源。易卜生在这个剧本里用了隐喻法，隐喻博克曼就像那埋在黑暗中的煤矿、金子，纵然有着极大的能量，因开采手段的不合法而不能在光明中显露出来。博克曼的错误和悲剧就在于，他经历了一次惨败之后，不能正确地对待自己，也不能正确地对待他人。他自始至终只追求他个人的权利，而从未承认过别人的权利。“我对不起的只有

---

① ［挪威］易卜生著，潘家洵译：《易卜生戏剧集》四，人民文学出版社 1959 年版，第 210 页。

一个人——那就是我自己。”[1] 他在 16 年的囚禁生活中总结道。他奉行的是尼采的超人哲学，认为其他所有的人，都是他实现自我野心的工具。“要么全有，要么全无”，这种自我中心主义的无限扩张，致使他狂妄自大，自我封闭，孤立无助。

易卜生笔下这一类意志如钢的人都有一个特点，就是一旦目标已定就会去积极行动，不计后果和亲情，更不会去顾及女人的感情与心理。比如，牧师布朗德、建筑师索尔尼斯、雕塑家鲁贝克[2] 等。博克曼也同样不能抑制自己对权力的强烈渴望和对行动的迫切要求，在他心目中，其他一切人都应该为他做出牺牲。他可以毫无愧色地拿爱情作交易，把自己所爱的女人，那个也钟情于他的艾勒小姐，像商品一样出让给能够使他谋取个人权力、进一步飞黄腾达的律师亨克尔先生，自己则跟拥有遗产的艾勒的姐姐耿希尔德结婚。从这点上来看，博克曼同《社会支柱》中的主人公博尼克一脉相承，女人、婚姻不过是他们向上爬的交易筹码。博克曼用实际行动实现了布朗德的箴言：“一个人有一样属于他的东西，他不能给，那就是他的内在的自我，他不敢束缚它，禁锢它，堵塞他的使命的河流。它必须不停地奔流，归入大海。”因此，易卜生剧中的女人们在很多时候都会成为男人们所谓宏伟事业的牺牲品，她们是没有选择的自由的。

“自我”在易卜生心中是人的正当权利，“这个世界要容许人不折不扣地实现他的自我”。对“自我”的呼吁，反映出易卜生对现代人生存困境的形而上的思考。他为人的自由生存困境和精神困境而产生的焦虑和痛苦，恰是现当代戏剧一再涉及的问题。例如，在让-保尔·萨

① [挪威] 易卜生著，潘家洵译：《易卜生戏剧集》四，人民文学出版社 1959 年版，第 234 页。

② 易卜生戏剧《布朗德》、《建筑师》、《当我们死人再生时》中的男主人公。

特（Jean-Paul Sartre，1905—1980）和阿尔贝·加缪（Albert Camus，1913—1960）的戏剧里，他们都提出了个人的自由选择的问题。

从博克曼的许多言行中我们可以看出，这个人物是易卜生当年所谓的“社会支柱”博尼克的后代，也是尼采的信徒。他信奉超人哲学，鼓吹权力斗争，提倡唯意志论，为追求目的而不择手段。如果再向上追溯，博克曼比他的前辈培尔·金特的野心更大，决计要建立他的强大的博克曼王国。8 年的牢狱生活没有使他反省忏悔，相反，他只恨自己被朋友出卖，“友谊就是欺骗！”他咬牙切齿地说道。对剧中那个没有出过场的亨克尔，他怀有铭心刻骨的仇恨；他甚至把怨恨从个人扩展到整个社会，认为社会不认识他的行动价值及其自身的价值。他日复一日、月复一月、年复一年地等待着东山再起的那一天，实现那个诱惑他的梦想。希望是人性的一部分，人靠希望活着，人活着就有希望。博克曼虽然没有等到未来，但是在他长期独自幽禁的时间里，他没有停止过思考生存的答案，这使他的内心保存着超越生存困境的那一面，从而使他的毁灭具有一种悲剧精神。

因此，当博克曼的英雄梦破灭之后，当他的人生与事业挫败之后，他失去的不仅是他的金钱和地位，更致命的是使他失去了重新站立起来、面对社会和生活的勇气，他只能用自我封闭来逃避现实，用幻想、用白日梦来编织往昔未竟的宏图大业。这种自欺欺人的白日梦后来为许多剧作家所效仿，例如，美国剧作家尤金·奥尼尔的《送冰的人来了》。

博克曼一向自认为与众不同，他是上帝“特选的出类拔萃的人”，对社会负有坚定不移的“使命感”。他之所以要以身试法做出冒险的事情，按照他的说法：不单单是为他自己创造权力和财富，更是为了让成千上万的人富裕起来，这就是他可以高踞于芸芸众生之上的理由，只是没有人意识到他的力量。因此，面对因为他而遭受破产厄运的人们，他不必愧疚，反倒认为都是天下人负了他，是所谓的朋友亨克尔出卖了他，也包括他的情人艾勒小姐在内，他怨恨她不肯用自己的身体为他做出牺牲。

伟人、超人的自我意识与不可遏止的野心，使博克曼如此自负而狂妄，即便是在他触犯法律身败名裂以后。当艾勒小姐指责他出卖爱情，犯了谋杀灵魂的罪孽时，博克曼毫无廉耻地说道："对，我做了交易，艾勒！我无法遏制爱权力的欲望。"他还振振有词地为自己辩解：因为"我是男人！因为我胸怀大志，所以连这事我都能够忍受！"① 博克曼甚至倒过来抱怨艾勒不肯助他一臂之力，如果她肯嫁给那个大权在握的亨克尔，他就不会遭殃了！每每想到这儿，博克曼就会情绪激动，歇斯底里地指责艾勒毁了他的前途，毁了他自由发展和实现自我的最后希望。如今孑然一身、病入膏肓的艾勒落到这般地步，按照博克曼的话来说是自找的："你只能埋怨你自己。"面对情人的眼泪和幽怨，博克曼丝毫不受良心的谴责，反而把责任和道义推卸得一干二净。

对一个极端自私的野心家和个人主义者来说，博克曼是毫无道德可言的。易卜生塑造这种类型的男人，都是只看重功利和权力，他们让女人、爱情无可商量地服从于男人的欲望和野心。为了他们的伟大事业和理想，在万不得已的时候，"一个女人总可以代替另外一个"（见《博克曼》第二幕）。在博克曼看来，那些没有任何职责的人，包括女人，只有一种职责，就是牺牲自己。在这里，我们似乎又听到了海尔茂对他太太娜拉说过的一句话：男人不能为他爱的女人牺牲自己的名誉。

---

① ［挪威］易卜生著，潘家洵译：《易卜生文集》第七卷，人民出版社 1995 年版，《博克曼》第二幕。

博克曼这种对女性的态度，完全是继承了号称社会支柱的博尼克的衣钵，与海尔茂也从本质上如出一辙。不过，易卜生对博尼克还是非常温和的，让他在忏悔之后，重新赢得“社会支柱”的称号；而现在，他对博克曼这类个人野心家，在否定中又包含着对他的同情。博克曼不仅在事业上因损人利己而一败涂地，而且在个人生活上既毁灭了别人的幸福，也造成了自己的不幸。从这方面看，易卜生对博克曼是持否定和批判态度的。

不过，易卜生又认为博克曼能够从一个卑微的矿工，经过自己的奋斗，步步高升到银行总经理的职位是很了不起的，很赞赏他这种自我奋斗精神，这正如易卜生本人的自我奋斗。易卜生强调：人生的价值，就是“要奋斗到末了一天，牺牲到最高程度，绝对不要调和，完全做自己意志的主人”。因此，他的博克曼为了他的煤矿王国不惜赤裸裸地拿爱情做交易，去干违法乱纪的勾当。易卜生认为这些道德缺陷是可以被宽容的，因为这个人物是“特选的出类拔萃的人”。这种特殊的人物是资产阶级社会的精神贵族，是尼采大加赞扬的“超人”，为求自我发展，当然可以为所欲为，做出超越常规的例外。

事实上对这类“特选的出类拔萃的人”，早在易卜生的精神儿子布朗德身上就流露出他对人民大众的轻视。布朗德和他所生存的那个狭隘而窒息的环境，屡屡发生冲突，他为了他的“精神反抗”和崇高理想而独行其是。现在，博克曼也同样自视在各方面都高人一等，唯有他才能完成辉煌大业，因此他在精神上绝不肯服输。醉心于人们对自己的个人崇拜，往往是这类“特殊人物”在资产阶级社会里，处于孤立地位的主要原因之一。

然而，布朗德追求的是精神，博克曼追求的是物质；前者是抽象的，后者是具体的。他们都以超人的意志，体现了愿望与可能之间的对立，这种对立的本身也是现代生存困境的产物。博克曼临死之前发出的由衷的感叹：那从前的梦想，那广大无边、开发不尽的、眼看就要征服的王国，“始终只是一场梦”。

自我的实现是何等之难！哪怕你已经付出了昂贵的代价——个人爱情与家庭幸福。易卜生几乎所有的戏剧都少有圆满的结局，悲剧精神是易卜生戏剧的品格。虽然这个过于自负、坚毅的博克曼并不可爱，但是在人生的最后一幕，也是该剧的最后一幕里，当他终于在绝望中逃出那个囚禁的家庭牢笼，颤颤巍巍地站在白雪皑皑的、寂静的高原上，俯瞰大地，回首往事的时候，不由地悲从中来，发出那天不从人愿的叹息，那一个戏剧场面是令人动容的。在茫茫天地之间，人是何等的渺小、何等的卑微，那冰天雪地的大自然正是冷酷无情的命运的象征，哪怕你是所谓的强大的超人、伟人，或是上帝的宠儿。雪山、高处、形单影孤的人，类似这样的画面我们在易卜生的戏剧里并不陌生，人生如梦，人生是空。望着这位白发苍苍的疯癫老人，我们的怜悯之情会油然而起。

四、易卜生的哲学观与现代悲剧母题

受黑格尔所倡导、布伦退尔所发展、强调的“意志论”戏剧冲突规律的影响，易卜生也以自觉意志作为他的哲学与写作的基础。但是在他的后期剧作中，“他发现人的意志和他所生活其中的世界有着那么大的脱节而吃了一惊，不能在早期的宗教学说中找到安慰，便不得不自己创造了一个解决方法以满足自己的需要。由于这种需要发源于他的纷乱的心理，所以他所创造的神秘主义必然是他自己的精神状态的造像。”①美国电影戏剧理论家约翰·爱华德·劳逊的这段话说得颇为中肯。这里所说的“神秘主义”是指人不可能完全逃避现实，因此不能不靠“一种实现希望的憧憬——一个在其中情绪具有无边的力量，可以自己解放自己的梦幻世界”。博克曼就是在这种梦幻世界里，保持着个人的优越感。由于个人与现实之间的失调与脱节，博克曼富有想象力的、清醒的自我是病态的，是自我欺骗的。博克曼视个人命运的二元论，表现了易卜生对理想和现实的看法：理想具有强大的力量，足以使没有理想的生活失去一切价值；而现实却已把理想的随心所欲，以专横力量主宰一切的威力击得粉碎，以至它的一切胜利在刚刚取得时便不可避免地转化为失败，胜利者不得不永远怀念他失败前的情景。易卜生在这部戏剧里，再一次探讨了个人和社会中真实和虚幻的实质。

人的孤独，人与他人的无法沟通，人与社会的脱节，人生的荒诞，这些现代派戏剧中一再涉及的主题，在易卜生的戏剧中已经被关注到了，他笔下的这些人物都是“彼此异化的孤独的人”②。在易卜生后期戏剧里，夫妻之间总是存在着隔阂的鸿沟，男女之间存在着深刻的不平等。在妻子耿希尔德的眼中，博克曼早已死了，而她也等于做了活死人的妻子；早年倾心于博克曼的艾勒，因博克曼背叛了她，扼杀了她的恋爱生活而从此心如死灰，形影相吊。博克曼自己也是在孤独与绝望中虚度了 16 年的宝贵光阴。

在这同一个晚上，易卜生还设置了一对次要矛盾冲突：与博克曼持

① [美] 约翰·霍华德·劳逊著，齐宙译：《戏剧与电影的剧作理论与技巧》，中国电影出版社 1961 年版。

② [德] 彼德·斯丛狄著，王建译：《现代戏剧理论（1880—1950）》，北京大学出版社 2006 年版，第 22 页。

续了多年友谊的老友弗尔达尔和博克曼闹崩了。这个可怜的小办事员，也是一个生活在白日梦阴影里的人物，为了自己的梦想——成为一个诗人和剧作家——而贻误了一生。弗尔达尔与博克曼不同，博克曼从来都毫不怀疑自己的才能，弗尔达尔则对自己能否成为一个诗人始终没有把握，他需要从别人的肯定中确认自己的价值。因此，一旦博克曼对他说“你到底不是诗人”时，弗尔达尔决不能原谅他，不能原谅这个当年挪用他的存款去搞投机事业而使他破了产他都不曾抱怨过的博克曼，因为博克曼粉碎了使他保持个人价值和荣誉感的虚幻世界。

其实，在易卜生后期戏剧里，像博克曼、弗尔达尔这类人物并不少见。如《小艾友夫》的男主人公艾尔富吕·沃尔茂，其精神生活靠的是计划写一部论人的责任的巨著所支撑；《野鸭》中的雅尔马则认为自己有可能在照相技术上有重大发明而生活得有滋有味。这些人物无一不是在幻想中虚度一生；他们渴求梦想成真，摆脱掉失意的处境，却又害怕走出他们自己给自己营造的、与世隔绝的小天地；他们的思想大于行动，唯有在虚幻中才能得到安慰，保持住人的尊严和体面。易卜生既同情这类人物的不幸，洞察入微地对他们进行心理剖析，又蔑视他们那种虚假的生活态度和生活方式，批评他们像受伤的野鸭，在狭隘平庸的天地里，在至关重要的谎言里，寻求自以为是的心理平衡。

在《约翰·盖勃吕尔·博克曼》这部剧里，以博克曼为中心的四位老人，他们的灵魂都是极其孤独的，他们的心扉早已被生活的尘土封闭死了。孤寂和怨恨使这些老人彼此隔离，每个人都独自生活在冷冰冰的小世界里，被生活、幸福、光明和一切美好的东西所抛弃。

于是，年轻的、富有生命力的遏哈特便理所当然地成了他们晚年的最后希望和安慰，成为他们争夺的对象。当遏哈特的母亲和姨妈千方百计地想控制他，要把他拉入自己的怀抱而遭到拒绝时，冷眼观战的博克曼突然意识到他的机会来了，他要求儿子同他一块儿干，帮助他一起挽回他的失败。三位老人从各自的利益出发，向遏哈特发出了急切的呼唤。

易卜生在描写这个争夺场面时，将每个人的心理和神态都刻画得惟妙惟肖。那是一场灵魂与灵魂的短兵相接，往日的恩恩怨怨在这一刻全都暴露无遗。博克曼太太自以为能左右儿子遏哈特，所以在艾勒面前显得洋洋得意，对丈夫则不加掩饰她的傲慢与蔑视；博克曼在听到妻子的挖苦之后，立即勃然大怒，艾勒·瑞替姆在意识到彻底失去遏哈特的现实时，有意向姐姐、也是情敌耿希尔德作对，煽风点火地鼓动遏哈特帮助父亲重创事业。易卜生把这场心理争夺战写得入木三分，戏剧冲突波澜迭起，三个长辈包围着遏哈特：

博克曼　遏哈特，你愿意不愿意跟我合作，帮我创造这新生活？

艾　勒　你不能破费两三个月工夫，让一个不久于人世的苦命人，在临死之前畅畅心胸吗？

博克曼太太　难道你忘了自己许过愿要做的那桩事业吗？[①]

六道期待的目光，三条利剑般的舌头，同时逼向遏哈特，逼他当场做出选择。富有戏剧性的是，遏哈特这个一向唯唯诺诺、温顺听话的儿子，突然以叛逆者的姿态出现在长辈们面前，他生平第一次拒绝父母和养母的要求：“我不能贡献自己的生命给别人赎罪——不管那人是

---

① 见易卜生《约翰·盖勃吕尔·博克曼》第三幕。

谁。”“也不想陪伴一个快死的人，更不愿意工作！因为我是年轻人，这股滋味我从前没体会过，现在却在我浑身血管里跳动。我只想生活，生活，生活！”[①] 遏哈特的答复句句掷地有声，似阵阵惊雷在老一代人那乌云密布的心头轰然炸响，炸得他们惊慌失措，无论是母亲的权威、养母的哀求，还是父亲的威严，都不能改变遏哈特已经拿定的主意。他下定决心要逃出这个令人窒息的地方，远离这个极端自私的爱的围城，他要自由，要寻找属于自己的快乐，这个快乐他已经找到了。当他把他所爱的女人唤进屋子同家里人见面时，空气仿佛凝固了一样。易卜生以片刻的沉默来突出博克曼一家人在毫无心理准备的情况下所受到的惊讶和震动。

老人们无论如何也想不到，遏哈特金屋藏娇的女人他们都认识，他竟然爱上了一个当过博克曼情妇的威尔敦太太，而且铁了心马上就跟这个有钱的老女人一起远走高飞。遏哈特的态度是如此坚决，义无反顾。跟这对情侣一起去国外的还有佛尔达尔的小女儿，这位可怜的姑娘不过是被他们用来掩人耳目的工具。佛尔达尔却因为女儿坐着一辆漂亮的带有银铃和篷子的雪橇而眉开眼笑，“这么看起来，天把我生成个诗人，究竟不冤枉，因为小富吕达就要走进我从前一心向往的那个广大的世界了。”这位一生不得志的老人竟然在被雪橇撞倒后，还能激发起这一点可怜的诗情，更给那三位被抛弃的老人们增添了几分苦涩，给这座孤零零的老宅陡添了一种凄凉感。

易卜生笔下的这几个人物，几乎都固定在一种运动模式里。他们都没有决定自己命运的可能性，他们被一种诱惑、一种自己编织的希望所

① 见易卜生《约翰·盖勃吕尔·博克曼》第三幕。

欺骗。这种情况正如20世纪捷克小说家卡夫卡所说的，是“原地踏步的行进”。他们躲藏在黑暗中，一心盼望着奇迹的出现。

然而，在易卜生的笔下，奇迹是永远不可能发生的。年轻的遏哈特的出走，意味着老一代人梦想的彻底幻灭。那追求自由的远去的银铃声在老人们听来仿佛是送丧的钟声，他们被无情地遗弃在寒冬的黑夜里，眼前一片茫然。铃声渐渐消失之后，易卜生又以一个小小的停顿，制造出一种令人窒息的舞台气氛，一种可怕的孤寂感更加沉重地压在博克曼一家三位老人的心上。生活下去的神话消失了，它不能不影响到他们今后的命运。

易卜生戏剧中所表现的凭意志就能够取胜的主调，在最后结尾处遭到了否定。那位曾经显赫一时的、有着坚强意志的博克曼先生在儿子走后开始神经迷乱，他疯疯癫癫地唱起了解放宝藏之歌，终于走出家的囚笼，走向了冰冷的白雪皑皑的山顶，他摔倒在那里再也没能站立起来。

在《约翰·盖勃吕尔·博克曼》的整个剧中，我们深深感受到一种挥之不去的孤寂和无奈。易卜生就好像一个矿工，深入地挖掘出人物内心深处最隐秘的宝藏，哪怕是最细微的感觉。然而，他虽然能理解他们、同情他们，却不能够为他们指点迷津，把他们从困境中解救出来。

在易卜生后期戏剧里，斯多克芒式的那种斗争精神消失了，曾经震惊过西方社会的那句“世界上最有力量的人是最孤独的人！”在这里显得滑稽可笑，一种虚幻的悲观主义和神秘主义日渐明显地弥漫在易卜生的作品之中。博克曼的悲剧，再次反映出易卜生思想上的困惑。无论是卑微的小人物雅尔马、佛尔达尔，还是充满雄心大志的所谓特殊人物博克曼，都不能不被生活所困扰，只能无奈地在自己制造的虚幻的白日梦里苟活着。

被囚禁难道是人类的共同命运？

最后值得一提的是《博克曼》这部戏剧在表现方法上有一个引人注意的特点，即一种浓烈情绪的展现。易卜生在这里表达了一种总体情绪：天不遂人愿的愤怒与焦虑，以及被隔离的深刻的孤独感。最突出的体现者当然是博克曼。博克曼临死前唱的那首出自他心灵感应的富有诗情的解放宝藏之歌，给《约翰·盖勃吕尔·博克曼》增加了独特的艺术魅力。情绪的依据是心理活动的过程。易卜生淡化了情节，抓住过去生活在人物心灵中的投影，抓住人物内心深处涌动着的对社会、对生活的强烈不满的心理情绪，高度概括后提供给观众，启发观众去思考。这种类型的戏剧由于内在的意蕴藏得很深，它已经“进而描写到因深层心理变态而分裂的心灵内部的荒诞世界”①，因而大大启发了后来的现代派剧作家，萨缪尔·贝克特的《等待戈多》就属于这类表现情绪的戏剧。

① [日] 河竹登志夫著，陈秋峰、杨国华译：《戏剧概论》，中国戏剧出版社1983年版，第16页。

海　鸥

俄国伟大的文学家、戏剧家安东·巴甫洛维奇·契诃夫（Антон Павлович Чехов，1860—1904）在全世界享有盛誉，大凡从事戏剧专业或爱好文学的人都会知道他的名字。契诃夫后期从小说转向戏剧创作，主要作品有《伊凡诺夫》(1887)、《海鸥》(1896)、《万尼亚舅舅》(1896)、《三姊妹》(1901)、《樱桃园》(1903)，这些剧作含有浓郁的抒情意味、丰富的潜台词和深刻的象征意蕴，令人回味无穷，从而赢得不同肤色的人们由衷的喜爱。

一、作家作品简介

契诃夫 1860 年 1 月 29 日生于俄罗斯罗斯托夫省塔甘罗格市，祖父是赎身农奴，父亲曾开设杂货铺，1876 年破产，全家迁居莫斯科。契诃夫独自留在塔甘罗格，靠担任家庭教师以维持生计和继续求学。1879 年进莫斯科大学医学系。1884 年毕业后在兹威尼哥罗德等地行医，广泛接触平民，了解了社会各个不同阶层人们的生活，这对契诃夫日后的文学创作很有帮助。他的《变色龙》、《小公务员之死》、《凡卡》、《婚礼》、《套中人》等短篇小说，以幽默诙谐的笔调为他赢得了巨大的成功；此外，给人印象深刻的契诃夫的中篇小说有《第六病房》、《草原》、《脖子上的安娜》等。列夫·托尔斯泰非常推崇契诃夫，说："他就像印象派画家，看似无意义的一笔，却出现了无法取代的艺术效果。"高尔基也曾说："俄罗斯的短篇小说是契诃夫同普希金、屠格涅夫一道创立的，他们都是'不可企及'的。"契诃夫以其简练质朴的风格而跻身于世界文学之林，被俄国科学院授予"普希金奖"。

中国人了解契诃夫戏剧是从1921年开始的，那一年郑振铎先生翻译了他的《海鸥》一剧，之后，契诃夫的剧作便不断有中译本出现。而中国第一次上演这位俄国戏剧大师的作品则是在九年之后，1930年5月11日，上海辛酉剧社根据《万尼亚舅舅》改编的《文舅舅》首次在中国舞台上亮相，导演是朱穰丞，主演是袁牧之，这是中国观众与作为戏剧家的契诃夫第一次近距离接触。从此，随着契诃夫戏剧的不断出版与演出，契诃夫的名字为越来越多的中国观众所熟悉。一个世纪过去了，契诃夫及其戏剧在中国依然拥有知音，2015年上海话剧艺术中心再次复排和公演了《万尼亚舅舅》，备受观众欢迎。

作为一位戏剧家，契诃夫创作过轻松幽默的独幕喜剧十几部，如《求婚》、《蠢货》、《在婚礼上》等；以及多幕剧七部。而代表他最高戏剧成就的《海鸥》(1896)、《万尼亚舅舅》(1896)、《三姐妹》(1901)和《樱桃园》(1903)这几部戏剧，在内敛的幽默中，再现了人生的无奈与荒诞。绝望是契诃夫这四部多幕剧的主题，三姐妹渴望回到莫斯科而不成；樱桃园的主人女贵族柳鲍芙·安德烈耶夫娜无力挽回承载她美好生活回忆的樱桃园，眼睁睁地看着被拍卖；当万尼亚舅舅发现他为之几十年勤奋工作、自己则省吃俭用的精神偶像倒塌之后，绝望地举起枪对准了他曾经崇拜过的教授；《海鸥》中年轻的男主人公特里波列夫也因对爱情和生活的彻底绝望而开枪自杀。

难能可贵的是，契诃夫能将悲剧性的事件，以浓郁的抒情意味和机智、幽默的手法加以观照。上述提到的这四部戏剧对中国剧作家产生过不同程度的影响。如，曹禺的《北京人》，被认为是一部“契诃夫式”的剧作。

二、涅槃中的《海鸥》

四幕剧《海鸥》(The Seagull）写于1896年，契诃夫把它标榜为“喜剧”，似乎他是站在一个很高的高度，用上帝之眼来俯视芸芸众生的喜怒哀乐。1991年的金秋，北京首都剧场上演了契诃夫的《海鸥》，来自莫斯科艺术剧院的著名导演奥列格·叶甫列莫夫，应北京人民艺术剧院的邀请，专门来京执导，排演了斯坦尼—丹钦科1898年版的《海鸥》，就是当年那个让《海鸥》重整雄风、展翅高飞的版本。斯坦尼与丹钦科这两位闻名遐迩的俄罗斯导演于1898年在莫斯科艺术剧院成就了，或者说是拯救了契诃夫的“海鸥”。该剧嘲讽了人的自私、虚荣、软弱与梦幻，以及事与愿违的无奈和自暴自弃的悲哀。

1. 一只在嘲笑声中被击落的“海鸥”

当契诃夫以戏剧革新者的姿态进行创作的初期所遭受的重创还挺富有戏剧性的。《海鸥》于1896年第一次在圣彼得堡国家剧院亮相就惨遭失败，在整整三个小时的演出过程中，观众的反应一直是非同寻常，差不多可以用“横眉冷对”来形容。契诃夫在后台走来走去，紧张而不安，尽管他尽量装着无所谓的样子，可是只要有人从他身边走过，他就狼狈地避开。戏一演完，场内嘘声四起，这是多么可怕的打击啊！契诃夫可以说是落荒而逃，甚至忘了带行李箱。他独自在涅瓦河畔徘徊了许久，因此受到风寒加重了他的病情。《海鸥》首演的惨状，给契诃夫留下了沉痛的印象。他写信给丹钦科说："我的《海鸥》在彼得堡第一场就遭遇了惨败，剧场里呼吸着辱藐，空气受着恨的压榨，而我呢，遵循着物理的定律，就像炸弹似的飞开了彼得堡。你和宋巴托夫，是你们两个人劝我写戏的，我埋怨你们。""即使我活到700岁，也永远不再写戏，永远不再让这些戏上演了。"① 契诃夫极度沮丧的心情，还表达在他给家人的一封信里："这出戏轰然跌落了。剧场里有一种侮慢而沉重的紧张空气。演员们演得愚蠢的可憎。这次的教训是：一个人不应该写戏。"② 由此可见，契诃夫遭逢的噩运，受到的打击，致使他的心情是何等的败落！

对一个艺术家来说，最大的痛苦也许就是自己用心写成的作品不被人们所认可，特别是亲耳听到嘲笑与嘘声。这只被俄罗斯观众用哄笑声枪杀的"海鸥"，其作者在当时已经是誉满俄罗斯文坛的作家了，人们喜爱契诃夫的中短篇小说，可却不理解他的这部戏剧。作为戏剧家的契诃夫在戏剧思维上太超前了，不仅仅是观众，就连敬重他的圣彼得堡国家剧院的艺术家们也难以跟上他先进的戏剧革新观念。《海鸥》剧组是一班优秀的演员，但是他们在舞台上第一次缺乏自信，因为《海鸥》里没有他们熟悉的激烈的戏剧冲突与外部动作，他们不知道该怎样在舞台上行动，面对如同日常生活里的对话，他们找不到深藏在台词背后的那份热情。

① ［苏］丹钦科著，焦菊隐译：《文艺·戏剧·生活》第一部第四章，中国戏剧出版社1982年版，第59页。
② 同上，第58页。

就在那个令人揪心的夜晚，剧中的女主角妮娜那一段富有诗意、充满想象力的独白：“人，狮子，鹰和鹧鸪，长着犄角的鹿……”落到观众的耳朵里，就像是一段没完没了莫名其妙的、怪诞的外来语。观众耸着肩膀，互相交换着会意的眼神，等到幕一落下，整个剧场连一个掌声都没有，喝倒彩的、谩骂的却连成一片。这一切正同《海鸥》中第一幕男主人公特里波列夫上演他的处女作时所发生的情景一样，有着惊人的相似之处，戏里戏外的剧作家遭遇到了同样的不幸。剧中的特里波列夫对流行戏剧特别反感，按他的话说“现代的舞台，只是一种例行公事和一种格式。……他们只是永远演给我看一种东西，永远是那一种东西，永远还是那一种东西！”[①] 所以他要“寻找另外一些形式”，正如塑造他的作者契诃夫一样，特里波列夫第一次拿出他那与众不同的剧本给观众看时，多次遭遇到了颇有点影响力的妈妈、女演员阿尔卡基娜的当众讥讽，致使演出不得不中止。阿尔卡基娜还颐指气使地指责剧作者、也是她的儿子特里波列夫说：“……仿佛他觉得自己写的是一个具有伟大价值的作品啦！嘿，你们就瞧瞧！难道这种表演……毫无疑问，他是想教我们该怎样写，该当怎样演。说实话，这种办法可讨厌呐。……结果会叫谁也忍耐不住的！”“他不是自以为是在给艺术创立新形式、创立一个新纪元吗？这一点也谈不上新形式。我倒认为这是一种很坏的倾向。”

契诃夫像一个预言家一样，他在创作《海鸥》的时候，似乎已经在冥冥之中预感到不测，预感到观众的对立性反应了。在现实生活中，在圣彼得堡剧院首演的舞台上，特里波列夫所遭遇的打击在契诃夫身上也

---

① 见契诃夫《海鸥》第一幕。

痛心地发生了。当晚的那场观众也像舞台上的阿尔卡基娜那般无礼，他们无法忍受这出“违背所有的戏剧法则”、“动作很少，像部小说”的戏剧，不时发出哄笑声。在场的人一致同意，在俄罗斯的舞台上，还从没有见过如此惨重的失败。“他为什么不满足于写点小说呢？”有人甚至幸灾乐祸地说道。

戏剧的特性之一，就是现场的演员与观众的当面交流与互动。如果导演与编剧之间缺少默契，如果观众与舞台之间缺少默契，剧场里的戏剧气氛要营造起来谈何容易！水能载舟，水也能覆舟。契诃夫的“海鸥”第一次飞翔就这样被枪杀了，被观众的轻慢的嘲笑声无意枪杀了。一只不幸的海鸥，悲剧性的海鸥。

2. 契诃夫全新的创作理念让观众迷失

西方戏剧经历了一个又一个的戏剧流派，已经培养起一代又一代的观众。今天我们重新审视契诃夫的《海鸥》，绝不会再出现 1896 年发生在圣彼得堡剧院这样可怕的事件。一个世纪过去了，《海鸥》当年的遭遇在我们今天看来就像是天方夜谭。

但是，平心而论，俄罗斯演剧史上这段难忘的故事，又怎能去责怪当时《海鸥》剧组的演员和现场的观众呢？他们看惯了、演惯了线形结构的戏剧，一条情节主线起、承、转、合，有鲜明激烈的矛盾冲突，有扣人心弦的戏剧悬念，有强烈的动作和戏剧性，以及集中而统一的人物……现在，这熟悉的一切在契诃夫的《海鸥》里突然消失了，无影无踪了，他们怎么会不晕头转向！契诃夫在《海鸥》中编织起的那纵横交错的人物关系网，以及散点式的网状结构，让从未见识过的人们一下子难以理出头绪。于是，习惯于传统的戏剧审美积累的观众反感了，抗拒了，他们在心理上拒绝接受。这种审美心理定势和戏剧思维定势有时候会像病菌一样在剧场里迅速传播，相互影响，从而使观众变得粗鲁而忘却了最起码的礼貌。

《海鸥》中多线头网状戏剧结构，是契诃夫对人们习以为常的纯戏剧式结构的反动。一群现实生活中不得志的人物和他们的生活琐事被搬上了舞台，没有中心事件，没有外在的戏剧冲突，契诃夫把所有的注意力集中在剧中人物内在的矛盾冲突上，就如同我们日常生活一样，惊心动魄的事件毕竟不会天天发生，人与人相处更多的是心理的摩擦与情感的碰撞。契诃夫这部戏内在的戏剧性就隐藏在错综复杂的人物关系之中。通过对剧中人物心灵的剖析，给观众提供了一个视角，以观照人生。

从纵的方面来看，全剧里最富有戏剧性的是第一幕戏，年轻的特里波列夫怀着激动的心情上演他新创作的剧本，他倾心爱恋的妮娜，设法从家里偷偷溜出来扮演剧中的女主角，不料戏却被自己的母亲阿尔卡基娜破坏了，受到嘲笑的特里波列夫痛苦之极；另外一个姑娘玛莎因单恋着特里波列夫，内心的苦恼难以排解。第二幕着重描写少女妮娜和作家特里果林的对话，表现了少女对作家的崇拜。第三幕里为了特里果林，阿尔卡基娜与儿子特里波列夫发生了公开的冲突；特里果林对妮娜的迷恋，引起阿尔卡基娜的嫉妒，她施展手段对特里果林纠缠不放。第四幕表现特里波列夫再次向被特里果林遗弃的妮娜求爱，未果而绝望自杀。后三幕戏是第一幕人物关系的发展，但各幕独立成篇，相互间并没有紧密的逻辑关系。

从横的方面来看，在错综复杂的人物关系中，你中有我，我中有你，他们相互纠缠在一起，有时就像旋转的木马，一个追逐一个，每一个人都有自己内心的痛苦与无奈。他们以各自独特的个性、变化莫测的心理共同演绎着生活的本来面目。

我们先来分析一下四个年轻人如何为爱情而角逐，并迷失了自我：有点才气的特里波列夫全身心地爱上了妮娜，“没有她我就活不下去，就连她的脚步声我都爱听”，他把她称作“我的仙女，我的梦。”① 但是，他的心上人却被他妈妈的情人特里果林迷住了，甚至跟着他私奔到莫斯科。特里波列夫几乎要发疯，他自杀未遂，要与特里果林决斗拼命，妈妈阿尔卡基娜和他翻脸。尽管如此，特里波列夫依然一往情深地爱着妮娜，他去莫斯科寻找她、追随她，却被妮娜一次次地堵在门外。直到备受伤害与挫折的妮娜在一天夜里突然身心疲惫地偷偷回到家乡，特里波列夫再次向她示爱又遭拒绝，他终于彻底绝望，选择了自杀。

妮娜这个天真的、可爱的乡村少女，梦想成为一名演员，“为了得到作为一个作家或者演员的幸福，我情愿忍受我至亲骨肉的怀恨，情愿忍受贫穷和幻想的毁灭”。② 她被外来的、小有名气的中年作家迷惑住了，拒绝了特里波列夫的爱，情窦初开的她大胆地追随特里果林到莫斯科，并为他生了一个儿子。后来她遭受到生活的双重惩罚，情人特里果林厌倦了她终于离她而去，他们的儿子又不幸夭折了，孤独的她一个人到外省，在演剧的路上艰难拼搏。但是，痴情的妮娜依然爱着那个负心的情郎：“我爱他！我甚至比以前还要爱他……这是一篇短篇小说的题材啊……我爱他，我狂热地爱着他，我爱他到不顾一切的程度！”③ 深陷在感情泥潭里的妮娜已经不能自拔了，她对深深眷恋她的特里波列夫的这番自白，给了特里波列夫最后致命的一击。

22 岁的玛莎却苦恋着特里波列夫，但她的爱从未有过丝毫的回报或

① 见契诃夫《海鸥》第二幕。
②③ 见契诃夫《海鸥》第四幕。

回应。于是，她以自虐的方式嫁给一个她根本不爱的小学教员麦德维坚科，为使自己不去做出糊涂事来，“我要把这个爱情从我的心上摘下来，我要把它连根拔掉”。[①]她对那个偶尔到他们乡下的中年作家特里果林说道。找不到爱的归宿的玛莎其实同特里波列夫和妮娜一样，无奈地饱受着感情的煎熬，个中的苦只有自己知道。

麦德维坚科，这个大多数时候在抱怨钱少的微不足道的男人，为了讨他喜欢的玛莎的欢心，他会每天来回跑十二里路来看她，尽管他每次看到的总是玛莎冷冰冰脸和冷漠的神态。这个可怜兮兮的小人物，像低眉顺眼的小媳妇总是在忍气吞声，显得卑微和不自信。即便是结婚后，他对已经成为自己妻子的玛莎仍旧是唯唯诺诺，在岳父岳母面前低声下气，甚至眼瞅着玛莎不顾自己幼小的孩子而去服侍特里波列夫的起居，也不敢吭气。他娶了她的身却没有娶回她的心。

另一个营垒是几位中老年人的故事，不仅他们之间相互关联，同时，与上面这些年轻人之间也有着千丝万缕的关系。在不露声色的情场角逐与日常生活中，他们彼此牵连，时常还会有意无意地伤害对方。

特里波列夫的母亲阿尔卡基娜是一个成熟的、有点名气又有点庸俗的过气女演员，她自私、吝啬、虚荣，有很强的占有欲，喜欢所有的人都围着她转，奉承她，喜欢让别人的意志服从自己。她嫉妒少女妮娜的美貌与青春，不顾已经成人的儿子的感受，带着情夫特里果林来到乡下寻欢作乐。她对儿子特里波列夫不能说不爱，有时也带他出入名流聚会，却从不考虑儿子的尴尬的心境。她把他扔在乡下，很少去关心他；难得母子见面，又去嘲笑儿子的新剧作，时不时对他进行挖苦和打击。

---

① 见契诃夫《海鸥》第四幕。

这对母子之间的感情可以说是既爱又恨，爱恨交织。

习惯于舒适生活的作家特里果林身不由己地追随在年长他的、还有几分姿色的阿尔卡基娜左右，有这样一个颇为优雅的女演员做女伴，他感到满足。直到有一天他在景色优美的乡村里遇见美丽单纯的少女妮娜，唤起了他对青春与纯真的渴望。他一边用他的光环去迷惑崇拜他的可爱少女，一边企图摆脱他身边那个老女人。但是经不住富有心计的阿尔卡基娜的眼泪和娇嗔，他又妥协了，只好偷偷地与妮娜幽会，让她有了身孕。最终，这个没有责任心的男人可耻地逃跑了，又心安理得地回到阿尔卡基娜身旁，出双入对，让痴情的姑娘把自己幻想成他笔下的一个短篇小说中的人物。

美，被无辜地毁灭了，妮娜就像那只被打死的海鸥。遗憾的是特里果林竟然说不记得曾吩咐把特里波列夫打死的海鸥制成标本这件事，可就在前一幕，即第三幕开始的时候，他还款款情深地对妮娜说着非常动听的话："我会想着您的。我会想着您，在一个星期以前，在阳光灿烂的那一天，记得吗？——您穿着鲜丽的衣裳……我们谈着话……在那椅子上，还躺着一只白色的海鸥。"但现在，仅仅时隔两年，他却说"不记得"！

年老、善良的索林，是阿尔卡基娜的哥哥，退休后他最大的心愿就是离开寂寞的乡下住到城里去。毫无变化的乡村生活让他感到单调、乏味，无聊，但他没有钱，富有的阿尔卡基娜拒绝帮助他。他这辈子总是不能如愿，用他自己的话说："我年轻的时候想当作家，结果没有当成；我想把话说得流利，可是说得很糟……我想结婚，结果也没有结成；我想永远住在城里，可是，我只有在乡下了此一生。"① 这些并非都是高不

① 见契诃夫《海鸥》第四幕。

可及的愿望，然而却不能如愿。他对与他同住在一起的外甥特里波列夫怀着怜爱，想帮他摆脱眼前的处境，但心有余而力不足。

此外，还有自负的大夫多尔恩，他被玛莎的母亲波林娜暗中爱恋着，却不拒绝。波林娜的丈夫沙姆拉耶夫是索林的管家，一个对演戏也有点兴趣的中年男子。全剧中有名有姓的人物有十来个，彼此纵横交错在一起，构成了《海鸥》的网状戏剧结构，就像生活的本来面貌一样既自然朴实，又丰富多彩。

契诃夫没有像传统编剧那样在戏的结尾将各条矛盾线交织在一起，在高潮中加以解决，他只给特里波列夫画上了一个句号：因绝望而自杀；其他的人物境遇与内在矛盾依旧存在着，留给观众自己去思索、去补充。对这种新颖的编剧手法，契诃夫自己做了阐释：我的戏是以强音开始，以弱音结束，这就违反了戏剧艺术的一切法则……我在读我自己的新剧本时，不禁又一次深信，我根本不是一个剧作家。这段话说明了契诃夫在编剧形式与技巧上的创新与发展。

任何一个艺术流派或艺术观念诞生的时候都会遭受阻力，例如，浪漫主义兴起之时，法国古典主义保守派还大闹过剧场。因此，对看惯了传统戏剧的俄罗斯观众来说，第一次见识契诃夫这种全新的创作理念而排斥《海鸥》，是可以理解的。这种线索多且又松散的网状结构和看似零碎的片断组合，仿佛和日常生活差不多，传统戏剧的观众还不能马上去适应契诃夫这类抒情的散文式戏剧。

伟大的契诃夫和他的《海鸥》经受住了严峻的考验。两年之后，情况改变了，不是契诃夫去迁就守旧的传统势力，而是守旧的传统势力接受了契诃夫的剧作和全新的创作理念。《海鸥》在圣彼得堡的首演失败后，独具慧眼的聂米罗维奇—丹钦科（1858—1943）却看中了它，他找到契诃夫，希望作家同意《海鸥》能够在新成立不久的莫斯科艺术剧院上演。经多次请求和再三保证，契诃夫终于同意了丹钦科的计划。

1898 年 12 月 17 日，在斯坦尼斯拉夫斯基（1863—1938）和丹钦科的连手执导下，《海鸥》在莫斯科艺术剧院获得了再生，从而使契诃夫戏剧在俄国戏剧史上翻开了崭新的一章。斯坦尼斯拉夫斯基曾这样描述当时的情景："《海鸥》上演时的情况是复杂而困难的，问题在于安东·巴甫洛维奇·契诃夫得了重病。他的肺结核病恶化了。因此，他的心情再也经受不起《海鸥》的再次失败，即像他在彼得堡第一次上演时的情况。演出的失败可能夺去作家的生命。他的妹妹玛丽亚·巴甫洛芙娜恳求延期演出时警告了我们这一点，她激动得都流出了眼泪。但是，这次演出对我们非常必须，因为剧院的经济情况很不好，为了获得收入，必须上演新戏。请读者想象一下，我们这些演员在上座寥落（收入只有 600 卢布）的情况下，首次上演这剧本时的心情。我们站在舞台上，倾听自己内心的声音，他向我们低语着：'要演好呀，要演得特别好，一定要得到成功，胜利。要是没有得到成功，你们知道，一接到电报，你们热爱的作家就会死去，是由你们亲手杀死的。你们就会成为他的刽子手了。'我不记得我们是怎样表演的。第一幕演完时，观众厅里像坟墓一样寂静。

有一个女演员昏倒了，我自己由于绝望，也几乎站不住了。但是在长时间的沉默以后，从观众厅里突然发出了一片吼叫声和狂热的掌声。幕动了……拉开了……又合上了……可我们却站在那里发呆。接着又是一片吼叫声……幕又拉开了……我们还是一动不动地站着，竟没有想到应该向观众答谢。最后我们感到获得成功了，我们激动得无以复加，互相拥抱起来，就像在复活节夜晚那样拥抱。……一幕比一幕成功，最后以胜利告终。”①

伟大的戏剧家“迫使”墨守成规的艺术家和观众放弃了惯性的戏剧思维定势，“海鸥”张开翅膀，发出欢快的叫声，直冲云霄，那一刻，贺电和贺信像雪片般飞到了契诃夫的隐居地雅尔塔。一种新的表演方法和一种新的戏剧理念通过了考验，获得了人们的认可。此后，契诃夫的《海鸥》冲出俄罗斯，在世界各国飞翔。自莫斯科艺术剧院成功地上演了《海鸥》之后，契诃夫便同这个剧院结下了创作上的深情厚谊。他的剧作使莫斯科艺术剧院的现实主义演剧艺术更加光彩夺目。无疑，这标志着契诃夫对俄国戏剧艺术所作的革新取得了光辉的胜利。

三、现代人的精神悲剧

《海鸥》给观众与读者的感受是几乎没有契诃夫说的那种喜剧性，却在剧中感受到了一份沉重，看到了一群被枪杀的“海鸥”。该如何看待契诃夫式的“喜剧”呢？

《海鸥》开场时的第一句对话，似乎就蕴涵着一种暗示，“我为我的生活戴孝”。这是玛莎回答她的追求者、小学穷教员梅德维坚科的疑问时说的一句台词，梅德维坚科不明白一个年轻轻的姑娘为什么老是穿黑衣服。一个注脚为四幕喜剧的剧本以如此无奈与绝望的对白作为开头，令人心中一阵抽紧。

《海鸥》一剧强烈的现实与象征双重交叉的意味，带来的是剧中人物的多义性和复杂性。契诃夫用同时并列的多个人物生存故事的方式，

① ［俄］斯坦尼斯拉夫斯基著，史敏徒译：《斯坦尼斯拉夫斯基全集》第一卷，中国电影出版社 1979 年版，第 266—267 页。

将我们现代人生活中的困惑与不幸的真实一一对应地投射到不同的角色身上，从而形成了《海鸥》这出戏剧的人物群落。如同剧本中那只不小心被特里波列夫打死的海鸥，被作者赋予了象征意蕴，剧中的各个人物都可以被看成是那只不幸被射杀的海鸥，概括说来这是一群被生活欺骗和抛弃了的“海鸥”群体。契诃夫笔下的人物与生活中的人物有惊人的相似，他们被世纪末的情绪所裹挟，生活在巨大的困惑之中，内心孤独无助，不理解自己也不理解他人。这种孤独感、被抛弃感和绝望感，正是现当代西方戏剧所热衷表现的。

脆弱、敏感，具有诗人气质的年轻人特里波列夫，为了爱情与事业的双重理想而苦苦追求，饱受痛苦的折磨。他的物质生活是极其贫乏的，他那当过明星的母亲只顾自己打扮，享受生活，因此他说他宁愿要个普普通通的母亲，而不是一个名演员的妈妈。他被抛弃在闭塞的乡下，唯一让他心灵充实的就是初恋情人和戏剧创作。他全身心地爱上了17 岁少女妮娜，但是美好的初恋却被妈妈带来的情人特里果林破坏了，特里波列夫气愤地提出要与这位作家决斗；他的第一部戏剧第一次登台亮相，就遭到了妈妈的轻视与嘲笑。这两件事之于特里波列夫是无比巨大的打击，他对妮娜的依恋和对真正艺术的探索，“是他心灵的两个顶峰。他的感情和行动都是不顾一切的，无条件的，不可妥协的。他的最后一声枪声也是不可妥协的！”①

而特里波列夫热恋的妮娜过于心急地将她那纯洁的身心投入世俗生活，她想去大城市演戏，梦想爱情与成功，然而却遭到命运的嘲弄和生活的狠狠抛弃，她献身于她仰慕的作家特里果林，对方却并非是个敢作

① 帕佩纳：《契诃夫的札记》，苏联作家出版社，1976 年，第 166 页。

敢当的男人。特里波列夫的母亲，昔日辉煌一时的女演员阿尔卡基娜如今只是个抓着小情人特里果林死死不放的半老徐娘。小有才华的作家特里果林因自身的“懒散、脆弱、遇事百依百顺”，毁坏了他的事业和生活。对特里波列夫单相思的玛莎，她的爱情痛苦、真切而又动人，可是她那种近乎自虐的“连根拔除”，把自己嫁给她根本不爱的男人，甚至想迁移他乡，事实上只拔除了她的自我。退休小职员索林一辈子平淡无奇，年轻时的所有理想无一实现，晚年又疾病缠身，向往搬到莫斯科居住，但永远不过是一个梦想而已。在剧中，海鸥是生活和艺术的精灵，可他们谁也不是，他们庸庸碌碌，事与愿违。对于他们身上的畏缩、软弱、自欺、空虚，以及不幸的脆弱心境，契诃夫一个都没有放过。这是一部现代西方精神悲剧。

整个剧本的悲剧性是潜伏的，唯有管家沙姆拉耶夫适时的调笑和医生多尔恩自我满足的好心情喜剧性地漂浮在表面。即便在像妮娜这样一个在很多人看来代表执着希望的人物身上，也不能找到多少鼓舞人心的力量。

妮娜在私生活上是完全失败的，在演剧事业上也毫无成就，她到处漂泊了两年多，是一个被生活完全毁掉而又无力自拔的女孩子。想起当年她为了追求所谓的作为一个演员的“光荣”和“声名赫赫”，情愿当一只被打死的“海鸥”而令人顿生怜悯。两年后她重新出现在我们面前，表面上看来成了一个经历了种种生活的磨难，终于找到了一条新的生活道路的坚强的女演员，是一个能够从生活的重荷下勇敢地站起来的人，是一只敢于向风暴挑战的“海鸥”。

可是，当妮娜从锁孔里偷窥特里果林时，她依旧是令人心痛地沉迷，如梦魇似地独语道：“我是一只海鸥”、“我有信心，所以，这一切并不能令我伤心”、“我不害怕生活了”①。此时的妮娜还是那么的虚弱与不自信，特里果林和阿尔卡基娜的笑声依然在刺痛着她，这使她说起话来有点语无伦次。这是一个自我欺骗的白日梦患者，一个生活在悲观中的虚弱的乐观主义者。

人本质上是无法沟通的，妮娜一切看似掏心掏肺的剖白显得苍白而乏力，因此说剧中人物说的话可能无法确切地表现出他们的行动方向。妮娜在最后下场前的那一段话中，她追忆过去单纯明朗的美好生活，朗诵起当初那场戏里的台词，那种悲观的调子和神经质的表情，与先前她第一次以激动人心的、梦幻般的语音与神态相比，只能证明她是活在自欺与欺人的假象中。妮娜命运未卜的出走，谁又能肯定她能找到出路呢?

在不幸的真实面前，理智的人们有理由怀疑现实的可靠性，以及人可能驾驭生活的能力。看看阿尔卡基娜和特里波列夫这一对关系紧张的母子，原本应该是温暖的亲情现在发生在他们两人的身上却是针针见血。他们相互叫骂，一个是“守财奴”，一个是“叫花子”，伤害够了，又相拥而泣，其间透露的是两人内心的痛苦与无助。沉浸在旁人恭维中的阿尔卡基娜仍旧乐此不疲地卖弄她日薄西山的风情，起初她让人感到可笑；可是当她不顾尊严，苦苦哀求特里果林不要丢下她时，又让人感到可怜。

失败会毁灭一个人，可成功也同样让人无法满意。年轻的特里波列夫虽然在写作上成了名，生活却更加绝望了。因为他发觉他自己飞不起来，他所爱的人也飞不起来，他们只是些可怜巴巴地仰望海鸥翱翔的庸

① 见契诃夫《海鸥》第四幕。

人。他对他的妈妈说："你真不知道啊，我什么都失去了。她不爱我，我已经不能写作了……所有的希望全完了……"①被特里波列夫所深深眷恋的妮娜，也因为失去了特里果林的爱，"戏也演得坏透了"，"不知道怎样站在舞台上，也不能控制自己的声音。"②不仅如此，特里波列夫竟羡慕起所谓成功作家的写作模式来——那些他曾万分鄙夷的陈规俗套。他知道，这种羡慕会逐渐地蒙住他的眼睛，直到再也没有能力仰视天空、仰望海鸥。那一夜，他举枪自杀。

还有那个同样在写作上小有名气的特里果林，虽然是个懦弱的人，但是他对妮娜所向往的那个"奇妙世界"的真实情况的清醒认识，不得不令人表示欣赏。他真诚地对自己感到不满和忧虑："又有什么特别美好的呢"，"我生活在一种乌烟瘴气的环境中"，"我时常不懂自己所写的是什么"，"写得漂亮，有才气，但离托尔斯泰还差得远"。③这种关于创作和生活的独白并非是成功后煽情地卖弄，而是对这种生存状态的悲剧性的真切体会。但是忧虑归忧虑，梦想归梦想，当他对妮娜的情感冲动化为乌有之后，他又可以恢复原状，和阿尔卡基娜谈笑风生，还是做她那个有点才气但无甚作为的小作家、小情人。人们对生活的憧憬与幻想最终都化为了碎片。

带着幽默与同情，契诃夫坚持对人类的弱点进行挽歌式的描述。他的戏剧里有一份淡淡的忧伤与惆怅。生活本来就是这样平常，即便对当事者来说，他们各自心中的爱与恨是刻骨铭心的，但表现在舞台上却是温和与平淡的，哪怕遗弃、自杀、死婴，也被契诃夫放在幕后进行。在

---

① 见契诃夫《海鸥》第三幕。
② 见契诃夫《海鸥》第四幕。
③ 见契诃夫《海鸥》第二幕。

平淡中他们的幸福形成了，或者他们的生活毁掉了，生活照常在进行，人们照常按照自己的方式生存下去，去寻找有限的快乐或表面的快乐。从这一点来说，也许就是冷眼旁观看世界的契诃夫式的喜剧。

苏姗·朗格有过这样一段话："男人和女人的竞争——最普遍、最有人类特征的竞争，实际上也是文明的竞争……这些进程就是喜剧的节奏。"[①] 在《海鸥》里，"男人和女人"就是剧中的多元人物关系。在一个喜剧与悲剧不再对立冲突的时代，我们可以发现喜剧与悲剧在某种程度上的相似，喜剧能向我们揭示许多悲剧无法表现的关于我们所处环境的真实性。契诃夫的《海鸥》也是这样一个看来令人悲喜交加的剧本。

不得不承认契诃夫以一种疏离的客观的眼光，让我们从这些活在舞台上的人身上看到了我们自己的影子，看到了我们都是一群虚弱的人，我们对自己的生活叹息无奈，对自己的命运无从把握。所有这些让我们现代作家热衷于表现的主题与困惑，在 100 年前的契诃夫戏剧里已经存在了。当我们听到特里波列夫自杀的枪声从幕后突然传来，而台前的人们照样在兴致勃勃地打牌，他的母亲阿尔卡基娜正在大声笑着，真以为只是一只酒精瓶子爆了。契诃夫把这一悲一喜的戏剧因素集中在同一个场景里，这其中的荒诞与讽刺着实令人震惊！这可以说是契诃夫式的喜剧特点，一个微不足道的人去了，人们还照样过自己的生活，该调情的时候还会调情，该娱乐玩耍的时候还会悠闲自得，从平庸的生活里寻找快乐是人的本能吧。

从前，我们在古希腊舞台上看到的是神，之后是英雄，再后来我们看到了屹立不倒的人，痛苦痉挛的人，匍匐前行的人……而契诃夫让我

① ［美］苏姗·朗格著，刘大基等译：《情感与形式》，中国社会科学出版社 1986 年版，第 400—401 页。

们看到的是辗转辛苦、凄凄惶惶的人类。他没有给观众任何训诫，而是让观众自己去思考舞台上所发生的一切。这也正是《海鸥》的恒久魅力之所在。

四、契诃夫戏剧中的现代意识

世界上有许多伟大的戏剧家和艺术家通常是在不断的误解中被人逐渐理解和接受的。例如，法国残酷戏剧的创始人安托南·阿尔托（Antonin Artaud 1896—1948），他活着的时候其残酷戏剧理论被法国人认为是疯人疯语，直到他去世后 20 多年才为世人所理解。契诃夫也是这样，“作为一个艺术家，他是在对 19 世纪 80 年代的环境注定论进行痛苦的抗拒之中形成的。”① 契诃夫离开我们已经一百多年了，然而，他戏剧创作的成就与经验，直到今天并没有过时，关于这一点已经得到人们的一致公认。契诃夫之所以能够成为我们心中永远的契诃夫，其根本原因在于他的戏剧作品创造出了一种前所未有的戏剧美学观念和创作模式。

1. 以日常的琐碎的生活片段结构戏剧

从古希腊以来的传统戏剧一直视戏剧性为其艺术的生命，认为戏剧性的关键在于叙事与动作，尤其是曾经风靡欧洲的情节剧、佳构剧将这种戏剧观发挥到了极致。契诃夫则抛弃了传统戏剧的模式，淡化戏剧情节和激烈的外部冲突，而以日常的琐碎的生活片段结构戏剧，对戏剧情节采取生活化处理。他从普普通通的现实生活中挑出这一点，那一点，

---

① ［苏］安·屠尔科夫著，朱逸森译：《安·巴·契诃夫和他的时代》，中国社会科学出版社 1984 年版，第 84 页。

外加一点细节，将它们或排列或融合，编织起一张微妙而错综复杂的人物关系网。他从不去表现所谓的惊心动魄、曲折生动的传奇事件，只是把一个个人们的日常生活处境搬上舞台，一幕幕戏剧如同一个个截取的生活片段，却智慧地勾画出了崭新的内容。契诃夫通过对充满浓郁生活气息的戏剧场景的艺术处理，努力揭示出埋藏在日常生活现象背后的人类命运的底蕴，发掘出一种更为深刻的戏剧性。

《海鸥》的四幕戏看上去就像四段不同时间发生的生活横断面，而且大多是缺乏戏剧性的片断。其幕与幕之间没有逻辑上的连贯性，没有中心事件，也没有明显的转折和高潮。不仅如此，契诃夫甚至有意淡化了剧中可能发生的戏剧性冲突。在一般的剧作家看来，特里果林、阿尔卡基娜、特里波列夫和妮娜之间存在着可以很好发挥的四角人物关系，但这四人之间的矛盾冲突却始终被契诃夫控制在一个临界点上，从未让他们将矛盾冲突如观众所期待的那样爆发出来。

这种着力的生活化处理，乍看起来似乎模糊不清。然而，正如当我们的眼睛开始习惯了晦暗的光线，才能把放在房间里的东西一一认清一样，在反复阅读剧本之后，我们才能体会出契诃夫的良苦用心，以及这种戏剧创作观念和方法的伟大与深刻。

生活的琐碎、卑微与悲剧性因素，通过契诃夫的观察被客观地呈现出来。这种创作方法和审美模式，以及对生活高度的概括力和对人生深刻的认识，已经作为戏剧典范被人们肯定与继承。比如，20 世纪 50 年代的荒诞派戏剧家尤耐斯库（Eugene Ionesco 1912—1994）的《秃头歌女》，其表现的平庸、琐碎的日常生活内容，从某种角度来看，与契诃夫戏剧有着异曲同工之处。而关于人类的荒诞、混乱、脆弱、悲喜交加的生活处境这一“现代性”的主题，也由契诃夫预见性地挖掘了出来。

2. 以停顿揭示人物的内心世界

契诃夫如此淡化处理外部情节因素的目的，是为了更多地表现其心灵不同的层面，揭示人物深层次的内心世界。从更高的意义上来说，契诃夫追求的是以人的内心活动作为主要的观照对象，追求内部的真实，追求情感和体验的真实，从而更加深入地揭示出生活的本质。

19世纪末，绝大多数戏剧家对人类深层次的心理研究与开掘，还没有充分的意识与行动，对外部动作的关注使他们忽略了人的最为丰富的内部动作，契诃夫可以说是开心理现实主义戏剧之先河。他剧中的人物弃绝当下和在现实中遇到的幸福，“弃绝当下就是生活在回忆和乌托邦之中。弃绝就是孤独。”① 他描写人物内心的动态不仅是通过有声的对话，而且还通过大量的人物“无声的语言”，即“静止动作”——“停顿”表现出来。

“停顿”，在《海鸥》的人物对话中被契诃夫频繁使用，便是一种细致入微的心理刻画。这种“停顿”绝非是心理动作的空白，而是大量人物心理潜台词衍生的时刻，它以虚带实，通过作用于观众的想象来达到此时无声胜有声的戏剧效果。

例如，在第一幕开始，麦德维坚科絮絮叨叨向玛莎表白自己的爱情，玛莎打断了他，在回绝他的感情时递给他鼻烟盒，以缓和一下紧张的气氛。这之后是一个“停顿”，表示出两人此时此刻都有点尴尬，随后玛莎就换了一个话题。这一“停顿”用得自然，与现实生活非常贴近。又比如，在最后一幕，医生多尔恩和特里波列夫谈论妮娜遭遇的一段戏。可以想见要由特里波列夫亲自去讲述一个自己曾经深爱且至今仍然爱着的女人的不幸遭遇是一件多么痛苦和残忍的事情，于是，作者安

---

① ［德］彼得·斯丛狄著，王建译：《现代戏剧理论》，北京大学出版社2006年版，第25页。

排了几次含蓄而意味深长的“停顿”，这期间特里波列夫表面的平静，却又难掩心中翻江倒海之势的情绪被很好地呈现了出来，给观众留有揣摩和回味的空间，同时也更符合现实生活的常态。契诃夫的真正目的在于在看似无戏的生活琐事中，揭示了日常生活现象及其细节后面更为深层次的悲剧内蕴，发掘出更深刻的美和戏剧性。

3. 在诗意的戏剧中蕴涵深厚的哲理

在戏剧中散发着诗的抒情韵味并不是契诃夫首创的，莎士比亚喜剧就赋有浓郁的诗情画意。但在契诃夫的戏剧中还蕴涵着一种前人所没有的哲理意味，从而使我们可以感受到契诃夫作品所独具的艺术风格，他的那种深刻的抒情诗意和哲理底蕴。

不过，它们往往不是观众可以一下子就发现的。因为契诃夫从来不把生活的真谛直率地说出来，也不是在急遽发展的情节中把主题阐明出来。契诃夫常常是在剧中人探索生活中难解的题而激起的心灵波纹，与另一人物同样的心灵波纹的交织中暗示出来的。契诃夫的目的在于打破旧的戏剧传统观念，认为戏剧应当更加客观、更加灵活，而不是蓄意去影响观众。他相信，观众通过自己的眼睛，可以认识和体会到生活的真实和生活中的虚伪。

比如，《海鸥》中特里果林与妮娜分别的一场戏，他们很少谈到出走、离别，也没有相互表白爱情，而是在谈关于作家的使命，关于一只被打死的海鸥。这里关于作家使命的问题，正表明特里果林这个有点才气但被庸俗裹挟的作家，虽然认识到艺术的真正生命力所在，但他本人却只能围绕在一个女人身边梦想光荣。关于那只被打死的海鸥，似乎更多地暗示了妮娜日后被爱情毁掉的生活。一种深刻的诗意和哲理性被契诃夫深深地不露声色地发掘了出来。

契诃夫在表现这种诗意和哲理性时，或是运用象征手法，或是运用大段的独白，或是将它们与外部不联系的事件交织在一起。《海鸥》中那片美丽的“湖上景色”，它不是一般戏剧作品里舞台指示所要求的为戏剧事件营造的物质环境，这片湖水是有灵性的，是一个诗意的象征，契诃夫通过这片湖水把诗意引入了戏剧的机体。

例如，特里波列夫一上场，情绪极高，因为他“一眼望去，看得见湖水和天边”；而他写的一出戏，即将以这一片湖水作背景来演出。妮娜不顾父亲和继母的阻挠，偷跑到这儿来与特里波列夫相会，来登台演戏，是因为她也“叫这片湖水牢牢地吸引着，像一只海鸥”。湖水是美丽的，是乐园的一角，是灵魂的栖息处。

第二幕阿尔卡基娜从侧幕催促特里果林收拾行李回城去，特里果林却心系妮娜，他凝望着湖水感慨说：“真不想走啊！多美丽的风景！”但到了第四幕特里波列夫的悲剧临近的时候，契诃夫却提供了一个月黑风高、萧瑟恐怖的湖景，玛莎见此情景马上不安起来：“湖上起浪啦，好大的浪头。”她隐约感到有一种恶兆隐藏在湖水里面。

契诃夫通过“湖上景色”，把剧中人物和大自然联系在一起，以大自然的色彩、音响的变化，来衬托剧中人物精神状态的变化，来暗示他们生活的坎坷。那蔚蓝的湖水、清冷的月光、破败的舞台等，在契诃夫剧作中都不是孤立出现的，它们烘托出剧中人物的种种情绪：或是憧憬，或是忧伤，或是孤独与无奈。“契诃夫的诗意”保持了俄罗斯文化的风韵，在他戏剧里那平缓的生活流程里，蕴含着浓郁的象征意味和哲理意味。

4. 悲剧因素与荒诞母题

《海鸥》从老是穿着黑衣裳的玛莎那一句台词“我给我的生活戴孝”开始，到全剧在特里波列夫自杀的枪声中落幕，契诃夫一直在不动声色地给生活、给我们画了一个圆。我们看到了作为人的困境，感受到了人类永远也无法摆脱的孤独与无助。无论是受人追捧的女演员，还是默默无闻的乡下人，剧中人物没有谁是幸福的，他们每一次叹息或歇斯底里的发作，都掩藏不住内心的焦虑。那一个个人物所流露出来的令人揪心的茫然若失，是人生的悲凉与伤痛。一个多世纪过去了，我们依旧能从契诃夫的《海鸥》中获得一种深刻的感悟。

该剧中那个贯穿全剧、背对湖水的简易舞台，到了最后一幕被风吹雨打，已经变得“有皮无肉，像个死人的骨头架子”，幕布被风吹得哗哗作响时，就像有人在呜咽哭泣。这个破败的舞台，实际上是它的设计者特里波列夫生活状态与精神状态的影射与象征。一如把自己比喻为海鸥的妮娜，被一个偶然闯入这里，又无所事事的人所毁灭，而且这个人竟把这只海鸥完全忘得一干二净。随着那破旧的舞台被拆除，人们不久就会把它和它的主人特里波列夫遗忘掉。生活就是这样，它会在你毫无准备的情况下摧毁你青春的梦想，阻挠你美好的追求，直到你认命、麻木，或自暴自弃。

契诃夫戏剧中的这种诗意的、淡淡的悲剧因素，与现代派戏剧中的荒诞母题不谋而合。从一定角度来看，在契诃夫与塞缪尔·贝克特（Samuel Beckett，1906—1989）、阿尔贝·加缪（Albert Camus，1913—1960）等作家的戏剧背后，都有着一种对人永存不朽的向往和对理想主义的痛心疾首。他们以对传统戏剧的超越与反拨，以让人耳目一新的艺术手法，透视出人的存在的无意义，人生与世界的荒诞，以及人面对荒诞存在的痛苦。

作为公认的现代戏剧的奠基人，契诃夫是传统戏剧向现代戏剧转换过程中最关键的路标之一。他超越了传统戏剧，不仅对千百年来根深蒂固的传统戏剧美学观念，以及相应的创作模式、审美模式进行了历史性的挑战，而且对其同时代剧作家的戏剧革新作出了突破与发展，他从另一角度拓展了戏剧性的涵义，创造出了一种内在戏剧性极其丰富的戏剧范本，其剧作中的深刻涵义和独创价值将会一直带给我们以借鉴和启示。

参考书目

1. 剧本月刊社编:《纪念契诃夫专集》，人民文学出版社 1954 年版。

2. [苏]叶尔米洛夫著:《论契诃夫的戏剧创作》，中国戏剧出版社 1985 年版。

3. [苏]格·别尔德尼科夫著:《契诃夫传》，黑龙江人民出版社 1988 年版。

4. [苏]安·屠尔科夫著，朱逸森译:《安·巴·契诃夫和他的时代》。

5. [苏]耶里扎罗瓦著，杜殿坤译:《契诃夫的创作与十九世纪末现实主义问题》，上海文艺出版社 1962 年版。

朱丽小姐

约翰·奥古斯特·斯特林堡（Johan August Strindberg，1849—1912）瑞典著名戏剧家、小说家，瑞典现代文学的奠基者。他与易卜生、契诃夫一起被誉为西方现代派戏剧的先驱。

一、作家简介

1849 年 1 月 22 日斯特林堡出生于斯德哥尔摩一个破产商人家庭，他的母亲原为他父亲的女仆，与他父亲生下两个孩子后才正式结婚。斯特林堡在众多兄弟姐妹中没有得到父母特别的关心，孤独中他以阅读来排解寂寞。18 岁时考入乌普萨拉大学，是家里唯一接受高等教育的孩子，在大学期间开始写戏，剧本《被放逐者》得到国王卡尔十五的赞赏而被召见，后因家境拮据而辍学。为了生活他当过演员、家庭教师、电报员、报社记者、医师助手、图书管理员。早期剧作有《在罗马》、《被放逐者》、《奥洛夫老师》。由于揭露瑞典的社会问题，特别是上层社会的冷酷无情，小说《红房间》一出版就引起纠纷，斯特林堡不得不于 1883 年携家去了巴黎，然后到柏林和丹麦。1884 年短篇小说集《结婚集》的出版招致更大麻烦，他因诽谤罪而受审，虽然被判无罪，但是对斯特林堡却是很大的精神打击，出版商也远离了他。其后的15年里，斯特林堡辗转于丹麦、法国、德国、英国等地，经历了离婚、再婚、离婚三次失败的婚姻，他时常处在经济拮据中，不得不依靠妻子、朋友、亲戚的接济，一度陷入精神危机，每一次离婚都使斯特林堡表现出一种仇视女性的偏执狂状态。1889年斯特林堡在哥本哈根成立一座实验剧院，演出他的《朱丽小姐》。1907年他出资在斯德哥尔摩建立一座小剧院，取名亲密剧院，首演剧目是他自己的室内剧《塘鹅》，并在两年时间创作了10部戏剧。亲密剧院的成立，标志着欧洲小剧场运动在瑞典的兴起。

斯特林堡晚年生活凄楚孤独，1912年5月14日死于癌症。

斯特林堡以一种愤世嫉俗的心理严厉抨击西方现实社会弊端，揭露并诅咒资产阶级的种种伪善与罪恶，一生写过62部采用各种题材和表现形式的剧作，经历了从浪漫主义到自然主义、现实主义到象征主义、表现主义的发展变化过程。特别是进入20世纪之后，他的创新精神和强调描写人物心理活动或变态心理的创作特征，确立了他在欧洲20世纪戏剧的重要地位。重要作品有《到大马士革去》(1898)、《死的舞蹈》(1901)、《一出梦的戏剧》(1901)、《鬼魂奏鸣曲》(1907) 等。

斯特林堡的戏剧不追求那种形式和外表的东西，也不热衷于对事件作客观的描绘，而是深入到人物内心，表现事件的内涵。他的剧作大多构思奇特、荒诞，剧中往往没有连贯的戏剧动作，只用一些支离破碎的场面加以组合。他能制造一种压抑、沉闷的戏剧气氛，给人以一种特有的、含有苦涩之味的力量。他是资本主义“死亡世界”的揭露者，也是拓宽艺术表现领域的奠基人之一，他在瑞典文学史上开创了一个时代。

瑞典人把斯特林堡视为一个扰人灵魂的人，“如果你是瑞典人的话，斯特林堡就生活在你的内心，并且时不时激怒你。他的极端，实际上是在追问人生的本质问题。一旦你被他的病毒感染，他就会一辈子跟着你，缠绕着你。”①

斯特林堡的创作方法对欧洲戏剧和文学产生了深刻影响。在他晚年从事新闻记者的工作中，他主持正义，支持无产阶级进行的斗争，因而赢得了工人群众的尊敬和爱戴。在斯特林堡病重时，斯德哥尔摩万余工人高举红旗和火炬游行到他的寓所前，欢呼“人民的斯特林堡”。

二、《朱丽小姐》剧本分析

独幕剧《朱丽小姐》(Miss Julie，1888）是斯特林堡早期自然主义戏剧中最优秀的一部，同时又是一部社会心理剧，斯特林堡受到西方戏剧界评论界的关注和认可，就是从《朱丽小姐》这部戏剧开始的。有人把他的《父亲》(1887）和《朱丽小姐》(1888）当作是自然主义戏剧的新发展。

该剧人物很少，只有朱丽小姐、男仆让、女厨娘克里斯婷。描写了仲夏节之夜，独自在家的贵族小姐朱丽在传统的舞会上与男仆让跳舞，受其诱惑后委身于这个野心勃勃的男仆，事后她看清了让的真面目，以及女仆克里斯婷对她的鄙视，最后在父亲伯爵大人回来之际，朱丽小姐走上了自杀的道路。斯特林堡在这部戏里突出地表现了男女之间的情感和欲望的冲突，揭示了两个不同社会阶级的尖锐矛盾。

1. 朱丽小姐：上流社会的堕落者

朱丽是一位非常独特的、个性强烈、有点变态心理的贵族小姐。她

① https：//book.douban.com/subject/1317853/.

的父亲是位伯爵，母亲却出身卑微，是父亲的女仆，她是因为有了身孕才不得不嫁给伯爵，所以她恨自己的丈夫。为了报复，她让男人干女人的活，让女人干男人的活，几乎把庄园弄得破产，还一把火烧了庄园，使得伯爵差点自杀。朱丽小姐也成了这个心灵扭曲的母亲的牺牲品，母亲让她学会男孩子会干的一切，来证明男人能办到的事情女人也能办到，甚至还教她不要信任男人，要憎恨男人，包括她的父亲在内。这就是本剧女主人公的家庭背景。斯特林堡认为“朱丽小姐是一种现代性格，各个时代都不缺乏这种半男半女、仇视男人的人。”①

受母亲遗传因素的影响，朱丽小姐为了不做男人的奴隶，她像驯狗似地驯服她的未婚夫，让他从她的马鞭子上跳过去。那位可怜的男人跳了两次，每次都挨了小姐的一鞭子，他终于忍无可忍，夺过马鞭折成几段，头也不回地走了，他们的婚约就此告终。朱丽小姐征服男人的欲望和鞭打未婚夫的举动是她变态心理的反映，这种现象正如弗洛伊德所解释的：这种歇斯底里症表现出一种超乎常情的性压抑，来抗拒性欲的冲动。朱丽小姐的天性被违背，对自然、幸福的向往被扭曲，变成一种病态的追求，这就注定了她一生的悲剧性。在整个剧情中，我们始终能够感到朱丽小姐那种无法控制自身，又不甘心忍受的躁动情绪。

戏一开始，朱丽小姐不愿随父亲到亲戚家去过仲夏节，独自一人留下来。一个叫让的男仆以他健壮的体魄、灵活的舞姿引起了朱丽小姐的兴趣，她主动邀请让跳舞，甚至找到厨房，向让暗递秋波。这种有失体统的举止，让和其他仆人们又吃惊又鄙视。但朱丽小姐对别人的议论毫不在乎，贵族小姐的优越感使她认为，她作为这个家的女主人去参加

① [瑞典] 斯特林堡著，高子英、李之义译：《朱丽小姐》，见《斯特林堡戏剧选》，人民文学出版社 1981 年版，第 218 页。

仆人的舞会是给他们面子。她很得意把让从他的情人、女厨娘克里斯婷身边拉走。然而，当一曲终了，面对让又回到女厨娘身边亲热的尴尬场面，朱丽小姐产生出把让从这个女厨娘身边夺过来的微妙心理。于是，她先用亲切的口吻叫让脱下仆人的制服，又用一脸惊喜和法语夸赞穿上礼服的让像个绅士。“您在奉承我！”让并没有受宠若惊。这使朱丽小姐感到受了侮辱，立即摆出主人的架势，指着在炉灶旁睡着了的女厨娘对她冷嘲热讽，朱丽小姐贬低女仆是为了抬高自己。狡诈的男仆窥视到了她的内心，故意猥琐地答道：“她不打呼噜，但是睡着了要说梦话。”还恬不知耻地承认他听见过。骤然，厨房里的空气凝固了，她和他彼此冷冷地对视着。在这个对视中，包含着挑衅，也包含着主人和仆人的对立，男人和女人的对立，强者对强者的对立。经过这番小小的无声的较量之后，朱丽小姐终于在这个强壮的男人面前退了一步，改变语气说道：“我觉得你作为一个有礼貌的男子，应该陪陪你的女伴。”“你这个大男子汉太腼腆了。”[1]朱丽小姐的举动，用斯特林堡经常对女人使用的尺度来看，是不能容忍的，因为在爱情故事中只有男人才可以推动事态发展，而朱丽小姐却成了无耻的、主动挑起爱情风波的人。

于是，游戏开始了，看到让突然跪在地上，滑稽地模仿着上等人的举止，朱丽小姐空虚的灵魂得到刺激，鼓励他吻她的脚，让犹豫了一下照做了。但当她要他继续像演员一样演下去时却遭到警告：他不是圣人！作为一个男仆，让这时候远比他的女主人头脑来得清醒，卑下的地位和与人为仆的生活经验，加上男人在男女性关系上持有的本能与狡黠告诉他，保持一种试探和被动的姿态对自己更有利。然而，朱丽小姐自

① ［瑞典］斯特林堡著，高子英、李之义译：《朱丽小姐》，见《斯特林堡戏剧选》，人民文学出版社 1981 年版，第 238 页。

已都说不清为什么被迷惑了，这时候的男仆让在她眼里不同于一般唯唯诺诺、奴性十足的下等人，他对出身名门的贵族小姐具有强烈的诱惑力。她脉脉含情地望着他，诉说起她的梦，一个从柱子顶上树顶上摔下来的梦。作为女人，朱丽小姐在潜意识中渴望被强悍的男人所征服。她已经无力判断对方向她倾吐的一个与她截然相反的梦，一个从下往上爬的梦的内在用意，让说："我经常梦见我躺在一个幽暗的森林里一棵大树下。我很想爬到树顶上去，到上面去眺望周围阳光普照的大地，洗劫树上有金鸟蛋的鸟巢。……我一旦够着第一根树枝，我一定会像上梯子一样爬到树顶上去的。"① 他们的梦都揭示出他们内心深处的欲望。按弗洛伊德的理论，梦的本质就是欲望的实现。这就为后来他们两人私通，并发生不可调和的矛盾冲突，打下可信的基础。

在情欲梦幻中的朱丽小姐挽着让想到花园散步。但当他们刚一出门，让突然眯起了眼睛，说眼里吹进了灰尘。作者没有告诉我们，这是不是让要的花招，朱丽小姐却相信了，她把他按倒在椅子上，抱着他的头，用自己的手帕给他擦眼睛。异性的接触，使让的身子禁不住颤抖了起来，朱丽小姐也趁机摸了摸让结实有力的胳膊，并挑逗性地问让是一个唐璜？还是一个约瑟？她说他是一个约瑟，是在暗示她像波提乏的妻子一样愿意。早已对朱丽小姐艳羡已久的让自以为火候已到，便放开胆子搂住朱丽小姐的腰想亲吻她，结果得到的却是一个耳光和一句"不要脸"的斥责。他懵了，当他弄明白这不是玩笑时，他恼羞成怒，一个报复的念头也由此产生，一定要把这位贵族小姐勾到手。斯特林堡的这部戏虽说舞台动作不多，但心理动作却非常强烈。

① [瑞典] 斯特林堡著，高子英、李之义译：《朱丽小姐》，见《斯特林堡戏剧选》，人民文学出版社 1981 年版，第 241 页。

富有心计的男仆是一个编造故事的高手，他讲起他小时候曾偷偷钻进伯爵家的花园，撞见一个穿着粉红色裙子的小姑娘出现在玫瑰花丛中，他躲在一堆带刺的蓟菜下面，像一个被关进地狱的人看见一个光明的天使一样看着她，回家以后他寝食不安，甚至想到了自杀，这个小姑娘不是别人就是朱丽小姐。让的故事是荒唐可笑的，但它却有力地推动了人物关系的发展。因为朱丽小姐不仅不笑，反而被打动了。让马上抓住机会说他因为不幸爱上了小姐，在听人说接骨木花可以毒死人以后，就躺在一个装满接骨木花的盛燕麦用的大箱子里等死。果然，毫无涉世经验的朱丽小姐信以为真，大受感动。就在这时，在外面跳舞的仆人们来到厨房，让不失时机地说不能让别人发现他们俩深更半夜还坐在一起喝酒聊天，并且迫不及待地表白、发誓："我是您真正的朋友！"朱丽小姐鬼使神差般地随着男仆进入了他的房间，投入到一个她以为爱慕她已久的男人怀抱里。

朱丽小姐和男仆之间的关系，绝不是冲破阶级界限的爱情，因为这种爱情本身就有着鲜明的反抗传统规范的倾向。他们只是出于性爱，所以这种热情是不能持久的。朱丽小姐能够体验感情战胜理智后的快乐，却不能理解感情自身的意义；她在一股激情之下，可以用行动冲开封建等级枷锁，但在激情之后，又对自己的行动充满了疑虑，对传统教育灌输给她思想的意识和传统观念充满眷恋。为了保护自己或者说洗刷自己，她自以为爱上了让，欺骗自己这是真正的爱情。更确切地说她无法真正了解现实，从而也就无法准确估价现实中的自己，这是她在生活中遭到挫败的原因。她要男仆让打破阶级界限，只有使让感到为难，他甚至不肯再欺骗她说一句"我爱你"。朱丽小姐想抛弃贵族的头衔、贵族的生活，寻求真正的爱情，而让为了求得一种平等，一种上升，拼命想拾起这些东西，为得到它们而不择一切手段。这使得他们之间的矛盾根本就无法调和。当朱丽小姐意识到这一点时，她为自己的堕落感到可怕和可耻，她自己都说不清楚究竟是什么力量把让吸引到自己这里，他们之间是弱者从属于强者呢，还是堕落者从属于上升者?!

斯特林堡在这个剧本的前言中回答了这些问题：母亲的性格；父亲对姑娘不正确的教育；她自己的天性和未婚夫对这个软弱退化的头脑的影响；更直接的原因：仲夏节之夜的节日气氛；父亲的外出；她月经将至；与动物玩耍；跳舞引起的感情冲动；暮色之魅力；鲜花对她性欲的巨大影响；最后是一个偶然的机会促使他们进入一个不易被察觉的房间，再加上那个冲动的男子的迫不及待。作者从遗传学、生理学的角度，以及环境对人的影响来解释朱丽小姐的行为。这些解释正是自然主义戏剧的主要特征。

随着这主仆二人激情的逐渐减弱，那积淀在心底的封建意识，那浸透骨髓的虚伪道德便通过理智强烈地表现了出来，这就不可避免地要在这对地位悬殊的男女主人公之间进行一场灵魂与灵魂的格斗。当朱丽小姐听到让说那个所谓燕麦箱子的故事完全是撒谎，其余的什么花园、厕所、天使也都是编造出来的时候，她的震惊和愤怒，犹如天崩地陷，她终于认清了自己委身的男人原来是一个十足的骗子，一个自私的、毫无责任感的小人。此时此刻，朱丽小姐完全被发自心底的悔恨摧垮了，沉沦感彻底摧毁了那道凭简单的热情、一时的冲动和虚幻的理想构造起来的堤坝，她陷入自我折磨的绝望境地之中，她悲叹自己的堕落，恨不得让人像宰牲口一样把他宰掉。让也毫不掩饰自己的粗野，两个人用长工和野鸡之类的话互相谩骂。这场唇枪舌剑，直捣人的灵魂。

斯特林堡在刻画人物的过程中，把这对角色思想性格中对立到极限的特征一步紧一步地展示出来，毫不松懈，毫不犹豫。为了能挽回自己的一丝名誉，朱丽小姐欺骗自己，幻想着和让一起逃到一个景色优美的地方，享受一天、二天……然后一起死去。然而她这次又错了，让没有她这份罗曼蒂克，压根儿没有死的念头，他只想到瑞士去开一家旅馆，利用朱丽小姐的姿色和金钱，让她既当投资人又当招蜂惹蝶的招牌，等到他发了大财后再买个贵族头衔当当。就在朱丽小姐痛苦地向他哀诉时，让做出了一个让人震惊的动作，竟然扔出一块银币作为对被他毁坏名誉的补偿。面对这巨大的侮辱，朱丽小姐心痛欲绝，她陷在进退两难的困境里，留下来事情会被人发觉，而出走第二天报纸就会登出“朱丽小姐与人私奔”的头条新闻，父亲肯定活不成。朱丽小姐不得不苦苦哀求让救她，结果反而遭到更加鄙夷的挖苦。这时让以胜利者的姿态反仆为主，命令朱丽上楼穿好衣服，带上路费准备走，他稳操了胜券。让作为一个上升阶级的代表，作为一个统治者时，其冷酷和专横比起他的前任来是有过之而无不及，这表现在他残忍地一刀剁死金翅雀这一戏剧动作上。

金翅雀是一个象征物，是它的主人朱丽小姐的象征，它是小姐唯一从家带走的心爱之物，小鸟的死，象征着朱丽小姐的结局。盯着血迹斑斑的劈柴墩子和斧头，朱丽小姐憎恨男人的心理像火山似的一下子爆发了出来：“我想看到你的血，你的脑浆流在劈柴墩子上，我想看到你们所有男人都像这只小鸟一样死去，漂在血海上……我相信，我能用你的头盖骨吃饭，我要在你的胸膛里洗脚，我可以把你的心整个儿炒一炒吃下去！”①屈辱与愤恨使她又恢复了贵族小姐的尊严，以及她那高高

① ［瑞典］斯特林堡著，高子英、李之义译：《朱丽小姐》，见《斯特林堡戏剧选》，人民文学出版社 1981 年版，第 271 页。

在上、凛然不可侵犯的气质。朱丽小姐改变主意决定留下来，宁肯向父亲坦白一切，和父亲一块儿死去，也决不能让这个卑鄙小人的阴谋得逞。这是一个被侮辱的灵魂的呻吟，也是一个垂死的阶级意识的觉醒，朱丽毕竟是贵族的后裔，整个剧场都为之震撼。人们可以清晰地看到，这两个根本对立的人物在充满仇恨的对视中所碰撞出来的灼人的火花。

朱丽小姐最后的选择是痛苦的，这是生与死的选择。她一度软弱过，企图从女厨娘那儿得到同情，一个女人从另一个女人那里所能得到的理解与怜悯。但是她在对方的目光中看到的只有令人心寒的鄙视。朱丽小姐彻底绝望了，她不愿意含辱苟活下去，在丧失荣誉的情况下她宁可去死。当封建道德规范的束缚和难以填补的情感上的空虚，以及对爱情要求失望的时候，当她不敢正视自己和她的本能的时候，朱丽小姐的死是必然的。她投身于让，就如同金丝雀一样将头放到了斧头之下。她不仅做了她母亲的遗传因素的牺牲品，而且也做了男仆让实用主义情欲的牺牲品。不过朱丽小姐并不是一个道德败坏的女人，她的贵族天性——宁死也不受耻辱的精神在最后关头显现了出来，这使她的死高贵起来，她在道德方面是胜利者。斯特林堡细致地展现了朱丽小姐自身戕害的过程，真实地描写女主人公的内心痛苦与绝望，这正是这部自然主义剧作最成功的地方。透过朱丽小姐那含着眼泪，步步走向死亡的背影，我们深切地感受到斯特林堡那颗震颤不已的心。

2. 男仆让：权力阶层的攀爬者

朱丽小姐之所以在仲夏节之夜难以归复平静，重返自然乐园的道路，不能不归咎于导致她失身的那个男仆。这个人物是开启朱丽小姐心灵之门的钥匙。让是一个正在上升阶级的典型代表，并不因为自己是佃农的儿子而自卑、怯懦，他自信有能力摆脱目前的处境。为此，他可以损人利己而毫无顾忌。他蔑视周围的人，自以为高他们一等。他之所以与那些和他一样的人格格不入，是因为他了解他们，他们也了解他。让虽然来自社会底层，却见多识广，还读过一点儿书，并有不择手段向上爬的野心，朱丽小姐是他向上攀登的一个象征物。他一直在暗中窥探他的主人们的行动，掌握了朱丽小姐一家的隐私，并且能见风使舵。所以，在朱丽小姐一开始的主动调情面前，他既不卑微退却，也不受宠若惊。他很了解这位贵族小姐，她与别的姑娘的闺房话没有躲过他的耳朵，她与未婚夫关系的破裂也没能逃过他的眼睛。他使人想起曹禺《雷雨》剧中的鲁贵，一个时时处处在窥视主人的隐私，并以此当作武器达到自己卑鄙目的的无赖。

在这场爱情游戏中，让一直用心在试探深浅，时而假意迎奉，时而扯谎胡诌。他把自己和朱丽小姐的等级界限划得很清楚，不甘愿奴颜婢膝地听从小姐的摆布，作她手中的玩物。他自信他是一个未来的上等人，因为他已经明白从下等人变成上等人的奥秘。于是他大胆地采取了攻势，信口编造出一个所谓的爱情故事，还夸张地感叹道："唉，一只狗可以躺在伯爵夫人的沙发上睡觉，一匹马可以让小姐去抚摸它的鼻子，但是一个长工……"[①] 随后他声情并茂地演起戏来，他怎样苦苦相思朱丽小姐，因为不可能得到她的青睐只好去自杀。在想方设法博得朱丽小姐好感的同时，他不断用天使、玫瑰、像人的皮肤一样柔软、光滑等词汇去撩拨她的情感，挑起她的欲火。在他的眼里，朱丽小姐不仅代表着一次纵欲的肉体享受，还代表着财富、地位的价值，耀人眼目的贵族

① ［瑞典］斯特林堡著，高子英、李之义译：《朱丽小姐》，见《斯特林堡戏剧选》，人民文学出版社 1981 年版，第 245 页。

名字，所以他使出了浑身解数要把朱丽小姐勾上手。

让在诱惑这个贵族少女的过程中，表现出他过人的狡诈和表演天赋。他先想方设法争取朱丽小姐的同情，当他意识到把自己与平民分开对自己更有利时，就马上改口道："贱民总是鬼鬼祟祟的！在同这些人的斗争中，我们只有逃跑！"他是个极会见风转舵的仆人，讲话时考虑更多的是对自己是否有利，而不是真实与否。如果说朱丽小姐首先挑起了这场爱情游戏的话，那么后来是让在引诱朱丽小姐，推动事态的发展。凭着他巧舌如簧的本事，他用一个荒诞的故事和虚假的誓言，就把朱丽小姐拉上了床，达到了他梦寐以求的第一步。

让的第二步是实现他的黄金梦，到国外去开旅馆，配备最好的设备，接待第一流的客人，"门铃日夜响个不停，火车鸣笛飞奔，汽车往来如梭，在这个过程中黄金就会滚滚流进柜子，那才叫生活呢！"①他憧憬着未来，洋洋得意。他甚至想到了要充分利用朱丽小姐的容貌和风度，把她作为旅店一种美丽的装饰，要让她用最迷人的笑脸去招揽他的顾客。他想到的只有钱！在他心里钱可以买到一切，买到爵位，使他成为他梦寐以求的人上人，成为新贵族。他厌恶朱丽小姐一味同他谈论情呀爱呀，"我们一定要理智，冷静地对待这件事，否则一切都会付诸东流！"真是一语道破天机，为了能"看到鹰的脊背"，抓住攀到树顶的第一根树枝，原来他蓄谋已久。

让自尊而自私，狡诈而冷酷，具有敌视那些高高在上的势力，敌视那个使他蒙受屈辱和不幸的现实社会的本能。在等级门第界限森严的瑞典，他受到的鄙视和嘲弄是可以想象的，他产生这种敌视的本能也是可

---

① ［瑞典］斯特林堡著，高子英、李之义译：《朱丽小姐》，见《斯特林堡戏剧选》，人民文学出版社 1981 年版，第 250 页。

以理解的。一种反抗的冲动时时在他的心头激荡，他压制不住自己强烈的欲望：要爬上这道社会阶梯，摆脱掉眼前的卑贱地位，满足自己的自尊心和从贫困中产生的物质要求。因此一旦有了机会，他就毫不犹豫地去铤而走险。斯特林堡手持犀利的手术刀，赤裸裸地展现了男主人公极端的个人主义，疯狂的冒险精神和追逐权力的野心。在征服了他的女主人朱丽小姐之后，他毫不掩饰对于那些所谓达官贵人的仇视和得意的心理，认为朱丽小姐是咎由自取。这不仅仅是一个男人对女人的征服，而且是一个平民、一个仆役战胜了一个贵族、一个主人，一个新兴的阶级战胜了腐朽没落的阶级。让一针见血地指出："我高兴的是，我看到了在下面照得我们眼花缭乱的只不过是虚幻的目光，鹰的背脊同样也是灰色的，细嫩的面颊上涂得是脂粉，磨得光光的指甲里实际上有污垢，散发着香水味的手帕却是脏的！而另一方面使我难过的是，我看到我所梦寐以求的并不是什么高尚可靠的东西。我看到您堕落到还不如自己的女厨师的地步，感到痛心，就像看到夏末的花朵遭到雨打变成粪土一样。"① 多么入木三分，让深刻地揭露了封建阶级的本质，指出他们骨子里已经腐烂透了，只不过是虚有其表而已。让从朱丽小姐手里夺过了操控权，仆人与主人产生了权力的错位。

斯特林堡在《朱丽小姐》这部戏里写出了 19 世纪末叶的瑞典社会现实，封建贵族势力与资本主义所进行的残酷的绞杀。让是个卑鄙的但有思想的奴仆，同时也是一个即将登上社会舞台的资产阶级分子。他敢于超出名分向更高级的利益提出要求，而且自信他可以把朱丽小姐从高处拉下来，也可以把堕落下来的朱丽小姐重新变成女伯爵。尽管让还没

① ［瑞典］斯特林堡著，高子英、李之义译：《朱丽小姐》，见《斯特林堡戏剧选》，人民文学出版社 1981 年版，第 256 页。

有脱下仆人的制服，但已经与贵族小姐平起平坐了，“我永远不会甘心当您的牲口，而且我也永远不会使您爱我！”① 在两性交量中占了上风的让一字一句，掷地有声地说道，粉碎了朱丽小姐最后一丝幻想。

让表现了当今社会上一种上升力量，在他的身上有奴隶的野蛮和统治者的无情，这使他看到流血而不会晕眩，一刀砍死金丝雀而手不会打颤，在困境中他可以化险为夷，安然无恙地从那场斗争中摆脱出来。特别是能够平静而又满怀喜悦地看着一个人步入绝境而坐视不救。他敢于用不光明正大的手段劫掠一切所需要的东西；也敢于扯开遮羞布，去展示人的某些最卑劣、最无耻的意识与情欲。从他扔一块银币到刀砍金丝雀，到最后递上剃刀暗示女主人去自杀，终于使朱丽小姐彻底认识到她把自己交给了一个恶棍。

但是，就像是罗丹（1840—1917）那个不朽的雕塑《马人》，那个既想拼命要挣脱自己的兽身，力争成为一个“人”，又挣脱不掉的马人，男主人公让就是这么一个怪物。作为仆人，让有着一种不可克服的卑微的奴性——对他的主人伯爵老爷的敬畏。只要穿上仆人的制服，听到主人下命令，他就会不由自主地发抖。他的这种奴才根性表现在他对伯爵靴子的敬畏上。朱丽小姐的父亲在整个戏中从头至尾都不在场，但他却作为一个具有威慑力的灵魂成为整个事件的背景，他的那双靴子无时无处不在提醒主人的存在，靴子就是伯爵威严的象征。当朱丽小姐温柔地在让耳边絮语：我们之间再没有界线了！就说“你”字吧。让感到十分难堪：“我不能这样说！——只要还在这个家里，我们之间就有界线——过去的一切还在，爵爷还在——而我从来没有遇到过像他这样使

---

① ［瑞典］斯特林堡著，高子英、李之义译：《朱丽小姐》，见《斯特林堡戏剧选》，人民文学出版社 1981 年版，第 257 页。

人望而生畏的人——只要看到他的手套放在椅子上，我就感到渺小；只要听见楼上的铃声，我就像一匹胆小的马一样紧张——而现在，我看到他的靴子那样笔挺而威风凛凛地站在那里，就感到毛骨悚然！”①尽管他明知这是迷信，是偏见，是他致命的弱点，然而也是因为遗传因素和环境因素，使他从小养成了这种可怜的奴性，无法从心理上思想上把它彻底根除。因此，他一听到伯爵回来的门铃声，就急忙换上仆人的制服，当第二次门铃大响时，他吓得缩成一团魂不附体，完全和先前羞辱朱丽小姐时那种神气十足的模样判若两人。让的性格是相当复杂的，他的这种自卑感同时也导致了他的逆反心理，这就是无情地在伯爵女儿身上报复，不顾一切地争取上升。他是造成他这种卑微心理的封建贵族社会的受害者，同时也是反抗者和掘墓人。

3. 编剧特点

纵观全剧，我们不难发现斯特林堡在表现以朱丽小姐为代表的一个古老的贵族家庭怎么样衰落和一个新兴的阶层的崛起的过程中，在淋漓尽致地挖掘深藏在人的心灵深处丑恶自私的欲念、表现灵魂中的隐痛、隐私的过程中，突破了传统的编剧技巧，把戏剧重心从外部行动移到内心斗争上，这是该剧最显著的特点之一。全剧几乎没有多少戏剧动作，但却有一种内在的张力抓住了观众，作者将这种内在的灵与肉的斗争外向化了。在这场搏斗里，不仅触及到人的本能，而且触及到社会现实中严重的阶级矛盾。因此，人们被这种来自人本身的内在力量所深深吸引，随着剧作者的情感和对生活的独特感受而在人物内心世界里徘徊、遨游。

① ［瑞典］斯特林堡著，高子英、李之义译：《朱丽小姐》，见《斯特林堡戏剧选》，人民文学出版社1981年版，第251页。

其次，强烈的心理分析色彩。作者没有拘泥在朱丽小姐和男仆的情欲纠葛上，而是冷静地、客观地、细腻地剖析、发掘他们的内心世界，他们微妙而复杂的心理活动，揭示出促使他们如此这般活动的动机，甚至将封闭得最深的心理活动细致入微地呈现出来。朱丽小姐从挣扎到追求，再从追求到幻灭的心理发展过程，被一层一层清晰地解剖了出来，使得我们能够辨认构成朱丽小姐心理动机的各种因素，这使《朱丽小姐》剧带有强烈的心理分析色彩。所以，许多学者把《朱丽小姐》称为自然主义心理剧是有道理的，它为后来的剧作家创作心理剧提供了一个杰出的范例。

其三，结构严谨，笔锋犀利，具有一种独特的力量。《朱丽小姐》整个故事发生在一个地点——厨房，几个小时之内，不换布景，一个半小时演完，一气呵成。它不像法国戏剧对话中具有一种对称的和数学公式似的结构，而是像在实际生活中一样，让一个人所谈的任何一点都会把另一个人的想法引向别处。这就像一组乐曲中的主题一样，在开始几场中先勾画出轮廓，然后进行加工、发展、详述、深化。在那些零乱的场面对话里，有一种藏得很深的东西。作者斯特林堡将那种具有很强的社会性心理冲突表现得极其真诚和坦率，并且以咄咄逼人的气势，暴露出资产阶级社会中人与人之间的残酷无情，使人物在紧张的情势中大胆地吐露他们心中的想法。由于符合人物内心的真实，它们成为特殊情势所触发的灵魂的呼号。因此，这个剧本笔力万钧，具有一种独特的、震撼人心的力量，直捣人的灵魂，发人深省。

其四，追求布景的简洁、自然。在舞台布景方面，斯特林堡借用了印象派绘画艺术中不对称和简洁的特点，以促使观众去想象，把看不见的东西补充进去。作者在这方面是很聪明的艺术家，在用景方面和他写戏一样，不用得很实，他充分相信观众的想象力，让观众自己去修补，去充实。斯特林堡和一般自然主义作家不同，他主张舞台装置应该有所选择，既要全面地表现登场人物的生活环境，又不能流于繁琐。这种布景看来很单调，但对于他的心理戏剧的表现有着很大的作用。

《朱丽小姐》是一部自然主义戏剧的经典之作。斯特林堡紧扣遗传——环境——堕落这个自然主义文艺流派的基本主题展开戏剧情节，把重心放在戏剧情节对生活的表现力上。他注重戏剧对自然生活逻辑的反映；注重人在行动中受自然因素控制的程度，这样，戏剧就如同生活一样丰富而真实，我们在看戏的过程中也就如同透过一个小小的生活景象去发现生活的意蕴。所以说，《朱丽小姐》一剧的成就，不仅在于揭示出历史发展中一个严肃而重大的主题，还在于剧作家斯特林堡采用了一种全新的方法去表现这个主题。

参考书目：

1.［瑞典］拉格尔克朗斯著，高子英译：《斯特林堡传》。

2.［瑞典］斯特林堡著，石琴娥译：《斯特林堡戏剧选》。

3.《外国文学研究》，1984 年第 4 期，1985 年第 2 期。

鬼魂奏鸣曲

约翰·奥古斯特·斯特林堡（Johan August Strindberg，1849—1912），瑞典现当代最杰出的戏剧家、小说家、诗人，也是在北欧可以与易卜生媲美的“现代戏剧先驱”，他的戏剧作品开创了表现主义戏剧流派的先河，丰富了自然主义、象征主义等现代戏剧流派。

斯特林堡在他生后获得了世人的肯定与崇敬，但是他在生前却是命运多舛、饱受非议。他出生在一个多子女的家庭里，从小受到父母与哥哥姐姐的冷落，他渴望被爱而不得，形成他不善与人沟通的内向性格；长大后斯特林堡三次不幸福的婚姻，使他原本就孤独的心灵更加备受折磨，甚至在忧郁、偏执和疯狂的煎熬中，产生过自杀的念头。为了生存，受过大学教育的斯特林堡当过小学老师、给杂志写过评论、在剧院跑过龙套、打过各种短工。1871 年他在皇家图书馆打工，由于被分配写中国图书目录的工作，他研究过中文，著有《瑞典与中国和鞑靼国家之关系》、《中国，几种观点与介绍》、《中国与日本》以及《瑞典传教士在中国》等。家人对他喜爱的文学创作都很不理解，认为这难以维持生计，因为他们看到斯特林堡经常是不得不靠着一点时有时无的稿费，以及妻子、朋友的接济度日。这种长年经济上的困窘和不为亲朋好友所理解的痛苦，曾使孤独、贫穷的斯特林堡一度陷入“精神危机”，深刻感受到人与人之间关系的冷漠与异化，致使他的作品透露出他对社会对世界对人性的悲观与绝望。他的第一部获得成功的作品、小说《红房子》（1879）就是抨击了上流社会的丑陋与贪婪，因而得罪了统治当局，成为不受欢迎的人。

与挪威戏剧家易卜生一样，斯特林堡的文学创作道路也很不平坦，也曾离开祖国在外乡飘泊多年。1884 至 1899 年，斯特林堡举家离开瑞典，先后辗转于丹麦、法国、德国、英国等欧洲国家。不过，这并不能改变他在经济上的窘迫与情感上的困境，我们从他的剧本创作里可以深刻地感受到他那种刻骨的郁闷与对整个社会的对立情绪。例如，他创作于 1887 年的自然主义戏剧《父亲》，就与他第一次婚姻有着直接的关系。直到 1899 年斯特林堡回到祖国，他的命运才峰回路转，他的戏剧频频上演于瑞典舞台，出版商也一改先前的冷淡和轻慢，对斯特林堡献起了殷勤。1907 年斯特林堡还与朋友一道建立起小剧场——亲密剧院，实现了他早年想在斯堪的纳维亚建立独立剧院的梦想。可惜好景不长，5 年后他因癌症而与世长辞，享年 63 岁。

一、斯特林堡戏剧的基本底色：人的精神危机

作为一个戏剧家，斯特林堡一生创作了 62 部戏剧，先后经历了浪漫主义、自然主义、象征主义、表现主义等创作阶段，尽管不同时期的创作方法与风格有所变化，但是，关注并表现人的一种令人惊骇的存在与状况，表现人与人之间的异化关系，以及人的精神危机是斯特林堡戏剧的基本底色。在他的颇受人关注的早期戏剧《父亲》（1887）与《朱丽小姐》（1888）里，两性之间的矛盾冲突和心理对峙，被表现得冷峻而尖

锐。那位不幸的父亲——上尉先生——在与妻子罗拉争夺对女儿教育权的斗争中，最终惨败在罗拉的阴谋之下，被套上了紧身衣，还没来得及送进疯人院就因绝望而死去。贵族出生的朱丽小姐则在一个仲夏节之夜失身于家里的一个野心勃勃、一心要往上爬的男仆，最后在看清楚这个卑鄙无耻的小人之后，走上了自杀的不归之路。

这两个剧本从不同的角度表现了斯特林堡对女性乖戾的偏见，以及两性之间永远不可能彼此恩爱、和谐相处的极端态度。婚姻生活的失败，使斯特林堡走向了另一个极端——仇恨女性，这种心理暴露在他很多剧本里。例如，他借《父亲》中的人物“上尉”之口，抨击女性是“杀人不见血迹，放毒不留痕迹”，“作为男人我会高兴地看你上断头台的”①。斯特林堡为此遭受到评论界的批评，尽管在《朱丽小姐》里，斯特林堡融进了一个没落阶级的灭亡和新生阶级的崛起这一历史趋势，不过，剧中男女两性之间尖锐的矛盾冲突依然是令人揪心、令人心悸的。

《到大马士革去》(1898) 是斯特林堡运用表现主义创作手法的一次大胆的尝试，给观众或读者耳目一新的不仅是剧中的角色没有具体姓名，只有抽象的符号，如主人公叫“无名氏”，他在不同的场景里先后遇见不同的人也同样是符号化的人物：女人、医生、疯子、乞丐等。他在各种不同的碰撞之中，观众深切地感受到了“无名氏”内心的痛苦、迷茫与焦虑。与此同时，在这一系列光怪陆离的跳跃性的情境里，传统戏剧里富有逻辑性的故事情节也在斯特林堡笔下被消解了，无意识的东西被有意识的自我当作某种陌生的东西，在主人公主观性的反思中，

---

① 见斯特林堡戏剧《父亲》。

"内在的过去被回忆起来，它作为陌生的当下出现"①，从而让观众认识到的这个剧中人"无名氏"同时也是作者本人从折磨人的精神危机到精神救赎之心路历程。紧接着在三年之中，斯特林堡又创作了《到大马士革去》的第二部（1899）和第三部（1902），他继续了第一部戏的写作手法和风格，神秘、阴郁而荒诞。这一表现人的精神困境的《到大马士革去》三部曲，被誉为表现主义戏剧的先驱之作，许多学者将它作为分界现代主义文学和传统文学的标志性戏剧。

《一出梦的戏剧》(1902）体现了斯特林堡在编剧手法上的新的拓展，他将梦境引进戏剧并构成主要戏剧架构，这部戏是他对人生与世界晦暗性看法的再次深刻的表现。全剧叙述了天神因陀罗的女儿来到人间历练，她化身为玻璃工的女儿先后与军官、律师、诗人等人相遇，饱尝了人生的痛苦。她不明白最先遇到的两位老夫妇为何说他们总是在互相折磨；她帮助军官离开牢房，军官竟然悲观地表示"不管出去不出去，我都会受罪"；军官爱上了一个芭蕾舞女演员，结果也苦苦等了一辈子，依旧没能与心上人结合，美好的爱情原来是虚无缥缈的。因陀罗的女儿不肯相信爱情不过是镜中花水中月的事实，于是她同一个穷律师结婚生子，本想亲身体验"最美好也是最痛苦的爱情，最高贵也是最低贱的婚姻和家庭"，结果她不得不面对永远都在烦恼、抱怨的丈夫，她再也忍受不住这种不幸的婚姻生活，坚决从地狱般的家庭生活中逃了出来。后来，她想与诗人探讨人生，诗人却将一份请愿书交给她，请愿书上写满了人生的苦难。"人真可怜！""人真可怜！"是这位天神的女儿反复出现的一句台词，也是这部戏剧的主旋律。这正印证了剧中未出场的天神因

① ［德］彼得·斯丛狄著，王建译：《现代戏剧理论》，北京大学出版社 2006 年版，第 42 页。

陀罗对人类的评介："他们的母语叫做怨言，尘世居民是一种贪得无厌、忘恩负义的种族。"①

在《一出梦的戏剧》戏剧里，18个不相连贯的插曲式的场景，使剧情看起来游离不定，在形式上是叙事性的、间离化的，人物被割裂、交叉、离散、重叠，其中的荒诞感耐人寻味。该剧深刻地揭示了现实社会的黑暗、人生的痛苦和人的深刻的精神危机。此外，斯特林堡所运用的即兴表演，以及不受舞台限制的开放式的表现手段，使瑞典著名戏剧评论家阿格纳·贝尔评价这部戏剧"不仅是斯特林堡的，而且也是世界文学史上最伟大的作品之一。"②

人类是一种贪得无厌、忘恩负义的种族，爱情是虚幻的这一出现在《一出梦的戏剧》里的母题，在1907年创作的《鬼魂奏鸣曲》这部小型戏剧中，再一次被轰然奏响起来，斯特林堡对人类、对整个西方世界看法极度的悲观与阴暗，达到了一种令人震惊的地步。

二、《鬼魂奏鸣曲》：人的一种令人惊骇的存在

《鬼魂奏鸣曲》(The Ghost Sonata，1907）的故事发生在一幢豪华别墅里，男主人公亨梅尔老人，一个由下等厨子用阴谋诡计摇身变为有身份的富豪，通过各种手段去窥探、掌握他人的隐私，窃取他们的钱财。他逼死了领事，害死了看到他罪行的挤奶小姑娘；他勾引女人，把女人玩够了又甩掉她们。为了给他的私生女找一个靠得住的男友，他设法让

① [瑞典] 斯特林堡著，高子英、李之义译：《一出梦的戏剧》，《斯特林堡戏剧选》，人民文学出版社1981年版，第397页。

② [瑞典] 斯特林堡著，李之义译：《斯特林堡文集》第1卷，人民文学出版社2005年版，第18页。

一个大学生走进他的圈套。但是这对年轻人在这个肮脏、堕落的世界里是不可能获得幸福的，亨梅尔的私生女最终倒毙在这幢豪宅里。

在这部戏剧里，斯特林堡异常冷静地向我们展现了一个人欲横流、尔虞我诈的冷酷世界。如果说他在先前的《一出梦的戏剧》里，还借着虚幻的梦境用神仙来到人间巡视，来影射现实社会的阴暗，那么在《鬼魂奏鸣曲》里，他则完全扯开了资本主义西方世界华美的遮羞布，让我们看到了这个世界原来“是疯人院，是妓院，是停尸场。耶稣基督要来到这个世界来，就等于坠入地狱。”[①] 的真相这一“发现”，就像剧中那个贫寒的大学生曾无限憧憬过的这幢豪华别墅一样，一旦他真的走了进去，结果看到的竟是意想不到的阴森可怕，是不由自主的瞠目结舌，是深深的失望与迷茫。

为了达到这一反面的审美效果，以及作者借“大学生”这个角色对人对世界的骇人听闻的发现，斯特林堡在《鬼魂奏鸣曲》这部剧里运用了其独特的艺术表现手法。

（一）编织一张错综复杂的人际关系网

在这部戏剧里，斯特林堡编织了一张非常错综复杂的、多线头的人际关系网。网的中心，即全剧的主要人物是一个残疾的 80 岁老人亨梅尔，这让人不由地想到自然界的“蜘蛛网”。全剧大约有 20 来个人物，彼此神秘地关联在一起。因此，我们有必要拨开迷雾，去厘清这些千丝万缕纠缠在一起的人物关系。

1. 亨梅尔与上校一家的关系。亨梅尔在年轻的时候勾引过后来成为

---

① ［瑞典］斯特林堡著，高子英、李之义译：《一出梦的戏剧》，《斯特林堡戏剧选》，人民文学出版社 1981 年版，第 526 页。

上校妻子的“木乃伊”，并生下了一个女儿，上校的女儿事实上是亨梅尔的私生女。戏开始后，当年姿色出众的姑娘、早已容颜老去，正如作者给她取得名字“木乃伊”一样变得毫无生气，多年以来成天把自己关在碗橱里。亨梅尔老人不请自来，闯进上校家里，要参加上校的家宴。他一进门就凭着一张字据公开掠夺了上校的一切，包括他的女儿、他的家具、他的瓷器等全部财物，以及他象征贵族地位的戒指和社会地位的军衔，当场揭穿了上校原来是跟班出身的老底。

2. 亨梅尔与大学生的关系。表面上看，亨梅尔给了穷困的大学生转变自己命运的一次机会，“我要让你得到幸福、财富和好名声”，他出钱让这个年轻人去看歌剧，座位就安排在上校父女的旁边，给他创造接近上校女儿的机会，使得大学生误以为自己遇见了贵人，把亨梅尔视作大恩人。事实上，正是这个叫亨梅尔的人弄得大学生的父亲倾家荡产，最后惨死在疯人院；亨梅尔却颠倒黑白地说大学生的父亲诈骗了他的全部财产 17000 克朗。老亨梅尔之所以要把大学生引进这幢豪华别墅，是因为他要给自己的女儿牵线，作为父亲，他总算还残留了一点点人性，在临死之前希望自己的女儿得到幸福。

3. 亨梅尔与死去的挤奶小姑娘，以及与领事的关系。在剧中出现的挤奶女孩和领事其实都是鬼魂，不是活生生的人。就因为挤奶小姑娘亲眼看到亨梅尔干的一件见不得人的勾当，他就把小姑娘诱骗到冰上淹死了她。而幕起时刚下葬的领事也是被亨梅尔害死的，他用一张期票要了领事的老命。

4. 亨梅尔与仆人约翰逊、本特森的关系。本特森是上校的跟班，鬼宴开始前，不请自到的亨梅尔一见到上校，竟然命令上校立即辞退他的仆人本特森，简直是鸠占鹊巢。原来本特森本来是亨梅尔的主人，对亨梅尔的底细了如指掌。亨梅尔在本特森家是一个偷吃多占的厨师，当主人对他的偷窃行为忍无可忍要赶走他时，亨梅尔反攻一口，抓住本特森先生的把柄，把主人一家送进了监狱。本特森还知道亨梅尔改名换姓放过高利贷，以及一件害死挤奶姑娘的命案，所以亨梅尔坚决要铲除后患把本特森赶走。约翰逊则是亨梅尔的男仆，他从前开过书店，就因为亨梅尔拿捏了他的一个小过错，扬言要送他进监狱，于是约翰逊就成为他的奴才，完全听命于亨梅尔，任他摆布。

5. 亨梅尔与贝塔小姐的关系。这位贵族老小姐原来是亨梅尔的未婚妻，但是亨梅尔最终甩了她，并且是设法让贝塔小姐自己主动离开他，导致她终生未嫁，整天呆呆地坐在窗口，对着镜子顾影自怜。现在她老了，也有些疯疯癫癫，与亨梅尔早已形同陌路。不过，这位有钱的贵族小姐同木乃伊的丈夫上校也曾有过不清不白的暧昧关系。

6. 亨梅尔与乞丐的关系。亨梅尔与街头的乞丐之所以有联系，不是他可怜他们，而是要利用他们，让那帮乞丐帮他造声势，为从倒塌的房子里救人的大学生去喝彩、宣传，以引起他的私生女儿的注意，让他们相遇相识，最终达到他的根本目的。他口头上承诺这群乞丐，等他死后如为他出丧，就可以饱餐一顿，其实这不过是一张空头支票。

7. 亨梅尔与邻居的关系。亨梅尔凭着他阴暗的心理与丑恶的目的，专门窥视别人的隐私，掌握了这座豪宅里上上下下所有人的秘密。比如，看门人的妻子与领事也生有一个私生女，即剧中穿黑衣服的女人；看门人因此也得到了在这座体面的豪宅里看大门的差事。而这个长大成人的黑衣服私生女的情人，就是刚死去的领事的女婿，他们两人勾搭成奸，这位男爵（女婿）跟自己的太太刚离婚，得到了这所豪华住宅。

梳理了剧中这张你中有我、我中有你的复杂的人物关系网后，我们深切地认识到斯特林堡所描绘的人性的丑恶和世界的残缺。作者通过亨梅尔这个叙述者，揭开了住在这栋豪华别墅里一群人隐秘的过去，这个揭露秘密的人同时也是剧中人，到了第二场景——圆形客厅里，亨梅尔成了被揭露者，他因罪恶累累不得不自杀。这部《鬼魂奏鸣曲》的色彩是过于晦暗了，这让人不由地联想到鲁迅先生在《狂人日记》里用到的两个字——“吃人”，这个吃人者最大的代表就是亨梅尔。

（二）多角度的人物刻画：魔鬼化身亨梅尔

亨梅尔是《鬼魂奏鸣曲》里最重要的中心人物，相对其他伪善者、假贵族、道德沦丧者、蝇营狗苟者，或者这幢豪宅里的任何一个人而言，在上校的妻子、年轻时与亨梅尔生下非婚子的木乃伊眼睛里，他“更坏、更狼狈”。在刻画这个吸血鬼与魔鬼式的人物时，斯特林堡运用了剧中不同人物的评价，全方位地为我们勾勒出这个混世魔王。

约翰逊告诉大学生说，这个亨梅尔就像战神一样追求权力。他杀死一切敌人，从不宽恕任何人。“他真算得上诡计多端。你就是关上门，他也能够钻进来。”“一到他把女人玩厌了，就想方设法让女人自动离开他。现在他已经成了偷马惯贼，只不过不是偷马，而是偷人。他有使不完的花招。”“他一向是爱向警察讨好的——利用他们，把警察拉进自己的圈套中来，用空头支票困住警察的手脚，不断从他们那里打听消息。”①

本特森则斩钉截铁地称亨梅儿是一个真正的“老混蛋”，老“魔鬼”。

① ［瑞典］斯特林堡著，符家钦译：《鬼魂奏鸣曲》，《斯特林堡戏剧选》，人民文学出版社 1981 年版，第 499 页。

大学生被家人告知是亨梅尔这个吸血鬼弄得他们一家倾家荡产；他本人也亲眼见到父亲因为揭穿亨梅尔的谎言而被送进疯人院，最后惨死在那里。当大学生第一次遇见轮椅上的亨梅尔老人时，却听到截然相反的说法："其实他咒骂的那位老兄，只不过是没有上这个傻瓜的当而已。事情的真相是，你父亲诈骗了我 17000 克朗——这笔钱在当时，正是我的全部存款。"① 老亨梅尔口口声声地说是他搭救了大学生的父亲，可是大学生的父亲非但不感谢他，还用仇恨来报答他，在他看来这简直就是"恩将仇报"，弄得这位年轻的救人英雄一头雾水。

其实，颠倒黑白，谎言连篇，诡计多端，心狠手辣是亨梅尔惯用的伎俩。斯特林堡还用了自我观照的表现手法进一步刻画亨梅尔这个人物。当木乃伊一边指责这个情场老手亨梅尔："你劫走了我们的灵魂，你用花言巧语抢走了我的一片痴情"，一边警告他不许碰她的丈夫上校时，亨梅尔恶狠狠地说："我只要咬上一个人，我就绝不松口！"他承认他这一辈子干过许许多多损人利己的事情，不过，别人也干过对不起他的事，所以这就抵消了、两清了，他毫无犯罪感，谁也别想动他一根毫毛。他害死了领事先生，却轻松地说"这个流氓，活该他自作自受"。

现在他又瞄上了上校，发誓不把对方整倒决不罢休。果然，他在几分钟内就剥夺了上校所拥有的一切，包括上校弄虚作假搞来的高贵名声与地位，让他当场身败名裂，可见他整起人来是多么冷酷无情，斩钉截铁。

不过，亨梅尔让上校原形毕露，自己也被最了解他底细的本特森和木乃伊当众揭露得体无完肤，最后不得不上吊自尽。

---

① ［瑞典］斯特林堡著，符家钦译：《鬼魂奏鸣曲》，《斯特林堡戏剧选》，人民文学出版社 1981 年版，第 487 页。

由此，我们对这个主要人物既是叙述者又是剧中人的亨梅尔有了较为全面的认识，这个生性嗜好犯罪的兽性人喜欢用各种手段操纵他人的命运，他的所作所为正像他的仆人约翰逊评介的那样："他就是追求权力。像雷神那样，他成天驾驭着战车到处巡游……他钻进人家房间，爬进人家窗户，摆布着人们的命运。他杀死一切敌人，从不宽恕一个。"①从这个利欲熏心的、吸血鬼式的人物身上，以及他与这座豪华别墅里上上下下的人物关系里，我们不由地联想起那一个充满北欧海盗的凶悍蛮横和铁石心肠的世界，在这部《鬼魂奏鸣曲》中，最强音无疑就是这个罪孽深重的亨梅尔，他是这部奏鸣曲中的主旋律。斯特林堡残酷地将人性之恶放大到极致，其对人生的极度悲观态度可见一斑。

（三）人的精神困境与精神危机

传统戏剧是"模仿戏剧"，古希腊文艺理论家亚里士多德在其《诗学》里最早提出了戏剧的模仿说。斯特林堡则对这一流传了两千多年的金科玉律弃之不顾，而将活人与死人放置在同一个时空里，完全打破了阴阳世界的界限。死者可以自由出入于人世间，生者能够看得见死者的活动，还能同他们交流、一起吃饭。

例如，戏一开始，在倒塌的废墟里抢救了一夜死伤者的大学生在喷水池边遇见被亨梅尔淹死的挤奶小姑娘，跟她要水杯喝水，请小姑娘帮他打湿毛巾擦洗眼睛。虽然这个小女孩没有说话，但是她从刚见到大学生时的惊恐，到慢慢变得安静温顺，一一按照大学生的吩咐去做。这里，不仅大学生完全看不出这个女孩是一个早已去世的人，而且观众

① ［瑞典］斯特林堡著，符家钦译：《鬼魂奏鸣曲》，《斯特林堡戏剧选》，人民文学出版社1981年版，第498页。

也被蒙在鼓里。只有那个坐在轮椅里的老亨梅尔看不见这个挤奶小女孩，还以为大学生一个人在自说自话。凶神恶煞的亨梅尔谁都不怕，但就怕一个人，只要有人提起这个小姑娘他就胆战心京，甚至连牛奶车都会让他心惊肉跳，因为亨梅尔曾对这个女孩犯下了不可饶恕的罪孽——杀人。

斯特林堡赋予大学生一种超人的能力，他还能看得见已经下葬的领事披着裹尸布溜达到街上。大学生之所以有超验之能力，是因为他“是星期天出生的孩子”。这个理由听起来有点太荒诞可笑，但这就是斯特林堡的主观愿望，解释的理由并不重要，重要的是通过大学生这个进入豪宅的闯入者，展现出住在里面所有的男男女女，他们表面上看起来体面而有教养，背后却隐藏着各种各样的罪孽与见不得人的隐私。在“鬼宴”这场戏里，死去的领事先生也一声不吭地坐在餐桌旁那一向属于他自己的位置上，低头吃他面前的东西；挤奶小女孩也走进这间圆形客厅里，作出在水中挣扎的动作，令气势汹汹、天不怕地不怕的亨梅尔吓得缩成一团。

众所周知，在西方戏剧舞台上，也有死去的鬼魂走进剧中人视线的戏剧，但这多半是在梦境里，或者作为一种不祥的征兆出现。例如，在莎士比亚的著名悲剧《哈姆雷特》里，就有老国王——哈姆雷特父王的鬼魂出现，但这不过是影影绰绰的，模糊不清的。像斯特林堡这样把死者作为剧中的一个角色，让他们成为剧情的一部分，堂而皇之地与现实中的各色人等同台表演、相互作用的却很罕见。

生与死边界的模糊化，加上以亨梅尔为代表的人与人之间伪善、残酷、肮脏、可怕的关系，斯特林堡将活人与鬼魂紧紧地纠缠在一起，就连上校家的女厨娘也以面目狰狞的女吸血鬼模样出现在观众面前，真可以用四个字来加以概括，这就是“魑魅魍魉”。这座外表华丽的豪宅里所发生的一切，活脱脱就是一个魑魅魍魉的世界，从而凸显了斯特林堡这部戏的剧名——《鬼魂奏鸣曲》。

（四）象征性、寓意性、残酷性与荒诞性

《鬼魂奏鸣曲》是一部具有现代派戏剧元素的作品，它不是表现一个家庭的故事，而是表现一群形形色色的人，一群缺乏爱心与忠诚，缺乏道德与正义，缺乏善良和本分的男人和女人，表现人的行为动机后面最隐秘的东西。在这部戏剧里，有阿尔托主张的残酷戏剧的影子，有荒诞派戏剧中的荒诞因素，也有表现主义戏剧的主观色彩。

这座表面看起来华丽的豪宅，曾一度吸引过那个经济困窘的大学生，在他没有走进去之前，他曾用一种非常神往的口吻赞叹道：“这房子里的陈设不知道该多豪华、多精美……一个人只要在四层楼上有这样一套房间，有一位年轻漂亮的妻子，两个俊秀的孩子，再加上一年两万克朗的收入，那该多美。”① 这位涉世不深的大学生对未来生活的憧憬与梦想均由这栋豪宅而起，他完全被这座外表气派的建筑物所迷惑住了。当大学生和善于操纵他人命运的亨梅尔老人聊天的时候，他还不知道他正面对着地狱之门。事实上，这座令人炫目的豪宅象征着西方的现实社会，随着科学技术的进步与高度发展，表面上看整个西方社会变得越来越繁荣昌盛，人们的物质生活也越来越丰富多彩，然而，人类的传统价值体系却随着无限膨胀的欲望与金钱的威力在瓦解；那群生活在豪宅里上上下下、道貌岸然的男男女女，他们之间错综复杂的人际关系，正隐

---

① ［瑞典］斯特林堡著，符家钦译：《鬼魂奏鸣曲》，《斯特林堡戏剧选》，人民文学出版社 1981 年版，第 489 页。

喻着西方现实社会中人与人之间尔虞我诈、你死我活、互相倾轧、冷酷无情的异化关系；那个十恶不赦的主人公亨梅尔的一生，则寓意现代人道德体系的全面崩溃。

亨梅尔的所作所为代表着现代西方人在弱肉强食的社会挤压下的残酷无情。他能逼死对手领事先生而心不慌、神安宁，依旧能对这个刚下葬的人评头论足，冷嘲热讽；他能当面彻底揭去上校的伪装，看着他无可奈何地乖乖投降，精神一点一点崩溃而心满意足，没有一丝恻隐之心，还无耻地公开承认上校的女儿是他的种；面对曾经山盟海誓过的两位女人木乃伊和贝塔老小姐，他毫无愧疚之意……总之，他的冷酷是令人震惊的。法国残酷戏剧导演安托南·阿尔托（1896—1948）排演过斯特林堡的戏剧，想必其戏剧中的残酷无情，以及迫使观众直面自身和人性的丑恶，启迪过阿尔托的残酷戏剧及其理论。

大学生是全剧中一个局外人，他见证了豪宅内部的腐朽与糜烂。在亨梅尔的精心策划下，大学生在剧场里与前来欣赏歌剧的上校及其“女儿”邂逅相遇，他们的座位“凑巧”挨在一起，这位上了报纸的救人英雄很容易就获得了上校“父女”的好感，被邀请到上校府上做客。但是，大学生走进去之后才吃惊地发现，这座豪宅里面已经是千疮百孔了，谎言、隐私、罪孽无处不在，欢乐、幸福与此绝缘。对大学生来说，这段经历实际上是一次可怕的地狱之旅。

第二个戏剧场面是发生在上校家圆形客厅里，表现老一代人的“鬼宴”。他们围坐在一起不吭一声地低头吃饭，谁都不说话，只是一小口一小口轻轻咀嚼着，“声音活像顶楼上的老鼠在啃东西。”[1] 这并不是为

① ［瑞典］斯特林堡著，符家钦译：《鬼魂奏鸣曲》，《斯特林堡戏剧选》，人民文学出版社1981年版，第502页。

了显示出他们的修养，而是害怕自己上当，怕中了他人的圈套。在这场“鬼宴”上，只有老亨梅尔一个人在高谈阔论，他说，讲话会掩盖真相，语言本来是暗号，考察一个人的门第出身，不用费什么力气，“到了一定时候，最隐秘的阴私也得暴露，骗子的假面具也得撕下来，罪行全会真相大白。”他暗藏杀机的话引来餐桌上长时间的沉默。这个伤害过在座所有人的混世恶魔，竟然还大言不惭地说他要“烧净莠草，揭发罪行，算清旧账”，要把所有的人都赶出去，等钟声一响就意味着他们的死期已到。他一边威胁一边用拐杖重重地敲打桌子，俨然一个世界末日的审判者，直至他曾经的情人、现在的上校夫人木乃伊当众揭穿了他的老底，并把他关进了碗橱里。揭露者转变成被揭露者，审判者成了被审叛者。

碗橱具有象征性意义。它隐喻教堂里的忏悔室，木乃伊对自己的过去，那段与亨梅尔在一起不明不白的性爱关系一直在忏悔，她在里面静坐着已经有 20 年之久了。这看起来非常荒诞，斯特林堡给这个女人取的名字也很诡异，观众很难判断她到底是活人还是死人。在第一场戏里，亨梅尔对大学生第一次说起这个女人时，说过一句话：他不想去说一个死人的坏话，指的就是她。但是，后来本特森却告诉约翰逊说木乃伊是个疯子，以为自己是个小鹦哥，因为怕光而坐在碗橱里面。斯特林堡有意搞得模糊不清，似是而非，耐人琢磨。经过 20 年的反省，木乃伊现在可以理直气壮地站出来指责、揭露亨梅尔的罪孽了，她把他关进了碗橱，是让他像她一样去进行自我审判，碗橱将成为亨梅尔的葬身之地。

（五）年轻一代在非人化生存状况下的挣扎与希望

相对于相互讹诈、相互欺骗的老一辈人来说，大学生和喜爱风信子花的亨梅尔的私生女是善良、纯洁的。我们且把这个没有名字的女孩叫做风信子姑娘，大学生对她一见钟情，甘愿当一名护花使者。这对年轻人没有去参加“鬼宴”，而是在闺房里聊天。这部戏的时间是模糊不清的，第三场戏发生在上校女儿的闺房里，斯特林堡没有告诉观众这对年轻人相处多久了，只知道亨梅尔已经上吊自尽被埋葬了。

爱情对于这对年轻人本该是最美好的，然而，却被一个粗野霸气的女厨娘给破坏了。当大学生要把她赶走时，厨娘竟敢说“这要看我乐意不乐意”。一个厨娘竟然比主人还要厉害，俨然成为亨梅尔第二。风信子姑娘向大学生诉苦，他们每天吃厨娘吃剩下来的菜，厨娘吃的全是精华；厨娘自己把酒喝得精光，却在酒瓶里兑上水端来给他们喝；厨娘来问小姐菜单，实际上从来不按风信子姑娘的吩咐去做。这个赶也赶不走的厨娘在风信子姑娘看来，就是亨梅尔家里出来的宝贝，如出一辙。在这个充满毒气的豪宅里，连厨娘、女仆都像中了邪一样，趾高气扬，随心所欲，而主人风信子姑娘只能忍气吞声，经受女仆们的“考验”，她被她们吸干了血，瘦得连手镯也戴不住了。邪恶的势力是如此强大，以至于善良的女孩全无招架之力，变得越来越软弱。

此外，风信子姑娘闺房里那架弹不出声音来的竖琴也具有隐喻性。那架竖琴不过是一个美丽的摆设，就像它女主人风信子姑娘一样。一旦大学生发现了真相并把它统统揭露出来时，风信子姑娘就再也坚持不住倒下死去。这是因为她在这座罪恶、肮脏的鬼屋里住得太久，中毒太深，她不得不为别人的过错受罪而精疲力竭，她怎么可能健康、自在地活着？她每天面对父母相对无言地枯坐着，“因为谁也不相信对方的话”①。她还能有勇气相信这个世界上真有至死不渝的爱情与幸福的

① [瑞典] 斯特林堡著，符家钦译：《鬼魂奏鸣曲》，《斯特林堡戏剧选》，人民文学出版社 1981 年版，第 519 页。

婚姻吗？所以，她把风信子花瓣比喻成雪花，雪花纷纷扬扬地洒落下来虽然美丽优雅，却是抓不住的，它一经人的手就会化掉，爱情也是这样。

《鬼魂奏鸣曲》是当今西方社会的真实写照。斯特林堡认为这个现实世界早已是罪孽深重、痛苦无穷、无可救药的了，西方的宗教信仰也不再可靠，因为连牧师也“因盗窃教会基金而逮捕”。[①] 为了寻找出路，斯特林堡把目光投向了东方，他不但用具有东方格调的陈设，以及许许多多五彩缤纷的风信子花来装扮姑娘的闺房，而且还将一座大的释迦牟尼佛像安放在花砖炉顶上。斯特林堡试图用东方人的宗教信仰来救赎西方人的灵魂。当风信子姑娘快要死去的时候，大学生喊道：“救命的菩萨，救救我们吧！”[②] 他多么真诚地希望看到一个干干净净的世界，正正派派的朋友，十全十美的爱情，他祈祷大慈大悲、大智大慧的释迦牟尼能够实现他的愿望。这是剧中年轻人的祈祷，也是作者斯特林堡的自我期许。

全剧的结尾虽然显得有点突兀，却颇耐人寻味。在大学生的歌声中，屋子突然消失，天幕上出现瑞士画家亚诺德·勃克林画的《死之岛》，这时幕后传来轻柔、甜蜜、亲切的悲怆乐曲，作为《鬼魂奏鸣曲》的最后结尾，令人深思。

斯特林堡的戏剧是一种“主观戏剧”，这是他对传统的“模仿戏剧”的重大反驳。他的戏剧表现了人与社会、人与他人、人与自我之间的异化关系。例如，在《到大马士革去》一剧里他力图表现人的精神困境，

① [瑞典] 斯特林堡著，符家钦译：《鬼魂奏鸣曲》，《斯特林堡戏剧选》，人民文学出版社 1981 年版，第 524 页。

② 同上，第 526 页。

剧中那些再现无名氏多重自我的医生、乞丐、疯子等，他们之间的冲突碰撞均揭示了无名氏内心的挣扎与痛苦，它们如同雷霆万钧之势汹涌而来。在《朱丽小姐》里，斯特林堡则表现了一个佃农出生的新的精神贵族男仆让，他已经摆脱了原来的处境，达到了损人利己而毫不顾忌的地步，就像《鬼魂奏鸣曲》里的老亨梅尔一样。不过，老亨梅尔比起前者来，他更加变本加厉，这个摆布他人命运、劫掠灵魂的魔鬼，是"全人类的恶"的象征。他已经通过非法手段致富，成为一个有身份的人，他俨然以一个大审判者的姿态出现在众人面前，这着实是个巨大的社会讽刺。斯特林堡告诫人们，不要相信所谓的爱情，因为"爱情大概也和风信子一样，在它开出充满活力的花之前，一定要先在暗处扎下根来。这样，它才能迅速发芽、开花和结籽，因此也就很快死去了。"[①] 在《一出梦的戏剧》里，斯特林堡运用象征主义表现手法，在大胆而全新的舞台革新形式的基础上，把爱情是虚幻的、人是自己痛苦的制造者这一观点发挥到极致。而《鬼魂奏鸣曲》则通过一张令人窒息的人际关系网，让观众不得不面对其中层层揭示出来的人性之丑陋，令人不安地感受其中那精神折磨和浓郁的悲观情绪——人的精神困境与精神危机。

斯特林堡笔下非人化的生存状况也是一种精神状况，包括梦、幻觉、本能、欲望、野心等，都是原始主义的精神，我们在他的打破时空界限的戏剧里，不由自主地卷入其打造的一种梦魇般的扭曲效果里，从而看到了人的生存困境与悲剧的不可避免。斯特林堡的这种戏剧观和世界观，深深影响了后来的表现主义、超现实主义、残酷戏剧和荒诞派戏剧家。

① [瑞典] 斯特林堡著，高子英、李义义译：《朱丽小姐——作者前言》，斯特林堡选集《戏剧选》，人民文学出版社 1981 年版，第 221 页。

沃伊采克

在西方悲剧史上，悲剧的主人公都是那些有社会地位的人。最早可溯源到古希腊悲剧，古希腊悲剧表现的是神及英雄的悲壮故事，比如俄狄浦斯王、美狄亚、俄瑞斯特斯、普罗米修斯；在莎士比亚悲剧中则是帝王将相王公贵族，如哈姆雷特、李尔王、奥赛罗、麦克白、安东尼与克里奥佩屈拉；到了 19 世纪初，悲剧主人公则是传奇英雄，如维克多·雨果笔下的欧纳尼；而到了 19 世纪中下叶，悲剧主人公的地位开始有所下降，资产阶级取代了以往悲剧中主人公的贵族身份，表现的是现当代中产阶级的悲剧性故事，例如，易卜生的《布朗德》、《约翰·盖勃吕尔·博克曼》、《海达·高布勒》、《罗斯马庄》、《建筑师》；斯特林堡的《父亲》、《朱丽小姐》，《鬼魂奏鸣曲》等戏剧，主人公多是中产阶级或者没落贵族，他们的精神困境往往是剧作家所关注的。易卜生和斯特林堡作为现代悲剧的先驱，他们的创作对现代悲剧的影响是深远的，尤其在主题的开掘方面做出了重大贡献。

而德国剧作家格奥尔格·毕希纳则把目光投向了现实生活中最底层的小人物，第一个开始创作了无产阶级小人物的悲剧，从而开拓了现代社会悲剧的一个重要特点。小人物是现代社会中最具有普遍性的人物，毕希纳的杰作《沃伊采克》(1836) 是第一部描写小人物的现代社会悲剧。

一、作者简介

格奥尔格·毕希纳（Georg Bǔchner，1813—1837），德国19世纪重要的现实主义作家、戏剧家，德国现代文学的先行者。1813年10月17日诞生于德国黑森州里茨塔镇附近的葛德劳村一个医生世家。1834年受欧洲革命思潮的影响，毕希纳加入秘密革命团体“人权协会”。同年7月，他起草第一份传单，即《黑森快报》，用充满激情的笔墨号召农民拿起武器，推翻封建贵族统治，他的“把和平给茅屋，把战争给宫殿”的口号传诵一时，开创了“传单文学”之先例，他的《黑森快报》被认为是《共产党宣言》之前19世纪最革命的文献。结果有人告密，受到警方通缉，毕希纳不得不逃亡斯特拉斯堡。1835年他创作了戏剧《丹东之死》，小说《棱茨》。1836年9月，因为他的学术论文《论鲤鱼的神经系统》，毕希纳被瑞士苏黎世大学授予哲学博士学位。同年10月18日，毕希纳应聘前往苏黎世，1837年2月2日，就在他准备讲授“从笛卡尔到斯宾诺莎的哲学史”的时候，得了伤寒不幸去世，年仅24岁。

才华横溢的毕希纳短暂的一生总共写过三部戏剧：以法国大革命为题材的历史剧《丹东之死》、政治讽刺剧《莱昂瑟与雷娜》、悲剧《沃伊采克》，以及一部中篇小说《棱茨》。这位不到24岁的作家在德国文学史上却产生了重要的影响，他被奉为德国表现主义运动的先驱；德国最重要的文学奖，就是以毕希纳命名的，“毕希纳文学奖”在德国成为“诺贝尔文学奖的风向标”。匈牙利著名的哲学家、文学批评家格奥尔格·卢卡契（Georg Lukaes，1885—1971）评价毕希纳“在伟大的现实主义中，他是莎士比亚和歌德的后继者”。德国著名诗人格奥尔格·赫尔威格说他“本应成为我们的指路明星”，可是过早地陨落了。但是他的作品却“像一块宝石，里面闪耀着永恒的光芒。”①

1921 年毕希纳的《沃伊采克》被奥地利音乐家阿尔班·贝尔格（Alban Berg，1885—1935）改编为歌剧《沃采克》，成为无调性歌剧的代表作品。中国观众了解这部作品，最早由林兆华和尤尔根·弗里姆一起以片段的形式搬演于北京舞台，那是 1989 年的事情；2001 年，北京理工大学硕士生顾雷导演《沃伊采克》全本剧，成为当年校园戏剧最受瞩目的演出之一；2002 年，该剧在上海话剧艺术中心连演四场，拉开了“2002 年大学生戏剧展演”活动的序幕。2009 年 10 月，《沃伊采克》由上海友缘剧社在徐汇区“下河迷仓”剧场公演；2009 年夏天，毕希纳的《莱昂瑟与莱娜》被搬上沈阳市辽宁大剧院舞台，导演王延松。

二、现代社会小人物的悲剧

毕希纳的《沃伊采克》(Woyzeck) 是第一部西方现代社会悲剧。此剧写于 1836—1837 年，未完成。1879 年收入毕希纳著作的第一个版本弗兰佐斯版；1967 年又运用现代照相技术出了文字上准确的版本汉堡版。第一个版本的问世，立即引起德国著名戏剧家、1912 年诺贝尔文学奖得主霍普特曼（Gerhart Johann Robert Hauptmann，1862—1946）的注意，认为此剧非同一般，在他的推动下，后来又在弗兰克·魏德金德（Frank Wedekind，1864—1918）的影响下，《沃伊采克》于 1913 年首次被搬上德国舞台。

《沃伊采克》剧中同名主人公沃伊采克在历史上实有其人，而且同姓，

① [德] 格奥尔格·毕希纳著，李士勋、傅惟慈译：《毕希纳文集》，人民文学出版社 1986 年版，第 3 页。

是一个杀人犯。现实生活中的沃伊采克生于 1780 年，13 岁成了孤儿，不得不到处流浪，靠给人打工养活自己。为了生存，他当过理发师，制作过假发，当过兵，参加过各种军队。25 岁那年，沃伊采克在加入瑞典军队时爱上了一个姑娘，与她生了一个孩子，因为证明文件不足，未能去教堂结婚。后来沃伊采克遗弃了他们母子，不过这件事让他非常后悔。1818 年沃伊采克回到莱比锡，38 岁的他还是光棍一条。这时 42 岁的寡妇伍斯特太太走进了沃伊采克寂寞的生活，可是好景不长，这位太太又与别的士兵来往。沃伊采克又嫉妒又愤恨，可他连自己都养不活，有的时候甚至到了乞讨的地步，他靠什么来挽回与伍斯特太太的关系呢？生存困境中的沃伊采克最后把一腔怒气发泄在这个女人身上，当他得知伍斯特太太没有践约是因为她跟一个大兵出去时，他一怒之下，于 1821 年 6 月 3 日，在莱比锡桑德加斯的一家门厅用刀刺死了与他相好过的伍斯特太太。

毕希纳的话剧本《沃伊采克》就是根据德国 1821 年这一谋杀案件为蓝本，创作出的一部杰出的现代社会悲剧。

主人公沃伊采克从戏剧的一开始就被社会边缘化了，尽管他想做一个有尊严的堂堂男子汉，他却是有钱人使唤、支配、嘲笑和取乐的对象，他甚至连与自己的女人、孩子在一起的时间都被剥夺了。为了能养活他所爱的贫民女子玛丽和他们的一个孩子，沃伊采克一直在想方设法打工挣钱，他一面兼任军队里一个上尉的理发师，还要为他割荆条；同时，他又出卖自己的身体供一个医生作实验。医生的实验条件十分苛刻，规定沃伊采克每天只准吃豌豆，不能吃粮食和其他任何食物。这场人体实验的结果导致沃伊采克的身体日渐虚弱，不时的头晕目眩，产生幻觉。当他与士兵安德列斯一起在丛林里割荆条的时候，沃伊采克眼前充满了恐怖的幻觉，一会儿看到地上长出了蘑菇，一会儿看到天上有火球在燃烧，一会儿又觉得有人在背后追他，还有骷髅头，沃伊采克显得极度紧张，精神上都有点失常了。而他的实验医生却毫无怜悯之心，反而很高兴地看到吃了三个多月豌豆之后的沃伊采克在生理上、精神上的变化，让他赤身裸体站在学生们面前，当作有趣的病例向他们展览。这个时候沃伊采克是一个没有自我的供医学实验用的“小白鼠”。

医　生　你们来看，这个人，三个月来他一直在吃豌豆，除了豌豆别的什么都不吃，你们仔细观察一下，这对他有没有影响，你们摸摸他的脉：他的脉跳得多么不均匀啊！还有这只、这两只眼睛！

沃伊采克　大夫先生，我觉得眼前一片漆黑。

医　生　勇敢些！沃伊采克，还有几天实验就结束了。先生们，你们来摸一摸，摸摸他的脉（大学生们过来摸沃伊采克的太阳穴、脉搏和胸部）。沃伊采克，把你的耳朵动一动给这些先生们瞧瞧！先生们，我早就想让你们开开眼了，他身上有两块肌肉会动。开始吧，打起精神来！

沃伊采克　唉，大夫先生！

医　生　畜生，想让我来揪你的耳朵吗？你打算像那只猫似的溜走吗？看，先生们，人就是这样慢慢地变成愚蠢的驴子的，这往往是女人教育的结果。你老娘为了留作纪念温柔地拔去了你多少根头发？这几天你的头发越来越稀了。对了，先生们，这可能都是吃豌豆的结果。①

医生的职业是崇高的令人尊敬的，在造福人类的前提下，医生做科学的人体实验本来无可厚非。但是，我们从这位对学生们侃侃而谈的医

---

① ［德］格奥尔格·毕希纳著，李士勋、傅惟慈译：《毕希纳文集》，人民文学出版社 1986 年版，第 250 页。

生的讲话中，分明感受到他是在当众侮辱沃伊采克，完全是把他当作动物而不是一个人看待。其中一个细节就是让沃伊采克动一动他的耳朵，逼他做与医学实验无关的事情，将他当猴耍，当众侮辱他，毫无职业道德。那些受到高等教育的医学院大学生们竟对此无动于衷，对穷人的鄙视，使他们变得麻木不仁，变得冷酷无情。

作为一个小人物，沃伊采克同时还要受到来自上尉的嘲讽。就因为沃伊采克和玛丽没有钱到教堂去登记结婚，他在上尉眼里就是个不道德的人，他的孩子因此成为被人耻笑的私生子。上尉一边享受沃伊采克为他理发刮脸的服务，一边向他大谈关于时间的哲理，以及道德的问题。这就跟那位医生在街上碰见一时憋不住尿偶尔对墙撒尿的沃伊采克，就对他大谈自由意志一样，肆意践踏穷人的尊严。

上　尉　沃伊采克，你真缺德，你不是一个有道德的人。你说什么血和肉吗？好，如果下过雨以后，我躺在窗前，目不转睛地看着那些穿白色丝袜的女人，看着她们怎样跳过小巷——该死呀，沃伊采克——那时候我的心里也会产生爱情。我也是有血有肉的人。但是，沃伊采克，别忘了道德，道德！以后，我该怎样消磨时光呢？我总是对自己说：你是个有道德的人，（动感情地）一个好人，一个好人。

沃伊采克　是的，上尉先生，道德！我没听说过这样的道德。您认为我们是下贱的人，干那种事是不道德的，而且这种人生来就是这样。但是，假如我是一位先生，有一顶礼帽、一块怀表和一件大礼服；假如我还会说几句文绉绉的话，那我早就成为有道德的人啦。在道德周围必须有些漂亮玩艺儿，上尉先生。然而，我却是一个穷光蛋啊！①

---

① ［德］格奥尔格·毕希纳著，李士勋、傅惟慈译：《毕希纳文集》，人民文学出版社1986年版，第225页。

在这段对话里，毕希纳告诉我们，按照现代社会法则，金钱就是身份，金钱就是道德，金钱就是地位，金钱能够拥有话语权并可以主宰一切。沃伊采克是个穷人，他一无所有，那么他在有钱人眼里就什么也不是了。面对上尉给他的难堪，沃伊采克毫不含糊地告诉上尉他是缺钱，但绝不缺少尊严，他的反击是严肃的，认真的，激烈的，他严肃地向上尉指出，体面的外表与内在的道德没有根本的联系。这是全剧中沃伊采克作为无产阶级的代表，为维护人的尊严最质朴、最铿锵有力的话。

当医生指责沃伊采克像狗一样随地撒尿，而尿也是他的实验品时，他也认为沃伊采克是没有信誉、没有道德的人。然而，难道是沃伊采克自愿堕落到现在这个地步吗？毕希纳对这个为生存而不得不出卖苦力的沃伊采克充满了同情，他在 1834 年 2 月给父母的信中写道："我不藐视任何人，尤其不因为某人的智力和教育而藐视他，因为在任何人身上都有成为一个傻瓜或者犯罪的因素——因为在相同的环境里，我们大家都将会一样；因为环境是客观存在的。现在，理智仅仅是我们的精神本质的一个极小的侧面，而教育只不过是这种本质的很偶然的形式。"①

生存的压力、难捱的饥饿和医学实验后身体的副作用，沃伊采克还能够忍受，但是，外部世界对他精神上的侵犯是他不能承受的。正当沃伊采克为养家糊口而四处奔波的时候，有人在觊觎他的女人玛丽。鼓手长在经过玛丽窗口时，为玛丽的美貌与性感动了心，一心要把她钓上钩。而寂寞的玛丽也被鼓手长健壮的身材所吸引，和鼓手长相比，她的瘦骨伶仃的男人沃伊采克实在太可怜了，用上尉的话说沃伊采克的"影子细得像一条蜘蛛腿似的！"这两个男人的反差是如此之大，搅乱了这

① ［德］格奥尔格·毕希纳著，李士勋、傅惟慈译：《毕希纳文集》，人民文学出版社 1986 年版，第 272 页。

位年轻贫女的心绪。后来，鼓手长在一个中士的帮忙下，真的把玛丽勾引上了手。

沃伊采克被蒙在鼓里，他曾对玛丽有一对闪闪发亮的耳环起过疑心，但玛丽说是捡到的，他就没有追究下去。直到有一天在大街上，他被上尉和医生拦住了去路，再次成为他们取笑的对象。上尉告诉他玛丽被一个大胡子男人搞上了手，“沃伊采克，你在饭碗里没有发现过一根胡子吗？”“你也许还能在那两片嘴唇上找到一根。”[①] 这个伊阿古[②] 式的男人一次次煽阴风点鬼火，在沃伊采克心里播下了举世男人最痛恨的种子——女人的不忠实。这件事对沃伊采克来说实在是太严重了，本来就心绪不宁的沃伊采克简直紧张极了，他脸色苍白地说道：“上尉，我是个穷人——在这世界上除了她以外，我什么也没有了，上尉先生，您要是开玩笑——”[③] 这消息对沃伊采克来说如同是五雷轰顶，他不愿意相信。“我们打赌吧！这是不可能的！他妈的，他妈的，不可能的！”他掩饰不住他的愤怒与慌张，大声叫道，在对玛丽是该怀疑还是该相信的痛苦纠结中不能自拔，“是与不是，到底哪个正确？是‘不是’欠‘是’的呢？还是‘是’欠‘不是’的呢？这个问题我得好好想一想。”[④] 沃伊采克像哈姆雷特一样反复在“to be or not to be ”中困扰。他想保持冷静慢慢地离开，实际上却是控制不住自己的情绪，大步流星越走越快。而那个毫无恻隐之心的医生还在幸灾乐祸，有滋有味地评述他观察沃伊采克在受了刺激以后的各种细微的外部表现。

---

①③ ［德］格奥尔格·毕希纳著，李士勋、傅惟慈译：《毕希纳文集》，人民文学出版社 1986 年版，第 241 页。

② 伊阿古是莎士比亚《奥赛罗》一剧中的重要的阴险人物，就是他用卑鄙地手段离间奥赛罗与苔丝特蒙娜的关系，一手造成了他们的悲剧。

④ ［德］格奥尔格·毕希纳著，李士勋、傅惟慈译：《毕希纳文集》，人民文学出版社 1986 年版，第 242 页。

如果说沃伊采克先前是因为吃了几个月的豌豆而产生出的眩晕与幻觉，是一种生理上的反应，而现在则是心理上的焦虑与变异。沃伊采克开始以怀疑的目光观察玛丽的一举一动，“奥赛罗”在他身上附魂了，他望着玛丽说：“多么深重的罪孽啊！……再见吧，玛丽，你美得像罪恶——死罪会有这么美吗？”[1] 这个社会最最底层的“奥赛罗”本该在军营警卫室里值夜班，因为心里不放心玛丽，他赶到一家酒馆，亲眼看到鼓手长正紧搂着他的玛丽旋转飞舞，他感到一阵天旋地转，随即疯狂地冲出酒馆，跑到树林边，疯狂地叫喊：“刺死她！死，死——死！！”

他向苍天向大自然宣泄着他的愤怒。第二天，处处遭人鄙视的沃伊采克鼓起勇气去找鼓手长算账，结果他根本不是鼓手长的对手，反而挨了一顿揍，这使他更加郁闷。男人的尊严使他憋不下这口气，他不能够忍气吞声，即便是最卑微的动物也有自己的尊严。沃伊采克开始时常梦见刀子，这意味着他起了杀心，杀死自己的情人玛丽，这是他在受了侮辱之后唯一可以做得到的，这个被社会逼得走投无路的沃伊采克终于以自己的方式向社会作出反击。在一个月色血红的夜晚，沃伊采克将玛丽带到林子里，用刀把她捅死了。他本人也在一片池塘里得到了解脱。

《沃伊采克》是一部小人物的生存悲剧。与古典悲剧的主人公相比，沃伊采克一文不名，出身卑微，没有悲天悯人的英雄事迹，也没有回肠荡气的爱情故事。但是，沃伊采克却是现代社会中千千万万为生存而努力挣扎、拼搏的小人物中的一个，是人类的一个代表。贫穷，不是他的自主选择，他被现实社会、被命运无情地抛在这种不幸的境遇里，他不得不去面对。贫穷让他成为医生的只准吃豌豆的“小白鼠”，贫穷剥

① ［德］格奥尔格·毕希纳著，李士勋、傅惟慈译：《毕希纳文集》，人民文学出版社 1986 年版，第 243 页。

夺了他自由撒尿的权力，贫穷让他无法与心爱的女人到教堂规规矩矩地正式结婚，贫穷让他的儿子成为世人鄙视的私生子．贫穷让他扣上了一顶没有道德的帽子，贫穷让他成为上校、医生等有钱人嘲笑取乐子的对象，贫穷剥夺了他与自己的女人厮守的家庭生活而不得不去军营值班守夜、白天干活挣钱；贫穷让可怜的玛丽经不住诱惑，贫穷剥夺了沃伊采克在世界上唯一属于自己的女人，贫穷让他备受屈辱反而挨了偷他女人的鼓手长的揍，贫穷剥夺了这个小人物的一切自白，带给他巨大的灾难。沃伊采克无法与强大的现实社会抗衡，剩下的唯一的自由就是向背叛自己女人复仇。在这个弱肉强食的现代社会里，沃伊采克将尖刀刺向了比他更弱小的女人。不幸啊，不平等的现代西方社会，造成了这个小人物的悲剧！

三、《沃伊采克》的现代性与艺术特点

在毕希纳这部以沃伊采克为悲剧中心的作品里，还保留着一些传统戏剧的故事情节线，沃伊采克与玛丽的爱情故事从铺垫、转折到灾难还基本上算清晰可见。不过，毕希纳没有刻意去渲染它们，而是用一种反传统的戏剧表现手法，来揭示原本善良的、勤奋工作的沃伊采克最终走上这条犯罪道路后面的深层次的社会原因。其独特的艺术手段对后来的现代派、后现代派戏剧家的启迪是深刻的。

1. 荒诞与异化

《沃伊采克》的同名主人公从一个守法的公民，依靠自己的劳动挣钱养家的有责任感的公民沦为一个杀人罪犯，谋杀的对象是他曾爱过的女人。毫无疑问，这是一场情杀。然而，像沃伊采克这样一个老实人，

他连投机取巧都不会，当他为生活所迫成为医生手中的实验对象，天天只能吃豌豆时，他宁肯忍受生理上的痛苦反应，也不去弄虚作假。那么，他怎么会成为杀人犯？这是一个引人思考的问题。

沃伊采克的遭遇告诉我们，身处资本主义现代社会的生存困境里，金钱的威力是如此强大，它衡量着人的高低贵贱，掌握着人们的命运，它堂而皇之地对人性进行腐蚀，对家庭进行破坏。就连像沃伊采克这样一个善良本分的人，其天性都能被金钱构筑起来的现实社会所异化，这是多么触目惊心啊！

我们为什么要去指责可怜的玛丽呢？作为一个女人，她只是顺从了自己的天性。她第一眼看到雄赳赳气昂昂走过她窗口的鼓手长时，还没有真正动了芳心，她只是欣赏这个男人，觉得他“像一头雄狮”。鼓手长为她的性感、美貌所吸引，送她一对金灿灿的耳环欲勾引她时，玛丽没有拒绝，在小镜子面前喜滋滋地左顾右盼，很自然地流露出女人爱美的天性。然而，当她从沃伊采克手里接过军饷看着他又匆匆离去时，她觉得自己有愧于他，恨自己经不住诱惑，“我真是一个坏女人啊！我要是能把自己刺死多好啊。——唉！这是什么世道！让一切人，不论男人还是女人，通通都见鬼去吧！”[①] 这番独白表明玛丽并不是一个水性杨花的女人，她体贴她的男人，不想伤害辛辛苦苦在外挣钱养家的沃伊采克，在感情与理性的内心冲突中，她的理性最初是占上风的。

但是，玛丽毕竟是女人，她的感情是自然的随心而动的。她被孤零零地抛在一间空荡荡的小屋子里守着孩子，等待着沃伊采克回来，生活单调而乏味，困窘而寂寞。充满阳刚之气的鼓手长的突然出现，她不由

① ［德］格奥尔格·毕希纳著，李士勋、傅惟慈译：《毕希纳文集》，人民文学出版社 1986 年版，第 235 页。

自主地被吸引，对方的热情点亮了她无趣乏味的生活，她背着沃伊采克跟着鼓手长去酒店跳舞，感到了前所未有的兴奋与激动。但是，当两个男人为了她厮打起来时，玛丽害怕了，她毕竟不是“卡门”，她是个从属于男人而不是自己的女人，她不想让沃伊采克受到伤害，更害怕自己成为男人愤怒的牺牲品。玛丽读着《圣经》向上帝忏悔，然而，这并不能阻止灾难向她逼近。在这个以男人为中心的男权社会里，玛丽不可能把握自己的命运，她的命运是由男人操纵的。

在一个月亮如血的夜晚，玛丽跟着沃伊采克到树林里散步，她从沃伊采克暗藏杀机的只言片语里意识死亡的阴影，她想往回走，她的救命声刚刚响起，但是已经来不及了，脸色苍白的沃伊采克拔出刀刺向她，割断了她的喉咙。玛丽的鲜血与月光的血色互相照应，融为一体，这个与沃伊采克相爱了两年的女人就这样无声无息地回归于大自然的怀抱，回归于大自然的宁静。玛丽的死是荒诞的，在这个弱肉强食的社会里，她不过是男人口中的一块肉，当弱小的一方得不到她时宁可把她毁灭掉。

玛丽之死，满足了沃伊采克的报复欲望，他的兽性像脱了缰绳的野马变得更加疯狂了。他跑回到酒馆开始跳舞，像鼓手长一样搂着一个女人疯狂地旋转，又唱又跳，尽情作乐，他想在癫狂中麻醉自己，让自己暂时不去回想刚刚那场血腥的残杀。直到他身上的血迹被人发现后，他才惊慌失措地跑回树林里，找到躺在血泊中的冰冷的玛丽，对着尸体诉说自己的心绪，爱与死融为一体，其间竟深藏着如此荒谬的同一性。接着他又去找他那把作案工具——带血的尖刀，并把它扔进了池塘。他想到要掩盖罪责，要把刀子藏到别人摸不着的更远的地方，还要洗净身上的污血，于是，沃伊采克一步一步向池塘深处走去，并消失在那里，黑暗与寂静吞没了他和不幸的玛丽。

在这部悲剧里，我们感受到了荒诞。感情本没有高低贵贱，对生活在社会最底层的沃伊采克与玛丽来说，在充满金钱的现实生活里，感情是抵御不过物质的诱惑的，男人狭隘的自尊心却能泯灭人性。沃伊采克丧失了自己的天性，走向其反面，人因此变成非人。毕希纳探索社会与人性异化的过程是严肃的，指出沃伊采克异化的根源主要是来自于现实社会，他由于受到鼓手长、医生、上尉等社会因素的刺激而表现出异化倾向，变得敏感和神经质，发展到最后变得残酷无情。他在物质世界面前一直是充满着敌视，深感自己的渺小与无所适从，从而走向极端，走向悲剧。毕希纳怀着对这类小人物的巨大同情，把沃伊采克上升为世界戏剧中第一个小人物的悲剧形象。

2. 具有表现主义特征的编剧法

《沃伊采克》是一部非线型的戏剧，毕希纳抛开了传统的编剧手法，采用了插曲式多场次的叙述体戏剧的表现手段，地点与场景不断地转换，上下场之间并无逻辑上的关联。根据李士勋译本，人民文学出版社1986年版的《沃伊采克》看，全剧共分24场：

（1）在上尉的住处

（2）旷野。城市在远方

（3）城市

（4）货摊。灯火。人群

（5）灯火辉煌的货摊内部

（6）玛丽的小屋

（7）在医生家里

（8）玛丽的小屋

（9）大街上

（10）玛丽的小屋

（11）值班室

（12）酒店

（13）旷野

（14）兵营的一个房间

（15）医生的院子里

（16）兵营大院

（17）酒店

（18）杂货店

（19）玛丽的小屋

（20）兵营

（21）街道

（22）靠近池塘的树林边

（23）酒店

（24）池塘边

从上面对场景地点的梳理中我们可以发现，毕希纳这部戏剧从城市到旷野，从上尉的住所到杂耍场，从贫女玛丽的小屋到高高在上的医生家的庭院，从兵营大院到值班室，从马路街道到嘈杂的集市货摊，从酒店到小杂货店，最后又到了树林子池塘边……非常的随性，这种地点的切换是电影蒙太奇式的。晚于这部《沃伊采克》很多年出现的表现主义戏剧，就是运用毕西纳这种编剧手法，场与场之间往往没有逻辑关系，它们是碎片化的，观众必须参与其中。在这部戏里，观众紧紧追随着剧中主人公沃伊采克越来越焦虑不安的心理变化，感受他那仅存的自尊心被践踏后的愤怒，在爱恨中撕扯，直至起了杀心。

与此相关的是时间上的跳跃性。《沃伊采克》在时间上也没有明晰的前后逻辑，只有一种内在的动力，就像它的地点不断转换一样。可以说，场与场之间的随性转换，是出自主人公心境心情的起伏变化，事件与时间的前后逻辑关系就可以忽略不计了。

此外，除了沃伊采克、玛丽、安德列斯三个有名字的人物外，剧中其他人都没名没姓，他们不过是符号化的人物，如上尉、医生、鼓手长、叫卖商人、货摊老板、祖母、帮工甲、帮工乙、酒店老板等，这显现出毕希纳之后的现代派戏剧的一个重要特点。毕希纳的人物不再是传统戏剧中个性化的人物，他的这些符号化的人往往是呼之即来，挥之即去。一如那位给孩子们讲黑色童话的老祖母，她的出现就很突兀，不过她的故事却值得琢磨，颇具意蕴。

由此我们可以说《沃伊采克》这部戏剧既是现实主义的，也是表现主义的。它真实地再现了社会底层的小人物为了生存而努力挣扎，最后在社会的歧视和富人的欺辱下犯下杀人之罪的悲剧；在编剧手法上，它开创了德国表现主义戏剧全新的编剧手法。毕希纳被公认为表现主义戏剧先驱是实至名归、当之无愧的。

3. 隐喻与象征

在《沃伊采克》这部戏剧中，有一个插曲式的人物讲着奇怪的童话故事，这个人就是老奶奶。毕希纳没有交代这位老奶奶与剧中任何一个人物之间的关系，她就这么突然出现了。一群小姑娘本来要玛丽给她们唱歌，心事重重的玛丽拒绝了，于是老奶奶就给这群小姑娘讲了这么一个故事：

“从前，有一个可怜的孩子，他没有爸爸，也没有妈妈，亲人都死了，世界上一个人也没有了，都死光了，他走啊走啊，白天黑夜地哭啊哭啊，因为世界上一个人也没有了。后来呀，他就想到天上去，月亮那么亲切地望着他，后来，他果真到了月亮上，可是他发现月亮原来是一块烂木头。于是他又朝太阳走去，他终于来到太阳上，可是太阳原来是一朵开败了的向日葵花。他又来到星星上，星星原来是一群金蚊子，它们都躲起来了，就像会唱歌的鸟儿藏进树林子里似的。这个孩子又回到地上，他发现地球变成了一个打翻的罐子，他感到孤独、害怕极了，这时候，他就坐在那只罐子上又哭起来，直到现在，他还坐在那儿哭，孤零零的，十分可怜。”①

这是一个黑色童话，具有隐喻性与象征性。这就是人在现实社会中的孤苦无依，根本看不到一丝希望。那看起来温柔的月亮、热情的太阳和闪闪烁烁的星星，其实是象征我们这个浮华的、色彩斑斓的丰富的物质世界，外表非常吸引人，但是真正走进去却是令人痛心的失望，因为它们是腐朽的、空洞的、衰败的，真正是金玉其外，败絮其中。故事中那个失去父母的孤儿，则隐喻失去了宗教信仰的现代西方人，天父圣母不存在了，精神寄托空虚了，人，不知道该往何处去？天上、人间，整个世界就没有一块干净的、安全的地方，正如故事里描绘的月亮是一块烂木头，太阳是一朵开败的向日葵，星星原来是一群金蚊子，既孤独又害怕的男孩哭泣着又回到地球上，却发现地球是一只打翻的罐子，乱七八糟，根本没有立足之处。更可怕的是孩子看不到一个人影，孤零零的，这一意蕴就是人与人之间的严重的隔阂，孩子的哭泣发自他彻底绝望的心底。在这个黑色童话的背后，透视出现代人就像那个孩子一样感到彻头彻尾的绝望与孤独。这个黑色的童话印证了酒店里的帮工甲先前说过的一句话“地球上的一切东

① ［德］格奥尔格·毕希纳著，李士勋、傅惟慈译：《毕希纳文集》，人民文学出版社 1986 年版，第 256 页。

西都是虚幻的。”[1] 这句话经典而富有哲理。

作为西方戏剧史上第一部表现小人物的社会悲剧，《沃伊采克》涉及人与自我，人与社会，人与自然的关系。小人物在现代社会里被剥夺了自己的自由意志，不过，在饱受摧残之后他依然能够拥有人的尊严，沃伊采克因此会沦为一个谋杀犯。毕希纳给沃伊采克安排的凶杀地点从真实事件的门厅改换在室外，在一片没有人影的树林子里，在大自然里进行，这给人更多的想象的空间。那高悬在漆黑夜空中的月亮“像一块血红的铁”（玛丽语），寓意一场可怕的流血悲剧即将发生。当人的兽性在大自然里像动物一样发作的时候，老实、胆小、善良的沃伊采克完全走向了他的反面，为了他那仅存的男人的尊严，变成了失去人性的凶犯。

《沃伊采克》最后是在灰色的雾霭中结束的。当沃伊采克杀害了玛丽，最后自杀后，舞台上完全被雾笼罩起来，越来越浓，浓到什么都看不见了。毕希纳运用这种神秘的雾霭作为一种象征，象征迷雾般的人生，人在生存困境和精神困境中难辨方向，因而会丧失自我、丧失理性。那树林里虫子鸣叫的声音“嗡嗡的像一口破钟”，令人恐惧，这一音响效果隐喻人在大自然面前的渺小，直至被强大的大自然所吞噬，一如池塘里的水悄无声息地淹死了沃伊采克一样，彻底将他消声匿迹。沃伊采克不能适应喧嚣的现代社会生活，只能抽身逃离出来，把自己融入于大自然之中，以自身的独特力量解除灵魂的枷锁，为了维护自己的尊严而拒绝去适应异化，由此可见，人对自由生存和完整个性的热切期望与无尽追求，正是建立在个体的分裂、挣扎、痛苦之上的，全剧这最后的意象实在是耐人寻味。

---

① [德] 格奥尔格·毕希纳著，李士勋、傅惟慈译：《毕希纳文集》，人民文学出版社 1986 年版，第 247 页。

禁　闭

让-保尔·萨特（Jean-Paul Satre，1905—1980）是20世纪法国最著名的存在主义哲学家、戏剧家和小说家，他的思想和作品在法国乃至世界产生了深刻、广泛和久远的影响。

一、作家生平与作品简介

1905年6月21日，萨特出生于海军军官家庭，父亲在他不到两岁时去世，他随母亲住在外祖父家里。外祖父是一个自命不凡的德语教师，拥有很多书籍，童年的萨特就是在外祖父的书房里度过的，并和文字结下了不解之缘。1928年萨特毕业于巴黎高等师范学院哲学系，获得博士学位。1933年至1934年公派赴德国柏林法兰西学院，研究胡塞尔、海德格尔和克尔凯郭尔的学说，开始形成他的存在主义思想。回国后在中学任教，并陆续出版哲学著作《想象论》、小说《恶心》、《墙》等。

第二次世界大战爆发后，萨特开始介入政治，以写作的形式积极投入到反法西斯的斗争之中。1944年创办《现代》杂志，以存在主义观点对法国和世界上的重大政治事件发表评论，其态度与法国共产党基本一致。1943年，他发表著名的哲学论著《存在与虚无》(1943）一书，奠定了他成为存在主义哲学最伟大代表的基础。萨特始终以人为主体，探讨人的自由问题，提出“存在先于本质”的观点。

作为一个社会活动家，萨特走访了很多国家，也到过中国。为了表示自己的立场，他拒绝到美国大学讲学。他反对法国政府所奉行的殖民政策，抗议美国对朝鲜和越南的侵略，谴责苏联军队出兵捷克和阿富汗……萨特以自己的满腔正义感，积极捍卫正义和自由，赢得了国际声誉。作为一个小说家，萨特的小说《恶心》、《自由之路》等进一步表达其存在主义哲学思想。《恶心》于1938年问世，发行量高达40万册，成为法国当代文学的一个重要事件和转折点。小说中的主人公罗康丹对现实的厌恶感、恐惧感，对生活及周围环境的陌生感，以及与他人关系中的孤独感，在欧洲知识分子中间引起了广泛的共鸣，有人说“萨特先生将成为法国的卡夫卡”。①

作为一个戏剧家，萨特共创作、改编了11部戏剧。《苍蝇》(1943)、《恭顺的妓女》(1946)、《死无葬身之地》(1946)、《肮脏的手》(1948)、《魔鬼与上帝》(1952)、《阿尔托纳的隐藏者》(1960)等戏剧，几乎无一不具有其存在主义哲理色彩。萨特把自己的戏剧称之为“境遇剧”，即人在一定境遇中的自由选择，并对自己的选择负责。这些剧本构思独特，戏剧冲突强烈，结尾出奇制胜，表现出萨特娴熟的艺术手法。

例如，《恭顺的妓女》描写一个白人妓女丽瑟在火车上目睹了两个白人青年对两个黑人寻衅闹事，他们打死了其中的一个，另一个黑人跳火车逃走，丽瑟成为唯一的目击证人。凶手的亲属弗莱特父子来到丽瑟家，软硬兼施，让她做伪证；那个逃亡的黑人青年也上门请求丽瑟作证保护自

---

① 见1938年5月16日《今晚报》。

已。丽瑟面临着一白一黑的选择，是站在强大的有钱有势的白人群体这一边，还是坚持真相站在弱小的受歧视的黑人个体这一边。当弗莱特来搜捕黑人时，丽瑟藏起了黑人，举枪对准了弗莱特，但她最终还是受到弗莱特的诱惑，投入到他的怀抱。丽瑟从可尊敬的妓女变成了恭顺的妓女。

又例如，《肮脏的手》中男主人公雨果也同样面临着生与死的选择。在一个特殊的历史时期，党组织内部发生政治观念上的分歧，年轻的革命者雨果受组织委派来到党的领导人贺德雷的身边企图暗杀他。由于贺德雷防范非常严密，雨果迟迟不能下手，遭到了党组织的警告。后来这两个人在经过一番开诚布公的交谈后，雨果被这位成熟的老革命家的政治见解所说服。雨果到底该保全他所崇敬的革命领导人贺德雷、自己被党组织作为叛徒所铲除，还是保全自己的生命去杀掉贺德雷？雨果经过慎重考虑后选择了前者。他年轻的新婚妻子因为这两个男人的和解而高兴，冲动之下去吻了贺德雷，这一幕恰巧被雨果撞见，他拔出手枪打死了贺德雷，因此被判刑入狱。几年后等到雨果刑满释放，整个形势完全按照贺德雷所预料的在发展，这意味着贺德雷当年的观点是正确的。迎接雨果出狱的是他的战友，她让雨果承认这是一场情杀，然后隐名埋姓到国外去，否则就按组织决定被杀掉灭口。雨果为了让他所尊敬的革命领导人贺德雷真正死得其所，是为了他的理想而死，不是为了一个女人，他选择了死，迎着战友的枪口走了上去。

这就是萨特的境遇剧，在萨特看来人在一定的境遇中是自由的，他在这种境遇中并通过这种境遇进行自我选择。在戏剧中必须展示人所处的简单境遇，以及在这些境遇中所作的自由选择。这种以表现哲理为前提的境遇剧，是萨特区别于其他剧作家的一个主要特征。

1964 年，萨特被授予诺贝尔文学奖，但是他拒绝接受，表示自己是一个和平主义者，谢绝一切来自官方的荣誉。萨特始终保持着顽强不息的自我超越意志，把文学作为斗争的手段，为促进世界和平不畏强暴，主持正义。在他生命的最后 6 年里，虽然双目失明，但他仍以口头谈话录形式，完成了《70 岁自画像》，仍然坚信自己的事业的正义性。作为进步的社会活动家和知识分子，萨特被誉为“20 世纪人类的良心”。

二、《禁闭》剧本分析

《禁闭》（No Exit，又译《密室》、《间隔》，1945）是一部寓意性很强，内涵极为丰富的独幕剧。该剧描写了素昧平生的一男二女死后被先后送到阴间，关在同一间密不透风、没有窗户、永远亮灯的房间里。男的叫加尔散，生前是一位专栏作家，后来成为一个既不忠于祖国，又不忠于妻子的被枪毙的逃兵；第二位叫伊内丝，是一个女同性恋者，她先与表弟私通，后来又疯狂地与表弟的情人弗洛朗丝鬼混，导致表弟精神极度沮丧而命丧车轮，最后她因煤气中毒与弗洛朗丝一道一命呜呼；第三位被关进来的叫艾丝黛尔，是一个背叛丈夫，又将私生女儿当着情人的面溺死，逼得情人饮弹自尽的淫荡女人，死于肺病。这三个“贪生怕死的小人”、“早该是下地狱的臭娘们儿”、“脏透了的垃圾”，一到阴间密室，就互相纠缠、互相倾轧、互相折磨。他们既害怕活人对自己的评判，深为死人再也不能为自己申辩而感到痛苦；又害怕被囚禁在一起的死人，也就是非我，或者说他人了解自己，了解自己不光彩的过去。受卑劣欲望的驱使，他们像生前一样不安分守己，以邻为壑，就像旋转的木马似地角逐和争斗。每当其中的两个在第三者目光的监视下，好不容易碰到一起，刚想有所亲热时，那个第三者就会毫不犹豫地破坏他们的关系。于是离间、挑唆、伤害、揭底，致使他们之间永远存在着难以调解的矛盾。最后，那个懦夫加尔散忍无可忍，他说他宁肯忍受中世纪地狱里那种油锅、火刑、绞具等所有撕裂人体的酷刑，也不愿意忍受这种没有尽头的精神上的折磨，他痛苦地喊出“他人就是地狱!”然而，尽管他们互相排斥和敌视，他们还必须永远地呆在一起，在同一个令人不得安宁的空间里呆下去，别无选择，无处躲藏。

（一）思想内涵

萨特以异想天开的荒谬构思，巧妙地探讨了人与人之间被扭曲、被异化的关系。表面上看，这间密室是一间具有第二帝国时代款式的客厅，里面有三张躺椅，一座青铜像，它对于欣赏过小仲马、萨都等戏剧的法国观众来说是屡见不鲜的，现在它被置放在冥府地狱里却令人玩味。萨特运用象征和隐喻的手法，将这间密室来象征一个现实世界，将禁闭在其中的人物，来象征这世界上的男男女女，将他们阴暗丑恶的心态和充满对立的禁闭关系，来隐喻现代西方人尔虞我诈的异化关系，把他们作为道德堕落、精神空虚的写照，而剧中那个阴森冷酷的环境，则寓意着现代西方人所面临的存在环境。

萨特将其存在主义哲理巧妙地蕴藏在这出佯谬的独幕剧中，指出我们每个人都是存在于他人的眼中，即“为他的存在”。我们往往会依据别人对自己的看法来看待我们自己，从而导致自我被他人所异化。于是，人便丧失了作为自由主体的存在，就像剧中这三个亡灵，他们都在试图寻求他人对自我的肯定。

比如，那个30年来不知做了多少个英雄梦的胆小鬼、挨了12颗子弹的被枪毙的逃兵加尔散，一直不肯承认自己胆小如鼠，不敢正视自己这段历史，他要别人承认自己是英雄，因此他苦苦纠缠着同房间的两个女人伊内丝和艾丝黛尔，希求从她们的口里听到他不是个懦夫。他喋喋不休地说道：

“有成千的人在不断地说我是胆小鬼。可是千把人算得了什么？只要有一个人，一个便行，全心全意地为我证实一下：我没有逃跑，我不可能逃跑，我是勇敢的，我是无辜的，我……我拿得稳能够得救，你愿意相信我吗？艾丝黛尔，你对我来说，将比我本人更可贵。”①

“……我在人世间已化为乌有，甚至连胆小鬼也不是了。伊内丝，我们现在是孤零零的了，只有你们两人想到我……可你，你又恨我；只要你能相信我，你就救了我。”②

加尔散几乎是在哀求这两个女人，他所能见到的最后两个同类能够拯救他，帮助他从痛苦的境遇里获得解脱，他太在乎别人的意见，在乎别人把他对象化，以便确定自己的价值。他很不情愿世人以某一个行动就来判断他的一生。而艾丝黛尔、伊内丝其实也跟加尔散一样，也希望通过他人的认可使自己具有一种品质。事实上，正如萨特借伊内丝之口说到的“只有行动才能判断人的愿望”，“你的一生就是你的为人，你的生活就是你自己”。这可以说是萨特的一种道德告诫，每个人都必须对自己的选择、自己的行为负责，谁也不能去拯救他。

萨特在他的文学创作中一贯主张“介入原则”，要求作家介入社会，

① [法] 萨特著，冯汉津、张月楠译：《禁闭》，《萨特戏剧集》(上)，安徽文艺出版社 1985 年版，第 134 页。

② 同上，第 138 页。

干预现实，不能为艺术而艺术。在他看来，现代西方人普遍感到他们是生活在一个异化的世界里，没有希望，没有安全感。他在《禁闭》这出剧中，借那三个被禁闭着的男女，再次强调了个人与荒谬外界的对抗，以及个人对于自我本质选择的绝对自由和本能对人的支配。我们不难感受到密室中那三个人之间被注定的囚禁关系，就如同三棱镜那样，反射出他人存在对自身所造成的威胁。

就在加尔散和伊内丝两个人斗得不可开交时，艾丝黛尔趁机让加尔散搂住她，两人拥抱在一起，来向女同性恋者伊内丝进行报复、示威。伊内丝气疯了，她恶狠狠地盯着他们，声色俱厉地喊着“我看着你们，我看着你们，我一个人就抵得上一群，一群人。加尔散，一群人，你听见吗？胆小鬼！胆小鬼！胆小鬼！胆小鬼！”① 在伊内丝的注视与威胁下，加尔散不得不松开了杀婴犯艾丝黛尔。这个一进密室的门就寻找尖桩刑具的男人，突然明白了什么是地狱，他本以为地狱里有硫磺、火刑、烤架……现在他从他们三个人形成的三角关系中彻悟道：“他人就是地狱！”② 这是加尔散从自己的切身体会中得出来的结论，这种人与人之间的精神折磨是最难以忍受的。

冲突和纠葛虽然发生在加尔散、伊内丝和艾丝黛尔这三个死者身上，却构成了资本主义现实社会人与人之间关系的一个具有高度概括意义的缩影，剧中的那座地狱就存在于我们现实生活中间。萨特通过这荒诞的非现实的戏剧情境，形象地诠释了他的哲理思想：每个人的存在都暴露在他人的目光之下，并威胁着自己的存在，地狱就是他人。全剧只有四个角色，除了这一男二女之外，还有一个“听差”是个过场人物，不参与这三个有

①② ［法］萨特著，冯汉津、张月楠译：《禁闭》，《萨特戏剧集》（上），安徽文艺出版社 1985 年版，第 140 页。

罪的亡灵之间的勾心斗角。萨特深刻地批判了他周围世界中形形色色的胆小鬼、色情狂、撒谎者等卑鄙、龌龊的小人，以及资本主义社会的人际关系，淋漓尽致地揭示出个人的存在与社会的对抗关系，以及人与他人之间无法消除的隔阂。通过这部独幕剧，真实地表现出现代人的孤独、忧虑、恐惧与荒诞，萨特把现代人的个人自由选择问题作为基本主题。

在《禁闭》这部戏里，萨特强调了他对世界、对人与人之间关系的感受——荒诞！孤独的个人面对与他为敌的世界，被生活、被他人遗弃而产生的荒诞感，使人变成了非人——亡灵，即剧中那三个相互追逐相互折磨相互揭短的死人。在表现现代人的孤独、忧虑、恐惧与荒诞的时候，萨特以其生动的笔触为我们刻画出三个被禁闭在地狱密室中绝望的灵魂。因为对禁闭在其中的每一个亡灵来说，他们的一切已成为定局，他们在人世间已经化为乌有，再也没有行动和选择的可能了，这也就是说，他们都失去了改变自己存在状况的自由，断绝了所有的希望。正如加尔散所说的“我已经给刷掉了，他们根本不理会我就做了结论。他们是对的，因为我已经死了，我就像只进了捕鼠笼的老鼠，已经由不得自己了。”“我已经听不见他们说话了，他们一定已经跟我一刀两断了。一切都已经结束，我的事已经成为定局。”另一方面，他们又全都把地狱密室里的他人，看作是陷阱，是刽子手，第二个进阴间密室的女人伊内丝第一眼看到在场的加尔散，就误把他当做刽子手了，这是多么荒谬的事情。

事实上，他人的目光就像一把锋利的悬在头顶上的双刃剑，让你无法躲避、无法逃遁；更确切地说，这种目光就像一束 X 光，能把人从外到里全都看得一清二楚，分外透彻，连骨头也看得非常分明。加尔散和伊内丝的下面一段对话很能说明这一点。

加尔散 （搂着伊内丝的肩膀）我要的是做一个男子汉，一个硬汉子。我把所有赌注都押在同一匹赛马上。当一个人选择了最危险的道路时，他难道会是胆小鬼吗？难道能以某一个行动来判断人的一生吗？

伊内丝 为什么不能？30 年来你一直想象自己很有勇气，你对自己的无数小过错都毫不在乎，因为对英雄来说，一切都是允许的。可到了危急时刻，人家逼得你走投无路……于是你就乘上了去墨西哥的火车。

加尔散 我可没有幻想过这种英雄主义，我只是选择了它，人总是做自己想做的人。伊内丝拿出证据来吧，证明你这不是幻想，只有行动才能判断人们的愿望。加尔散我死得太早，他们没有给我行动的时间。伊内丝人总是死得太早——或者太迟。然而，你的一生就是那个样，已经完结了；木已成舟，该结账了。你的生活就是你自己。加尔散毒蛇！你倒是什么都答得上来。伊内丝得啦！得啦！不要泄气，找一找论据吧，努力一下。怎么样？我早就说过你是个软骨头。啊！现在你可要付出代价了。你是个胆小鬼，加尔散，胆小鬼，因为我要这样叫你。然而，你看我是多么虚弱，我仅仅是一道盯住你的目光，一个想着你的平庸无奇的思想。（加尔散张开双手，逼近她）哈，这双男人的双手张开了。可是你想要怎么样呢？用手是抓不住思想的。好了，你没有选择的余地，你得说服我，我抓住你了。①

伊内丝在这里完完全全是一副既冷酷又得意的刽子手的模样，她把加尔散竭尽全力想遮着掩着的丑恶灵魂一把扯开，解剖得体无完肤。她毫无怜悯之心、毫无顾忌地把玩着手中的猎物，直到加尔散把艾丝黛尔

① ［法］萨特著，冯汉津、张月楠译：《禁闭》，《萨特戏剧集》（上），安徽文艺出版社 1985 年版，第 138 页。

紧搂在自己怀里作为对女同性恋者伊内丝的报复，按照他的话“我被你抓在手心里，但你也被我抓在我的手心里。”这使这位女同性恋者恨得咬牙切齿，“我们当中的每个人，都是另外两个人的刽子手！”伊内丝恶狠狠地说道。她的话虽说刺耳、不中听，但却是事实，是真理。萨特这种主观感受的真实性，令我们观众感到一种心灵的震撼。特别是该剧的结尾，三个人为他们“永远在一起，我的上帝，这多么滑稽！永远在一起！”而发出刺耳的歇斯底里的笑声，这种可怕的荒诞感，道出了“人的存在的走投无路的悲剧性”。①

《禁闭》从反面揭示了人类对丑的自由选择，这种自由选择必须是以排斥他人为前提的。密室中的每一个人都希望通过他人的承认来肯定自己，确认自己，这是一种在被别人“注视”下而产生出的自我欺骗心理，于是不得不依赖他人，通过诱惑来达成某种协议，但立即被“监视”的第三者所破坏。这种状况形象地表达出萨特在他的哲学著作《存在与虚无》中，对人与人之间基本关系的看法，即我的自由和他人的自由在本质上是绝对对立的，自我被他人所异化。当一个人被他人注意时，他便丧失了作为一个自由主体的存在，失去了选择和行动的可能，没有一个人能够逃脱从注视的存在到被注视的存在的循环。就像艾丝黛尔需要男人的爱抚，渴望投入加尔散的怀抱，却被同性恋者伊内丝紧紧盯住，千方百计诱惑艾丝黛尔就范；而伊内丝则被加尔散所需要，要她把他当作英雄来崇拜，以摆脱自己内心的苦恼。他们一个拴住一个，一个调节一个，强烈的欲望永远得不到满足，从而造成人性的扭曲和沉重的精神危机。剧中那句精辟的警句——“他人就是地狱”，点明了《禁

---

① ［法］萨特著，陈宣良等译：《存在与虚无》，三联书店 1987 年版。

闭》这出剧的内涵。

（二）编剧特点

《禁闭》是一部富有哲理意味的戏剧，同时也是一部典型的境遇剧。三个在生前都没有进行正确的自我选择的亡灵，在死后被组合在一起，按照萨特的观点，“他们决不会无缘无故地把人打入地狱的”（伊内丝语），因为他们都是地狱的罪人，他们活着的时候需要别人受苦，他们还以此为乐，现在他们得付出代价，即关在阴曹地府的密室里，无尽头地被人撕破脸面，忍受精神折磨的煎熬。面对这种可怕的境遇，这三个“不在世的人”虽说厌恶，虽说痛苦，但却由不得他们自己再自由选择。他们也曾提出过疑问：“我们为什么被罚下地狱？”但是又马上被自己所说服，他们不下地狱还有谁能下地狱?！现在他们不得不正视自己的处境，因为他们再也不可能有选择的机会了，只能处在一连串的精神危机之中，牢牢为地狱所禁锢。

1. 佯谬、隐喻和象征

《禁闭》在表现手法上，萨特通过佯谬、隐喻和象征，深刻地揭示出现实生活的本质，使其哲学与艺术统一起来。例如，以剧中人物的禁闭关系，隐喻现实生活中人与人之间冷酷无情的对立关系。又如，时间对剧中人来说，已经变得模糊不清、难以确定了。因为那间密室里的日光灯永远亮着，这是一个重要的细节，因为这是一盏永远不会熄灭的日光灯，使得这一男二女永远无法睡觉，永远得睁着眼睛过活，永远也确认不出白天与黑夜，永远丧失了自由出入的可能，并且永远处在他人目光的监视之下而丧失个人空间。这种对生存环境的迷惘，是战后西方人一种普遍的感受。虽然剧中人物全都是“不在世的人”，但萨特却完全把他们当作现实生活中的活生生的人来描写，这其中的含义是不言而喻的。

2. 以相互拷问构成情节

《禁闭》在编剧手法上，基本上是遵守古典主义三一律的创作法则，故事从头至尾都发生在阴间密室这一个地点，时间的跨度也没有超过24小时。虽说该剧没有什么跌宕起伏的故事情节，只不过是剧中人物的主观感受，但这种自我意识却成为了一种“唤醒”物，通过对生前往事的回顾，而这种回顾是以相互“审讯”，彼此“盘问”的形式被“逼”出来的，从而构成了《禁闭》的整个剧情和悬念。它的动作性不算强，但是那三个“假、丑、恶”的典型人物逃兵加尔散、勾引表弟的情人导致他车祸的伊内丝和杀死私生女儿的艾丝黛尔，他们之间永无休止的纠缠、排斥、揭短，使得矛盾冲突接连不断，而且愈演愈烈。

3. 生死界限的模糊性

萨特在这部戏里，有意在人物塑造上模糊生者与死者的界限，剧中的三个死人跟现实生活中有七情六欲的活人一样，有着强烈的欲望和追求，也有着无尽的焦虑、苦恼和绝望。他们思想活跃，行动大胆，为达到目的而不择手段，冷酷无情，使得观众在看他们相互追逐和争斗的表演中，似乎在看现实生活中间一出活生生的闹剧一样，有可能忘记他们的真实身份。只有到了他们斗到你死我活、拔刀相逼的地步，看到他们是用刀子捅不死的时候，才使人想起他们是死人，也使剧中人想起他们自己是死人，从而产生了观众与舞台的距离感，作出理性上的反思，品味其中的变异和荒诞感。这种变异和荒诞感，对于后来的戏剧家是很有启示性的。

4. 观念戏剧

萨特的戏剧也可以说是一种观念的戏剧。《禁闭》中的这三个处在孤立无援境遇里的角色，如同现实生活里的你、我、他，在与周围世界的斗争中，试图证明自己的存在，在与他人的搏杀中寻求自我的本质。他们代表了萨特的哲学观点，即人的存在无处不在，哪怕沉默，也能听得见他人的思想像闹钟一样滴答在响（伊内丝语）。和加尔散、艾丝黛尔相比，伊内丝有时还扮演剧作家观点的代言人。例如：“他们决不会无缘无故地把人打入地狱的，我们当中的每一个人，都是另外两个人的刽子手。你本身就是一口陷阱，你以为其中就没有我们看不见的陷阱吗？一切都是陷阱，我自己也是一口陷阱，我对她来说是一口陷阱，只有行动才能判断人们的愿望，你的生活就是你自己。”等等。

这种自我与他人的具体存在的可怕的关系，那无时无刻不在别人的注视下的恶心的感受，以及在受到压迫者各种威胁时所丧失的自由，是萨特所强调表达的。这种相异性成为一种绝对的恶，三个死者都希望在他人身上实现自己的愿望，却个个都碰了壁，只好相互挖苦、相互折磨，这一切都在《禁闭》一剧里被强调化、戏剧化了，所有试图寻求解脱和自由的努力都是徒劳的，因为“他人就是地狱”。

5. 意识流

萨特在刻画人物时，不仅表现了情欲与嫉妒、情欲与吞没、情欲与变异之间的关系，同时还非常注重表现人物的意识流。例如，加尔散明明是在与同一密室的两个女人交谈关于他妻子的事情，说着说着，他会突然想到他报社里的那些同事，于是，他就开始走神，一副心不在焉的样子，不由自主地把话题扯到他的同事戈梅身上，也就是他最最担心的活着的人对他的看法。请看下面这段对话。

加尔散 ……她就在那儿，我一讲到她，就看见她了。我关心的是戈梅，而我看见的却是她。……我像猪一样醉醺醺地回到家，身上散发着酒味和女人味，她等了我整整一夜：她没有哭，当然，她一句责备的话都没有说……

伊内丝 （几乎温柔地）您为什么要折磨她呢？

加尔散 因为折磨她太容易了，你只要说一句话，她就会变脸，这个多愁善感的女人。……好吧，举一件小事：我把一个混血女人留在我的房间里，我们度过了多少个甜蜜的夜晚！……

伊内丝 下流胚！

加尔散 是的，是的，我是一个受人钟爱的下流胚！（显得心不在焉）不，有什么了不起！这是戈梅，但他没有谈论我。你说是下流胚吗？当然啦，要不，我在这儿又有什么事可以做呢？①

这种人物思维的不断转跳跃，是非常真实的，我们平时与人交谈也时常会一个话题没有谈完就转换到另一个话题上去，不是一下子把话说完的。萨特准确地把握住剧中人的跳跃性思想脉搏，随着角色视角的变换，再现出人物深层次的心理活动。

1945 年 5 月 27 日，萨特的《禁闭》在巴黎老鸽巢剧院上演，获得了巨大成功。导演是马克·巴尔伯扎，他的妻子、巴黎著名的戏剧演员奥尔加参加演出，饰演伊内丝一角，她曾出演过萨特的另一部戏剧《苍蝇》，饰演其中的厄勒克特拉一角。《禁闭》后来在意大利上演，受到欢迎，这使萨特的存在主义哲学思想在意大利迅速地传播。1994 年 5 月，上海戏剧学院表演系搬演了《禁闭》，1998 年 5 月上海话剧艺术中心将该剧作为公演剧目。

---

① ［法］萨特著，袁树仁、沈志明等译：《禁闭》，《萨特戏剧集》(上)，人民文学出版社，1985 年版，第 128 页。

等待戈多

塞缪尔·贝克特（Samuel Beckett，1906—1989），20 世纪荒诞派戏剧最重要的代表人物。爱尔兰裔法国著名小说家、戏剧家、诗人、评论家，兼用法语和英语写作。1969 年获得诺贝尔文学奖。

1906 年 4 月 13 日，贝克特出身于爱尔兰都柏林一犹太新教家庭。1927 年毕业于都柏林三一学院艺术系。第二年秋天，作为母校传统性讲师交流代表，到法国巴黎高等师范学院任英语教师，从此与巴黎结下了不解之缘。贝克特在巴黎结识了爱尔兰作家、意识流文学大师詹姆斯·乔伊斯（1882—1941），当过他的助手，写过标题为《但丁、布鲁诺、维柯、乔伊斯》(1929）的论文，提出艺术家的责任应表现其全部的复杂的人生体验，而不是再像以往那样去满足读者一看就懂的要求。1930 年，贝克特返回都柏林三一学院教书，同时研究法国哲学家笛卡尔，获得哲学硕士学位。1931 年出版专著《普鲁斯特论》，此书预示了贝克特日后文学创作所涉及的重要主题，如人的孤独，生活的无意义，人与他人、人与社会交往的虚幻等，他认为，艺术就是孤独的极点。1932 年，贝克特辞去讲师教职，开始了一种自由的、漫游似的生活，先后从都柏林到伦敦、巴黎、柏林，最后在法国定居下来。他笔下出现过许多孤独的流浪汉，与他这段时期的生活不无关系。二战爆发后，贝克特参加过法国抵抗运动。战后，隐居于巴黎进行文学创作。

贝克特写过《莫菲》(1938)、《瓦特》(1942)、《马洛伊》(1951) 等大量的小说、诗歌和评论，其中包括大量的对绘画艺术的评论。战前用英语写作，战后开始写戏，并选择法语作为其创作的主要语言。他一生创作《等待戈多》(1952)、《最后一局》(1956)、《克拉普的最后一盘录音带》(1958)、《啊，美好的日子》(1961)、《一句独白》(1980)、《摇篮曲》(1982)、《自由》(1995) 等 20 多个剧本。此外，还有广播剧《歌词与乐曲》(1962)、《卡斯康多》(1963)，电视剧《喂，乔》(1955)，电影剧本《电影》(1964)，以及文集《功败垂成》(1976) 等各种样式的文艺创作。但是真正为他赢得国际声誉的，则是《等待戈多》。1969 年，贝克特荣获诺贝尔文学奖，"因为他那具有新奇形式的小说和戏剧作品使现代人从贫困境地中得到振奋"。贝克特摒弃了西方戏剧的传统，以他对人生的独特感受，展现了现代人的孤独与困境。

一、关于荒诞派戏剧

荒诞派戏剧于 20 世纪 50 年代兴起于法国，60 年代风靡欧美各国。1951 年 5 月 11 日，在巴黎小型剧院梦游者剧院上演了三部令观众瞠目结舌的戏剧：《秃头歌女》(尤奈斯库，1909—1994)、《例外与常规》(布莱希特，1898—1956) 和《墓地守护者》(卡夫卡，1883—1924)，人们尤其无法忍受《秃头歌女》这种琐碎无聊，既没有戏剧情节，也没有人物形象的戏剧，纷纷离座而去，最后只剩下三位观众。但是，这些先锋派戏剧家们并不气馁。同年 11 月，还是在梦游者剧院，阿达莫夫(1908—1970) 的《大小演习》亮相，他的另一部戏剧《侵犯》在香榭丽舍剧院公演；第二年4月，尤奈斯库推出了他的《椅子》(1952)。然而，这几部戏剧演出均没有造成影响。直到1953年1月5日，贝克特的《等待戈多》在巴比伦剧院上演，获得了意想不到的成功，一举成为战后法国舞台最叫座的戏剧，荒诞派戏剧从此被大量搬上舞台，一大批小剧场也跟着出现，促进了战后法国戏剧的繁荣。

荒诞派戏剧最早被称之为先锋派戏剧或前卫戏剧，直到60年代才被人命名并得到世界公认，这个人就是英国著名戏剧评论家马丁·艾斯林。1961年，马丁·艾斯林在美国出版了他的《荒诞派戏剧》一书，对二战后影响最大的这一戏剧流派取名为“荒诞派戏剧”，并对这一流派的代表作家贝克特、尤奈斯库、阿达莫夫、让·热内等进行了较为全面的研究和总结。

荒诞派戏剧锐意革新，往往融哑剧、杂耍、即兴表演和滑稽表演为一体，语言时常是不连贯的、没有逻辑性的，演出时需要借助于灯光、形体动作、色彩、象征等多种手段，来表现人类麻木的自身，来揭示人物焦虑不安的内心世界，以及剧作家对社会、对人生的独特的感受。因此，荒诞派戏剧可以说是一种寓言戏剧，一种以貌似怪诞滑稽、实质蕴涵悲剧，甚至超越悲剧的戏剧。

荒诞派戏剧的出现，与二次大战给西方知识分子造成的思想危机和精神危机有着密切的关系。大战中疯狂的、惨绝人寰的法西斯暴行，彻底摧毁了人们的宗教信仰、道德准则、理性良知，以及一切崇高的感情和价值观念。在这一流派的作家们看来，世界是荒诞的，人是孤独的，人与人之间是难以沟通、难以理解的。荒诞感是荒诞派戏剧的母题。

荒诞派戏剧之所以能得到人们的普遍肯定，是因为这一流派的戏剧家们敢于直面这样一种现实：由于世界已经失去其至关重要的解释和意义，因而人们已不再能接受仍然基于已失去正确性的一贯标准和观念上的艺术形式。[①] 他们敢于面对荒诞，面对人的状况的终极真实，进行深刻的洞察和再现，以达到一种警示的作用，让人们从麻木平庸、充满假象的生存状态中猛醒过来，对这个扼杀人性、扼杀理性、扼杀道德的资本主义社会有清醒的认识，从而促使人们重新去思考社会，改造社会，重新去恢复人的尊严和价值。

二、《等待戈多》的主题内涵

二幕剧《等待戈多》于 1953 年 1 月 5 日首演于巴黎巴比伦小剧场，由法国前卫导演罗吉·布兰（1907—1984）首次执导。舞台上空无一物，在一条乡间小路上只有一棵拳曲的枯树剪影，陪衬着两个孤独而可怜的流浪汉，他们苦苦等待一个叫戈多的人，无助又无奈。

这部戏由于缺乏传统戏剧中一波三折的情节和戏剧性，曾被一些剧院经理拒之门外，演出结果却出乎预料的成功，尽管欣赏者和反对者发生了激烈的争吵，但它还是在巴比伦剧场连演了 300 余场，而后又转移到另一个剧场上演，产生轰动效应。在此后的几年里，《等待戈多》先后被译成数十种文字，曾在瑞士、意大利、挪威、丹麦、西班牙、土耳其、阿根廷、波兰、日本、德国、英国、美国等 20 多个国家上演，其产生影响的广度与深度不能不令人惊奇。1957 年，旧金山演员实验剧团为美国圣昆廷监狱的 1400 名罪犯演出《等待戈多》，尽管剧中没有传统戏剧里的故事情节也没有女人，但吸引住了这些世界上最粗鲁的观众。据说，从此以后，《等待戈多》剧中的台词都成了圣昆廷特有的语言，

---

① ［英］马丁·艾斯林著，刘国彬译：《荒诞派戏剧》，中国戏剧出版社 1992 年版，第 245 页。

对监狱的犯人来说，他们的戈多就是自由。在我国 1986 年 12 月上海戏剧学院最先排演了《等待戈多》，导演是陈加林教授。

《等待戈多》一剧中有 5 个人物，两个流浪汉爱斯特拉冈和弗拉季米尔、一个给戈多送信的小男孩，一对插曲式的人物奴隶主波卓和他的奴隶幸运儿。两个流浪汉几乎用他们一辈子的时间在等待一个叫戈多的人，可是等到最后，这个从来没有露过脸的戈多总是派一个孩子送来口信：戈多今晚不来，明天准来。两幕戏的情形基本相同，唯有变化的是他们所遇到的奴隶主波卓和他的奴隶幸运儿。在第二幕戏里原先那个吆五喝六的施虐狂波卓双目失明，倒在地上大喊救命，那个会滔滔不绝进行演说的幸运儿则变成了哑巴。此外，那棵孤零零的乡间小树上，长出了几片叶子。

这部荒诞剧的主题是等待。等待作为一种状况，或者一种行为，是人类所共有的本质。等待伴随着我们的一生，等待归来，等待离去，等待爱情，等待机会，等待生命的诞生，等待死亡的来临……等待在今天，等待在昨天和未来，没有人能够逃脱等待的魔枷，它深深地、经久不变地注入我们的存在之中，随着时间的流逝，等待成为人的一种习惯。正如剧中人弗拉季米尔所言："可以肯定的是，在这种情况下，时间过得很慢，咱们不得不想出些花招来消磨时间，这些花招——我会怎么说呢——初看起来好像有些道理，可是到头来终于成了习惯。"①

贝克特在这出戏里提炼了等待，特别是强化了那种无望的、被动的等待。爱斯特拉冈和弗拉季米尔用他们的一生在等待戈多，从年轻时等到现在，"也许有 50 年了。"② 漫长的等待使他们彻头彻尾的痛苦，表现

① [法] 贝克特著，施咸荣译：《等待戈多》，《外国现代派作品选》第三册（上），上海文艺出版社 1984 年版，第 91 页。
② 同上，第 60 页。

在他们身上一个总是头疼，一个总是脚痛。

戏开始的时候，爱斯特拉冈使尽平生之力拉他的靴子，反反复复，累得直喘气，显得精疲力竭的样子，直到把一只靴子脱下来才大大松了一口气。靴子折磨得他恼火万分，脚疼得无法忍受。弗拉季米尔老是脱帽，查看帽子里到底有什么东西让他不舒服，他忿怒地对他的同伴爱斯特拉冈抱怨“好像只有你一个人受痛苦，我不是人。”① 等待使他们一无所有，肮脏不堪，他们无家可归，只能在臭水沟里露宿，用干瘪的萝卜充饥。等待使他们不可救药，放弃了对自己命运的把握，整天以无聊的拌嘴消磨时光，甚至企图上吊自杀，但绳子却又短又不结实，这使他们完全处在一种欲生不能，欲死不能的尴尬境地。“希望迟迟不来，苦死了等的人。”② 可是令人震惊的是，在这虚无的等待中，他们明知等待的徒劳，却还是在苦苦等待，幻想着、等待着一个素未谋面的叫“戈多”的人能够到来，能够改变他们的处境和命运。

那么，戈多究竟是什么人呢？贝克特没有给这个神秘的人物以确定性的含义。他曾经说过：我要是知道戈多是谁，我早就把他写出来了。但无论如何，观众感受到戈多是剧中人物的希望，是他们的救世主。西方有不少评论家想弄清楚戈多的真正含义，有人认为“戈多”(Godot)一字来源于“上帝”(God)。这一提法有一定的道理，剧中这两个流浪汉具有代表全人类的象征意义，他们处在这种普遍存在的尴尬状态里，只能在心中默默祈祷有某个超自然的力和人来改变他们的悲惨处境。从这个意义上来看，戈多可以说是一个新的上帝。对刚经历过可怕的第二

① [法] 贝克特著，施咸荣译：《等待戈多》，《外国现代派作品选》第三册（上），上海文艺出版社 1984 年版，第 9 页。
② 同上，第 10 页。

次世界战争之后的西方人来说，旧的宗教信仰打碎了，人变得无所依靠，无所依托，他们渴望有一个精神家园，因此，那两个流浪汉对企盼“戈多”的降临，具有一种宗教般的虔诚。

贝克特对人类的精神苦难有着深刻的认识，《等待戈多》这部戏剧给予观众或读者的冲击是：当你意识到现代人在无望的等待和期望中，久久地不能自拔时，你也许会为人的渺小卑微而痛心疾首。从这一感受出发，贝克特是一个具有悲剧意识的剧作家。

三、《等待戈多》的编剧手法

1. 模糊性

《等待戈多》有一个与众不同的编剧手法，即“模糊性”的大量运用。除了戈多到底是谁是模糊的之外，那个给戈多送信的孩子见到弗拉季米尔和爱斯特拉冈时，从来没有准确地叫过他们的名字。他称呼弗拉季米尔为艾伯特先生，称呼爱斯特拉冈为卡图琉斯先生。尽管那两个流浪汉说他就是昨天来送信的孩子，但男孩坚持说自己没有来过，不认识他们。

再有，两幕戏的景是一样的，荒芜的乡间路上，只有一棵树。在第二幕戏里，那棵小树多了几片新叶。于是两个流浪汉吃不准昨天他们是否就在这里等待过戈多，担心走错了地方，地点始终无法确定。不仅如此，就是连时间也是模糊的，不能确定的。

爱斯特拉冈　你肯定是今天晚上？

弗拉季米尔　他说是星期六。（略停）我想。

爱斯特拉冈　你想。

弗拉季米尔　我准记下了笔记。

[他在自己的衣袋里摸索着，拿出各色各样的废物。

爱斯特拉冈　（十分恶毒地）可是哪一个星期六？还有，今天是不是星期六？今天难道不可能是星期天！（略停）或者是星期一？（略停）或是星期五？[①]

这两个流浪汉甚至拿不定弄得爱斯特拉冈脚疼的靴子到底是什么颜色，是黑的，灰的？还是棕色的，或者是绿色的？那个奴隶主波卓也在第二幕戏里否定昨天曾在这里与弗拉季米尔和爱斯特拉冈相逢过。两个流浪汉问他的眼睛是什么时候瞎的，总不会是昨天之前吧，波卓说他自己都说不清楚，因为瞎子是没有时间观念的。爱斯特拉冈一再表示自己不快乐，但是想不起是什么时候开始的。

模糊性，不确定性，意味着更加宽泛的指向。希望，失望，再希望，再失望，重复与相似是如此令人震惊，主观愿望与客观现实之间的矛盾是如此强烈，信念的幻想既实在又荒诞。时间是如此的漫长，又是如此的稍纵即逝。存在的痛苦与无意义性、似是而非性、必要性、无奈性和荒诞性，构成了这出剧的哲理内涵。难怪有人说《等待戈多》是“我们时代的戏剧”。

2. 闹剧形式

在艺术处理上，贝克特采用闹剧的手法来表现具有悲剧性的主题。

贝克特淡化了传统戏剧的故事情节，也摒弃了矛盾冲突和人物塑造，在这部戏里，什么也没有发生，等待的人也没有出现，编剧运用了一种夸张的、不带修饰的漫漫等待，来揭示人类处境的荒诞性，以及人

---

① [法] 贝克特著，施咸荣译：《等待戈多》，《外国现代派作品选》第三册（上），上海文艺出版社，1984 年，第 15 页。

类对世界的幻灭感和空虚感。

弗拉季米尔在“等待”的问题上强调他们是守了约，尽了职责，他说：“我们等待。我们腻烦。不，不，别反驳，我们腻烦得要死，这是没法否认的事实。”为了在等待过程中消磨时间，他们想出了种种花招，什么斗嘴啊、上吊啊，一大笑就憋不住小便啊，听到有人来了就紧张得要命啊，不是疯狂地走来走去，就是前言不搭后语，没话找话，还有就是长时间沉默、沉思、打盹儿……这对难兄难弟看起来真像白痴一样，显得非常滑稽可笑。然而，他们却具有象征意义，象征着战后西方人的生存状况和精神的萎缩。

3. 圆形结构

贝克特运用戏剧的圆形结构，十分成功地表现了现代人的生存困境和对自己命运的无从把握。

这部戏剧从开场到结束，始终在一个圆点上，两个流浪汉从未曾跨越过这一个圆点，转不出这个圆圈。第二幕结束与第一幕结尾的台词和动作是相同的，弗拉季米尔说：“喂，咱们走不走？”爱斯特拉冈说：“好，咱们走吧。”[①] 但是，他们站在原地，一动不动，直到幕落。面对人生的荒诞和生命的无奈，他们早已习以为常，习惯于等待，他们已经丧失了去改变现状的勇气，甚至丧失了思想的能力，漠然地在虚无的等待中，让时间流逝，让生命流逝。就是这样，日复一日，月复一月，年复一年，孤立无援，进行着希望与绝望的轮回。正如剧中人说的：“什么也没有发生，谁也没有来，谁也没有去，这实在糟透了。”这种没有结局的结局，还可以写第三幕第四幕，结果依旧是那个神秘的戈多让苦等他的人竹篮子打水一场空。

---

① ［法］贝克特著，施咸荣译：《等待戈多》，《外国现代派作品选》第三册（上），上海文艺出版社，1984年，第109页。

4. 人物互补法

在人物方面，贝克特也抛弃了传统的对人物性格的塑造，采用了一种互补法。自称当过诗人的爱斯特拉冈变化无常，喜欢梦想；而弗拉季米尔讲究实际，有些固执。爱斯特拉冈时常忘记他们在等人；弗拉季米尔则非常明确自己是在等待戈多。当爱斯特拉冈在奴隶主波卓面前乞求施舍的时候，弗拉季米尔对此怒不可遏，但他平时却很关心这个晚上经常受人欺侮的弱小伙伴，帮他脱靴，为他盖大衣。这两个流浪汉在一起时总是没完没了地拌嘴，分开后却又互相思念，因为分离使他们更加孤独，他们需要彼此依靠，相互做伴。

他们想尽办法证明自己的存在，也为了有事可做，努力寻求着各种可笑的事情来打发时间。比如，用一只脚站立表演一棵树，扮演波卓和幸运儿，假装吵架或友好。在貌似滑稽的悲凉中，他们苦中作乐来打发时光，寻找着自己的精神家园。正因为这种等待，这种寻找，这种依赖具有人类的共性，因此，贝克特抽去了剧中人物的任何有价值标志的个性，而将他们作为万千生命中浓缩起来的人生意象，作为人的基本状态的体现者呈现在观众面前。

作为无聊的等待中的插曲，波卓和幸运儿也是一对互补性人物。波卓在第一幕中是强权和财富的代表，一个唯我主义者，他作威作福，就需要有被他支配和奴役的对象，于是那个肮脏的、可怜的奴仆就成了他的“幸运儿”。波卓挥舞着鞭子，傲慢而凶狠，幸运儿逆来顺受，他疲惫到只要一停下来就是站着也会打盹，低贱到连思想都受人控制。按奴隶主波卓的说法：“我本来很可能处在他的地位，他也很可能处在我的地位。要不是命运愿意我们像现在这个样子的话，人各有命。”[1]这种命运的盲目与无常，

---

① ［法］贝克特著，施咸荣译：《等待戈多》，《外国现代派作品选》第三册（上），上海文艺出版社，1984 年，第 34 页。

就像爱斯特拉冈和弗拉季米尔一开始议论的那两个贼，一个被处死，一个却得救；以及送口信的孩子及他的弟弟，一个总挨戈多的打，一个却从未挨打，这其中没有什么合理的解释。波卓自己不也是在一觉醒来，突然就什么也看不见了，躺在地上大呼“救命”!“帮帮我” 波卓这个自我中心者既是命运的宠儿，也是命运的玩物，这个人物令我们想起古希腊悲剧家索福克勒斯笔下的俄狄浦斯王，一个至高无上的君王在刹那间成了人人唾弃的弑父娶母的罪犯。波卓无定的命运是世界上千千万万的人在命运的旋涡里荣辱沉浮的典型，因此，爱斯特拉冈称“他是全人类”。

贝克特以他独树一帜的艺术构思和编剧手法，令人震惊地表现了人的孤独、焦虑和痛苦，从哲学、宗教和心理学方面，探讨了人的状况与困境、人的存在的必要性和荒诞性。

四、从《等待戈多》看贝克特戏剧特点

《等待戈多》作为划时代的剧作，可以归纳贝克特戏剧创作的几个特点。

第一，人性的猥琐、低贱与麻木。从等待戈多的那一对流浪汉开始，贝克特笔下的人物无一不是潦倒的、低贱的、倒霉的。他们说不清自己是谁，是从哪里来，想到哪里去；他们身心疲惫、身心俱残，消极地、被动地、无奈地等待着别人来拯救，或者等待着死神把他们带走；他们丧失了笑的能力、哭的能力、爱的能力、恨的能力；他们不会思想，不会行动，只会词不达意地唠叨，无所事事，无所作为。他们与外面的世界远离、隔绝，生存在自己极其狭小的天地里，生存在自己的心灵中间。在贝克特戏剧的背后，有一种铅一般沉重的感觉，尽管有时

候他会用不乏滑稽的样式出现，如《等待戈多》、《哦，美好的日子》中的人物，前者在无聊的等待中，自寻开心地玩上吊；后者老妪维尼黄土埋到脖子还在涂脂抹粉，盲目乐观；或是如《哑剧Ⅱ》(1957) 里两只可怜虫那样，藏在口袋里生活，从口袋里爬进爬出；要不就是像《喜剧》(1964) 中的一男二女被三只同样大小的坛子卡住脖子，却还在争风吃醋。他们的精神和生活状态都是畸形的、异化的、贫困的，对自己这种荒诞处境浑然不觉。贝克特用这种高度抽象化的人及其状况，独具匠心地表现出现代人的生存的痛苦和价值、尊严的丧失。

第二，舞台空间的简洁与空旷。《等待戈多》的整个场景里，贝克特规定只有一棵小树孤零零地立在乡野的小路上。在《哦，美好的日子》(1961) 里，只有两堆沙丘，四周光秃秃的，除了荒原还是荒原。

《最后一局》(1957) 的布景虽然是一间封闭的屋子，但里面没有家具，只有两个垃圾桶和一把轮椅，通往外面的世界只有两扇又高又小的窗子。《克拉普的最后一盘录音带》(1958) 也是室内景，在半明半暗的房间里，除去一张桌子、一把椅子、一台录音机以及一些录音带之外，也是一无所有。贝克特最大限度地简化了舞台空间，是为了让观众远离传统的写实主义幻觉式舞台，如同听抽象的音乐作品那样，努力去理解剧中人物的被抽象化了的可怕状态，真正看清楚人类荒诞的悲剧性处境。

第三，缺乏意义的语言大过行动。语言原本是人物思想的载体，是人与人之间进行交流的工具。但是，贝克特却打破了语言的这些功能，他的人物往往是没话找话，为了说话而说话，为了证明自己的存在而说话，为了害怕自己被人遗忘而说话。

《等待戈多》中两个流浪汉老是在问“咱们这会儿干什么呢?”当戈多一再失约后，他们又发了好一会儿呆，最后两人都说“咱们走吧”，然而，谁也没有动，谁也没有走。《哦，美好的日子》里那个叫维尼的女人，面对半截黄土埋身的悲凉的处境，还是在每天早上醒来的时候，高高兴兴地说一声：哦，美好的日子开始了。她和爱斯特拉冈与弗拉季米尔一样，对生活还抱着一丝自我欺骗的希望。对维尼来说，她的戈多就是她的丈夫，就是丈夫能够在她身边陪伴着，是远是近，是在倾听或不在倾听，这都无所谓，只要他存在着，偶尔搭搭腔就可以了。因此，整个剧里几乎都是她一个人在自言自语，独自沉浸在往事的回忆之中，把过去的生活片断和乱七八糟的营养药品、商品广告等混合在一起，语无伦次，废话连篇，让人不知所云。在她的喋喋不休中，她甚至会不由自主地陷入性爱的幻觉里，这种性幻觉能使她感到幸福和满足，不需要任何实际的行动和意义。

《最后一局》(1957）的情况也是如此。语言与行动相背离，在汉姆的仆人克洛夫身上显得更加突出。仆人克洛夫一直受其主人汉姆的气，他暗下决心要离开汉姆。他的确可以用离去达到他报复的目的，因为汉姆是个瘫子，且双目失明，他的父母各自生活在垃圾桶里，生活不能自理，没有克洛夫这一家人就等于失去了最起码的生存能力。但是，和那两个等待戈多的绝望的流浪汉一样，克洛夫最终也没有离开脾气暴躁的汉姆，他也是一个思想大于行动、语言大于行动的人。克洛夫对屋外的世界一无所知，他没有勇气走出去，去看一看、闯一闯那个陌生的、也许是危机四伏的世界，他已习惯与汉姆相依相存，就像《等待戈多》里的幸运儿和他那个虐待狂似的主人波卓一样。贝克特用重复的手段，深刻地表现了人类处境的无奈现象。

第四，以循环结构，体现时间作用。《等待戈多》和《哦，美好的日子》都是以两幕剧的形式、循环结构，以及重复和相似的手段，包括人物的语言和动作的重复，来强调时间的流逝和时间的停顿。

乏味、无聊的日子来了又去，去了又来，日复一日，月复一月，年复一年，没有人强迫那两个流浪汉去等待那个上帝般的戈多，也没有人要求那个老女人每天说一句美好的一天又开始了，观众到了第二幕戏里，只看到黄土从老妇的腰间埋到了她的脖子，看到在等待戈多的乡间小路上，那唯一标志性的光秃秃的小树长出了几片绿叶，而时间只能改变他们的容貌，并不能改变他们一成不变的生存状态。

即便在独幕剧《克拉普的最后一盘录音带》里，当观众和风烛残年的老克拉普一起听完他 39 岁生日时的一段录音，那生气勃勃的声音，那关于他强壮有力的性生活的过程的描述，连克拉普自己都不相信这声音就是他本人。为了强化这种陌生感，贝克特甚至让他的主人公去翻阅字典，以便搞清楚他当时使用的那些过分修饰的字眼。录音带的那个年富力强的克拉普，与现在这个头发蓬乱、又瘦小又可怜的老克拉普，形成了鲜明的对比。时间分裂了他，岁月摧毁了他，人生犹如一场游戏一场梦，到头来总是一场空，这就是人类共有的命运。这部独幕剧《克拉普的最后一盘录音带》像《等待戈多》一样，再次让观众和读者体验了时间的作用。流动的时间耗尽了人的精力、健康和激情，使生命变得微不足道。贝克特用循环戏剧结构，揭示出人类荒诞的悲剧性命运。

从以上这四个艺术特点中我们可以看到，贝克特以自己对现实生活的深刻洞察力和感受力，摒弃了传统戏剧中所必须的完整的故事情节，富有个性的人物形象，以及意义明确、与行动对位的语言对话，他认为“只有没有情节、没有动作的艺术才算得上是纯正的艺术”。塞缪尔·贝克特以对传统戏剧的反拨和超越，以让人耳目一新的艺术手法，透视出人的存在的无意义，人生与世界的荒诞，以及人面对荒诞存在的形而上的痛苦。

老妇还乡

弗里德里希·迪伦马特（Friedrich Dürrenmatt，1921—1990），当代瑞士著名戏剧家、小说家。他的小说和戏剧作品早在20世纪80年代就介绍到我国，深受读者和观众的喜爱。人们发现这位德语作家尽管表现手法怪诞，故事情节奇特，但是他的戏剧不同于一些西方现代派戏剧家专门去颠覆戏剧传统，挑战观众的审美习惯，迪伦马特依旧保持引人入胜的戏剧情节，设置令人不安的戏剧情境和琢磨不定的戏剧悬念，走出剧场会激起观众久久的思索。因此，迪伦马特的戏剧《老妇还乡》、《罗慕路斯大帝》、《物理学家》、《天使来到巴比伦》和《流星》在80年代一被翻译、引进中国，就分别被搬上北京、上海等地的舞台，深受中国观众的广泛欢迎。

一、作家作品简介

弗里德里希·迪伦马特1921年1月5日出生于瑞士伯尔尼市附近的科芬根一个新教家庭，父亲是个牧师。他先后在苏黎世大学和伯尔尼大学学习文学、神学、哲学、自然科学。他对美术一直感兴趣，12岁时得过画奖，一些画作已经表现出怪诞特征。毕业后，迪伦马特当过新闻记者和剧场解说词作者，后在苏黎世《世界周报》担任过美术和戏剧编辑。因经常和剧院有联系，迪伦马特在这一时期开始进行剧本和小说创作。

1947 年，迪伦马特的《立此存照》被搬上舞台，这是他的第一部戏剧首次在苏黎世亮相，演出的成功激发他从此以一个专业作家的身份专注于文学、戏剧写作。60 年代他担任过巴塞尔剧院经理（1968—1969）；1970 年开始长期担任世界闻名的苏黎世剧院的艺术顾问。迪伦马特是位多产的作家，涉足戏剧、小说、广播剧、电视剧、电影剧本、儿童文学、戏剧理论等多个领域，可谓硕果累累。

迪伦马特创作的高峰是在 40 年代末到 60 年代初，重要戏剧有 10 多部，如《罗慕路斯大帝》(1949)、《老妇还乡》(1956)、《物理学家》(1962)、《流星》(1966）等，奠定了他在世界剧坛的声誉。后期戏剧作品有《同伙》(1973)、《期限》(1977)、《抛锚》(1979）等。迪伦马特主要是以喜剧的形式来表现悲剧的内容，被人们称为是悲喜剧或怪诞剧，他的戏剧结局往往引人深思，表现出迪伦马特对人，以及人在荒诞的现实生活中的生存境遇的关注。

四幕喜剧《罗慕路斯大帝》写于 1948 年，上演并发表于 1949 年。该剧取材于西罗马帝国覆灭的历史。迪伦马特把西罗马这位末代皇帝设计为一个终日对饲养母鸡兴趣十足的游手好闲者，对日耳曼人进攻罗马的战事无动于衷。紧接着前线失守，局势万分危机，东罗马皇帝要和他联手共同抗击入侵者，大臣、皇后纷纷要求他举兵御敌，趁火打劫的大商人鲁普夫为娶到公主，提出愿意出一千万金币换回被敌人占领的国土。然而，罗慕路斯大帝顶着各个方面的压力毫不理会，断然拒绝采取任何挽救国家危亡的措施和行动，反而认为之所以自已无所作为，正是为了宣判这个罪恶深重、早已无可救药的罗马帝国的死刑。这个戏剧故事是迪伦马特虚构的，但是所展示的历史背景却是真实的，历史上即公元476年，罗慕路斯皇帝被日耳曼首领鄂多亚克所废，这部戏的结局与历史一致。

迪伦马特为这部戏剧加上了一个副标题：非历史的历史剧，并作了这样的说明：罗慕路斯·奥古斯都16岁接位，17岁下台，迁进坎帕尼亚的卢古鲁斯别墅，年俸6000金币，他把他心爱的母鸡叫作罗马。这是历史。历代称他为奥古斯都，我则把他变成一个成人，把他在朝时间延长20年，并称他为“大帝”。[①] 我们从中可以看出迪伦马特的用意，他是借古喻今，这个穿着“傻瓜”外衣的罗慕路斯大帝表面上看起来是个昏君、废物，滑稽可笑，实际上是让他肩负“罗马大法官”的历史重任，历史前进的车轮个人是无法阻挡的，是不可把握的，任何个人的努力都如同螳臂挡车必然是个悲剧；迪伦马特批判盲目的爱国主义，谴责暴力统治和“世界帝国”的强权政治，把罗慕路斯视作正义的世界审判者。

二幕剧《物理学家》1962年问世，严格按照古典主义三一律的编剧手法写戏。迪伦马特采用了具有国际性质的现实题材，表现了天才物理学家默比乌斯因为害怕自己的重大发明被政治家利用去毁灭人类，不得不装疯躲进疯人院的故事。迪伦马特没有为他的正直的主人公默比乌斯设定国籍，但他的科研成果已被东西方两个超级大国所获悉，他们各派出一名间谍物理学家，一个自称是牛顿、一个自称是爱因斯坦装疯进入了同一家疯人院，试图把默比乌斯带回自己的国家。为了自己的使命，

---

① ［瑞士］迪伦马特著，叶廷芳、韩瑞祥译：《老妇还乡》，外国文学出版社2002年版，第5页。

三个物理学家都勒死了三个识破他们并爱上他们的护士小姐。疯人院女院长更换了男看护，按上了铁栅栏，病房变成了牢房。于是三个物理学家不得不亮出各自的身份，默比乌斯拒绝去任何一方，因为“我们不住疯人院，世界就要变成一座疯人院。”他们的谈话被疯人院女院长所窃听，原来她就是垄断托拉斯的大股东，她宣称已经盗取了默比乌斯的天才发明，她要把三个物理学家永远关在疯人院里。“世界落入了一个癫狂的精神病女医生手里。”那个自称是爱因斯坦的物理学家悲叹道。

默比乌斯和罗慕路斯一样，也是一个勇敢的人。为了全人类的安全，他忍痛舍弃了自己的妻子儿女和正常的生活，自觉地想收回他的科研成果。但是，他的尝试在现实生活面前是失败的，他打开了潘多拉的盒子，那两个东西方超级大国觊觎这个最高端最具有杀伤力的武器，绝不会轻易放过默比乌斯，疯人院也不是默比乌斯的避风港，他的自我牺牲到头来必然是竹篮打水一场空，个人想要改变世界的任何努力都是徒劳的。迪伦马特以巧妙的构思，通过三个疯子真假难分的语言，在荒诞、滑稽中表现出悲剧性的主题和严肃的哲理。《物理学家》上演后，立即轰动了欧美剧坛，进一步奠定了迪伦马特在西方戏剧界的地位。

由于迪伦马特具有世界影响的创作实践，他获得了国内外许多重要的文学奖项，如：美国纽约戏剧评论家学会奖、德国席勒奖、瑞士伯尔尼市文学奖、意大利广播剧大奖等。还获得了苏黎世、美国、英国、法国、以色列等大学的名誉博士头衔。迪伦马特是布莱希特的追随者，通过“距离”来表现人物或思想，反映出对现实的严峻审视和嘲讽，具有意味深长的旨意。造成“距离”的主要手段是“怪诞”，这构成了迪伦马特戏剧艺术的重要特征。

下面就迪伦马特的代表作《老妇还乡》进行分析，来探讨其戏剧创作的基本特点。

二、《老妇还乡》：金钱使道德背叛

三幕剧《老妇还乡》(The Visit，1956）的故事发生在欧洲一个叫居伦的小城，当美国石油大王的遗孀、女富翁克莱尔·察哈纳西安回到经济濒临破产的故乡时，居伦全体市民都希望她能给他们带来一些资助。但是人们很快就发现，克莱尔·察哈纳西安回来是为了复仇，45 年前她和伊尔相爱，怀孕后却遭到遗弃，伊尔为了金钱娶了小店主的女儿马蒂尔为妻，非但不承认自己是孩子的父亲，还买通了两个年轻人到法庭上做伪证说他们都与克莱尔睡过觉，逼得克莱尔离开家乡到汉堡沦为妓女。后来克莱尔经过一系列婚姻积累了大量的财富。戏一开始，她带着她的第七任丈夫及大批随行人员一起回到故乡，还带着一口极其豪华的棺材和一头毛色光亮的黑豹。她答应给居伦城十个亿，条件是要求处死伊尔。全体市民经不住金钱的诱惑，包括伊尔的妻子和儿女在内，纷纷利用这一大笔未到手的赠款，赊购越来越多的奢侈品，伊尔日益紧张起来。居伦人希望得到女富翁的赠款而不要加害于伊尔；但被克莱尔·察哈纳西安无情地拒绝了。最后市长召开市民大会，大家一致决定按照克莱尔的要求办事，一致认为伊尔始乱而终弃，对老妇有罪，并以正义、人道的名义把伊尔处死。克莱尔如愿以偿，在居伦市民的欢呼声中把伊尔装入棺材扬长而去，同时丢下了一张巨额美金支票。

迪伦马特认为戏剧不是表演世界，而是呈现世界的一个图像。《老妇还乡》深刻地揭露并讽刺了西方社会金钱万能和法律一文不值的丑恶现象，以及人性中的罪恶与残忍。尽管迪伦马特本人多次强调《老妇还乡》首先是一出喜剧，然而，整部戏剧揭示了人性的阴暗面，其基调是严肃的、沉重的，戏剧中的幽默让人啼笑皆非。在金钱的腐蚀下，连牧师、教师本该最坚守道德底线的人也都动摇了，慢慢变成了一个杀人犯。《老妇还乡》道出了人性中的丑恶。

毫无疑问，《老妇还乡》是迪伦马特最享盛誉的一部戏剧作品。1964 年，话剧《老妇还乡》被改编成电影，不过，影片的结尾与原剧不同，是一个皆大欢喜的结局。迪伦马特尽管很不满意，却无能为力，他已经把版权卖了出去。在知道他的戏被这样改编以后迪伦马特说过："没有人可以强迫我去看这部电影。"[①] 事实上，他确实没有看过这部电影。

1. 主题：金钱万能

当下中国有一句流行语，叫有钱就任性。这句话用在女主人公克莱尔·察哈纳西安身上是有过之而无不及。在《老妇还乡》里，我们看到了金钱的巨大威力无处不在。女主人公克莱尔·察哈纳西安在萧条的故乡最迫切需要金钱来振兴经济的时候衣锦回乡，这使她成为全城瞩目的中心人物。她一出场，周围所有的人都围绕着她来转，就因为她是亿万富翁，她可以随意拉紧急刹车；可以随口让居伦成立一个铁路职工寡妇救济会，就因为她吩咐总管家波比拿出 4000 美元，立即让指责她无视铁路规章的列车长目瞪口呆，惊慌得不敢开口；就因为她有钱，居伦市长不仅亲自率领市民们在火车站给克莱尔·察哈纳西安举行一个欢迎仪式，还许诺女富翁当年的情人伊尔为市长的接班人，让他使出浑身解数去钓克莱尔·察哈纳西安这条大鱼，让她掏出几百万来帮助故乡处在危

① Kenneth J Northcott：Dürrenmatt's Drama，University of Chicago Press，Introduction.

机中的经济复苏起来。人们对女富翁的期盼犹如对上帝的期盼，甚至超过了对上帝的期盼，因为上帝连一个子儿都不会给他们。

市　长　先生们，这位亿万女富翁就是我们唯一的希望了。

牧　师　除了上帝。

市　长　除了上帝。

牧　师　可上帝并不给我们钱。

画　家　它把我们给忘了。

市　长　伊尔，您以前跟她有交情，一切全靠您了。①

金钱在全剧中是一个无处不在的隐形角色，金钱也是克莱尔·察哈纳西安的化身。她在空难和车祸里死里逃生，浑身上下都是用名贵的象牙用高科技手段拼贴成的，这说明她是一个物化的人，没有感情的人。给克莱尔抬轿子的两个粗汉洛比和托比原来是美国判了死刑的囚犯，克莱尔花了 200 万美金把他们买了下来，专门来为她服务。这是迪伦马特一个藏而不露的讽刺，表明美国的司法也是可以用金钱收买的。

就因为克莱尔·察哈纳西安是世界上最富有的女人，她就可以玩婚姻游戏，连教皇都出面为她主持婚礼，教会也向金钱顶礼膜拜。那些电影明星、获诺贝尔奖的科学家等男人一个个走马灯似的成为她的丈夫，又立即被她更换掉。她回到故乡时带来的是她的第七任丈夫，她命令他当众表演一个思考的动作，像耍猴一样戏弄他，离开居伦城时，伴随她的是她的第九任丈夫。她在居伦教堂举办与第八任丈夫的盛大婚礼，以

① ［瑞士］迪伦马特著，叶廷芳、韩瑞祥译：《老妇还乡》，外国文学出版社 2002 年版，第 210 页。

满足她儿时的梦想，许多政界、金融界、电影界的大款、大腕等社会名流都赶来出席，但是就在宾客们赶来参加她婚宴的路上，克莱尔已经让她的律师在办离婚手续了。在克莱尔·察哈纳西安那里，性，是可以买卖的，丈夫只不过是一个消费品，之于克莱尔不过是装装门面，这个世界上根本不存在爱情。既然冷酷无情的社会把她逼良为娼，现在她熬出了头，她要让居伦城变成一个大妓院，把每一个人都变成出卖灵魂的娼妓。

在老妇捐赠的这场戏里，迪伦马特尖锐地抨击了当今世界金钱可以通神，金钱可以收买司法，使司法腐败。在以市长为首的全体居伦市民欢迎克莱尔·察哈纳西安的大会上，在人们“万岁！万岁！”的欢呼声中，一件陈年冤案被揭露了出来：年轻时的伊尔让情人克莱尔·察哈纳西安怀了孕却不想负责，于是就用一瓶白兰地收买了两个证人，让他们在法庭上做伪证，说他们和克莱尔睡过觉。伊尔娶了钱有的小杂货铺老板的女儿，使克莱尔输了官司，她无可选择地离开家乡，走上了一条出卖自己青春肉体的不归之路。

现在克莱尔在故乡欢迎她的大会上，以牙还牙，也要用金钱收买所有的居伦人。她的捐赠是慷慨的，许诺捐献出十亿美金给居伦，五个亿归市政府搞经济建设，另外五亿美金按人口分配给各家各户，这就意味着每一个居伦人，不管男女老少，一夜之间都可以成为百万富翁，这个诱惑是如此之大，所有的人听了都呆若木鸡，不敢相信这是真的。但是，老妇的捐赠是有条件的，就在全场欢欣雀跃不知如何表达自己的兴奋之情的时候，克莱尔·察哈纳西安亮出了她底牌：

克莱尔·察哈纳西安 我的条件就是：我给你们十个亿的钱，用这个代价来为我买得公道。

[死一般的寂静。

市　长　您这话是什么意思，夫人？

克莱尔·察哈纳西安　就是刚才我说的那个意思。

市　长　可公道是不能用钱买的呀！

克莱尔·察哈纳西安　什么都可以用钱买到！①

克莱尔·察哈纳西安叫出了她的总管波比，人们认出来这个总管不是别人，他就是原来居伦法院院长霍弗尔，"波比"这个名字是克莱尔给取的，克莱尔用人们难以想象的薪水聘用这个受过高等教育的法院院长改行当她的总管。不要轻视了迪伦马特在人物关系设计上这一个细节，这个细节意味深长，它寓意着法律成了资本（金钱）的代言人，由当年的法院院长来宣布老妇捐赠的具体条件：如果居伦市民能够为克莱尔·察哈纳西安过去在居伦遭受的冤屈昭雪，处死伊尔，那么克莱尔·察哈纳西安就送居伦城十个亿的美金！衣锦归乡的女富翁原来不是来念旧情、了思乡情的，而是来复仇的，复45年前遭情人伊尔背叛和遗弃之仇。在克莱尔·察哈纳西安的心里，惩罚伊尔等于"司法公正"。整个戏就是以克莱尔的金钱可以收买一切的观念铺展开来。

这是一个严峻的考验。法院院长霍弗尔因为老妇的薪酬实在太丰厚，结果当了克莱尔的仆人。同样，克莱尔给故乡的捐赠也实在太诱人，太难以抗拒了，他们真的会拒绝吗？这是个悬念。伊尔成了这个亿万女富翁的盘中餐，在她心里金钱就是王道。毕竟，居伦地处现代文

① ［瑞士］迪伦马特著，叶廷芳、韩瑞祥译：《老妇还乡》，外国文学出版社2002年版，第233页。

明的欧洲，歌德、勃拉姆斯曾经访问过这个小城。市长代表大家脸色苍白地说道：“我现在以居伦城的名义拒绝接受您的捐献，以人性的名义拒绝接受捐献。我们宁可永远贫穷，也不愿意看到自己的手上沾满鲜血。”① 这是市长和居伦人的一种姿态，老妇克莱尔嗤之以鼻，一句“那就等着瞧吧！”② 表明她成竹在胸，她相信在这个物欲横流的现实社会里金钱就是上帝，这些人不过是装腔作势、迟早会觉悟的。克莱尔在皮肉市场上学到一条法则：只要有钱，任何欲望都可以满足。事实上，最后的赢家就是克莱尔·察哈纳西安，全体居伦人一致拱手把伊尔的尸体献给了这个冷血的复仇者，从她手里换取了可以满足他们进行物质享受的大笔金钱。

克莱尔·察哈纳西安的所做所为让我们想起了古希腊悲剧里的复仇女神美狄亚，为了报复背叛她的丈夫伊阿宋，美狄亚把自己的一双可爱的儿子给杀了，因为在希腊人的观念里人生最大的不幸就是没有后代。而克莱尔是要判处年轻时背叛过她的男人的死刑，尽管牧师告诉她这个国家早已废除了死刑，但是克莱尔直截了当地表示可以再恢复，只有满足了她的复仇欲望，就是“司法公正”。她可以制定司法，把那两个做伪证的倒霉蛋柯比和罗比从天涯海角揪了回来，不仅割掉了他们的生殖器，还弄瞎了他们的眼睛。在现代西方文明社会里，克莱尔公然宣布她实施的私刑、判处的死刑，万能的金钱可以使她制定法律，重建社会秩序！

2. *矛盾的设置与转换*

迪伦马特在编剧上的高明之处在于，表面上看来是克莱尔·察哈纳

---

①② ［瑞士］迪伦马特著，叶廷芳、韩瑞祥译：《老妇还乡》，外国文学出版社2002年版，第237页。

西安和伊尔的矛盾冲突，实际上在第一幕的结尾，克莱尔已经转嫁了矛盾，让伊尔和全体居伦市民对立起来，她的捐赠的条件一提出，伊尔的生命实际上已经操纵在他的乡亲们手里了。老妇克莱尔在这个破烂不堪、大批工人失业、国库空虚的小城里，成为绝对的强势者，她为所欲为，强行推行她的个人意志，让整个居伦城为她效命去杀人。

先扬后抑，让男主人公伊尔的命运在毫无思想准备的情况下一下子发生转折，这也是迪伦马特运用的一种编剧技巧。戏一开始，小店老板伊尔貌似一个举足轻重的人物，市长当众称赞他“长期以来在居伦就是最受人爱戴的人物”[①]，不仅一致通过伊尔是市长的接班人，而且肩负与克莱尔周旋、在重温旧情中说服对方资助故乡的重任。伊尔不负众望，他成功了，女富翁非常慷慨地做出了捐赠的许诺，这让伊尔脸上十分有光，得意洋洋。然而，就在伊尔听到克莱尔宣布她要给处境悲惨的居伦捐献十个亿的时候，激动地喊着“这就是咱们的克拉拉！多让人高兴啊，多美妙啊！道道地地是我的小妖精！”[②] 他还情不自禁地当众吻了她。他哪里会想到这个旧情人克莱尔·察哈纳西安是来要他的命的，当他被克莱尔的总管家从人群中叫出来的时候，他察觉出事情的不妙，脸色发白，惊魂不定，至此之后，他一直生活在恐惧之中直到走向死亡。

居伦市民在如此强大的金钱诱惑面前，马上就做出了心照不宣的反应。他们开始在伊尔的商店里大量赊账，购买最好的进口酒、最高级的烟丝，最好的牛奶和巧克力；所有的人都穿上了黄色的新皮鞋，连最

---

① ［瑞士］迪伦马特著，叶廷芳、韩瑞祥译：《老妇还乡》，外国文学出版社 2002 年版，第 211 页。

② 同上，第 232 页。

穷的靠救济金过日子的人家都买了收音机、电视机等家用电器，警察局长还镶上了大金牙。这一切让伊尔越来越感到不安，惊慌失措，他看到他们到处赊账，终于愤怒地拿起店里的商品往顾客身上乱扔，吼叫着“你们打算用什么还账？你们打算用什么还账？用什么？用什么？”[①]迪伦马特用重叠句再现了伊尔内心的极度焦虑与愤怒。他意识到自己已经被他的乡亲们出卖了，他们要的越多，他的生命安全就越受到威胁。于是他采取了行动，他求助于警察局长，求助于居伦市长，求助于牧师，要求为他逮捕老妇克莱尔·察哈纳西安，但是没有人理睬他。

伊　尔　我在害怕。

市　长　你在害怕？

伊　尔　生活水平在提高呢。

市　长　你这话听起来真新鲜。要是那样我才高兴呢。

伊　尔　我要求当局保护。

市　长　这究竟是为什么呢？

伊　尔　这个您市长先生是知道的。

市　长　你不信任我们？

伊　尔　十亿赏金是为了我的脑袋。

市　长　……你忘了你是生活在居伦，一个有着人道主义传统的城市。歌德曾在这里过过夜，勃拉姆斯在这里谱写过四重奏。我们不会辜

---

① ［瑞士］迪伦马特著，叶廷芳、韩瑞祥译：《老妇还乡》，外国文学出版社 2002 年版，第 246 页。

负这些传统价值的。[①]

对这些伪善、虚假的说辞伊尔不会相信了，克莱尔带来的那头黑豹被居伦市民开枪打死在伊尔的店门口，使伊尔更加确信他曾经迷恋过的克拉拉并不是开什么玩笑而已，她是动真格的，她绝无宽容之心。居伦市民也铁了心不会放过他，他们一边享受物质生活，一边还向老妇献媚“我们从巨大的险境里得救了！”[②]“黑豹”是克莱尔少女时代对伊尔的昵称，黑豹之死预示了伊尔的下场。

紧张害怕之极的伊尔只有自己救自己了，他现在只有逃亡这一条生路。但是，他已经被围猎了。迪伦马特没有正面写居伦市民和伊尔的冲突和交锋，每当伊尔为捍卫自己的生命而爆发愤怒时，人们都是沉默地离去。而当伊尔提着箱子来到火车站准备一个人悄悄地溜走的时候，他发现他早就被监视被包围了，被市长、警察局长和全体居伦市民围困住了。原来伊尔像猎物一样早已被监视起来，他是居伦人获得丰富的物质享受的砝码，那猎人就是全体居伦市民，他们不再信誓旦旦地表示拒绝老妇的捐赠，而是积极行动，阻止“猎物”的逃跑。自从这位亿万女富翁来了之后，伊尔和乡亲们的关系就发生了翻天覆地的变化，他不再是受人尊敬、爱戴的市长的接班人，人们早已布下天罗地网，却口口声声地宣称整个城市都来为伊尔送行，因为伊尔是大家的老朋友！没有剑拔弩张的外部冲突，伊尔却倒在了地上，他的精神崩溃了！这是心理扭曲的克莱尔·察哈纳西安最恶毒的地方，她“以眼还眼，以牙还牙”的复

① ［瑞士］迪伦马特著，叶廷芳、韩瑞祥译：《老妇还乡》，外国文学出版社 2002 年版，第 254 页。

② 同上，第 260 页。

仇行动，正是用了借刀杀人的手段把伊尔逼上了死路。

到了《老妇还乡》的第三幕，居伦城变得欣欣向荣，人人丰衣足食，与全剧开场时败落的情景截然不同。人们的物质生活改善之后，却变得越来越贪婪，就连伊尔的妻子、儿女都抛弃了他，追求高级的物质生活，买了上等的裘皮大衣，开着高档的进口汽车，拒绝保护自己的亲人。这意味着整个居伦城向金钱屈服了、投降了，伊尔必须被处死，以满足权势人物克莱尔·察哈纳西安的要求。

在决定处死伊尔之前，迪伦马特先是设计了居伦人最后人性的挣扎，后又设计了一个全体居民把处死伊尔合理化的戏剧场面。老校长和一名医生鼓起勇气代表全城人来恳求克莱尔放弃复仇，“不要把我们弄得无路可走，求您帮助这些贫穷、软弱但秉性正直的人们，让他们能够过一种体面的生活，求您发扬您的纯洁的人性吧！”① 克莱尔立即恶狠狠地驳斥道：“人性，先生们，这是为一个女百万富翁的钱袋而存在的。我正用我的金钱势力安排世界秩序。这个世界曾经把我变成一个娼妓，现在我要把整个世界变成一个妓院。谁想一起跳舞，而又付不起钱，那就得忍着。你们想要跳舞，唯一的办法是付钱。我要居伦城搞一起谋杀，要它拿一具尸体来换取全城的繁荣！”② 克莱尔毫不含糊地反唇相讥，因为她就是强权的代表，金钱是她无坚不摧的武器，她的霸道蛮横说明当今人类社会已经变得不可思议，变得疯狂而冷酷无情。

看到克莱尔铁石心肠，毫无怜悯和宽恕之心，不愿意手上沾血的居伦人换了一种方法，试图让伊尔走自杀之路。于是，市长带了一把枪去

①② ［瑞士］迪伦马特著，叶廷芳、韩瑞祥译：《老妇还乡》，外国文学出版社 2002 年版，第 272 页。

找伊尔，威胁他并希望他出于对故乡的爱、对公众的美意，自己结束自己的生命。这样一来，居伦人的手上可以不沾鲜血又能心安理得地享受美好的物质生活。伊尔对市长和乡亲们的心里动机看得很清楚，他拒绝了，他不愿意不经过公开判决就像那头黑豹一样死去。他经历了令人毛骨悚然的恐惧，现在他接受了命运的安排，他愿意接受居伦法庭的审判，保持住自己的一点尊严。

于是，就有了集体性的谋杀伊尔的戏剧场面。在众目睽睽下，那个运动员按照克莱尔初次见面时说的话掐死了伊尔，医生则对外宣布伊尔因小城经济复苏过度兴奋死于心肌梗塞。居伦人集体充当了刽子手，集体为自己的罪责开脱，说服自己处死伊尔是公道的、合理的，还可以给居伦小城带来繁荣兴旺。

市　长　但这决不是为了钱。

市民们　这决不是为了钱。

市　长　而是为了主持公道。

市民们　而是为了主持公道。

市　长　为了良心。

市民们　为了良心。

市　长　因为我们决不能纵容罪恶行为。

市民们　因为我们决不能纵容罪恶行为。

市　长　让我们除掉那个犯罪的人。

市民们　让我们除掉那个犯罪的人。

市　长　从罪恶中拯救我们的灵魂。

市民们　从罪恶中拯救我们的灵魂。

市　长　以及我们所有的一切最神圣的东西。

市民们　以及我们所有的一切最神圣的东西。

至此，居伦城所有的人已经完成了蜕变，他们以公道和人道主义为自己的谋杀找到了冠冕堂皇的借口。迪伦马特用古希腊悲剧中合唱队的表现手法，表现了全体小城居民道德上的沉沦。他们以伊尔之死来换取物质享受，在得到了一切之后，甚至连一点内心不安都没有，这就是老妇的借刀杀人所带来的居伦市民集体性的精神崩溃和人性失落！

三、结语

迪伦马特以冷峻的目光观察着我们这个世界，审视着我们的人性与道德。在强大的金钱诱惑面前，这种集体性的道德沦丧是何等可怕，伊尔最后甚至被他最亲的亲人，妻子、儿子、女儿所出卖，同意处死伊尔，这说明物质金钱的诱惑战胜了一切，包括天伦之情。在资本统治无孔不入的社会里，人世间一切美好的感情已失去了生存的空间。居伦人的选择让我们想到了法国存在主义哲学家让-保尔·萨特所提出的人在一定境遇中的自由选择，他们可以选择道德和人格的坚守，也可以选择克莱尔的捐赠条件，通过杀人过上富裕的生活。《老妇还乡》的剧情铺排完全是符合逻辑的，因此戏剧的结局也是预料之中的。克莱尔·察哈纳西安用一张支票从乡亲们手里买去了伊尔的生命，同时也摧毁了整个城市的光荣，而她自己的手上却没有沾一滴血迹。迪伦马特的嘲讽是多么犀利，他以怪诞与黑色幽默诠释了我们这个时代。

瑞士作家迪伦马特是一个具有高度的世界性思维的人，在他的笔下人的生存是悲情的，也是滑稽荒诞的。居伦是一个臆想出来的地方，但是人们对资本和利益的追逐，对物质享受的追逐，对金钱、权势的膜拜，却是世界性的、古今中外都存在的现象。中国有句古话叫“有钱可使鬼推磨”，这句话在《老妇还乡》里得到了最生动的验证；莎士比亚也对金钱做了深刻的批判，他在《雅典的泰门》里写道：“金子，这黄澄澄的、金灿灿的宝贵的金子！只要那么一点点儿，就可以使黑的变成白的，丑的变成美的，错的变成对的，卑贱的变成尊贵的，老人变成少年，懦夫变成勇士。”迪伦马特的《老妇还乡》就像一面哈哈镜，折射出我们人性中的丑恶，抨击了大资产阶级的血淋淋的罪恶。

迪伦马特在这部戏剧里两次设置了克莱尔和伊尔在康拉德树林会面的戏，第一次是重温他们当年浪漫的温情，那里有刻着他们名字的树木，有他们曾经奔跑跳跃的紫藤绿叶和青春年少那欢快、热恋的身影；第二次是伊尔马上要被审判处死之前，两人又在康拉德树林里见面，谈起他们死去的女儿，回忆克莱尔17岁时两人相爱的情景，可时过境迁，往事如梦一般，却不能改变两位老人现在的关系。树林、田园、谷仓，这些数次出现在男女主人公对话里的字眼，与现实的金钱社会是两个世界，康拉德树林是没有被污染的大自然，只有在大自然里才有可能有浪漫的爱情，没有金钱对道德的腐蚀。然而，对现代人来说，回归自然只是一种乌托邦。

迪伦马特在《老妇还乡》里深刻地探讨了金钱与道德的关系。金钱是原子弹是核武器，金钱是无所不能的、是不可抗拒的，迪伦马特用了极端而又怪诞的手法，表现了人类在金钱面前的软弱无力。正如剧中那个人类的精神导师——牧师说的：“我们都是软弱的，不管我们是基督徒还是异教徒，我们都是软弱的。快跑吧！钟声正在居伦鸣叫，这是背叛的钟声啊。你（指伊尔）不要在这里，免得我们受诱惑！”[①] 对一个有着坚定信仰的宗教人士来说，崇高的宗教精神在金钱的威力面前，早已降格于世俗精神，把人的贪婪的本性暴露无遗。迪伦马特对宗教信仰和现实社会的讥讽是多么入木三分啊！

“一出戏的主人公不仅推动情节的发展或承受某种特定的命运，他还表现了一个世界。因此，我们必须提出这样一个问题，即必须用什么样的人物，怎样做才能表现出我们这个令人忧虑的世界，怎样才能制造和打磨反映这个世界的镜子。”[②] 这是迪伦马特对戏剧创作的思考。他的戏剧的是独树一帜的，他用喜剧的手段来表现悲剧性的主题，《老妇还乡》这部戏剧运用的一个重要手段就是怪诞，即把现实生活中的普遍现象和事物加以变形、夸张。正如迪伦马特所言：“怪诞是一种极致的风格，一种突然出现的形象化的东西；正因为如此，它能够抓住时代的、尤其是当前的问题。”“它是思想诙谐和敏锐的表现，它是令人不舒服的，但却是必要的。”[③]

纵观迪伦马特戏剧作品，《老妇还乡》这部充满悲剧色彩的现代讽刺剧，可以概括他戏剧艺术的基本特点：1. 在荒诞、夸张的情节中深刻地反映严肃的社会问题，批判现实生活。2. 悲喜剧形式。伊尔最后的死是悲剧，但是经过媒体的渲染和居伦人的投票表决，一场人道主义灾难被歪曲成维护正义的审判却是滑稽的、讽刺的、喜剧性的。3. 怪诞手法，它既是内容和形式，也是审美的。4. 复调与合唱，主要表现在审判

---

① [瑞士] 迪伦马特著，叶廷芳、韩瑞祥译：《老妇还乡》，外国文学出版社 2002 年版，第 260 页。

② [瑞士] 迪伦马特著：《戏剧问题》，《迪伦马特选集》第 7 卷第 55 页。

③ [瑞士] 迪伦马特著，叶廷芳、韩瑞祥译，叶廷芳，译本序，《老妇还乡》，外国文学出版社 2002 年版，第 24 页。

伊尔的公民大会上，市长和众人一唱一和，为自己谋财杀人的罪孽抹白，寻找冠冕堂皇的理由。5. 类型人物。全剧中除了男女主人伊尔和克莱尔·察哈纳西安，其他所有的人都没有姓名，只有符号，如市长、牧师、教师、警察等，他们都不过是权力游戏中的棋子。

迪伦马特戏剧有着深刻的思想内涵和较高的审美情趣，这一切来自他对时代、对人性的悉心洞察与忧思，来自他对整个人类命运的关怀。

榆树下的欲望

尤金·奥尼尔（Eugene O'Neill，1888—1953），美国现代著名剧作家，1936 年诺贝尔文学奖获得者。评论界认为：在奥尼尔之前，美国只有剧场；在奥尼尔之后，美国才有了戏剧。

对中国观众来说，奥尼尔的名字并不陌生，他像莎士比亚、易卜生一样在中国影响深远，他的《悲悼》、《天边外》、《安娜·克里斯蒂》、《进入黑夜的漫长旅程》、《琼斯皇》、《上帝的儿女都有翅膀》、《奇异的插曲》、《毛猿》、《马可·波罗》、《大神布朗》等剧作，都在中国舞台上搬演过，有的还被改编成戏曲，如根据《榆树下的欲望》改编的曲剧《榆树古宅》（1998，郑州市曲剧团）、川剧《欲海狂潮》（1989，成都市川剧院）等。

一、作家作品简介

奥尼尔出生于纽约一个爱尔兰裔演员家庭，年幼时跟随从事旅行演出的父亲詹姆斯·奥尼尔在美国各地生活，在一个又一个剧场与旅馆里度过了他的童年。詹姆斯·奥尼尔以演“基督山伯爵”出名，为了多挣钱养家，他年复一年地扮演着同一个角色，法国作家大仲马笔下这位传奇人物几乎被他演绎了一辈子。奥尼尔的母亲是一位虔诚的天主教徒，因生奥尼尔难产，被詹姆斯·奥尼尔请来的江湖郎中用吗啡止痛，从此染上毒瘾，不过，她都是背着丈夫、儿子偷偷吸毒，这在奥尼尔的心灵深处留下了创伤。1906 年奥尼尔考入美国普林斯顿大学，一年后因违反校规被开除。为了生存，他当过水手、淘过金、演过戏，年轻时颠沛流离，生活穷困潦倒。1912 年底奥尼尔患上了肺结核被送进疗养院，不过他却因祸得福，从此真正静下心来看书，阅读了古希腊悲剧和莎士比亚、易卜生、斯特林堡等众多名家的剧作，开始对戏剧创作产生了兴趣。1914 至 1915 年，奥尼尔在哈佛大学乔治·贝克尔教授开设的戏剧写作班学习。1916 年开始参加非商业性的普罗文斯敦剧社的戏剧创作和演出活动，并展露出才华。

奥尼尔的早期戏剧大多与大海、水手有关，因此被称为“海洋戏剧”。例如独幕剧《东航卡迪夫》(1914)、《鲸油》(1916)、《归路迢迢》(1916)、《加勒比海之月》(1917) 等。奥尼尔在创作初期便带有忧郁的悲剧色彩和诗人的气质，他很少去展现人和人之间的矛盾冲突，而是着意去揭示隐藏在生活背后的、冥冥之中的一股看不见的力量，在左右着人们的生活，使他的剧中人总是事与愿违。

奥尼尔的中期创作不仅在题材上深入开拓，而且在表现手法上大胆探索和创新，表现主义、象征主义、意识流等现代文艺观念与手法被他独到地运用。这一时期的重要作品有：表现主义的《琼斯皇》(1920)、《毛猿》(1921)、《上帝的儿女都有翅膀》(1923)，运用面具手段的《大神布朗》(1925)，运用意识流的《奇异的插曲》(1927) 等。而以现代心理分析学说进行创作的《悲悼》三部曲 (1929—1932) 则将奥尼尔的戏剧创作成就推到了高潮，它以古希腊悲剧诗人埃斯库罗斯的《奥瑞斯忒亚》三联剧为模式，其中展示了现代心理学对古代命运问题的诠释。这些中期创作富有激情和力度，在强烈的戏剧性矛盾冲突中，发展了早期戏剧里就开始的对命运背后神秘力量的思考。

后期戏剧《送冰的人来了》(1939) 和自传体戏剧《进入黑夜的漫长旅程》(1941) 等则回归写实，注重从平淡的日常生活中揭示人物的内心世界。这一时期的奥尼尔及其戏剧呈现的是平和、忧伤的格调，无意再证明什么或达到某种结论，而只是展示某种存在，表达来自生活的直觉与领悟。

1936 年，尤金·奥尼尔作为美国第一个戏剧家获得了诺贝尔文学奖的殊荣，表彰他“由于他剧作中所表现的力量、热忱与深挚的感情——它们完全符合悲剧的原始概念”。此外，奥尼尔还因多幕剧《天边外》(1920)、《安娜·克里斯蒂》(1922)、《奇异的插曲》(1928) 和《进入黑夜的漫长旅程》(1956)，四次获得美国普利策戏剧奖。

奥尼尔对美国现代戏剧的发展有划时代的影响。在戏剧表现手法的探索方面，他所做的贡献比任何一位美国剧作家都多。他的作品深刻地反映了美国的现实生活和严重的社会问题。他是探索人的复杂心理的悲剧大师，为现代社会的冷酷和现代人没有归宿的境地所深深困扰。他努力发掘人的欲望与失意的根源，表现出梦幻与现实的冲突。

关于现代人无能为力的悲剧意识贯穿在尤金·奥尼尔一生所有的剧作中。他的作品几乎无一不是悲剧，当意识到梦幻不可能实现的时候，奥尼尔和他的剧中人一样，产生了深刻的悲观主义的情绪和无可奈何的规避态度。

二、《榆树下的欲望》：欲望中的人性挣扎

三幕剧《榆树下的欲望》(Desire Under the Elms) 于 1924 年 11 月

11 日首演在文学艺术爱好者、激进分子聚居的纽约西区格林威治村剧院，受到观众的普遍欢迎。然而，时隔两个月，1925 年 1 月 12 日该剧在百老汇舞台公演后，却遭到来自纽约地方检察官的恶意中伤，指责其中的乱伦情节，有违于伦理道德。后来《榆树下的欲望》剧组在洛杉矶巡演，全体演员被捕，被指控伤风败俗，最后以无罪释放。这些反面攻击与宣传，却使得《榆树下的欲望》在美国获得了更大的知名度。那么，这部戏剧到底表现了一个什么样的故事，会引起社会这么大的反响呢？我们先来看一看奥尼尔的创作构思。关于《榆树下的欲望》原始构思中的剧情梗概奥尼尔是这样写的：

写英格兰的戏——景为农场，时间为加利福尼亚淘金热的 1850 年——把新英格兰农场住宅和榆树写得几乎成为剧中人物——榆树悬垂在房顶上——父亲，铁石心肠一类人物，用活儿整死了妻子（两个），三个儿子——个个都恨他——他以拥有农场而自豪——爱土地，竟至心如铁石——老年时期中竟一时反常地动心，渴望娶个年轻女人，把她带回农场，她一到来，戏就出来了，小儿子爱上了她。①

在这个原始构思里有时间、地点和人物关系。正式呈现在读者与观众面前的三幕剧《榆树下的欲望》(1924) 完全体现了奥尼尔的最初戏剧构想。该剧的故事背景发生在 19 世纪中叶，美国新英格兰的一个农场。76 岁的农场主伊弗雷姆 · 凯勃特娶了一个比他年轻 40 岁的漂亮妻子爱碧。老凯勃特这第三次婚姻，使得他的三个儿子都愤愤不满，第一

① [美] 弗吉尼亚 · 弗洛伊德著，陈良廷、鹿金译：《尤金 · 奥尼尔的剧本——一种新的评价》，上海译文出版社 1993 年版，第 271 页。

个妻子所生的彼得和西蒙，眼看着继承农场财产的希望随着新继母的到来而破灭，他们再也不愿意像长工那样地为父亲当牛作马，于是第二个妻子所生的小儿子伊本趁机与同父异母的兄弟作了一笔交易，他偷了父亲藏在地板下面的钱，买断了两个哥哥的继承权；彼得和西蒙毅然离家出走，到加利福尼亚淘金去了。伊本为了这片土地，怀着对继母爱碧本能的敌意留了下来。爱碧性感而年轻，伊本像他父亲一样被这个女人的肉体所吸引，终于经不住爱碧的诱惑，两人勾搭成奸，并生下一个儿子。最后，当伊本从不知情的父亲口里听到农场属于爱碧与他们的儿子，爱碧早就告发他时，父子之间的仇恨爆发为一场暴力冲突。为了能留住伊本，向他证明她对他的爱胜过世界上的一切，爱碧忍痛杀死了她和伊本的儿子。愤怒的伊本在报警后意识到他们之间的爱是那么真挚而强烈，于是他赶回来和爱碧一起承担罪责，双双跟着警长去接受法律的制裁。

在这部戏里涉及奥尼尔批判的清教主义。17 世纪美国新英格兰是清教徒移居的地方，清教主义在这个地方非常盛行。作为一种社会力量和一种伦理规范，清教主义大大制约着人们的思想和生活，要求人们绝对服从上帝，勤俭、内省、努力工作，以及禁欲。奥尼尔在《榆树下的欲望》和后来创作的三部曲《悲悼》里，无情地揭露并批判了那些在物质上、情欲上追求满足的清教徒。

在《榆树下的欲望》这部戏里，我们看到了古希腊悲剧的影子，奥尼尔在剧中设置的三角人物关系，一个年迈的丈夫、一个年轻貌美的妻子和一个健壮英俊的前妻之子，令我们想起了公元前 5 世纪古希腊悲剧家欧里庇得斯的《希波吕特斯》。在这部古希腊悲剧里，年轻的王后费德尔因为爱上了英俊的继子希波吕特斯，遭到后者的拒绝由羞愧转而心生恨意，恰在这时久无音信的老丈夫特修斯突然回家，费德尔无颜面对，自杀前诬陷希波吕特斯欲调戏她，致使希波吕特斯在父亲的诅咒中丧命。在这部美国现代悲剧《榆树下的欲望》里，我们可发现奥尼尔在故事情节上设置了同样的三角人物关系，女主人公爱碧的性格与费德尔有某种相同之处，受强烈欲望的驱使，爱碧为了得到农场的继承权，主动勾引伊本想让他成为她生子夺地的工具，当遭到了伊本的斥责时，爱碧像费德尔一样，出于报复心理，在老丈夫面前反咬一口，诬陷继子伊本行为不端，从而进一步加深了父子俩根深蒂固的矛盾冲突。

此外，在《榆树下的欲望》里也有母亲杀子的情节，爱碧为了挽回欲离她而去的情人伊本，证明自己不是为了农场而是为了爱情，当然，也不排斥对背弃她的男人的阴暗的报复心理，独自采取了骇人听闻的杀子行为，这里，我们分明看到了2500多年前美狄亚的魅影。显然，奥尼尔深受古希腊悲剧的影响，把人生看成是悲剧。《榆树下的欲望》与奥尼尔其他悲剧一样，表现了人难以把握自己的命运，它受到来自外部因素与人自身内在弱点的支配，导致自我和他人不可避免的毁灭或悲剧性的结局。

《榆树下的欲望》涉及两个问题，金钱关系和性心理。在伊弗雷姆·凯勃特的家里，人与人之间的关系完全是建立在金钱之上的。父亲、后妈、儿子这三个关系密切的人物，之所以亲情缺失、彼此排斥，因为他们都受经济利益的驱使，每个人的眼睛只盯着农场，谁都想把它占为已有，造成父亲不慈、妻子不忠、儿子不孝。对土地的贪婪与强烈的占有欲望，以及好色与渴望肉体的满足，使他们的人性变得扭曲、异化。

三、人物分析

1. 坚硬、孤独的老凯勃特

农场主伊弗雷姆·凯勃特在全剧中是一家之主，他是一个为土地而生的人，土地、农场是他生存的全部意义，他对土地有着一种着魔般的贪婪，他几乎倾其一生在布满石头的荒地上拼命开垦，不屈不挠、无悔无怨。

老凯勃特在剧中第一个动作就是再婚，带着第三任新婚的年轻妻子爱碧回到家里。老凯勃特再婚是为了逃避孤独，他喜欢女人，前面两个妻子经不住他压在她们身上无尽的重活，年轻轻地就死去了。两个女人的死并不能打动她们的丈夫伊弗雷姆·凯勃特的铁石心肠。日复一日的垦荒、无休止地拓展他的农场，使得他的心变得像石头一样坚硬，像钢铁一样冷酷，变得不会与人交流感情。他曾向新婚的爱碧倾诉过自己的身世，但结果是徒劳的，这使他倍感孤独。他爱牲口胜于爱自己的亲人——儿子和老婆，因为母牛不会抱怨，而他的家人个个都恨他、诅咒他。老凯勃特欣赏着他的农场，恨不得把它们带进棺材里去："在我临死的时候，我会放一把火，看着它烧掉——这幢房子，这儿每一个麦穗，每一棵树，直到最后一根草！我会坐着，看着一切都随着我死去，没有人能占有曾经属于我的，我用血和汗从一无所有中开辟出来的东西！"（见奥尼尔剧本《榆树下的欲望》第二幕第一场）

老凯勃特虽然已经年迈，但一家之长的威风丝毫不减当年，他就像群兽之王，瞪着警惕的眼睛，紧盯着自己的领地，捍卫着自己的农场。作为一个农民、一个农场主，他勤劳、坚硬、吃苦耐劳；他性格粗暴，极端的孤独，他想通过苦苦奋斗来扩大他的土地，结果却丧失了可贵的亲情，他却认为这是上帝对他的考验而一意孤行。儿子们视他为暴君，个个都恨他、想策反他。他企图把农场和别人的青春统统占为己有，把三个亲生儿子当作长工对待，终日逼着他们像牛一样在地里拼命地干活，奴役他们也奴役自己。他先后用干不完的活儿折磨死两个可怜的妻子，现在年老了又突然想到续弦，他娶回年轻他40岁的女人只是为了需要，他需要有一个伺候他生活、供他发泄的女人，何况爱碧年轻、丰满、漂亮，占有她让他心满意足。他从来就喜欢女人，两个前妻死了，他就外出嫖娼。儿子伊本指定的妓女敏妮就是他喜欢的女人，伊本在敏妮身上的发泄，实际上是对父亲的报复。

奥尼尔非常善于用细节来刻画人物。当爱碧初进家门，满怀喜悦和新奇打量着她将要生活的新家时，她由衷地赞叹道："家，真美——美极了！我不相信，这真是我的！"她的话音刚落，老凯勃特马上厉声纠正她："你的？我的！"他用锐利的眼光狠狠地盯着她看，仿佛要刺透她的心。短短两个词，把老凯勃特心里那种风声鹤唳、自私冷酷的本质极其生动地揭示了出来。在他心目中，丝毫没有把爱碧当作自己的亲人和家庭成员看待。这也难怪，土地、农场、金钱是老凯勃特生命的全部，它们胜于这世界上的一切。老凯勃特连对和他有血缘关系的儿子都没有感情，时时刻刻都在吆五喝六地呵斥他们，更何况对一个外来人了。这种对土地的疯狂占有欲，扼杀了他所有的亲情。他的儿子们在背后恨恨地说他是"老守财奴"、"老吸血鬼"，这使人不由得想起了莫里哀笔下那个著名的吝啬鬼阿尔巴贡。

正因为拥有属于自己的农场，伊弗雷姆·凯勃特有一种强烈的自豪感。不过，奥尼尔在塑造这个角色时，说他"眼睛十分近视"。表面上看起来，这是生理上的一种缺陷或特征，实际上是一种隐喻，暗示他像俄狄浦斯一样，看不见已经发生的事情。老凯勃特对妻子爱碧与自己的小儿子伊本背着他偷情，一无所知，还自以为他的“玫瑰花”爱碧真的会给他生个儿子。当伊弗雷姆·凯勃特意识到爱碧不能理解他时，他悻悻地走了，他宁可向母牛去倾诉。对土地的执着，对亲人的漠视，使他听不出邻居话中有话的嘲笑，还兴致勃勃地喝酒、跳舞，自以为是男人中的豪杰。他就像是一只打了胜仗的公鸡，洋洋得意地讥讽儿子，嘲笑他竟敢对他的女人、农场异想天开。直到真相大白，老凯勃特不仅发现小儿子偷了他的女人，还偷了他藏在地板下面的钱袋子后，人们听到了他令人揪心的哀嚎：“上帝不就是寂寞的吗？上帝的心肠又硬又寂寞！”在他一向赞美的上帝的面前，这个自视为上帝的老凯勃特，败在了儿子伊本的手里。

一个残酷无情者遭到了自己亲生骨肉的毁灭性的打击，他凄凉的嚎叫与哭泣，令人对这个孤独的老人顿生怜悯之情。伊弗雷姆·凯勃特一下子变得更加苍老了，他失去了所有的亲人，那么他死死守护着的土地、钱财对他又有什么用处呢?！他为自己感到悲哀，但这种软弱只是一闪而过，坚硬、顽强是他的基调。老凯勃特最后这样安慰自己：上帝是孤独的，上帝是严厉而孤独的！对他脚下的这片土地来说，他，就是上帝！

2. 有恋母情结的伊本

小儿子伊本骨子里像他的父亲一样贪婪，他坚持认为农场是他妈妈留下来的，农场应该属于他，他在这个家庭里最具有合法继承权。为了这一农场，伊本不得不在严厉的父亲面前忍气吞声。他比他两个同父异母的哥哥多一点心眼，神不知鬼不觉地偷了父亲藏在地板下面的钱袋，买下了两个哥哥的继承权。当彼得、西蒙同意这笔交易时，伊本兴奋得两眼发光，"这下又是妈的田庄了！这是我的了！这些是我的奶牛了！给自己的牛挤奶，就是把手挤断我也情愿"！伊本这番话听起来就像他的父亲老凯勃特一样，简直是一个模子里刻出来的父与子。

伊本得意地支走了同父异母的彼得、西蒙两兄弟，对刚进门的后妈爱碧，他时不时冒出本能的仇恨，担心爱碧用美人计让自己受骗上当，夺走他的继承权。因此，他像他父亲那样，既为爱碧的美貌所吸引，同时又分分秒秒提防着她。在那个炎热的夏季，肉体的相互吸引变成了一种无法抵御的力量，伊本竭力从她的魅力中挣脱出来，他明白自己不仅要和他的父亲斗，现在还要和他的新妈爱碧斗，为他在这个家里的权利斗。

伊本是一个有着恋母情结的年轻人。他毫不掩饰他对父亲的仇恨，因为"这个从地狱里出来的魔鬼"把他妈妈当牛马一样使唤到死，"我早晚要跟他算账！""我不像他，我没有他的品行。我像妈，每一滴血都像！"① 他把占有妓女敏妮当作对父亲的报复，他用挑战的口吻向两个哥哥谈起他跟敏妮在一起的情景："我要为了这事，把她鼻子打下来，就一口气跑到敏妮的家里，也不知道自己要去干什么——（停顿——害臊地，但更加挑战地）嗯，当我见到她时，我没有打她——也没有亲她——我像一头牛一样吼着，嘴里骂不绝口。我简直疯了——她也吓坏啦——我就一把抓住她，搞了她！（骄傲地）是的，就这样！我搞了她。以前她也许是他的——可现在她是我的！"②

伊本爱他的母亲，心疼妈妈被父亲折磨、劳累到死，他不让任何人

① 见奥尼尔《榆树下的欲望》，第一幕第二场。
② 同上，第一幕第三场。

踏进他妈妈生前住过的房间，他能在那里感觉到妈妈亡灵的存在，在屋子里游荡。他抵御过年轻后妈的挑逗，痛苦地在内心挣扎过，直至经不住爱碧的诱惑，在妈妈的房间里与她发生性爱关系。他把这看成是对父亲的挑战，是一种报复，他认为他这样做，他妈妈可以在坟墓里瞑目了："这是她对他的报复——这样她可以在坟墓里得到安息了！"[①] 他带着一种报复的快感说道。

对女人，伊本也跟他父亲一样并不掩饰他的肉欲，他找妓女的行为与清教徒生活方式是相违背的。对刚进门的爱碧，他不由自主地为这个性感、漂亮又有点粗俗的女人通身散发出来的魅力大吃了一惊。奥尼尔是这样描述他们第一次见面时的心理动作的：她上上下下打量着他，欣赏着他强壮有力的身材，看着看着，她朦朦胧胧地被他的青春和健美唤起一种欲念。于是，爱碧用一种极有诱惑力的语调向他介绍自己。当伊本感受到她肉体的吸引后，先是跳了起来，对爱碧怒目而视，接着，硬装出生硬的口气，恶恨恨地说："你给我见鬼去吧！"

尽管伊本心存警惕，他还是像被施了催眠术似地傻了眼，他无法抗拒爱碧整个身子所流露出来的一股奇特的猥亵的情绪，他盯住她的眼睛，心慌意乱，手足无措。当他感觉到自己的迷惑时，他狂暴地将她的手推开，喊道："不，你这个老妖婆！我恨你！"他的神态，他的逃离，意味着他内心深处的占有欲火，占有爱碧这个女人的欲望已被她挑起，只是为了土地，他不得不拼命压制住自己对爱碧的欲望，强迫自己从性的躁热中逃走。因为伊本明白，这种欲望是罪恶的，也是危险的，更重要的是他的农场继承权会受到威胁。

---

① 见奥尼尔《榆树下的欲望》，第二幕第三场。

在整个上半场戏里，爱碧对伊本的诱惑，以及伊本对年轻后母的抵御，得到了充分的展示。他们之间从挑逗，讥讽，到抓住对方弱点相互激怒，又相互吸引，反反复复，激情中由于包含着压倒一切的情欲和强烈的物欲，因而显得更加富有戏剧性和表现力。在爱碧和伊本之间，充满了一种男女之间占有与反占有的关系，这里，性的成分占很大的比例。

作为一个自然人，在这片广袤、贫瘠的土地上，伊本追逐肉欲是可以理解的。不过，他一开始拒绝爱碧，主要不是出于伦理道德的考虑，而是迫于对农场继承权的根本性问题，他不得不跟自己的天性搏斗。他用挑衅的口吻对爱碧说，他父亲用金钱买了她，“就像买个娼妓一样！而他给了你价钱——这个田庄——这是我妈的，你这个鬼东西！——这田庄现在是我的！”当他终于抵挡不住这个女人的媚力与伎俩时，他不再约束自己，那份压抑已久的热情几乎要把他燃烧起来。他得意于对爱碧的占有，对父亲的报复，对死去母亲的申冤，直至他们的孩子出世，他这才意识到一种深刻的痛苦，这就是他不能承认这个婴儿是自己的儿子，而是“兄弟”。

事实上，事情还不是这么简单，当伊本听父亲说农场归他的“弟弟”——新出生的婴儿——所有时，父子俩根深蒂固的矛盾冲突终于激烈地爆发了，他们像仇敌一样扭打在一起，伊本真的气疯了，强烈地认为爱碧欺骗了他，为了夺走他的农场而设下陷阱借腹生子。他把对爱碧的迷恋变成不可遏制的憎恨：“原来这是她的诡计——一直在欺骗我——正像我当初怀疑的那样——把什么都一口吞下——包括我。我要杀死她！”他怒火中烧，疯狂地跳了起来，老凯勃特使出蛮力拦住他，父子俩扭作一团。此时此刻，奥尼尔将人物的思想情绪激化到了高潮。

伊本扬言要离开家去加利福尼亚，要把真相告诉父亲，永远也不见这个“诡计多端的臭婊子！”他重新回到对农场的继承权上，金钱、情感这双重的损失，深深地激怒了这个年轻汉子，使他不能冷静下来倾听爱碧的解释。在爱碧的苦苦的哀求之中，他不假思索的一句如果孩子不存在，他还会像以前一样爱爱碧的话，铸就了一场可怕的悲剧，襁褓中的儿子被生母爱碧用枕头活活闷死了。当伊本刚一听到这一可怕的死讯，误以为是老父亲被害了，他兴奋地要帮助爱碧掩盖犯罪现场；当他弄清楚死去的不是他的父亲，而是他的亲生儿子的时候，他再一次被深深激怒了，他的告发是为了对爱碧复仇！

对这个有着俄狄浦斯情结的伊本来说，父亲可以被“牺牲”，儿子却万万不能！尽管在戏的最后，伊本终于意识到爱碧杀子是出于对自己的爱，他赶回来请求她的宽恕，并拉着爱碧的手，和她一起去接受法律的制裁，这一动作表明伊本内心对爱碧的爱是真诚的。在奥尼尔的戏剧里，所有的罪孽都会得到惩罚、得到救赎，在《榆树下的欲望》这部悲剧里也不例外。

3. 富有心计和魅力的爱碧

年轻貌美的爱碧是全剧的中心人物。她周旋在两个男人、两代人中间。她嫁给可以做自己父亲的老凯勃特绝对是有所企图，一方面是为了找一个属于自己的家，“一个女人总得有个家”，爱碧如是说。更重要的原因是对方有一个诱人的农场，她只要委屈几年，就可以成为农场的真正主人，这是她嫁老丈夫的根本目的。对专横跋扈、又老又丑的伊弗雷姆·凯勃特，爱碧心里充满了厌恶。当她第二次用新女主人的口吻问她的新郎：“这张床真是好极了。这是我的房间吗？”老凯勃特对她的满腔热情再次泼下冰霜，她看到他的目光变得如此冷酷而犀利，仿佛她是个窃贼似的，这使她不再对所谓的家、所谓的丈夫心存幻想，她变得现实起来。新婚夫妇间的浪漫，老夫少妻间的温情，在他们身上看不到丝毫的踪影。欲望彻头彻尾地取代了情爱，一切人际关系均围绕着金钱、土地在旋转。

爱碧是一个不同寻常的女性，从她第一眼见到最小的继子伊本起，就意识到伊本将是自己争夺农场继承权的对手，明白伊本对她的威胁，她看出他和自己一样都毫不掩饰对农场的贪婪和垂涎。对物和肉的欲望，使他们彼此间充满了敌意，从一开始相遇就剑拔弩张。爱碧很高兴伊本的两个哥哥远走他乡了，现在她只要集中精力对付伊本这一个人。她自信她软的硬的都在行，为了自己的生存和利益，她会使出浑身解数。

于是，她放肆地打量着这个跟她年纪差不多大的“儿子”，她被伊本的强壮的、健美的身材勾起了一种欲念，便用一种极有诱惑力的语调向他介绍自己“我是你的新妈”。为了缓解彼此的对立，爱碧向伊本讲述了她不幸的身世，以期唤起他的同情心。尽管伊本扔过来恶狠狠的一句“婊子”，骂骂咧咧地跑了，但爱碧凭着女人特有的敏感，意识到伊本对自己的着迷，他的怒目而视和粗言秽语，不过是装腔作势罢了。于是，爱碧狡黠地笑了，她占据了上风，她为掌握了伊本的软肋而洋洋得意。她明确地告诉她的对手：“你的？咱们倒要瞧瞧！”“这是我的田庄——这是我的家——这是我的厨房！——我的卧室我的床！”她既表示了她要与伊本斗争到底的决心，又露骨地发出情欲的信号。现实生活的磨难、摔打，造就了爱碧刚强的性格，她自信有能力对付这个叫伊本的毛头小伙子，并能取得胜利。

富有心计的爱碧把自己打扮得漂漂亮亮的，当她用话套出老凯勃特百年之后只肯把农场留给儿子伊本，根本没有考虑过她的利益、她也没有继承权的时候，她愤怒了，爆发了："原来这就是我嫁给你的报酬——把仁慈让给恨你的伊本，却把我赶到路边去。"① 生存困境激发了爱碧女性的智慧和生存本能，这个从不逆来顺受的女人马上开始了积极的行动。她顾不得道德与良心的制约，使出了一条离间计，挑拨凯勃特父子关系。"伊本想勾引我，调戏我。"她诬告她怀恨在心的伊本，而且是用古今中外举世男人最痛恨、最难以忍受的事端来诬陷伊本。这一招果然灵验，老凯勃特马上怒火冲天，若是伊本这时候在他眼前，一场可怕的悲剧准会发生。"我对天发誓——我要杀死他！"老凯勃特浑身发抖，恶狠狠地说，"我要用手枪打他，叫他的脑浆溅到榆树顶上去。"②

爱碧的脸上闪烁着狡黠的笑容，她初战告捷，粗暴而愚蠢的老凯勃特进了她的圈套，轻信了她的话，诅咒自己的儿子，就像古希腊悲剧《希波吕特斯》中那个上了当的父亲特修斯国王一样。暗自得意中的爱碧脑子里又闪出一个更可怕、更阴险的念头，去诱惑伊本，让伊本帮她生个儿子，只要她有个儿子，这片农场就可以名正言顺地归她所有了，伊本休想从这里拿走一分土地。爱碧一面娇滴滴地对老凯勃特说她每天都在向上帝祷告要给他生个儿子，一面从她的眼睛里闪射出一丝令人畏惧的光芒，这光芒汇集着她对土地的占有和对那个不肯驯服于她的男人的占有欲望。爱碧跪在丈夫身边假装在虔诚地祈祷，两眼却斜视着老凯勃特，带着嘲讽和胜利的神情。

爱碧开始向伊本进攻了。她施展出女性的各种魅力，利用伊本的恋

---

①② 见奥尼尔《榆树下的欲望》，第二幕第一场。

母情结，诱惑伊本和她发生性关系。这里，她勾引伊本，既是出于她自身性的需要，也是对自私、粗暴的老丈夫的报复；这其中还包含着对土地的占有欲。然而，就在爱碧千方百计引诱伊本的过程中，连她自己也没有想到，她爱上了伊本，伊本那英俊的脸庞、健壮的体魄，他那失去母亲后脆弱而敏感的内心，都深深打动了爱碧，激起她强烈的情感波澜。她告诉伊本光有真诚的母爱是不够的，她要让伊本快乐，也让自己快乐。她鼓励变得温顺起来的伊本，特意选择了伊本母亲的房间，在伊本认为最圣洁的地方，与他发生了奸情。之后，这股感情升华为最高形式的爱情，超越了她最初要个儿子的动机。当伊本怀疑爱碧只是为了生个继承人与他争夺继承权时，为了表白自己的真情，爱碧忍痛杀死了他们的私生子。

在这部悲剧中，奥尼尔除了揭示金钱对人性的腐蚀和异化之外，还表现了性心理的问题。伊本和爱碧的私通超越了正常的伦理关系，使得这个家庭父子不像父子、夫妻不像夫妻，母子不像母子。爱碧这一行动的结果，在两个男人中掀起了轩然大波，父子之间为了一个女人发生的尖锐可怕的冲突，引起伊本本能的仇恨。这里，不仅有父子之间的俄狄浦斯式的斗争，也有伊本对护卫他农场继承权的斗争，以及对财产占有欲的本能而引起的警觉与仇视，这种警觉与仇视完全是针对他年轻的继母爱碧的，这使他们的关系变得更加复杂化了。

在戏剧舞台上，这种年轻的继母和年迈的丈夫，以及年轻健壮的前妻之子的三角人物关系，早在公元前 5 世纪古希腊的悲剧《希波吕特斯》里就有所表现。而母亲杀子，也是《希波吕特斯》的作者欧里庇得斯最早表现的。奥尼尔受古希腊悲剧的影响，运用了现代性心理学进行戏剧创作。不过美狄亚杀子是为了惩罚背叛她的那个男人；而爱碧杀子，更多的是出于爱的证明。我们看到，有了爱情的爱碧不再是放荡不羁的，她变得温柔可亲起来，是爱情改变了她，也改变了她和她所爱的伊本的命运，她愿意接受惩罚，补偿她的罪孽，但是她绝不为她的乱伦行为而忏悔，她以自己的方式蔑视并挑战清教教规。戏结尾时，伊本的爱使心如死灰的爱碧复活了，她变得安详和美丽，爱，拯救了他们的灵魂。面对死亡，爱碧非但毫无畏惧，反而感到幸福，因为伊本重新回到了她的身旁。她的脸上放射着光彩，她的灵魂在爱与苦难中得到了净化；她对生存困境和清教主义的抗争值得人们同情。

四、艺术特点

纵观全剧，奥尼尔把对农场，对土地，对劳动力的占有欲，以及对女人、对男人的占有欲，密切地交织在一起，既有物的占有成分，又有性的占有成分。这两种成分的欲望弥漫在全剧的每一幕里，欲望使他们彼此走近，金钱使他们彼此间离，最终把他们推上毁灭的道路。它的力量，它的激情，它的罪恶，以及它的后果，它对现实生活的深刻反映，压倒了对抽象人性的揭示。这部戏的艺术特点如下：

1. 性格鲜明的人物刻画

《榆树下的欲望》中三个人物性格鲜明，心理动作清晰。除了坚硬、自私、孤独的老凯勃特和有恋母情结，又有点敏感和心计的伊本外，女主角爱碧，给人印象特别深刻。她继承了美狄亚的衣钵，是一个绝不肯在命运面前屈服、要自己主宰自己命运的女人，也是一个敢做敢当、敢爱敢恨的女人。在这里，爱碧是这个家庭的主宰，是两个男人——父亲与儿子——的主宰。她不像奥尼尔其他戏剧中的人物那样，面对生活的困境只会幻想，没有行动。比如，《送冰的人来了》一剧中，那群终日泡在霍普酒店里的酒鬼，只要略微清醒一些的就开始做白日梦，但是他们永远也不会有行动。而爱碧是主动的，积极的，她从不在梦幻里欺骗自己欺骗他人，她甚至会不择手段来实现自己的目的，在现实中寻找归宿。

2. 在行动中刻画人物

奥尼尔的人物不是静止的，他所刻画人物都是在行动中进行的。例如，为了引起伊本的兴趣，爱碧有意识地把自己打扮得又漂亮又迷人，堵住正准备外出找妓女敏妮的伊本，挑逗他，激怒他，煽起他掩藏在心底的欲火。在第二幕第二场戏里，两间卧室尽管隔着一堵墙，这对年轻男女炽热的目光却能相遇，感觉到对方对自己的注视与欲望。终于，爱碧在老丈夫一离开卧室就马上来到隔壁伊本的房间里，主动挑逗他，在他心里煽起更大的欲火，并有意在伊本母亲的房间里同他做爱，勾引他共同玷污伊本心中那块圣洁的地方。伊本念念不忘母亲给他唱的歌、讲的故事，那是一种化不开的恋母情结。看到伊本对母亲眷恋不已，被感动的爱碧捧着伊本的头，要求他把她当作母亲，她会好好爱他的，她要像他母亲一样唱歌给他听，会做母亲为儿子做的一切事情。这里，母爱压倒了性爱，而肉体的相互吸引，又使这对男女不顾一切地拥抱在一起，当伊本从她怀里挣脱后，爱碧两手紧紧地拉住他，痛苦地求他："别离开我，伊本！你没有见到这是不够的吗——像母亲那样地爱你——你没见到还应该更多一些——更多更多——一百倍地胜过母爱——这才使我幸福——使你也幸福？"[①] 在爱碧的大胆鼓舞下，这对年轻人疯狂地相爱了。

① 见奥尼尔《榆树下的欲望》，第二幕第三场。

又如，在儿子周岁生日的家宴上，爱碧顾不得乡亲邻里的嘲笑，寻找她所爱的人伊本。奥尼尔在这场戏里赋予他的女主人公第一个动作就是寻找伊本，第一句台词就是询问伊本在哪里。她为不能公开她和伊本的关系而苦恼，她更害怕伊本会为此忍受不了，从而使他们的爱情受到伤害，这为她后来害怕会失去伊本做了充分的铺垫。此时此刻，我们发现爱碧与先前大不一样了，在伊本面前她嘴角边老是挂着的那一丝嘲讽的微笑不见了，她的语言也不再是那么尖酸刻薄了，她变得温柔多情，变得真诚善良，这一变化使这一人物形象可爱而又丰满。

3. 高潮戏写得回肠荡气

伊本要离家出走的决定对爱碧来说，无疑是天崩地陷，就像是上帝突然间关上了一扇窗，把爱碧抛在了无尽的黑暗之中，绝望、恐惧让这个女人冒出了一个可怕的念头，就是不惜一切代价去消除伊本的误会。为了证实自己的爱是真的，为了消除伊本的疑虑，不是为了同他争夺继承权，可怜的爱碧忍痛杀死了自己的亲生儿子。在这场高潮戏里，爱情得到了可怕的考验，人物个性得到充分的展示。当父子两人先后得知无辜的婴儿被爱碧活活用枕头闷死的时候，都掩饰不住自己的震惊和愤怒，他们强烈地指责她，指责已经神情恍惚的爱碧。这是一段情感冲击力极强的戏剧场面，两个男人都沉浸在自己被“骗”的痛苦之中，老凯勃特痛苦于自己戴了绿帽子；伊本痛苦于自己上了爱碧的圈套，当了她生子夺地的工具；而爱碧则痛苦于自己的真爱不被伊本所理解。对他们来说，每一个人都是一个孤独而痛苦的世界，尽管在这三角关系中，人物之间的关系是那样的密切，那样的千丝万缕，父亲与儿子同时面对着同一个女人，一个女人又同时把自己给了两个有血缘关系的男人。

这场高潮戏写得大起大落，震人心魄。在这里，聚焦着男人对女人的占有和反占有，聚焦着走向极致的爱情，以及男人与男人之间本能的对立与敌意。爱碧杀子之前，以及她杀子之后，她的内心冲突被揭示得尖锐而真实。

4. 象征与隐喻

《榆树下的欲望》的剧名是耐人寻味的。奥尼尔描绘它们像两个精疲力竭的女人，把她们松垂的乳房、双手和头发搭在屋顶上。碰到下雨时分，泪水就单调地滴下来。这里，榆树被赋予一种超自然的力量，既庇护屋子里的人，又压抑他们。奥尼尔将它们做了人格化的暗示，暗示它们具有女人的嫉妒与专制，冷冷地注视着爱碧与伊本之间的超越社会伦理规范的爱情，榆树的枝叶浓浓密密地覆盖在屋顶上，在屋顶上腐烂，显得有些阴森、凶险，阻挡着阳光的射入。这两棵老榆树就像人的欲望，企图吞噬一切，在精神上禁锢着人的自由与正常欲望，它们还象征着凯勃特一家人与人之间的紧张关系。

伊弗雷姆·凯勃特的高度近视也是一种隐喻。这一生理上的缺陷，寓意他目光短浅、心胸狭窄，致使他不能看清发生在他身边的一切，以及家庭瓦解的危机。他就像索福克勒斯笔下的俄狄浦斯一样，看不清自己的处境，结果陷入孤家寡人的极度孤独的境地里。此外，伊本母亲的幽灵也为这出戏增添了神秘色彩，隐喻被虐待而死的女人不能安息，直至通过儿子与继母爱碧的通奸，报复了她的丈夫伊弗雷姆·凯勃特，她才安静了下来。

5. 古希腊歌队手法的运用

在新生婴儿的命名庆典上，自以为是天下无双的伊弗雷姆·凯勃特邀请左邻右舍一起来庆贺、热闹。那些男男女女“悄悄交谈着一个笑话”，议论着这家人的丑闻与隐私。他们一边假惺惺地称赞老凯勃特一边取笑他。当有人故意夸老凯勃特“我见过的76岁的老人中，数你最生龙活虎了，伊弗雷姆。如今只要你有副好眼力就更好了！”这些来庆生的左邻右舍立即幸灾乐祸在一旁一起起哄，应和着说些粗话，就像古希腊悲剧歌队长和合唱队的关系那样一唱一和。

《榆树下的欲望》是一部现实主义戏剧。奥尼尔以浓墨重彩，刻画了女主人公爱碧独特鲜明的个性，以及她对待土地、爱情的变化过程。这也是一部行动的戏剧，从爱碧盼望有个儿子，到亲手杀死儿子，这一心理路程的揭示极其生动有力，它激发起观众对人物的强烈的情感波澜。爱碧是尤金·奥尼尔所有的戏剧作品中最富激情、最性感的人物。当伊本最后醒悟到爱碧是为了爱他而犯下这一杀子罪孽时，他毅然抄近路赶回来，要和爱碧共同承担罪责。于是，象征光明和希望的阳光终于照亮了阴森幽暗的屋子，照在这对年轻的情侣身上。此时此刻，爱碧是幸福的，她并不认为她是去赴死，而是去参加婚礼，她的新郎陪伴在她的身旁。奥尼尔以这样的结局升华了逾越伦理的爱碧和伊本，将他们提升到悲剧的领域里。

奥尼尔对人性，对人类的苦难有着深刻的研究和理解，这使他的戏剧人物总是那么有血有肉，栩栩如生。在人欲横流的金钱的世界里，爱碧和伊本的爱情悲剧是不可避免的，整部剧中那如此炽热的感情，以及浓郁的悲剧气氛，使《榆树下的欲望》这部悲剧具有一种感人肺腑的艺术魅力。

萨勒姆的女巫

人类戏剧史上关于对生存的思考与选择最著名的人物大概就属莎士比亚塑造的丹麦王子哈姆雷特了，他的那一段“生存还是毁灭……”的台词曾打动过无数的观众，激起人们对生命的思索。哈姆雷特替父复仇、重整乾坤的使命感是他自己存在的必要根据和自我设计的精神支柱。生存问题与人类生活是如此密切相关，以至于古今中外有数不清的艺术家用不同的艺术形式，诸如戏剧、音乐、绘画、影视、小说、诗歌等，来表现对它的认识与感悟。美国当代戏剧中有数部我们中国观众熟知的作品莫不如此。

在我们的人生旅途中，在你始料不及的时候，忽然间，会有一种你自己无法掌控的事件不期而至，打乱你正常平稳的生活，甚至可能威胁到你的生命，在这种时候你必须像哈姆雷特那样做出你自己的选择。美国当代剧作家阿瑟·米勒的《萨勒姆的女巫》就属于这一类戏剧。

一、阿瑟·米勒：美国舞台上的良心

中国读者和观众对阿瑟·米勒这个名字并不陌生。1978 年，阿瑟·米勒夫妇访问了刚刚迎来改革开放曙光的中国戏剧界，回国后米勒先生出版了《访问中国》一书；1981 年，上海人民艺术剧院黄佐临老院长导演了由这位美国戏剧家亲自推荐的《萨勒姆的女巫》，在上海观众中引起震撼；1983 年，阿瑟·米勒第二次访华，在北京人民艺术剧院亲自导演了他的《推销员之死》，在首都剧场上演，获得巨大成功，引起广泛的关注。之后，他的剧作更多地被搬上中国舞台。那么，这个被公认为 20 世纪最伟大的剧作家之一的阿瑟·米勒究竟是怎样一个人呢？

阿瑟·米勒（Arthur Miller，1915—2005），1915 年 10 月 17 日出身于美国纽约一个犹太商人家庭，父亲是位妇女时装商人，在 20 世纪 30 年代初美国经济大萧条时期破产。米勒在中学毕业以后到一家汽车零件批发公司工作了两年，积攒些钱后进入密执安大学新闻系和英文系学习，开始戏剧创作，写了四部剧本，并两次获奖。

阿瑟·米勒第一部在百老汇上演的剧作是《鸿运高照的人》(1944)，成名作是 1947 年创作的《全是我的儿子》，获当年度的纽约戏剧评论家奖。1949 年创作《推销员之死》，获得了当年度两个重要戏剧奖：纽约戏剧评论家奖和普利策戏剧奖，在百老汇连续上演了 742 场。这部戏表现了一个老推销员威利·洛曼的悲剧性遭遇，他勤奋工作一生，年老体衰时却被老板炒了鱿鱼，两个儿子也一事无成，威利·洛曼的美国梦成了泡影，最后他用自己的生命制造了车祸，为妻儿换回一笔人寿保险金。在创作手法上，《推销员之死》这部现实主义戏剧里包含着表现主义创作元素，在倒叙的过程中，时空转换自由，心理时空和现实时空相互交错。该剧为阿瑟·米勒带来了世界声誉。

1953 年，在美国非美活动调查委员会活动猖獗的背景下，阿瑟·米勒创作了反映北美殖民地时代新英格兰地区逐巫冤案的剧作《萨勒姆的女巫》(又名《炼狱》)，以影射当时的美国现实。1955 年，他创作了《两个星期一的回忆》和《桥头眺望》。1956 年，他与著名女星玛丽莲·梦露结婚，1960 年离异，1964 年他根据这段不成功的婚姻经历创作了《堕落之后》，以及电影《不合时宜的人》(1961)；还发表了以二战为背景的戏剧《维希事件》(1964)。其后阿瑟·米勒的戏剧作品有《代价》(1968)、《创世纪和其他》(1972)、《大主教宅邸的顶棚》(1977)、《美国时钟》(1980)、《往事如烟》(1987)、《克拉拉》(1987) 和《完成画面》(2004) 等。

阿瑟·米勒一生笔耕不辍，曾连任两届国际笔会主席 (1965—1969)，直到他去世前一年还在发表作品。他的戏剧紧扣社会现实问题，有些是直接取材于历史或真实生活。这位具有非凡洞察力的美国作家怀着人道主义精神，关注于生存困境中的人，以及信仰与道德、尊严与梦想、虚伪与欲望之间人性的弱点与自我的迷失，深刻地揭示出西方现代文明高度发展下人的精神危机。

阿瑟·米勒是一位有着强烈社会责任感的新现实主义剧作家，他更多地继承了现代戏剧之父、挪威易卜生的创作传统，强调剧作家要有切中时弊的判断。他说："舞台是一个传播思想和哲学、认真探讨人的命运的场所。"① 他反对那种一味追求娱乐化、商业化的戏剧，坚信戏剧是一项严肃的事业。美国著名的剧评家马丁·哥特弗里德认为："《推销员之死》、《萨勒姆的女巫》和《桥头眺望》，世界上只要还有舞台存在，这三部戏就会上演，并传之不朽。他称赞它们是三部气势宏伟的剧本，具有显示人性的广泛内涵，却又高于现实生活，因为它们诗意盎然并具有崇高的道德力量。毫无疑问，阿瑟·米勒是美国戏剧的良心。"② 在表

①② 见《外国当代剧作选 4》中国戏剧出版社 1992 年版，第 748 页。

现形式上阿瑟·米勒汲取了现实主义、表现主义、意识流的技巧，致力于在舞台上构筑美国社会的真实形象。

二、《萨勒姆的女巫》：超越时空的“女巫”

四幕剧《萨勒姆的女巫》(The Crucible，又译《坩埚》、《炼狱》、《严峻的考验》，1953）是阿瑟·米勒根据1692年在北美马萨诸塞州萨勒姆镇发生的一桩诬告株连数百人的“逐巫案”而创作的。在政教合一的统治之下，清教主义在17世纪那个封闭落后的小镇上盛行，他们设置种种清规戒律，严令禁止任何娱乐活动，排斥异教徒。这些清教徒在这样的生存环境中变得狭隘、自私、迷信、冷酷。当地几位少女在夜色的掩护下相约在树林子里唱歌跳舞时，被当地牧师巴里斯发现，他的女儿受到惊吓昏迷不醒，于是，巴里斯牧师请来别的教区的“驱巫”高手赫尔牧师来到萨勒姆调查。为了保护自己，巴里斯的外甥女阿碧格首先诬陷女黑奴蒂图芭，接着这群姑娘跟着阿碧格一起装神弄鬼、诬陷他人。人们在刑讯之下互相指责，结果竟然造成了400多人被株连入狱，72人被绞死的可怕局面。男主人公普洛克托为了解救妻子伊丽莎白，冒死揭露了阿碧格的阴谋，并交代出自己曾与阿碧格有淫乱之事。但是，这并没有阻止宗教裁判所以上帝的名义进行的这场杀戮。最后，普洛克托为了维护自己的人格尊严，毅然走上了绞刑架。

《萨勒姆的女巫》是美国文学史上极为罕见的影射作品。阿瑟·米勒借古喻今，抨击了当时美国高压政治的代表麦卡锡主义的猖獗。阿瑟·米勒本人多次受到非美活动调查委员会的传讯，让他供出文艺界共产党作家名单，遭到他的拒绝，被判“藐视国会”罪，处以罚金和一年徒刑，缓期执行，限制其出国。阿瑟·米勒认为这是一场对无辜公民的政治迫害。与此同时，他看到了他的朋友中有人抵挡不住政治高压而导致了道德信念的瓦解。所以，这部悲剧的指涉是非常鲜明的，在恶势力面前伸张正义，保持人的良心与尊严是阿瑟·米勒的根本用意。《萨勒姆的女巫》于 1953 年在纽约公演后，赢得了观众的高度赞扬，荣获安东结纳·佩瑞奖。1957 年，法国著名哲学家、小说家、戏剧家让-保尔·萨特把它改编成电影。这部戏剧还在前苏联、英国等许多国家上演，成为阿瑟·米勒最能持久上演的作品。

《萨勒姆的女巫》先后多次在中国公演，这并不包括在上海戏剧学院这类艺术院校的学生实习演出。该剧首演是在 1981 年，由上海人民艺术剧院演出，黄佐临导演，是阿瑟·米勒亲自推荐给中国观众的剧本。对于刚经历过那场长达 10 年“文革”政治运动的中国观众来说，这出令人震惊的美国戏剧真的是意味深长。面对异国 300 多年前的一桩历史冤案，在令人窒息的严峻考验面前，我们怎能不深刻地反思我们自己，不反省我们自己人性的自私、怯懦与丑恶？在这部道德悲剧面前，我们深感痛心和震撼。2002 年由王晓鹰导演、国家话剧院演出这部戏剧，持续公演到 2005 年；2006 年由郑大圣导演、上海话剧艺术中心演出了《萨勒姆的女巫》；2015 年王晓鹰和国家话剧院对《萨勒姆的女巫》又进行了复排，先后在北京、上海演出，再次受到了观众的热烈欢迎。

人被社会异化与反异化是西方现代文明的基本关系。人被自己创造的文明所异化的主题，也是西方现代主义文学艺术所表现的核心。人性异化是现代西方悲剧之源。正如阿瑟·米勒在《萨勒姆的女巫》的序幕中写道：“在萨勒姆发生的诬陷迫害是一个期待已久的机会，它使每个希望公开吐露自己罪行的人得以借助谴责别人来满足自己的这个愿望。”“邻里间的旧仇宿怨现在可以公开发泄，报复仇雠也可以不必遮掩，圣经教人慈悲为怀的戒律已经失去效验。对于土地的贪欲以前表现在为了地界和文契而争执不休，现在却可以升华为捍卫道德的争斗，人们能对邻居诬蔑陷害，同时却又感到完全心安理得。明明是对旧仇宿怨的报复清算，却被说成是天国里上帝与撒旦的斗争，在这场进行报复的混战之中，相互间的猜疑，不幸者对于幸运儿的妒嫉，不但有可能突然爆发，而且事实上也的确得到了恣意发泄。”①阿瑟·米勒不仅揭露了一些卑鄙小人在一定的政治气候下为满足个人私欲而耍尽流氓，同时也揭示了普通人身处生存困境时的可怕的趋恶心理。

一如观赏一次灵魂的圣餐、灵魂的对话和灵魂的博弈。舞台上充满了形形色色的欲望，关于贪婪、关于情欲、关于权势、关于虚荣的扭曲的欲望，以及由此而生的畸形的怨恨、疯狂的宣泄、疯狂的诬陷，在这个名为“萨勒姆”的小镇里左右着人们的生与死，左右着人们的善与恶，左右着人们的灵魂的飞升与沉沦。当个人的生命面临死亡的逼迫，只有选择谎言才能得救，人们往往会毫不犹豫。年轻貌美的女主人公阿碧格违反了教规，玩了一出青春禁忌游戏，在夜色的掩护下，她率领几个少女偷偷地跳舞寻乐，念咒喝血，结果被发现、追究，眼看着会受到视作女巫被绞死的危险，她情急之中把危险推给了黑奴蒂图芭，使可怜的蒂图芭受到了审讯与关押，阿碧格自己则获得了解脱。

为了保全自己，阿碧格第一个开始诬陷他人，她压根儿想不到在这个愚昧落后的小镇上，在政教合一的严酷统治之下，她已经打开了潘多拉的盒子，这个偶发事件，竟然发展成疯狂的诬陷与揭发。全镇的人有

---

① ［美］阿瑟·米勒著，梅绍武译：《萨勒姆的女巫》，序幕，中国戏剧出版社1992年版，第151页。

的借此机会对旧仇宿怨进行报复清算，毫无愧疚地诬陷左邻右舍；有的则为了活命，违背良心和道德，用莫须有的罪名将他人伤害甚至迫害致死。这黑色的、恐怖的、疯狂的局面越演越烈，阿碧格已经无法控制，她身不由己地在这浑浊险恶的旋涡里越陷越深，就如同她无法控制住自己的欲望一样，与有妇之夫的普罗克托通奸后，激起她内心深处强烈的爱和占有欲念，不惜以牺牲普洛克托妻子的生命带达到自己的目的。

一个还不满 20 岁的姑娘愚弄了宗教裁判所和掌握着生杀大权的成年男人，形成了一桩举世震惊的围剿"女巫"的案件，实属荒诞，匪夷所思。但是，真正的凶手和迫害狂事实上不是这个叫阿碧格的小人物，尽管她受情欲的驱使，想借机害死普罗克托的妻子伊丽莎白，好取代她的位置和床榻，她灵魂的堕落、残忍与扭曲，除了她自身的原因外，很大部分是来自于社会的压力，这就是封建教会的禁欲主义对人性的扼杀和对人的自由的绝对控制。那些掌握着教民生存命运的神职人员、法官等大人物们，在普洛克托冒死揭露真相的情况下，坚持宁可信其有，不可信其无，一意孤行地采取疯狂而残酷的迫害行径，真正的目的是为了维护教会的尊严与统治。在教诲人们与人为善、不可杀戮的背后，他们的手上却沾满了无辜者的鲜血。因此说，阿瑟·米勒的《萨勒姆的女巫》不仅是一部道德悲剧，也是一部政治悲剧。

三、在生存困境中的自我选择

在这场由教会主持的"逐巫"恶浪面前，阿瑟·米勒所刻画的群像中最令人难忘的是男主人公约翰·普洛克托。作为人，约翰·普洛克托有过过失，犯了"十诫"里的不可奸淫罪，和年轻貌美的女仆阿碧格有过私通，后来他一直处在忏悔中，没有再跟阿碧格有过来往。当萨勒姆要对所谓的“女巫”肆虐进行围剿时，普洛克托赶到巴里斯牧师家里，遇到了巴里斯牧师的外甥女阿碧格，他抵御住了这个年轻女人的诱惑。

普洛克托 阿碧，我也许有时会温柔地想到你。可是我宁愿剁掉我的手也不会再去挨近你了。别再想入非非，咱俩压根儿就没有接近过，阿碧。

阿碧格 不，咱俩接近过。

普洛克托 没有，没有接近过。

阿碧格 （挺生气地）唉，我真不懂这样一条硬汉子怎么会让那么一个病病歪歪的老婆管得——

普洛克托 （被激怒了——也生自己的气）不许你胡说伊丽莎白的坏话！①

作为一个健康的活生生的壮年男人，面对一个产后身体虚弱、刻板寡言的清教徒妻子，普洛克托曾为充满青春活力的、性感的17岁女仆阿碧格所吸引，一念之差犯了错。但是，普洛克托从心底不想伤害自己的妻子，他爱自己的家，爱自己的三个孩子，他辛勤劳作就是为了他们。对自己的失足他一直在忏悔，小心翼翼地对待伊丽莎白，有时候他也为妻子心存芥蒂很恼火。因此，面对镇子上传说纷纭的女巫案，特别是从波士顿来了四名大法官在萨勒姆成立了正式法庭，有越来越多的清白无辜的人蒙受牢狱之灾，他到底该不该去揭穿事实真相，又该如何解

① ［美］阿瑟·米勒著，梅绍武译：《萨勒姆的女巫》，《外国当代剧作选4》，中国戏剧出版社1992年版，第170页。

释清楚？普洛克托一时非常犹豫，因为很显然，这将会把他与阿碧格的隐私暴露出来，那会给他们带来杀身之祸的。面对站在道德制高点上的妻子伊丽莎白，他彷徨而苦恼，谁，不首先为自己考虑呢？

然而，普洛克托在当地之所以说话有分量，是因为他一向嫉恶如仇。当他看到像吕贝卡这样受人尊敬的圣洁老人都被投进了监狱，有的乡里乡亲已被处死的严峻时刻，普洛克托挺身出来说了真话。如果说他和阿碧格的私通是一念之差，那么，现在他是经过内心斗争的，是深思熟虑的，是勇敢无畏的。这个有责任感的成熟的男人，一向爱憎分明，为人正直。他敢于质疑巴里斯牧师的贪欲，私自用教徒的钱做金蜡烛台占为己有，因此，他很少去教堂，“我抬头仰望天国，看到我的血汗钱在他的胳膊肘儿那儿闪闪发光——这就触伤了我做祷告的情绪，触伤了我做祷告的感情。我有时觉得这个人向往的是华丽的大教堂，而不是护墙板做的简朴会堂。”[1] 所以他不愿意让巴里斯牧师为他的小儿子洗礼，他认为这样的牧师不能传递主的光辉。然而，这因此成为普洛克托不敬上帝的检举材料。普洛克托对巴里斯牧师的抵触情绪让后者耿耿于怀，在这场“女巫”案中，他遭受了赫尔牧师的调查。不过，普洛克托并不隐藏自己对那个自私贪欲的巴里斯牧师的看法，而且向赫尔牧师质疑宗教裁判所把虔诚的吕贝卡视为女巫抓捕的不当做法。他的正直，他的敢于思考和不畏强大宗教势力的个性特点初次显露了出来。

普洛克托忧虑像吕贝卡这样虔诚的教徒们的生死，却万万没有想到他的妻子伊丽莎白这个诚实、正派的女人竟然也成为被怀疑、拘捕的对象，他再一次震惊了、愤怒了。为了拯救善良无辜的好人，普洛克托不再顾及

① ［美］阿瑟·米勒著，梅绍武译：《萨勒姆的女巫》，《外国当代剧作选4》，中国戏剧出版社1992年版，第220页。

自己，他来到宗教法庭，说出了事实真相和阿碧格的名字，告诉赫尔牧师和那些法官们，许多人招供是因为害怕受到绞刑。普洛克托甚至还动员了他家的女仆、跟在阿碧格后面装神弄鬼的玛丽·沃伦，一起到法庭上去澄清真相。然而，普洛克托只是个区区小人物，一个靠土地为生的农民，玛丽·沃伦在强大的宗教势力的压迫下动摇了，害怕自己被指认为女巫而绞死，她重新站到了阿碧格这一边。他善良的妻子伊丽莎白被带到法庭上当场对质，为了救自己的丈夫，伊丽莎白生平第一次在大法官面前撒了谎。孤独的普洛克托的愤怒冒犯了高高在上、不容置疑的宗教裁判所，心术不正的巴里斯牧师在丹佛斯大法官面前火上添油，指责他是专门来颠覆法庭的，普洛克托被打入了地牢，受尽了酷刑的折磨，愤怒让他保持了沉默，即便是火钳烧他，他也绝不会招认。然而，为了即将出生的孩子，从来没有在牢里屈服过、为求生怕死去诬陷别人的普洛克托动摇了。在临行之前，他对妻子说："这是一场欺诈，伊丽莎白。我不能像圣徒那样登上绞刑架。这是一场骗局。我不是那种人。我的诚实到了尽头，伊丽莎白，我并不是个十全十美的人。"①这是一个真实的人，求生是人的一种本能，更何况这场被动员起来的同魔鬼撒旦较量的血腥的搏斗是人为制造出来的。普洛克托在忏悔书上违心地签了字，为了他的孩子，他要活下去。

普洛克托的转变让宗教裁判所的神职人员兴奋不已，对他们来说这是一个奇迹，他们奔走相告，大声喊着："普洛克托要忏悔啦！"因为"他的名字很有影响，普洛克托忏悔了，这会打动老百姓的心。"②普洛克托的脸因痛苦而扭曲了，他不许牧师对着外面大喊大叫，他不愿意对

---

① [美] 阿瑟·米勒著，梅绍武译：《萨勒姆的女巫》，《外国当代剧作选 4》，中国戏剧出版社 1992 年版，第 299 页。

② 同上，第 305 页。

这次审讯做笔录，他迟疑着迟迟没有落笔签字。在高压审判下，当他所有的努力、抗争都不能打动他面前的丹佛斯大法官和牧师们的时候，他挺直了腰杆，对着宗教裁判法庭最高权威丹佛斯总督大声地说道：“我只能交待自己的罪恶，我不能瞎咬别人。（愤怒地喊道）我不会血口喷人！”当普洛克托看到对方要把他的忏悔书张贴在教堂大门口时，他像一头愤怒的雄狮冲了过去，把那张刚刚签了字的“忏悔书”一把从代表最高法庭的丹佛斯手里夺过来，撕得粉碎。“因为这是我的名字！”他激昂地说道，“因为我一生不可能再有别的名字！因为我撒了谎，还在谎言书上签了字。因为我在那些登上绞刑架视死如归的人面前连粪土都不如。我怎么能名誉扫地地活下去？我已经把灵魂交给了你，别再碰我的名声！”① 在生存危机面前，在“活着还是不活”的思考与选择中，普洛克托放弃了前者，他以生命的代价换取了人格的尊严，昭示了人的正直、诚实终将会彰显人间，他最终在荒诞的世界里重新找到了自我。

阿瑟·米勒称现代悲剧要维护人的尊严，因为人的尊严的权利是决定人的价值的权利。在普洛克托这个人物身上，我们看到了作为人的尊严的权利。普洛克托不能算是通常意义上的英雄，但是他找回了迷失的自我，保全了他那正直的美德，坚信自己“我确实认为我在普洛克托身上看到了一点点正直的品德，虽然它不够织成一面旗帜，却清白得足以不跟那些狗杂种狼狈为奸，同流合污。”② 因此，当他向他的妻子伊丽莎白做最后的吻别时，他坚定而豪迈地说道：“不要给他们眼泪！哭只会叫他们高兴！拿出尊严来，表现出铁石心肠，彻底整垮他们③！”这时

① ［美］阿瑟·米勒著，梅绍武译：《萨勒姆的女巫》，《外国当代剧作选4》，中国戏剧出版社1992年版，第308页。

②③ 同上，第309页。

候的普洛克托和先前那个焦虑地请求伊丽莎白告诉他应该怎么做的普洛克托判若两人，他现在是他自己命运的主人，是他自己的审判者，他勇敢地做出了自我选择，保全了他那正直的美德，这使他升华到一个新的高度，成为一个真正的男子汉！

这场高潮戏写得荡气回肠，让观众直视一个真实而生动的灵魂的挣扎过程。在行刑前最后一轮鼓声惊天动地响起来的时候，普洛克托带着微笑，搀扶着年迈、虔诚的女教徒吕贝卡走上了绞刑架，所有在场的观众都对他肃然起敬，对神权政治进行反思。《萨勒姆的女巫》是一部超越具体政治事件的永恒的作品，在阿瑟·米勒透过历史所反映出来的对人性的关注中，我们有着太多的感触。

四、艺术特点与思想内涵

《萨勒姆的女巫》是一部现代悲剧。与阿瑟·米勒其他的著名戏剧如《推销员之死》、《都是我的儿子》等剧不同，这部戏剧在叙事手法上不是那种我们熟悉的回忆剧，对过去的回忆往往是人物心理活动的重要揭示。《萨勒姆的女巫》在艺术表现手法上，运用了传统的现实主义创作方法，以开放式的戏剧结构，展开矛盾冲突的起承转合，情节跌宕起伏，扣人心弦，结构布局非常匀称。为了让读者了解这部悲剧的历史背景与现实意义，阿瑟·米勒在文本中写下了大量的舞台指示，这与挪威以写社会问题剧著称的易卜生颇为相似，而且甚于易卜生。全剧人物众多，有名有姓者就有 21 人。除了普洛克托之外，剧中还有一些人物如伊丽莎白、阿碧格、丹佛斯总督、赫尔牧师、巴里斯牧师等，都被刻画得真实生动，个性鲜明，给人印象深刻。

例如：阿碧格，这是一个有着和她年龄不相称的胆识与心计的姑娘。她是个孤儿，自幼失去双亲，并亲眼看到印第安人残杀父母的惨景，舅舅巴里斯牧师收养了她，阿碧格过着寄人篱下的生活，所以她要比同龄姑娘早熟、世故。为了自食其力，她到普洛克托家当女佣，虽然只有 17 岁，但是面对充满男性魅力的强壮的普洛克托，阿碧格大胆地迎了上去，完全不顾教规戒律。当被女主人伊丽莎白赶出来以后，她一直怀恨在心。她召集了一群姑娘夜晚到树林子里跳舞，央求女黑奴蒂图芭用非洲古老的仪式吟咒招魂，让每个姑娘说出各自的心愿。表面上看，这不过是清教主义压制下的少女们的一场青春游戏，实际上是阿碧格借此来诅咒伊丽莎白死，好让自己取代她的床榻，与普洛克托同床共眠。黑夜、坩埚、喝鸡血，姑娘们欢乐的笑声被阿碧格的毒誓吓退了，巴里斯牧师的突然闯入，更让她们魂飞魄散，巴里斯的女儿贝蒂受到惊吓一病不起。

这场以女巫案为悲剧起因的跳舞事件，阿碧格起了主导作用。她一开始想阻止巴里斯舅舅不要把事情闹大，但是没有成功，情急中她为了保护自己而把灾祸推给了地位比她低下的蒂图芭，引燃了导火线，后来她变得更加一发而不可收拾，利用神权政治下要求人们在思想言行上与教会统治高度保持一致的局势，率领姑娘们装神弄鬼，因为她早在暗中威胁过她们，谁要不听她的话她就让谁死。她主动去撩拨疏远她的普洛克托，她在玛丽·沃伦做的布娃娃里暗藏着一根针，假装自己肚子疼，目的是让宗教裁判所去普洛克托家里搜查，诬陷伊丽莎白是女巫。她在小镇上兴风作浪，俨然成为女英雄、女法官，把许许多多无辜的人投进监狱，送上了绞刑架。她的心是冷酷的，坚硬的，她就像是复仇女神美狄亚的后裔，愚弄了那些大权在握的神职人员，自己也被神权政治所利用。当她看到对她始乱终弃的男人普洛克托全然不念旧情当众羞辱她是个淫妇，即便是这样她还是买通看守想救出打入死牢的普洛克托，跟她一起逃。她的爱是执着的、疯狂的、无可救药的，但是她的一片真情再次遭到拒绝，绝望的阿碧格最后不得不悄悄溜走，逃离了萨勒姆镇，不知去向，最后沦落为妓女。阿碧格在情欲的驱使下自己成了“女巫”，魔鬼在她心里，使她人性丧失。

赫尔牧师在全剧里则有个变化过程。一开始他被巴里斯牧师请到萨勒姆，为民抓“女巫”，人们敬畏他，这使他自我感觉很好，踌躇满志，在这块荒蛮闭塞的土地上，他渊博的知识终于有了用武之地。他轻信了阿碧格的拙劣表演，一声“叫警长带手铐来！”从此把萨勒姆带进了灾难之中。他在普洛克托家里，面对普洛克托对巴里斯牧师“金蜡烛台”的质问，他站在教会的立场上，振振有词地回应：“这不是由您来决定的事，那人既然被委任为牧师，他身上就有主的光辉。”① 气得普洛克托满脸通红，意识到神权政治下是没有正义、公正可言的。赫尔让普洛克托背“十诫”，借此想抓住把柄，在势头上占据上风，教导他“基督教好比一个堡垒，堡垒上出现任何一个细小的裂缝都不能认为是小的”②。在这种思想的指导下，能在萨勒姆查办“女巫”案，在他心里就是为上帝开战。他会在别人的只言片语中发现端倪，捕风捉影。比如，当伊丽莎白坦然宣称“您要是认为我是其中一个，那我就要说根本没有什么巫师”时，赫尔牧师马上反问“您当然不至于强烈反对福音吧！”他话里有话，彬彬有礼之中透出一种威慑。这里面还隐约有一丝掌握他人命运

① ［美］阿瑟·米勒著，梅绍武译：《萨勒姆的女巫》，《外国当代剧作选4》，中国戏剧出版社1992年版，第220页。

② 同上，第222页。

的满足感，这使他更加“敬业”。

然而，随着普洛克托等教民越来越多的申诉和反抗，随着乡镇里人心惶惶的局面，这个亲手签署了72张死刑判决书的赫尔牧师心理上不再那么坚定、踏实了，尤其是他为在当地有威望的吕贝克签绞刑书时，那签字的手就像受了伤似地索索发抖。他对宗教裁判所一系列的所作所为越来越产生怀疑，他动摇了，惊慌失措了，决定要制止杀戮：“我们可不能再不顾事实啦！”“凭上帝的名义，先生，就到此为止吧；放他（普洛克托）回家。”“我是上帝的一名牧师，除非有确凿的证据，否则我不能草菅人命啦。”① 他意识到那些犯人个个清白无辜，他甚至就法律程序上的问题试图阻止事态进一步恶化，严正申明他要退出这个法庭。

为了挽救无辜者的生命，赫尔牧师不顾大法官丹佛斯总督的威胁，讲出了萨勒姆已经处在严峻危乱边缘的真相：“现在到处是挨家流窜的孤儿，没有人喂养的牲口在公路上吼叫，处处弥漫庄稼腐烂的臭味儿；谁也不知道婊子什么时候一叫唤就会叫他丧命——而您还在怀疑是不是有人在谈造反？您真应该纳闷他们怎么没有放火烧掉您的州府！”② 当他意识到他不可能动摇铁石心肠的丹佛斯杀戮之心后，他去恳求伊丽莎白，要她去劝阻她的丈夫普洛克托不要放弃生命，“普洛克托大嫂，我恳求您救您的丈夫，因为他要去处决了，我就把自己看成是谋杀他的一名凶手。”他甚至向这个女人跪了下来。

这个信仰上帝、忠于职守的赫尔牧师在严酷的现实面前，终于认识到披着法律外衣的宗教裁判所的虚伪与残忍。他成为教会的叛逆者，当

① ［美］阿瑟·米勒著，梅绍武译：《萨勒姆的女巫》，《外国当代剧作选4》，中国戏剧出版社1992年版，第258页。

② 同上，第293页。

众忏悔道："我来到这个乡镇，就像一个新郎来到他最心爱的人儿家里一样，带来的礼物是至高无上的宗教，还带来了神圣法律的真正光环；可是我满怀信心地抚摸什么，什么就立刻死去；我那虔诚的目光转向哪里，哪里就鲜血横流。警惕啊，信仰如果带来了鲜血，就不要再坚信那种信仰。"①"一个劝人撒谎的牧师，主会加倍惩罚他的。"从这番话里，我们可以看到赫尔牧师的觉悟，正义感、道德感从他心里升华出来，他变得非常现实起来，劝告伊丽莎白做出这种牺牲是不值得的。他的抗争也争取到巴里斯牧师和他站在一起去劝说伊丽莎白。

然而，在威严的宗教法庭面前，以丹佛斯总督为代表的政教合一的强大势力面前，赫尔牧师的谏言没有改变一切，他的抗争行动如同螳臂挡车。或许，代表最高权力的丹佛斯总督内心有过对爱碧格的怀疑，但是为了他的权威和尊严，他不想承认这是一场冤案或者说不希望自己制造一场冤案，他的强硬、自负和口才，使他不可置疑地宣告：这是一个黑白分明的时代，你要么站在法庭这一边，要么就只能被认为是反对法庭，没有中间道路！但是，对真正的主的信仰者来说，死亡并不能吓倒他们。伊丽莎白一直把选择权留给自己丈夫，让普洛克托在生与死的困境中自由选择。当令人心惊、惶恐的行刑鼓声擂响的时候，普洛克托依然而深情地与妻子吻别。伊丽莎白高声喊道："他现在保全他那正直的美德啦。主不容许我剥夺他这种美德啊！"普洛克托为保住人的尊严而对死亡的无畏，伊丽莎白对信仰对人格的坚定不移，之于赫尔牧师是个震撼，他跪了下来，痛苦不已，这位以上帝的名义力劝普洛克托撒谎以保全生命的牧师，就在这一刻他的信仰轰然倒塌。《萨勒姆的女巫》全剧最后的

---

① [美] 阿瑟·米勒著，梅绍武译：《萨勒姆的女巫》，《外国当代剧作选 4》，中国戏剧出版社 1992 年版，第 294 页。

结局不仅令人唏嘘，而且激起了观众对神权统治反人性的深刻思考。

神权政治统治者在萨勒姆要的是秩序，通过“逐巫”事件，建立起牢固的社会规范，以至不惜威胁并残害教民的生命。在他们看来，与维护整个社会的稳定这一目的相比，个体的生命是微不足道的，因此，丹佛斯大法官越是忠于职守、尽心尽责，越是给萨勒姆带来更多的死亡、更大的灾难。在《萨勒姆的女巫》这部悲剧里，我们感受到了人的卑鄙、堕落与背叛，也感受到了崇高、坚贞与尊严；在形形色色的人物中，我们看到了人性的自私、软弱、偏执和残忍，以及忠诚、坚定、荣誉和良知。阿瑟·米勒刻画的人物是真实、生动的，那些替天行道的神职人员，或者被掌握生杀大权的权力欲所陶醉，或者被物欲所吞没，因而无视正义力量的呐喊。

历史上的萨勒姆“逐巫案”后来在1712年得到了平反，侥幸活下来的人得到了补偿。而在当代现实生活中，类似这种在一定气候和条件下，或者身处非常事件之中，肆虐的阴谋、诬陷、无中生有、报复、指控，至今还在不同民族不同地方发生着，现实与历史有时会有惊人的相似。在涉及生命攸关的人性考验面前，魔鬼与上帝在每个人的心里，真正的审判者是我们自己，就像古希腊悲剧中的俄狄浦斯王一样。让-保尔·萨特强调人在一定境遇里的自由选择，每个人对自己的选择负责，这位法国20世纪著名的存在主义哲学家、文学家在1957年把这部话剧《萨勒姆的女巫》改编成了电影。许多国家的戏剧家也都纷纷上演此剧。不能让历史的悲剧重演，这是每个善良的、有正义感的人的共同愿望，这正是阿瑟·米勒这个剧本能持久上演的一个重要原因。这是一部伸张正义、充满激情而又气势恢弘的悲剧，它所散发出来的对抗邪恶势力的自由意志与正直精神，以及崇高的道德力量，毫无疑问地证明了阿瑟·米勒是美国戏剧的良心。

欲望号街车

人，靠希望活着；人活着，不能没有希望！希望来自何方？可能许多人从未做过深入的思考，直到有一天我在阿瑟·米勒的剧本《堕落之后》中读到这么一句台词，一个女人跟男主角昆廷这样说道：“我认为在自身之外寻找希望是错误的。”① 在这句台词里，我再一次认识到西方人对自我的意识与重视。其实，我们的祖先早就告诫过我们：“求人不如求己”。东西方这两句简单质朴的话实际上是异曲同工，是至理名言，忠告我们要树立自救意识，否则就有可能丧失自我。

在西方社会，寻找自我不仅仅是一个人的问题，它已是人类共同的普遍的问题。西方现代悲剧给我们展示了这样的图景：荒谬的世界无意义；荒诞的人生无意义；人也无意义；人生活在一个再也不能用人的信念、希望和欲望解释的世界，甚至对信仰产生质疑，正如阿瑟·米勒所说的“一个人怎么能肯定自己的信仰就是美好的呢？”② 德国哲学家尼采（1844—1900）更加语出惊人，喊出“上帝死了！”的骇世狂语。于是，现代悲剧家们便力图赋予无意义以有意义。他们认为只有坚持这种

① [美] 阿瑟·米勒著，郭继德译：《外国当代剧作选 4》，中国戏剧出版社 1992 年版，第 513 页。

② 同上，第 503 页。

努力，人才能正视自己作为人的存在的真实性，才能体验作为人的价值与尊严。

一、作家作品简介

田纳西·威廉斯（Tennessee Williams，1911—1983）是美国二战后崛起的最有代表性的南方剧作家、小说家。他创作了许多优秀的戏剧，他的《玻璃动物园》(1945)、《欲望号街车》(1947)、《热铁皮屋顶上的猫》(1955）等剧，都是世界各国家喻户晓的经典名剧，它们都走上过中国舞台。《欲望号街车》和《热铁皮屋顶上的猫》这两部戏于 1948 年、1955 年先后赢得过美国普利策戏剧奖；他还四次获得纽约戏剧评论家奖，这四部戏剧是《玻璃动物园》(1945)、《欲望号街车》(1948)、《热铁皮屋顶上的猫》(1955)、《蜥蜴之夜》(1962)。在 1948 年，他同时囊括了普利策戏剧奖、纽约戏剧评论家奖。在长达 40 年的文学生涯中，田纳西·威廉斯总共创作了 25 部话剧，40 多部独幕剧，两部长篇小说，两本诗集和 60 个短篇小说；他有 17 部作品被搬上银幕，可谓名利双收，才华横溢。他在美国剧坛上叱咤风云，许多剧作已经成为世界舞台上的保留剧目，在各国上演，赢得广大观众与评论家的钟爱。1952 年，田纳西·威廉斯成为美国文理学院院士，并于 1969 年获得学院的金质奖章；1973 年获得圣约翰百年勋章；1979 年获得代表美国文化界最高荣誉的肯尼迪荣誉勋章；1982 年获得哈佛大学荣誉法学博士学位。

威廉斯的原名是托马斯·拉尼尔·威廉斯三世（Thomas Lanier Williams Ⅲ)，田纳西·威廉斯是他的笔名。1911 年 3 月 26 日，他出生在美国密西西比州的哥伦布市，父亲是鞋子销售商，常年在外奔波。田纳西从小体弱多病，母亲带他经常住在外公家。当牧师的外公家里有很多藏书，这对经常被人嘲笑为“娘娘腔”的田纳西·威廉斯来说，外公的书房成了他温暖的避难所，他的归隐地。他宁愿呆在外公的藏书屋里埋头阅读，也不愿意出去与小伙伴们一起玩耍、运动。他的母亲是一位典型的南方淑女，是美国南方上流世家后裔，她经常对田纳西讲起南方的风情故事，直到儿子对它们耳熟能详为止。有一年，母亲送给田纳西一台打字机作为生日礼物，他从此踏上了写作的生命之旅，那一年他13岁。1929年田纳西·威廉斯进入密苏里大学主修新闻学，由于他的南方口音，同学们用“田纳西”州名作他的绰号，威廉斯就干脆用它作为自己的笔名。书念到一半，他被父亲叫回家到制鞋工厂去打工，这让他非常痛苦。后来他又到华盛顿大学和衣阿华大学完成学业。毕业后他创作一组短剧取名《美国布鲁斯》，赢得了团体剧院戏剧比赛特别奖。

田纳西·威廉斯有一个姐姐叫罗丝，姐弟俩感情很好。美丽纤细的罗丝被诊断出患有精神分裂症，1942年，父母同意对罗丝做前脑叶白质切除手术，因为手术失败，导致可怜的罗丝在没有行为能力的状况下度过余生。这件事对田纳西·威廉斯是极大的打击，他不能原谅他的父母同意施行该手术，这也可能是造成他日后酗酒的因素之一。田纳西·威廉斯的戏剧里出现许多美丽而偏执的女性角色，均与姐姐罗丝的影响有关，如《玻璃动物园》中的劳拉，《欲望号街车》里的布兰琪，以及《夏日痴魂》（1958）里出现的脑叶切除手术等。

田纳西·威廉斯是美国戏剧史上最伟大的浪漫主义者，人类心酸痛苦的遭遇都会打动他，他会用诗一般的语言在他的戏剧里展现出来。在《玻璃动物园里》里，母亲阿曼达带着儿子汤姆和女儿劳拉过着贫困的生活，她的丈夫离家出走后就再也没有回来过。阿曼达回忆起少女时代在蓝山度过的美好时光，她曾经有众多的追求者，可是她没有去选择那些出身高贵的或有钱的年轻人，而是选择了富有浪漫气息的男人做丈夫。现在尽管她的生活十分拮据，她的家庭已经到了崩溃的边缘，她依旧保持着南方淑女那特有的风度，用回忆来填补她婚姻失败后的悲惨生活。这部戏以 20 世纪 30 年代美国经济大萧条时期为背景，通过劳拉的玻璃动物、独角兽，来象征这位跛脚姑娘心灵的脆弱；以防火梯这个唯一通向外面的出口，来隐喻一种监禁与自由、绝望与逃离的人物心理与处境，给人一种极度不安的感觉。从阿曼达的家庭危机中，田纳西·威廉斯探讨了当今西方社会所面临的严重的社会问题。1945 年《玻璃动物园》在百老汇上演，好评如潮，该剧连续演出了两年，并获得了纽约戏剧评论家奖。著名剧作家阿瑟·米勒称这部戏为“一场戏剧革命……它在一笔间使美国戏剧升华至最高境界。”①

《热铁皮屋顶上的猫》(1955) 表现了美国密西西比河三角洲一个南方家庭面对一笔遗产，每个人各种不同的心态和表现。剧中刻画了棉花种植园主波利特大爹身患癌症，回家过 65 岁生日，大儿子古柏率全家回来庆生，得知父亲的病情后，急切地想独霸家产。父亲想把家产传给他喜欢的小儿子布里克，盼望布里克给他生个孙子。但布里克却无意于此，好友斯开普的死让他一蹶不振，以酗酒来逃避现实，成为一个情感扭曲不可救药的酒徒。玛格丽特与布里克的婚姻早已名存实亡，为了与兄嫂争夺遗产，富有心计的她不惜采取一切手段，谎称自己怀孕，并藏起所有的酒，逼布里克将谎言变成事实。田纳西·威廉斯揭示了这个靠

① http: //www.zwbk.org/MyLemmaShow.aspx?lid=135136.

谎言维系的南方家庭的堕落，抨击了美国家庭普遍存在的虚伪和欺骗的社会现实。《热铁皮屋顶上的猫》于 1955 年 3 月 24 日在纽约百老汇公演，由艾利亚·卡赞（Elia Kazan，1909—2003）导演，连演了 694 场，博得各界好评，为田纳西·威廉斯赢得普利策戏剧奖和纽约戏剧评论家学会奖。1958 年，理查德·布鲁克斯把它搬上银幕，由伊丽莎白·泰勒和保罗·纽曼主演，同样广受赞誉。

田纳西·威廉斯是一个敏感而脆弱的人，他的同性恋人兼助理法兰克·梅洛在长达 16 年的时间里给了他很大的安慰。1963 年梅洛因病去世之后，忧郁症便一直困扰着田纳西·威廉斯，一度被他弟弟送进精神病院治疗。1983 年，田纳西因吞食药片导致窒息死亡，终年 71 岁。把他的戏剧《欲望号街车》搬上百老汇舞台和银幕的著名导演艾利亚·卡赞评价田纳西·威廉斯："生命的一切是他的戏剧，而他戏剧里的一切就是他的生命。"

二、《欲望号街车》的社会反响

《欲望号街车》(A Streetcar Named Desire，1947）是一部给田纳西·威廉斯带来巨大声誉的悲剧。剧本描写了一个叫布兰琪的美丽女子，从小受到过良好教育，她原本在南方祖传的庄园里生活得很精致，后来家道中落，父母相继去世，她所爱的丈夫艾伦又因绝望而自杀。丈夫的死对布兰琪来说无疑是雪上加霜，因为她无意中发现艾伦是个同性恋者，令丈夫既难堪又羞愧，布兰琪自责自己未能拯救艾伦，因而在寻找刺激中来惩罚自己，一度沉沦。后来，布兰琪来到新奥尔良投靠妹妹斯黛拉，却被妹夫斯坦利所不容，他偷偷调查了布兰琪不光彩的过去，并告诉了准备娶布兰琪的工友米奇，破坏了布兰琪近在眼前的幸福。最后斯坦利在妻子住院分娩时强奸了布兰琪，导致她的精神彻底崩溃，被斯坦利送进了疯人院。

1947 年《欲望号街车》在百老汇首演，纽约观众掌声如雷。田纳西·威廉斯亲自登台谢幕，观众用长时间的掌声向他致意，评论界也好评如潮。这次演出的成功，还要归功于导演艾利亚·卡赞，他后来还把这部舞台剧搬上了银幕，进一步扩大了《欲望号街车》和田纳西·威廉斯的知名度，著名影星费雯·丽为此赢得第二座奥斯卡金像奖。充满雄性魅力、粗犷健硕却名不见经传的马龙·白兰度因饰演斯坦利一角，也一举成名。该影片成为世界电影史上的经典之作，在全球广为流传。田纳西·威廉斯与艾利亚·卡赞从此成为终生合作者，生活中的知己与密友。

国外很多国家也看好这部戏，《欲望号街车》在美国大获成功后便越洋过海，登上了英国伦敦、意大利罗马等舞台。在伦敦，由英国舞台王子劳伦斯·奥立佛执导，首席女演员费雯·丽饰演布兰琪，演出盛况空前。罗马演出则由著名电影导演维斯康堤亲自出马，女主角是意大利戏剧、电影皇后安娜·麦兰妮主演。在法国、瑞典、俄国等也先后竞相上演《欲望号街车》，田纳西·威廉斯征服了欧洲观众，田纳西·威廉斯的名字也因此红遍全球，成为著名的美国现代戏剧家之一。由于受各种因素的制约，《欲望号街车》被搬演到中国舞台上是在改革开放以后，一些高等艺术学院，如上海戏剧学院、云南艺术学院等，将它作为学生的毕业公演剧目，此外，还有像上海话剧艺术中心等专业剧团或民营剧团搬演此剧。《欲望号街车》之所以被世界各国观众所接受，是因为这出悲剧涉及田纳西·威廉斯作品中所反复出现的主题：人在现实社会中的不如意，向往美好却不得，那些心智敏感而又不想循规蹈矩的人身不由己地被迫走向毁灭。这一主题或多或少会与我们每一个人产生共鸣，当我们眼睁睁地看着举止优雅、心底纯真的女主人公布兰琪像飞蛾扑火一样，其精神一点一点地被摧毁，会顿生怜悯，心痛不已。

田纳西·威廉斯的同行、美国著名戏剧家阿瑟·米勒说："这出戏本身就是不容贬损的杰作。"① 他高度赞扬了《欲望号街车》的剧本与演出，认为剧中人物的多姿多彩的对话"是从灵魂中流淌出来的语言。一位作家的灵魂，一个独一无二的声音几乎是奇迹般笼罩住了整个舞台。而不同凡响的是，每个角色的话语同时又神奇地像是只属于他自己，他们都像是在自由地揭示出他们相互矛盾的自我，而非被套上笼头，只为了满足讲故事的需要。"②《欲望号街车》在美国、在世界各地演出的成功，成为商业戏剧的一面旗帜，成为戏剧作品对人的命运深刻关注与探究的成功案例。

三、两性交战中现代人的生存困境

这部为田纳西·威廉斯带来世界声誉的《欲望号街车》(1947) 与奥尼尔的《榆树下的欲望》(1924) 有一点相似之处，那就是这两部美国戏剧都涉及了男女之间的两性交战。《欲望号街车》是一部社会历史戏剧，也是一部现代性心理悲剧，田纳西·威廉斯借这种男女之间两性交战的模式，将其放在美国社会的背景下，通过性、暴力和美国南方背景，多

---

① [美] 田纳西·威廉斯著，冯涛译：《欲望号街车》，上海译文出版社 2010 年版，第 5 页。

② 同上，第 4 页。

层面地表现了现代人的生存困境。

剧中女主人公布兰琪原本是一个出色的女性，出身于美国南方一贵族家庭，受过良好的教育，美貌单纯，但是现实社会摧毁了她。她的丈夫被布兰琪发现是同性恋者后，饮弹自尽，这一发生在布兰琪面前的悲剧成为她心中永远的痛，也造成她生活的一个重要转折点。随着她父母的相继去世，种植园的变卖，孤独、贫困中的她开始借酒浇愁，开始堕落、沉沦。当她在家乡再也呆不下去的时候，她来新奥尔良投奔她唯一的亲人——妹妹斯黛拉。

布兰琪是一个从优越舒适的生长环境中滑落到社会底层的不幸者，这一生活环境的巨大落差，造成她与新奥尔良贫民区环境的格格不入，也给她心灵上带来了巨大的压抑感。她的高贵、优雅在当工人的粗俗的妹夫斯坦利面前是行不通的，斯坦利认为她完全是在装腔作势，是在阴谋行骗。布兰琪的优雅是对他信奉的价值体系的挑战，他甚至认为，所谓"美丽岸庄园"破产，都是布兰琪编造的谎言，意在诈取原属斯黛拉名下的遗产，也是属于他的财产。他们之间有着太多的差异，无论性格、修养、家庭背景等。

面对自视清高的布兰琪，工人出身的波兰裔美国人斯坦利·科瓦尔斯基毫不掩饰他的反感。他认为布兰琪是位不速之客闯进了他的领地，干涉了他的生活，让他的妻子斯黛拉一改以前的温良，出现了嫌弃他的话语。这个男人在外形上是以一个强悍的情场老手姿态站在柔弱的布兰琪面前，首先在气势上占据上风。斯坦利"长得强壮结实；他生命中那种动物的快乐在他所有的动作和态度中都表现出来。他刚一成年，他生命的中心就是跟女人在一起的乐趣，可他并不放任无度，沉溺其间，而像母鸡群中一只羽毛丰满的公鸡那样满怀权威和骄傲。从这个让他心满意足的完整的中心生发开来，他的人生中还有一些辅助性的渠道，比如他对待哥儿们的热心，对粗俗笑话的欣赏，对美酒佳肴和体育比赛的热爱，他的汽车，他的收音机，他所有的一切，都带有他这种‘有种男人’的俗艳色彩。他只看一眼就能估摸出眼前的女人属于哪种性爱类型，脑际里马上就能呈现出赤裸裸的形象，他马上也就能决定该对她们摆出哪一副笑脸”。①

在这两性对立中，布兰琪绝不是斯坦利的对手，她在他面前一直处在被动地位，她是柔弱而纤细的，同时也是有教养的，是典型的大家闺秀。田纳西·威廉斯用了不少细节刻画了她的这一特点，比如，布兰琪专门去中国人的铺子里买了一个小巧玲珑的彩纸灯笼，因为她不喜欢光秃秃的灯泡，就像受不了一句粗话或是一个粗俗的动作一样；她喜欢洗热水澡，热水澡可以使她精神放松，干干净净香喷喷的觉得舒服。她讲话总是文绉绉的，很有礼貌。她喜欢听音乐，喜欢凭借自己的美貌吸引男人。她眷恋美好的过去，在姐妹说私房话时她质问斯黛拉怎能容忍粗野的丈夫。看到斯坦利竟然会对怀孕的妻子斯黛拉大打出手，她吓坏了，认为这简直是疯了，是不可原谅的行为！

布兰琪也是敏感而聪明的，她与斯坦利一交手，马上就知道这是一个既不欢迎她，又让她引以为耻的地方，她心里明白妹夫斯坦利恨她，在她刚刚客居的第一天，斯坦利就趁她洗澡时检查她的箱子，侵犯她的隐私。所以，布兰琪直截了当地告诉喜欢她的斯坦利的工友米奇：“我看到他的第一眼，我就对自己说，这个人就是我的刽子手！这个人会毁了我。”②

---

① ［美］田纳西·威廉斯著，冯涛译：《欲望号街车》，上海译文出版社 2010 年版，第 30 页。

② 同上，第 132 页。

在布兰琪的眼里，斯坦利是一个地地道道的兽性男人，他的任何举止行为都显露出野兽的习气。她把斯坦利与朋友的扑克之夜，称为“类人猿派对”！她不能理解出身高贵的妹妹斯黛拉怎么会爱上这么一个粗俗野蛮的波兰佬。

寄人篱下的布兰琪的生存境遇是如此可怕，她再也无法忍受这个性格粗野、缺乏教养的妹夫，她选择了斯坦利的朋友米奇，是因为米奇颇具绅士风度，也喜欢自己，这样一来她就可以搬出对自己造成威胁的斯坦利的家开始自己的新生活，嫁人是她远离斯坦利的唯一出路。但是，斯坦利却残忍地破坏了她的美梦，把她逼进了绝境之中。

布兰琪万万没有想到，斯坦利会在她人生最重要的时刻暗下毒手。就在布兰琪生日的晚上，布兰琪精心打扮好自己，一心等着米奇上门来吃饭、求婚。结果米奇没有来，这使心神不安的布兰琪极度失望，直至米奇亲自向她宣布：我不想娶你了。你不够干净，我不能把你领回家跟我母亲住在一起。[①] 就像是上帝的宣判，布兰琪最后一线生的希望被残酷地掐断了。原来斯坦利为了把布兰琪驱逐出他和斯黛拉的生活，不仅偷偷调查了布兰琪的声名狼藉的过去，并假米奇之手狠狠地打击她，导致布兰琪和米奇关系的破裂。当布兰琪要再一次被迫去面对那赤裸裸的过去和自我时，妹夫斯坦利怀着本能的仇恨彻底击碎了她的梦幻和希望，不仅送了她一张单程回家乡的火车票，而且还无耻地强暴了她，把她逼疯后送她进了疯人院。田纳西·威廉斯认为这部悲剧的意义在于：是现代社会各种野蛮残忍的势力强奸了那些温柔敏感而优雅的人，我们生活的这个社会是相当可怕的。

---

① ［美］田纳西·威廉斯著，冯涛译：《欲望号街车》，上海译文出版社 2010 年版，第 178 页。

在这部悲剧里，唯一能给布兰琪一点心灵安慰的就是斯黛拉。善良的斯黛拉对布兰琪的到来充满了友善、同情和手足之情。她心里非常清楚斯坦利给她姐姐名誉上“抹黑”的动机，他因没有得到“美丽岸庄园”的遗产怀恨在心，他要把布兰琪从家里赶出去，姐姐的存在反衬出他的粗野。但是，在这个男性构筑的社会里，没有经济地位的斯黛拉是较量不过她粗鲁的丈夫斯坦利·科瓦尔斯基的，她和千千万万的女人一样最终必须顺从男人。斯坦利把布兰琪看作是不速之客，斯黛拉则处处护着她照顾她，在她深爱的丈夫与心爱的姐姐角力的过程中，她千方百计在他们之间制造平衡，客观公正地评判他们。她看到布兰琪的堕落与毁灭而心痛落泪，然而，她纵情的哭泣却抵御不住斯坦利性感的呢喃。毕竟，她和刚出生的孩子需要依靠这个毁了她姐姐布兰琪的男人。

四、社会变革中人本体的悲剧

《欲望号街车》是一部内涵深刻又充满艺术魅力的悲剧。布兰琪的悲剧性命运是令人扼腕的、叹息的，她纤细的美丽经不住强光的刺激，一如她伤害过她所爱的丈夫艾伦，现在她正在被无情的妹夫斯坦利和冷酷的现实生活所伤害。斯坦利代表了冷酷无情的社会现实，对布兰琪毫无恻隐之心。处在孤独与恐惧中的布兰琪试图把自己隐藏起来，把自己包裹起来，她用幻想、欺骗和酒精麻木自己受伤的心灵，这实际上是布兰琪想从根本上逃避残酷现实的一种表现。在经受了一连串的打击之后，她被彻底摧毁了。

在这个男性为中心的现代西方社会里，不会有人去指责斯坦利的纵欲、玩女人，也不会有人去指责艾伦的非正常的同性恋行为，却会大大责难布兰琪的不检点，并把荡妇的恶名扣在她的头上。是的，布兰琪曾以放纵自己来寻求精神上的安慰，但在内心深处她还是干净的、天真的，她不断地在内心进行自我谴责，她相信自己还是纯真的女性。田纳西·威廉斯安排布兰琪第一次出场时写明她是穿着一身白衣服，戴着白帽子、白手套，她的这一身打扮，看起来好像是要去参加一个在花园里举行的夏季茶会或是鸡尾酒会似的，这是编剧的良苦用心，以突出高雅的布兰琪与她周围那个又脏又乱的环境显得极其不协调。

出于女性的自我保护意识，还有女人的虚荣心，布兰琪来到新的栖身之地竭尽所能来掩盖自己的弱点。比如，不再年轻的她，从来不愿意在白天与米奇约会。“我喜欢这里的黑。黑暗对我是一种抚慰。”她对米奇说道。她希望周围的男人都能对她众星捧月，她不能正确认识自己，也就不能正确看待他人，特别是斯黛拉的丈夫斯坦利。这个如猛兽般的强壮的男人，布兰琪既害怕他，又为他所吸引。

布兰琪的确掩盖了来到新奥尔良之前她遭受到的缕缕挫败，那些她难以启齿的往事。布兰琪倾心相爱的丈夫艾伦竟然是同性恋者，就因为她没有去拯救他，艾伦开枪自杀了。这能怪布兰琪吗？同性恋在当时的社会里被认为是罪恶的，违反伦理道德的，是被现实社会所不容的，要受到法律制裁的。所以艾伦同性恋的秘密一被发现，可以想象他是多么害怕、惊慌失措，他求助于布兰琪。可布兰琪当时只有 16 岁，她曾那么爱他，为这个英俊的年轻诗人所动心，为了艾伦，她背着父母大胆地私奔。现在她突然发现丈夫还是个同性恋者时，她的震惊、失望与愤怒是可想而知的，她完全不能理解艾伦的行为。那么，为何到了这个难堪的时刻，年轻的妻子在毫无思想准备的情境下就非要成为救世主呢？布兰琪从小受到良好的家庭教育，她难以理解也不能容忍违背宗教道德的行为，这也是整个社会的道德评判标准。涉世不深的布兰琪还没来得及从震惊与痛苦中缓解出来，她冲动下的离去是可以理解的。

事实上，艾伦之死使布兰琪从此在自己的心灵上背起负罪的十字架，深陷其中不能自拔。她的父母先后离她而去，她又不善理财，结果负债累累，孤独的布兰琪不得不抵押了房产。她在中学当老师，但微薄的薪水使布兰琪在经济上捉襟见肘，日子过得很艰难。于是她追求精神的慰藉，她傻傻地陷落在与一个 17 岁男学生的秘密交往里，结果东窗事发，她成为无耻的诱惑者，最后当她在学校里呆不下去的时候，沦为妓女成了她养活自己的唯一出路。

布兰琪就像尤金·奥尼尔《奇异的插曲》里的女主角尼娜一样，用寻找肉体刺激来惩罚自己。她心里清楚那些跟她调情的男人是不可靠的，她只好从一个漏雨的屋顶下面逃到另外一个，最终被镇长驱逐出自己的家乡劳雷尔，成为一个没有根的、心力交瘁的漂泊者。

从密西西比州来到工业化城市新奥尔良妹妹斯黛拉家里，布兰琪曾期待在新的环境里重新燃起生活的希望。她说过谎，欺骗过米奇，欺骗过妹妹、妹夫，她这样做的目的是想寻求保护，她从来不认为她是存心在欺骗别人，更不认为这是一种罪过。她在米奇面前坦白她与不少陌生人鬼混过，但是，她认为那是她填补内心空虚的唯一途径，她的堕落是因为她不堪忍受丈夫艾伦自杀给她造成的心理压力；因为缺乏安全感，恐惧驱使她从一个地方到另一个地方，尽可能地寻求一些保护，恐惧使她迷失了自我，迷失了生活的方向。

布兰琪　对了，我和许多陌生人有亲密的关系。艾伦死了之后，我好像只有和陌生人幽会才能弥补我内心的空虚……我想我是出于害怕；

恐惧驱使我不断换人，挨个寻找保护——上这儿，上那儿——多数都是些不可靠的地方——甚至最后竟找了个17岁的男孩，可是又有人给校长写了信——“这个女人在道德上不称职！”……我就这样来到这里了，我已经没有别的地方好去了。我过时了，我的青春一去不复返了，而我遇见了你……为了你，我感谢上帝……因为你好像很文雅——好像是这个岩石般的世界的一道裂缝，我可以在此藏身！但是……[①]

布兰琪的这段自白是真实的，她没有向她喜欢的、愿意托付终身的米奇撒谎。之前，布兰琪的确真真假假来掩盖自己的虚弱，但是现在她身处绝境之中，她有勇气坦陈真相。

布兰琪生活在美国社会剧烈的转型与变革时期，北方的工业化革命以不可阻挡的强大力量，冲击着南方以种植园为主体的经济体系与生活方式，一如粗俗的斯坦利与优雅的布兰琪之间的关系。代表南方庄园主贵族文化与生活方式的布兰琪，无力招架以斯坦利为代表的这股不讲人性与道德的北方工业社会势力，在冲突与抗衡的过程中，布兰琪的个人悲剧就像历史的进程一样，不可扭转。她与斯坦利的对立，是现代文明的对立；两者之间的角力与冲突，隐喻了女性的文雅、男性的粗鲁，是现代意义上的文明与野蛮的冲突。

作为代表传统文化价值体系的布兰琪在现代工业社会中命运多舛，不过，她却没有放弃对自由生存的追求。但是，面对生存危机，布兰琪不能作出正确的、有理性的选择，用自己的行动来确认自我的自由生存，而是把希望寄托在男性身上、他人身上，不是自身身上。她错误地

① [美] 田纳西·威廉斯著，奇青译：《欲望号街车》，《外国当代剧作选3》，中国戏剧出版社1992年版，第202页。

采取一种消极的逃避态度和梦幻态度，到妹妹家寻求庇护所，要求亲人和朋友接纳她，并特别照应她；她努力地为自己编织一段“可接受”的历史，用混淆虚实的求生术，来寻求出路和自我释放。她曾经对米奇说：“我不要现实主义。我要幻影，对，就是幻影。我努力把它展示在人们面前。我引导他们去看假象。我不告诉他们现实，我告诉他们理想中的真实。如果说这是一种罪孽，我甘受惩罚！”这是出于她对暴露不堪过去的恐惧，一如她只肯在傍晚后才肯与米奇约会一样，惧怕光明、惧怕真实。

这位衰弱、传统的褪色美人在冷酷无情的现实生活里备受心灵摧残之后，还在努力挣扎着，竭力要维护住她的体面和文雅，即便是她在被妹夫强行送到疯人院的最后一刻，她努力使自己镇静下来，保持住最后一丝尊严，优雅地挽着男医生的胳膊说“我总是相信陌生人”。这是她悲剧性的缺陷，她以绝望的努力进入自己的幻想世界。尽管如此，她却始终不能胜过残酷的现实。

剧作者田纳西·威廉斯形容布兰琪是一只蛾，这个意象与布兰琪的敏感柔弱和神经质形成了奇特的拼贴。蛾，究竟不是蝴蝶，注定了要扑火而残破不全；布兰琪在虚幻中追求幸福与自由的结果，也注定是镜中花水中月。人本体构成了荒诞处境的一部分，以失落、孤寂、无意义和生存恐惧等来整体否定荒诞处境和荒诞存在，从而唤起对自由而真实的生存的回忆、关注和向往。布兰琪的悲剧是人本体的悲剧之一。悲剧精神的核心是现代个人在多重生存困境中，对可望而不可及的自由生存和理想人性的无尽的苦苦追求，或者说是对现代人所理解的人的生存的真正的真实性的无尽的苦苦追求。《欲望号街车》这部美国悲剧唤起了我们对世界的荒诞感，对自身生存的危机感，以及对自身孤独的焦虑感。

结　语

其实，像布兰琪这样在理想与现实的对立中，乐意以虚假的身份、虚假的名声回避生活的挫败，在记忆中重建幸福的过去，惯用成功的幻觉安慰自己的人并非个别现象，而是大有人在。比如：失意的老推销员威利·洛曼（《推销员之死》，编剧阿瑟·米勒）、霍普酒店里的那群靠酒精和白日梦度日的酒鬼（《送冰的人来了》，编剧尤金·奥尼尔）、被丈夫遗弃的阿曼达（《玻璃动物园》，编剧田纳西·威廉斯），等等，精神上的断裂与缺失，促成了生存的危机与困境，于是他们懦弱地梦想一种美好的秩序与生活，从而带给他们一种虚假的安全感。他们的不幸似乎告诉我们：人类是脆弱的，人生充满了失败，生命注定是悲剧性的。布兰琪、阿曼达等人的故事，为现代人提供了直面自己生存环境的参照物。

德国哲学家伽达默尔（1900—2002）曾经指出：当今时代是一个乌托邦精神已经死亡的时代。这正是我们这个世界的悲剧。精神的建构来自我们在无限与有限、自由与必然、“生存还是毁灭”的选择中，选择生存和存在，选择承担一切的勇气。不要把全部希望寄托在他人身上，一个人必须立足自己，并要懂得自救，因为人最终必须自己掌握自己的命运，真正至上的是人自身。人，作为一种存在，不能安于现状与虚幻，而要努力超越自己，重塑处于人类本性和世界处境的双重限制下的人的尊严与辉煌。

一个无政府主义者的意外死亡

1997 年 10 月，在人们的翘首等待之中，瑞典皇家科学院诺贝尔评奖委员会常务秘书终于宣布了文学奖的名字和理由，“本年度诺贝尔文学奖将授予，”他故意卖了个关子，停顿片刻，笑了一笑，扫视了一下全场，感觉把悬念造足后才念出一个响亮的名字，“意大利作家达里奥·福，因为他继承了中世纪江湖艺人的传统，嘲讽了权力，还被压迫的人们以尊严。”

大厅里一片寂静，达里奥·福，这个名字大概是出乎许多人的意料之外，他在某些人眼里不过是一个类似中世纪在君王面前善于插科打诨的弄臣，一个集编、导、演为一身的丑角。达里奥·福的膺选震动了西方文坛，褒之，贬之，各种声音此起彼伏，这一届诺贝尔文学奖所掀起的反响之大是前所未有的，达里奥·福成为人们议论的热点。达里奥·福本人的反应是“我喜欢这个奖，因为这是演员的报复，因为是给一名演员而不仅是给一名作家，给江湖艺人而不给文学家的。这将是第一次由一个演员握住国王之手。那 18 名评委作出了勇敢的行动。”[①] 那么，这个惹得意大利政坛权贵和梵蒂冈教会都憋不住发出了不满之声：

---

① 见 2003 年 8 月 1 日 人 民 网。http：//www.people.com.cn/GB/historic/1009/3349.html.

把诺贝尔文学奖授给一个江湖艺人是没有头脑的选择，这个在舆论的风口浪尖上获奖者到底是一个什么样的人物呢？

一、达里奥·福简介

达里奥·福（Dario Fo，1926—2016），意大利杰出的剧作家、戏剧导演、演员，1997 年诺贝尔文学奖得主。1926 年 3 月 24 日出生在意大利西北部的隆巴迪大区（意大利二十个行政大区之一）瓦雷塞省桑贾诺市，该地与瑞士接壤。他的父亲弗里茨·福是一个铁路小站站长，农民出身的母亲比娜·洛塔是一个受过教育的传统女性。对达里奥·福影响最大的人物是他的外祖父吉俄塞佩·洛塔，他是一个天生会讲故事的人，也是当地一位小有名气的说唱艺人。孩提时代的达里奥·福非常喜欢听外祖父讲故事，看外祖父惟妙惟肖的表演，他像磁铁一样被吸引住了，小小年纪就学会了模仿与表演，特别是赢得大人们赞扬之后，达里奥·福在戏剧表演方面的天赋不断地被发掘出来，他感到其乐无穷，这为他日后成为广受关注的喜剧演员和剧作家打下了坚实的基础。

长大后达里奥·福在意大利米兰布雷拉美术学院学习建筑，其间他和朋友们经常在咖啡馆自娱自乐即兴表演。1940 年因为二战的爆发而不得不中断学业。不过，这一段专业知识的学习，所学的绘画技法与透视学基础，为他后来亲自设计舞台布景大有裨益。例如，在他的《他有两把手枪，外带黑白相间的眼睛一双》一剧里，达里奥·福就是按照 16 世纪英国伊丽莎白女王时期的风格设计了双层布景。

战后，达里奥·福先在米兰理工学院建筑系继续他的学业，后来他作为一名助理建筑师，得到了一份兼职工作，在剧院绘制布景。由于经常出入米兰不同的剧院，他遇到了他未来职业生涯中一个非常重要的人物——演员兼剧院经理弗兰克·帕伦蒂，开启了他所真正热爱的戏剧事业。达里奥·福介入了意大利小剧场运动，在社区上演他的诙谐滑稽的即兴独角戏。1951 年，在米兰奥德翁剧院，达里奥·福上演了他的系列独角戏《可怜的小东西》，成为他的时事讽刺剧《七天》的一个组成部分，这是他第一次在官方剧场里亮相。经帕伦蒂介绍，达里奥·福还到意大利广播公司工作，在时尚节目里表演他那妙趣横生、贴近生活的独角戏。与此同时，他还给一些评论杂志撰稿。

1954 年对达里奥·福来说是重要的一年，他与女演员弗兰卡·拉梅（Franca Rame，1929—2013）结婚。弗兰卡的祖辈都是喜剧演员，她的家庭具有悠久的喜剧表演传统，从此达里奥·福的戏剧事业如日中天，如虎添翼。

1959 年上演的《天使们不玩电动台球》是达里奥·福的第一部多幕剧，演出引起轰动，达里奥·福成为被全国关注的喜剧家。紧接着他又创作了多幕剧《他有两把手枪，外带黑白相间的眼睛一双》(1960）和《他偷了一只脚而幸运地陷入爱情》(1961)，这些早期戏剧的代表作品，显示了达里奥·福一直在寻求独白和对最原始声音的独特运用，他成为 20 世纪 60 年代意大利戏剧家中的佼佼者。他之后重要的剧本有《喇叭、小号与旗帜》(1968)、《滑稽神秘剧》(1969)、《一个无政府主义者的意外死亡》(1970)、《被绑架的范尼尼》(1975)、《教皇和巫婆》(1989）等。

在达里奥·福的戏剧生涯中，由他编剧、导演和主演的喜剧作品超过 50 部，其中包括独角戏、讽刺剧、黑色喜剧、荒诞剧等，在欧美、日本、中国等许多国家演出，深受观众的喜爱，其影响不仅在意大利，而且誉满全球。达里奥·福及其喜剧具有一种政治感染效应，他让那些权贵们如刺针芒很不舒服，却让人民大众欢欣鼓舞、扬眉吐气，维护了他们的尊严。达里奥·福是一位非常严肃的讽刺作家，他继承了古希腊喜剧之父阿里斯托芬的喜剧精神，这就是自由狂欢的，具有独立人格的，其喜剧感是一种超越感、游戏感和荒诞感。

作为一个伟大的喜剧家和非凡的喜剧演员，达里奥·福以他的智慧和喜剧天赋，恢复了意大利的喜剧传统，以大量的即兴表演、简洁的台词和丰富的动作，以中世纪弄臣的方法痛斥当权者。他高超的演技，不是为了扮演小丑，娱乐观众，而是为了颠覆这个不合理的意大利现实社会。他的嬉笑怒骂是来自古老的愤怒的声音。达里奥·福是勇士是斗士，是激进的戏剧家。为此，福的妻子弗兰卡·拉梅曾遭遇敌视他们的流氓的折磨和强奸，被遗弃在一个公园里，达里奥·福本人也多次遭到恐怖威胁。但是，达里奥·福从来没有被吓倒过，他从容面对所有的反对声，和弗兰卡·拉梅建立了一个残疾人组织，用得到的诺贝尔文学奖金来资助残疾人士。毫无疑问，达里奥·福是意大利民族的良知和社会问题的批判者，他赢得国际声誉是当之无愧的。达里奥·福夫人也是一位了不起的令人尊敬的女性，她一向支持丈夫的事业，“为了支撑像达里奥那样的丰碑，需要有个底座。我在45年的时间里就是做这个底座，但我是幸福的。”①

二、经典现代喜剧《一个无政府主义者的意外死亡》

两幕剧《一个无政府主义者的意外死亡》(Accidental Death of an

① 见2003年8月1日人民网。http：//www.people.com.cn/GB/historic/1009/3349.html.

Anarchist，1970）是达里奥·福一部享誉世界的政治讽刺剧，第一次上演于 1970 年 12 月 5 日意大利瓦雷泽。之后，该剧在美国、英国、斯里兰卡、印度、中国、巴基斯坦、罗马尼亚、新西兰等许多国家上演，观众总数超过 100 多万。在我国首次把达里奥·福这部戏剧搬上北京舞台是在 1998 年，导演孟京辉，陈建斌饰演剧中主角疯子，首轮演出 30 场，场场爆满。

《一个无政府主义者的意外死亡》是以发生在意大利米兰一个真实事件而创作的。1969 年，一个叫朱塞佩·皮内利的无政府主义者、铁路职工，从意大利米兰警察局五层楼窗口跌落下来当场身亡。他被指控袭击位于米兰喷泉广场上的国家农业银行，在这场爆炸中有 17 人死亡，88 人受伤。事实上这是一件被栽赃诬陷的冤案，皮内利是在警察局被活活打死后抛下去的。达里奥·福极其尖锐地讽刺了意大利国家权力机关警察局和司法局的腐败与黑暗，其中具有一种罕见的黑色幽默。不过，这个剧本里所发生的“疯子”调查事件却是作者虚构的。达里奥·福对这部在国际上最受推崇的戏剧这样阐述道：“这是一部实质上是悲剧性的荒诞闹剧。”

这部政治讽刺喜剧的构思是极其巧妙的。一个自称是“疯子”的男人来到警察局办公室，他就像是一个杰出的喜剧演员，擅长扮演各种角色。从一开始他就伶牙俐齿地询问有关那个无政府主义者死亡的敏感问题，他理所当然地被赶出警察局长办公室。谁知过了一会儿，“疯子”又神不知鬼不觉地溜了回来，不仅在空无一人的局长办公室桌上无所顾忌地翻阅重要文件，撕毁那些他认为不公正的判决，还大胆地拦截了一个电话。这个电话让“疯子”得知将有一位从罗马来的高级法官，将要专门到米兰警察局调查那个无政府主义者意外死亡的案件。于是，

“疯子”当机立断，要扮演那个即将到来的稽查法官，玩起了“逗你玩”的游戏。警察局长心里发虚，害怕真相被披露，因此步步落入“疯子”设立的圈套里，不自觉地还原了那天发生在这间办公室里审讯那个无政府主义者时一系列重要的细节。这时，一个女记者也来到这间办公室，试图探测这桩无政府主义者的死亡案件。最后，当“钦差大臣”的身份被揭穿后，“疯子”干脆不容置疑地戳穿了警察局里所掩盖的种种谎言。

这是一部世界公认的经典现代喜剧，达里奥·福的讽刺手法运用得极其智慧，剧中那个把警察局长弄得晕头转向的“疯子”，实际上是一个接近真理的人。达里奥·福借“疯子”之口，巧妙地揭露了警察局内部种种见不得人的暴行，以及警察局与上级、与媒体之间的关系。这种敢于主持正义、挑战权势、揭露黑暗与丑恶的行动，赢得无数世人对达里奥·福的尊敬。

1. 到底是疯子还是健康人？

似是而非，似非而是，是达里奥·福在这部戏里运用得最得心应手的手法，其娴熟的程度可谓是炉火纯青。两幕戏的情节都是发生在警察局楼上的一间办公室里，在一天之内，事件单纯，完全遵循古典主义三一律的编剧法则。

戏一开始，一位叫贝尔托佐的警官正在应付一个嫌疑犯也就是“疯子”的纠缠。之所以用“纠缠”二字，因为这个“疯子”嫌疑犯实在是难以对付：“你乔装改扮可不是第一次了。这儿说，你有两次化装成外科医生，一次化装成狙击队的队长……三次是主教……一次是造船工程师……总起来说，你被捕过，让我们看一下……两次，三次，五次……

一共是十一次……那么，这次就是第十二次了。”[1]贝尔托佐警官一边翻阅文件一边说道。嫌疑犯为自己辩解他可从来没有被判过刑，他的犯罪记录是干干净净的。当他听到贝尔托佐警官发誓今天就要弄脏他的犯罪记录时，这个嫌疑犯立即反唇相讥，并警告贝尔托佐警官“一份等别人来弄脏的清清白白的犯罪记录，总是让大家伙儿都垂涎三尺”，[2]所谓对他的指控，是“由一个健康人制造出来的！”[3]这其实是在暗示并警告警官不要玩火，否则他将会公布于众，因为他是个病人，警官真要这样做是违法行为。

嫌疑犯自称是疯子，说他已经住过16次疯人院，犯的是“模仿人物的癫狂症”，“叫做演戏狂”[4]，他曾经扮演过很多种角色了。因为是“疯子”，他说起话来可以口无遮拦，肆无忌惮。他嘲弄医生的乱收费：如果收费少了，病人会以为这个医生不值钱，不是什么名副其实的教授，要么就是刚刚毕业的实习医生；相反，医药费收得越高，病人就越放心越高兴，“开大价钱的账单是灵丹妙药里最有效的灵丹妙药，不论对医生来说，还是对病人来说，都是这样！”[5]“疯子”针对贝尔托佐警官对他高收费给病人看病的指控，给予了有力的回击。“疯子”还调侃了贝尔托佐警官对他的其他指控，时而咬文嚼字，时而冷嘲热讽，驳斥了对方每一项试图将他置于死地的“罪名”，以至于让这个败于下风的贝尔托佐警官惊呼道：“不准您再拿人开心了！我开始相信，您当真是一个得了演戏狂的人。不过，您在演一个不是疯子的人呢……相反，您

---

① ［意］达里奥·福著，黄文捷译：《不付钱！不付钱！》（诺贝尔文学奖作家丛书），漓江出版社2000年版，第109页。

②③④ 同上，第110页。

⑤ 同上，第111页。

这个人比我还健康，我敢打赌！”[1]

一个借装疯卖傻的人抨击社会现实针针见血，这哪里是什么“疯子”？贝尔托佐警官明白眼前与自己过招的“疯子”非同一般，他思维敏捷，口齿伶俐，从他对社会问题的暴露与讥讽来看，这完全是一个头脑清晰、目光如炬、嫉恶如仇的健康人，一个与政府为敌的反动分子！当疯子的假象被警官戳穿后，他一点也不慌张，继续讥讽道：“你们的职业就是一种引起许多精神错乱的职业。”[2]警官发现这个“疯子”非但不惧怕自己的威胁，竟然还精通法律：如果警官给他铐上手铐，那么，这是犯了刑法第一百二十二条规定：“公职人员强行拘禁一名精神病人，致使其病情恶化者，应属犯罪，可判刑五年至十五年，并且丧失养老金和职衔。”“疯子”的这一法律警告使得贝尔托佐警官既恼火又不敢发作，质问能言善辩的“疯子”怎么没有去当一名律师？岂料，“疯子”毫不含糊地回应道：“我是永远也不会当律师的。我不喜欢辩护，这是一种被动的技巧；我喜欢审判，判罪，镇压，迫害！我是你们当中的一个！”[3]“疯子”对国家司法当局的刻薄嘲讽觉得还没有过瘾，他进一步调侃道：

法官是所有职业里最棒的！首先，法官几乎是永不退休……相反，在同样的条件，一个普通人，不论哪个行业的劳动者，到了五十五岁、六十岁的年龄，就已经该甩掉了！……就该滚蛋，淘汰，解雇……然而，对法官们来说，却是职业生涯的兴旺时期……他们越是老迈昏

①② ［意］达里奥·福著，黄文捷译：《不付钱！不付钱！》（诺贝尔文学奖作家丛书），漓江出版社2000年版，第113页。

③ 同上，第114页。

庸……越是智力衰退，人家就越是要把他们选举到更高的位置上，就越是要委以重任……绝对的重任！您可以看到一些像用硬纸板糊成的小老头儿们，一个个都好像掉进泥坑里似的，佩着绶带，披着白貂皮的小斗篷，戴着镶有金条的圆顶大礼帽……走起路来摇摇晃晃，一张脸活像是用加尔德纳山谷的木雕瓶塞做成的……还戴着两副用小细链子系起来的眼镜，要是不用链子系上，他们就会把眼镜丢掉……不过，正是这些权力人物用一个法律，妄加判刑，擅发指令……他们简直神圣不可侵犯！因为，咱们可不要忘记这一点……还有侮辱罪呢，要是一个人竟敢说他们坏话的话……[1]

这是何等犀利的嘲讽啊！“疯子”对法官神圣职业的肆意亵渎，用昏庸、老朽、滥用法律、草菅人命等字眼来形容他们，足见这位“疯子”和“疯子”的塑造者达里奥·福的胆魄。

在与贝尔托佐警官交锋的第一个回合里，“疯子”还自嘲自己是被疯狗咬过的“有毒疯子”，也会到处咬人。被烦透了的贝尔托佐警官拿“疯子”毫无办法，好不容易将他赶出了办公室，气恼自己非但没有完成他的审讯工作，反而延误了一个重要的会议，已经晚了 5 分钟。“疯子”左右了审讯他的警官的心理情绪，搅乱了他的工作思路，控制了办公室的局面，这不过是他初露锋芒，小试牛刀。这个嫌疑犯到底是真疯还是假疯，是病人还是健康人，已经是不言而喻了。

2. 到底是意外死亡还是他杀？

现实生活中，那个叫皮内利的无政府主义者从警察局五楼的窗口跌

---

① ［意］达里奥·福著，黄文捷译：《不付钱！不付钱！》（诺贝尔文学奖作家丛书），漓江出版社 2000 年版，第 116 页。

死在大街上，这一事件令人生疑，引发了媒体和人们的广泛关注。这个无政府主义者到底是意外死亡还是他杀，如何解开这个谜，是达里奥·福这部喜剧的核心与悬念。

“疯子”在贝尔托佐警官前脚刚离开他后脚就重新踏进了办公室，只见他把桌子上那些他认为是不公正的拘捕令撕得粉碎。正当他疯狂地想把所有的文件都烧掉时，意外发现了那个意外死亡的无政府主义者的审讯记录，他立即兴奋起来。恰在这一时刻，电话铃响了起来，原来是一个来自罗马高级法院的重要电话通知：一位大法官将从罗马来米兰警察局调查关于那个无政府主义者意外死亡的案件。“疯子”拿着话筒从容镇定，还时不时地插科打诨，让对方完全没有怀疑他的真实身份。这个被拦截的绝对重要的机密电话，使得“疯子”立即做出了一个大胆的决定：亲自扮演这个“钦差大臣”，将事实真相调查个水落石出。

达里奥·福从大幕一拉开就让观众得知，这个“疯子”患有模仿他人的癫狂症，有着强烈的表演欲，他渴望扮演“法官”，现在是天赐良机，他设定好他将饰演的稽查大法官应有的性格与神态，拿走了所有与案子有关的文件。有了开场的铺垫，伪法官稽查无政府主义者的意外死亡，就构成了整部戏剧顺理成章的行动线，警察局那些做贼心虚的官员们个个成为他导演这出闹剧的提线玩偶，真正的好戏开始了。

在警察局长的办公室，也就是当时审讯那个无政府主义者、铁路工人皮内利的地方，“疯子—大法官”大模大样地让小警察把局长和另一位博士警官叫到办公室来，那副架势好像他就是上帝一样。他毫不含糊地宣称自己就是最高罗马法院的首席顾问、马利皮埃罗教授，并且煞有介事地反问那个穿着运动衫的博士警官，是谁通知他要到这儿来审核调查和存档情况的？这让对他身份有些怀疑的博士警官吓得马上缩了回去，小心翼翼地说没有想到他会来得这么快。“疯子—大法官”在气势汹汹的局长面前软硬兼施，用眼睛恶狠狠地斜睨着他，也吓得警察局长瘫倒在椅子上。接着，他让局长给他再现当时那个引起无政府主义者所谓癫狂症大发作的场面，局长尴尬地把皮球踢给下属，穿运动衫的警官慌忙解释这不过是他们审讯嫌疑犯时，为了达到招供的目的而常用的权宜手段之一，结果被“疯子—大法官”傲慢地顶了回去。他从气势上唬住了这间办公室里所有的警官们，把他们拿捏在手心里随心所欲地玩弄起来。一个“疯子”在国家专政机关里发号施令，左右着局面，成为审判者，这是达里奥·福对当权权贵的一个极大的嘲讽。

战战兢兢的警察局长终于因心里发虚而不打自招：为了从精神上、肉体上打击那个无政府主义者铁路工人，他们实施过诱供逼供，栽赃诬陷等多种手段。为了“证明”那个无政府主义者具有严重的犯罪嫌疑，他们还捏造出他的朋友、一个舞蹈演员已坦白承认是米兰爆破案的凶手的谎言，推翻他当时不在场的事实。就这样通过一点一点的还原，办案的警官们在这位咄咄逼人的“大法官”面前，不得不承认是自己搞错了。但是“疯子—法官”还是不依不饶：“依我看，你们才是凶手！你们要对这个无政府主义者的死负完全责任！要立即判定有罪，因为你们唆使对方自杀！”①“你们还欺骗了电视台、报社等媒体，骗取了老百姓的信任。司法部和内务部决定解除你们的职务，要恢复警察局目前已经丧失的信誉，树立一个尽可能严厉的榜样！”②这是一介小人物对国家权力机构权威人物的正义审判！

---

① [意] 达里奥·福著，黄文捷译：《不付钱！不付钱！》(诺贝尔文学奖作家丛书)，漓江出版社2000年版，第140页。

② 同上，第141页。

一个堂堂的大权在握的米兰警察局长，在一个冒牌的“疯子—大法官”面前，竟然完全丧失了自己的判断能力，大骂要自己做替罪羊的政府是“缺德的政府”“缺德的世道”。[1] 两个警官则吓得不知所措，哀求面前的“罗马大法官”给他们出出主意。这简直是乾坤颠倒，荒诞无比，一个闯入者“疯子”竟然成了警官们的救命稻草。那么，跳下去，与其受辱，倒不如从窗口跳下去。“疯子—大法官”不仅出了这个馊主意，还把两个警官推到了窗口。

着运动衫的警官和局长　别，别，等一下！等一下！

疯　子　还等什么呢？你们二位还要等什么？难道你们还要等到在这个可恶的人世间干点什么吗？这难道算是生活？缺德的世道，缺德的政府……一切都是那么缺德！咱们还是跳下去吧！（使劲儿拉拉扯扯，把他们拖过去。）

局　长　法官先生，您在干什么呢？我还有希望啊！

疯　子　没有什么希望了！你们已经完蛋了……你们想弄清楚这一点吗？完蛋了！下去！

着运动衫的警官和局长　救命啊！您别推了，求求您！

疯　子　不是我在推，是那个大发的“狂症”。万岁，解脱人间烦恼的“狂症”！（抓住他们的腰部，迫使他们登上窗户的栏杆）[2]

“疯子—大法官”以其人之道，还治其人之身。吓得两位警官灵魂

① ［意］达里奥·福著，黄文捷译：《不付钱！不付钱！》（诺贝尔文学奖作家丛书），漓江出版社2000年版，第141页。
② 同上，第144页。

出窍，大喊救命，自觉地坦白出当时他们如此这般地整死那个无政府主义者，还抱怨全怪政府里那些缺德鬼，撺掇他们先制造颠覆气氛，然后再镇压，因为执政的政府“需要有一个强硬的国家政权！”①“疯子—大法官”的举动可谓大胆，大胆到令人难以置信，达里奥·福就是以这种异想天开的夸张手法，来揭露警察局内部的黑暗真相。

“疯子—大法官”一出拳，就狠狠地把镇压百姓的警官们打压得气都不敢喘一口。之后，他又换了一种连打带拉的手段，让局长和穿运动衫的警官开始相信这位“稽查大法官”是站在他们这一边的，只有说出真相，他才能给他们真正出主意，帮助他们脱离困境。

疯　子　……如果说我刚才的态度有点强硬，有点带有挑衅性，那也只不过是为了让你们提供一些有力的证据和论据，使我能尽量帮助你们打赢这场官司。

局　长　我真的为此感动极了……知道司法当局总是警察局的最好朋友，这实在太妙了！

疯　子　咱们应该说，是最好的合作者。②

在“疯子—大法官”的软硬兼施之下，警察局长像挤牙膏一样一点一点地交代出他们对外界宣称的那个无政府主义者死亡的四个小时时间误差，不过，他还想继续瞒天过海，推卸责任，歪曲事实。只是这位“疯子—法官”火眼金睛，抓住其漏洞不及其余，比如那个矮个子无政

① [意] 达里奥·福著，黄文捷译：《不付钱！不付钱！》(诺贝尔文学奖作家丛书)，漓江出版社 2000 年版，第 145 页。
② 同上，第 148 页。

府主义者突然之间冲向高高的窗口，在没有任何“踏脚板”的情况下，他竟能跨越栏杆“跳”了楼，其中一位警察试图阻止，抓住了他的一只脚，现在一只鞋还留在警察乙的手里，而自杀者脚上却还穿着一双鞋，这三只鞋是不是说那个自杀者碰巧有三只脚？“疯子—大法官”尽情地讥讽他们是“撒谎大王”，他们折磨并打死了那个无辜的无政府主义者，抛尸窗外，制造自杀的假象，甚至人死后都不通知死者的妻子，简直毫无人性可言。

“疯子—大法官”把这伙凶手在挖苦中批得体无完肤，与此同时，还揭露出警察局密探的丑恶行径，这些密探混进罗马无政府主义集团，比真正的无政府主义者人数还要多，暗中引导人们去惹是生非，以打击左翼势力。就在警官们瞠目结舌的时候，“疯子—大法官”又逼着他们唱起“全世界是我们的祖国”这首歌，其中有一句歌词特别具有讽刺意味：“我们的法律是自由！”①

死去的无政府主义者究竟是自杀还是他杀，到这里已经是昭然若揭。罪恶的揭露，来自于这位“疯子—大法官”的机敏与手段，“疯子”恩威并施，亦真亦假，以假乱真，咄咄逼人，彻底迷乱了警察局长和博士警官的心智和判断力，还把他视为朋友。“疯子”利用了稽查大法官的假身份，以及那两个千方百计要逃脱罪责的“凶手”心理，在警察局办公室导演了一场审判闹剧，他如鱼得水，把权威从高处拉下马，尽情嬉笑怒骂，为屈死的含冤者主持了公道，大大抨击了意大利政府权贵和黑暗势力。

3. 在扮演中挑战权威

《一个无政府主义者的意外死亡》是达里奥·福按照三一律编剧法

① ［意］达里奥·福著，黄文捷译：《不付钱！不付钱！》（诺贝尔文学奖作家丛书），漓江出版社 2000 年版，第 157 页。

来创作的，整个前前后后的故事就发生在一个地方——米兰警察局五楼办公室里，起因是一个铁路工人、无政府主义者不明不白地从楼上摔到大街上死了，被媒体曝光而变得不同寻常了。这个事件震惊了全国，面对公众舆论，警察局急急忙忙作出解释，声称这个无政府主义者只是“意外”死亡，是他自己在审讯的过程中精神失控跳下去的。但是，人们对这个“意外”还是产生了诸多猜测与怀疑，媒体也频频介入，弄得沸沸扬扬，剧中那个女记者就是媒体的代表人物，她跑到警察局要求约见警察局长，罗马最高司法机构也不得不派出钦差大臣到米兰来调查此案。

然而，整个局面因为一个自称为“疯子”的人的意外闯入，变得不可把握，变得清晰化起来。他本来是作为一个嫌疑犯被抓进米兰警察局的，指控他已经是第 12 次乔装打扮行骗了，他曾冒充过外科医生、主教大人、工程师等人物。事实上，这位身份隐藏者的到来，的的确确给米兰警察局带来了“不太平”，把水都搅浑了，搅得天翻地覆。他比审问他的警官贝尔托佐还要能言善辩，搞得贝尔托佐警官晕头转向，耽误了一个重要的会议，惹得他恼羞成怒，说：“还从来没有一个人这样抓住我的屁股欺负我呢！”[①]气得他当场就把“疯子”赶了出去。

然而，这个弄得贝尔托佐警官坏了心情的“疯子”，就像影子一样挥之不去，“疯子”不仅神不知鬼不觉地溜了回来，还胆敢在空无一人的办公室里随意地翻阅桌上的文件、文件柜子里的档案，撕毁判决书，甚至竟敢去接打进来的电话，冒充从罗马来的钦差大臣，这实在有点匪夷所思。

---

① ［意］达里奥·福著，黄文捷译：《不付钱！不付钱！》（诺贝尔文学奖作家丛书），漓江出版社 2000 年版，第 118 页。

但是，正因为达里奥·福早已给这个人物的行为做好了铺垫，让他从上场一开始就公开申明自己是一个“疯子”，而且是“证据确凿的疯子……已经住过了16次院。”[①]患有模仿癖，有扮演各种角色和模仿他人的嗜好，所以，他在警察局里所做的所有疯狂而荒诞的行为都是可以理解的、是可信的。这个“疯子”不是患其他类型的精神疾病，而是患有“表演癖”，喜欢模仿和假扮，这就有了喜剧性与合理性。

的确，就像有人是天生的音乐家一样，这位“疯子”可是一位天才的演员，具有很高的演戏天赋，而且他还不愿意一个人演独角戏，他要像模像样的演一出大戏，要有配角，要有观众，“主张搞真实的戏剧，我需要让我的剧团由一些实有其人的真人来组成……尽管这些人不会演戏。另外，我也没有钱，我没法付工资……”[②]“疯子”这么说的，也真这么做到了。他在警察局内部调动了所有他所遇到的人，不管对方职务有多高，所有的人都统统被他裹挟进来，成为他的配角，同他一道演“逗你玩”的闹剧。在“疯子”的导演和启发下，警官们个个演得极其真实自然，毫不做作。而“疯子”的确没有付他们任何一个人一分钱的工资。

由此可见，在这部《一个无政府主义者的意外死亡》里，一直在扮演威严大法官的“疯子”，事实上是全剧的总策划、总导演和主演，他运筹帷幄，胸有成竹，所有的人都围绕着他在转，他的个人意志左右着警察局里上上下下所有出现在这间办公室的人，上至局长、警官，下至普通警察，其中还包括那个独立记者小姐。“疯子”成为这间办公室里的首脑和核心人物。

---

①② ［意］达里奥·福著，黄文捷译：《不付钱！不付钱！》(诺贝尔文学奖作家丛书)，漓江出版社2000年版，第110页。

这位身份隐藏者之所以胆敢闯入国家专政机关，在里面大放厥词，嬉笑怒骂，搅得天翻地覆，让局长和警官们都不得不对他俯首帖耳，唯命是从，是因为作者达里奥·福给了他一个特殊的身份做掩护，这个身份就是患有表演癖的“疯子”。这个特殊的“演员”有“疯子”这张通行证做掩护，可以不受法律制裁，所以人们拿“疯子”毫无办法，没法同他较真。更何况这位“疯子”扮演的不是一般人，而是罗马稽查大法官——一位钦差大臣。这让在“一个无政府主义者意外死亡案件”里手上不干不净的、沾有血迹的警察局长和参与审讯的警官们个个吓得胆战心惊，他们越是想掩盖自己的罪行，越是被“疯子”步步紧逼，让他们自己坦白交代，让他们在紧张不安中，还要感谢这位“大法官”的相助之恩，这是何等的滑稽可笑！

在“疯子—大法官”的诱导之下，这些杀人凶手真的相信只有让他知道全部真相，他才有可能帮他们“掩盖”罪行。这些内心有鬼的警察见到司法上司如同老鼠见了猫一样胆战心惊，为了保全自己，愚蠢地信以为真，对“疯子—大法官”言听计从，丝毫不加以怀疑，可见这个“疯子”演技之高超，能瞒天过海。这是达里奥·福的一种斗争策略，他用戏谑的手段，达到揭露警察局草菅人命这一真相的目的。

在这部喜剧里，特别滑稽的一幕是先前领教过“疯子”口才的贝尔托佐警官，已经辨认出这个戴着眼罩、装着假手和假腿的所谓科学处上尉是冒名的，是那个闯进他办公室的“疯子”假扮的，“他是个吹牛大王，是个犯疯病的伪君子，他从来没有截过肢，也从来没有做过上尉。”[①] 但是，没有人相信他的话，连警察局长都处处压制他，不让他

① ［意］达里奥·福著，黄文捷译：《不付钱！不付钱！》（诺贝尔文学奖作家丛书），漓江出版社 2000 年版，第 199 页。

"胡说八道"，堵上他的嘴，还口口声声说贝尔托佐是"疯子"，暗地里对他说："你老实一些，待会儿我再跟你解释。"[1]这就更加强了狂欢化的喜剧气氛。威严与滑稽不断在升级，突然，这个"上尉"又更换了新的身份——主教，"疯子"又开始挑战宗教权威！

由此可见，达里奥·福是一位有政治头脑、思想敏锐、非常关注社会现实的戏剧家，他善于运用各种喜剧表现手法来反映社会热点，引起观众对社会问题的反思，而不仅仅是情感上的共鸣，开怀大笑而已。在这部喜剧里，"疯子"冒充罗马来的首席督查大法官来调查一个无政府主义者死亡的真正原因，通过这一个特殊身份，暴露出米兰警察局的黑幕；以离奇的、夸张的假扮手法和身份隐藏这一编剧技巧，来肆意嘲弄意大利警察机构的黑暗与丑恶。达里奥·福创造出具有荒诞感的人物形象——疯子，通过对一个死亡案件的怀疑，利用欲擒故纵的斗争策略，抓准了警察局上上下下媚上欺下的普遍心理，展开了这场令人眼花缭乱的案件调查，让真相慢慢浮出水面，表达了民众对死因的怀疑和达里奥·福对意大利司法机构的有力指控。

达里奥·福的智慧和喜剧天分，充分表现在他那令人难以置信的戏剧动作、语言台词和大量的信息里。"疯子"造成了大规模的混乱，观众情不自禁地为他的"疯狂"方式而欢欣鼓舞。讽刺性、尖锐性、强烈性和生动性的浑然一体，使《一个无政府主义者的意外死亡》这部戏剧具有高度的审美价值。达里奥·福创造出一种风格的极致，他借"疯子"这一喜剧形象，用一种黑色幽默，将害人真相公布于众，所谓执法者其实就是犯罪从业人员。达里奥·福的讽刺艺术与表现手段是如此尖

① [意] 达里奥·福著，黄文捷译：《不付钱！不付钱！》(诺贝尔文学奖作家丛书)，漓江出版社 2000 年版，第 196 页。

锐、泼辣、深刻而有力量。

美国小说家爱伦·坡宣称，要“把滑稽提高到怪诞，把可怕发展到恐怖，把机智夸大到嘲弄，把奇特变成怪异和神秘。”[①]这段话正适用于达里奥·福的喜剧艺术。他的喜剧中的严肃与滑稽、伟大与渺小、美丽与丑陋，形成巨大的反差与对立，具有一种怪诞性质。他以狂欢化来颠覆权威，用真实案件为依据，创造了荒诞性的戏剧情节和缜密的推理判断，以达到揭露黑暗、还原真相、针砭时弊、痛斥当权者的目的。

德国文艺批评家G.L.豪克认为：“嘲讽的一个表现形式是怪诞，这是检验当今现代性艺术家的独创性、时代性、正确性的张力关系和真正风格的出发点。”[②]达里奥·福的喜剧让我们验证了豪克的这一论断。这部《一个无政府主义者的意外死亡》与达里奥·福的其他喜剧一样，贬斥权威，维护被压迫者的尊严，把荒诞、幽默和政治讽刺熔于一炉，对一切道貌岸然的权势人物和神圣的、严肃的、权威的东西加以消减，达里奥·福的揶揄和嘲弄达到了淋漓尽致的地步，令人忍俊不禁。难怪这部由孟京辉导演的《一个无政府主义者的意外死亡》在中国上演的时候，观众在两个小时的演出中鼓掌80多次，反映出中国观众对这部意大利现代喜剧里所蕴含的深层社会内涵的高度认同。

① 董衡巽等著：《美国文学简史》（上），人民文学出版社1987年版，第61—62页。
② ［德］G.L.豪克著，李永平译：《绝望与信心》，中国社会科学出版社1992年版，第191页。

不付钱！不付钱！

从古希腊悲剧开始，戏剧家们对于人生哲学与伦理学的思考，作为一粒种子根植于西方戏剧发展的历史之中，苏格拉底、柏拉图等哲人都主张艺术的教育功能和社会功能，美善合一的主张被不同时代不同国家的文艺理论家、戏剧家继承并发展着。到了 19 世纪，戏剧或者说文学与伦理学的关系变得更加紧密起来：浪漫主义戏剧的一面旗帜、法国作家维克多·雨果认为艺术“不是对现实的描绘，而是对理想真理的探索。”① 俄国文艺理论家车尔尼夫斯基也强调“艺术是生活的教科书”。②

到了 20 世纪，特别是第二次世界大战之后，传统的伦理道德、价值观念都受到了前所未有的挑战，各种尖锐的社会问题和个人的精神危机反映在戏剧舞台上，表达了当代戏剧家对伦理的一种深刻的反思与新的述求。从古希腊开始一向崇尚道德的戏剧家们开始对当下的社会道德、社会秩序与普通百姓的生活，进行了重新估价和更多的人文关怀。其中就有一位作家特别引人关注，这就是意大利第六位诺贝尔文学奖得主、1997 年诺贝尔文学奖获得者著名喜剧家达里奥·福（Dario Fo，1926—2016）。

① 胡经之：《西方文艺理论名著教程》上，北京大学出版社 2003 年版，第 477 页。
② 同上，第 583—584 页。

一、时代背景与剧情简介

众所周知，社会道德是群体利益的精神外化，是相对稳定的群体所认同的道德。社会道德既为社会经济发展所决定，也对社会经济发展起反作用。达里奥·福以喜剧的形态对此进行了思考，他创作于 1974 年的二幕剧《不付钱！不付钱!》就涉及关于社会道德与社会经济之间的关系与问题，触及了意大利极其尖锐的社会矛盾：通货膨胀、物价飙升，民怨沸腾，黑手党活动猖獗，1970 年至 1974 年间的意大利正值左翼势力盛行，时不时制造恐怖事件。

《不付钱！不付钱!》(Can't Pay? Won't Pay!) 又译《绝不付账》(1974)，剧情发生在意大利米兰，在一个正直守法的工人乔万尼家里，妻子安东妮亚面对物价不断上涨，已经有好几个月付不起房租和电费了。为了维持最起码的生计，不被饿死，安冬妮亚和其他许多工人家属一样忍无可忍，一起在超市里购物时，抗议超市一而再再而三地随意涨价，没有付钱就拿了东西扬长而去。安东妮亚把超市物品分了一部分给乔万尼的工友路易吉之妻玛格丽特。恰好这时乔万尼回到家里，深知丈夫脾性的安东妮亚在情急中让玛格丽特装作孕妇溜走。在安东妮亚的胡诌之下，刚把乔万尼的怀疑消除掉，一位警察中士上门来搜查被冲抢的赃物。好在这位中士同情底层老百姓的生活艰难，并没有真动手搜查。然而，具有道德感的乔万尼听说有些人因此被抓，还认为政府抓得对。安东妮亚带回受到惊吓的“孕妇”玛格丽特，被蒙在鼓里的乔万尼坚持要为她叫救护车，安东妮亚以没有在医院里“预定床位”搪塞了过去。

一波未平一波又起，宪兵队长气势汹汹地也上门来搜查，乔万尼开了几句玩笑话，竟然被宪兵队长认为是对政府官员的不恭而被戴上手铐。玛格丽特在安东妮亚的指使下发出刺耳的“阵痛”尖叫声，宪兵队长不顾两个女人的反对，把玛格丽特抬上救护车，安东妮亚跟随而去。剩下乔万尼一个人在家收拾从玛格丽特身上掉下来的“儿子”——盐水浸泡的橄榄。路易吉来找自己的妻子玛格丽特，他因为抗议火车月票再次涨价和同伴们一起堵铁路罢工，提前下了班；乔万尼认为他们这种做法简直是胡闹，工会肯定是混进了坏分子。由于饥饿，这两个男人吃起了安东妮亚从超市里拿回来的给猫狗食用的肉罐头，乔万尼发现路易吉吃了橄榄，以为是吃了玛格丽特刚生下来的“孩子”，一下子变得歇斯底里起来，弄得路易吉一头雾水。最后，安冬妮亚带着玛格丽特与宪兵队长几经周旋，斗智斗勇，把相信迷信的宪兵队长吓得晕死过去。残酷的现实也终于使“道德家”乔万尼醒悟，加入到了“不付钱！不付钱！”的抗议政府的斗争行列之中。

二、安东妮亚的反抗

在这部喜剧里，女主人公安东妮亚是最先反对物价上涨而行动起来的勇敢女性。作为一个家庭主妇，开门七件事柴米油盐酱醋茶，是她日常生活的重要部分。随着物价的一天天上涨，她一开始还为市场大甩卖而兴奋，算计着自己口袋里有限的几个小钱究竟可以买到多少东西。谁知道警察们跑来了，扣下了所有的东西。安东妮亚和人们被激怒了，他们“火冒三丈，大喊：到超市去！我们自己按上个月的价钱买东西。”①

① ［意］达里奥·福著，黄文捷译：《不付钱！不付钱！》，漓江出版社 2000 年版，第 8 页。

于是，一群男性工人们保护这些家庭主妇们上了电车到了超市，这使安东妮亚这个最底层的普通女工第一次意识到团结的力量。她无比激动地告诉她的女邻居玛格丽特，不是因为他们拿了东西没有付钱，“而是因为我们这些男男女女突然一下子团结在一起了，干出了一件主持公道的事……一件反对老板的勇气十足的事。我们真是冷不防地给了他们当头一棒！现在，该是他们吓破了胆。有几家超市，甚至开始实行什么‘按官价售货’了。”[①] 这正是安东妮亚一个普通女工政治上觉悟的开始。

达里奥·福在这部喜剧里涉及一个严肃的伦理学问题，安冬妮亚和她的丈夫乔万尼一开始的矛盾便涉及个体的社会公德和一个共同体的共同利益问题，达里奥·福提出了一个尖锐而敏感的社会问题：一向安分守法的工人之妻安东妮亚在所谓道德上的滑坡到底是谁造成的。显而易见，是被意大利当权者所逼迫出来的，是官逼民反，民不得不反。当生活在社会最底层的广大百姓在无序的物价飞涨、物质被掠夺的境遇里，迫于生存不得不干起了违反社会道德的行动。安东妮亚作为个人道德的主体，与社会道德环境的关系是密不可分的，在这样的现实社会里，以安东妮亚为代表的工人阶级或群体缺乏归属感、认同感和安全感，因此他们不得不以自己的方式为生存而团结起来，集体去超市拿东西“绝不付钱”。

安东妮亚在整部戏剧中面临着两个巨大的阻碍：一个是来自政府方面的搜捕，这主要是以宪兵队长为代表；另一个则是来自自己的丈夫乔万尼。乔万尼一向是一个奉公守法的老实人，他要是知道妻子买东西却“不付钱”，绝对会认定这是“偷窃”行为，准会跟安东妮亚大闹一通，

---

① ［意］达里奥·福著，黄文捷译：《不付钱！不付钱！》，漓江出版社2000年版，第8页。

还“准会去叫宪兵”[①]并且要求把自己的老婆抓走。面对一个强势的政府官员和一个固执本分的丈夫，安东妮亚不得不随机应变。当乔万尼看见玛格丽特手捧着大肚子，慌慌张张地离去时，他起过疑心，因为他从来没有听自己最好的工友路易吉说起过妻子怀孕的事情，他忍不住盘问起安东妮亚。情急之中，安东妮亚不得不开口胡编乱造起来。

安东妮亚 好吧……有些事情，也许一个人……他讨厌到处宣传么。

乔万尼 路易吉怎么会讨厌把这事儿说出来？你难道是个笨蛋？路易吉会讨厌他老婆等着生孩子？难道这见不得人？“哦，上帝哟，我让我老婆怀孕了！”

安东妮亚 （找话说）也许……他没有告诉你，是因为……他还不知道。（乔万尼惊愕地瞧着她。安东妮亚面不改色，继续说下去）那么，要是连他都不知道，他又怎么能告诉你呢？

乔万尼 怎么，她根本不想把这件事告诉他？！

安东妮亚 嗯，不错，因为她……那姑娘她……很不好意思……这也是因为他，路易吉，总是跟玛格丽特说，现在还太早，不是时候，眼下正是经济危机，首先得想办法对付……要是她怀了孕，她工作的那家公司就会解雇她。尤其是因为他一直叫她吃避孕丸。[②]

安东妮亚的搪塞与托词还算是合乎情理，眼看半信半疑的丈夫乔万尼没完没了地追问下去，自己快要招架不住了，她马上又想出了一个应

---

① ［意］达里奥·福著，黄文捷译：《不付钱！不付钱！》，漓江出版社 2000 年版，第 10 页。

② 同上，第 13 页。

付的绝招，谎说玛格丽特缠了身子，因为经济不景气，她丈夫路易吉现在还不想要孩子。“是的，她把自己勒得紧紧的，紧得要命……好不那么显眼！所以，今天我才跟她说，你这是疯了，你要把孩子弄掉？这样下去，最后会把孩子憋死！赶紧解开，就是他们解雇你，你也别在乎！孩子更要紧啊！我做得对吗？”[①] 安东妮亚解释道。她终于在固执的丈夫乔万尼面前把哄抢超市货物的事情掩饰了过去，让乔万尼真以为玛格丽特怀了孕并缠了身，这让安东妮亚大大松了一口气，渡过了眼下第一个难关。

为了不让丈夫怀疑自己也去干了那所谓的违背社会道德的事情，安东妮亚不得不处处顺着乔万尼的观点，假装对那些在超市里按照自己定的价格付账，或者干脆就不付钱的行为装出一副生气、鄙夷的样子。不过，安东妮亚终究是一个有独立意志的女性，当乔万尼威胁老婆说要是她真这么干了就马上离婚、就要杀了她时，安东妮亚立即进行反击，不许乔万尼用这种腔调跟她说话，否则“你可以马上滚蛋……甚至也不必搞什么离婚！”由此可见，这是一个有尊严的女性，一个并不肯屈服于一个大男子主义丈夫淫威的安冬妮亚。

不过，毕竟这是安东妮亚第一次拿了东西不付账的行为，她心里还是既紧张又慌乱的，来不及看超市货架上的东西，随手拿了就跑，回到家里才发现这都是给猫狗吃的肉罐头和喂小鸟的小米，这着实让安冬妮亚啼笑皆非。当乔万尼嚷嚷着肚子饿时，安东妮亚没好气地扔给他那些猫狗杂拌肉罐头，还冷嘲热讽说价格不贵，又有营养，这其实是对乔万尼这类没有脑子的顺民的嘲讽，隐喻人的处境已经下降到猫狗动物一般，甚至还不如那些宠物，他却还不自觉。安东妮亚向从来不去购物

① [意] 达里奥·福著，黄文捷译：《不付钱！不付钱！》，漓江出版社 2000 年版，第 14 页。

的乔万尼说："油、面条、大米和白面涨到什么价格了吗？价钱涨了整整一倍，而且还买不到！他们把什么都藏起来了，为的是卖黑市。咱们现在活得比战争时期还糟！"① 表面上看来，安东妮亚是在向丈夫抱怨，实际上是向他揭露现实社会的真相。这个敢于抨击时弊的普通女工还试探性地问想喝牛奶的丈夫："难道要我去买半偷半卖的东西？""你自己会去干吗？""你会喝这样的牛奶吗？"听到乔万尼否定的回答后，安东妮亚毫不含糊地回应：好啊，那么你就别喝了！她揶揄了乔万尼后一走了之，把饥肠辘辘的丈夫一个人扔在家里，在气势上完全占了上风。

受生存困境的影响，安东妮亚以自己的方式与丈夫乔万尼的道德准则进行了对抗。在严酷的社会现实的逼迫之下，安东妮亚的生活圈子已经不再仅仅局限于她和丈夫之间，而是从家庭范畴扩大到社会层面，她加入了反对政府与奸商哄抬物价的斗争行列，鼓动和她一样受到剥削与压迫的女友玛格丽特也行动起来，用这种绝不付账的方式来对抗政府的不作为。在伪装孕妇的过程中，玛格丽特的胆小怕事，乔万尼的愚蠢的正直和一根筋，加上代表政府当局和奸商利益的宪兵队长的忠于职守，这一切都给安东妮亚的抗议行动增添了难度，从而反衬出安东妮亚的大胆泼辣与随机应变的能力。

阴险狡诈的宪兵队长效忠于在政治上、经济上拥有话语权的利益集权，他像嗅觉敏锐的鹰犬一样，东嗅西嗅，到处搜捕和镇压在商店里不付钱的工人群众。他在乔万尼家里坚持要把"孕妇"玛格丽特用救护车送到妇产科医院。如果说这一次安东妮亚和玛格丽特侥幸在救护车司机

① ［意］达里奥·福著，黄文捷译：《不付钱！不付钱！》，漓江出版社 2000 年版，第 18 页。

的帮助下，化险为夷，蒙蔽了宪兵队长，那么她们第二次又狭路相逢，宪兵队长立即看出了大肚子“孕妇”安东妮亚的花招，人赃俱在，命令她自己把赃物拿出来，这对安东妮亚又是一个严峻的考验。

宪兵队长 站在那儿别动，就呆在原地！哈，这次我可逮住你们了！瞧这儿的两个啊，现在，两个都怀孕来了！可这两个肚子怎么大得这么快啊？我马上就明白了，这是耍花招！

安东妮亚 您疯了！您在说什么花招啊？

宪兵队长 （对玛格丽特）我很高兴地看到，您没有失掉您的孩子。相反，夫人您……我得祝贺您！才五个钟头就怀了孕。您刚做了爱，就成了妈妈，而且已经到第九个月了……真是快得出奇！①

很显然，形势对安东妮亚非常不利，这的确是人赃俱获，她处在一个十分尴尬的被动的地位，宪兵队长得意洋洋，还嘲笑满街的妇女老老少少都一下子怀孕挺起了肚子。一把刀已经悬在安冬妮亚的头顶上了，那么老实交代、坦白认罪吧！不，安东妮亚绝不可能是那种一遇障碍就退缩的女人。聪明的安东妮亚急中生智，竟然编造出了一个神话故事，想就此掩饰过去，那么狡诈的宪兵队长会不会相信呢？又是一个悬念迭起，考验着这位女主人公。

宪兵队长 在这儿，做得也太过头了！成熟的妇女、姑娘和小姑娘都怀了孕，甚至我还看到一个八十岁的老太太今天也怀着孕从我面前经

---

① ［意］达里奥·福著，黄文捷译：《不付钱！不付钱！》，漓江出版社 2000 年版，第 74 页。

过，那个大肚子竟像是怀了一对双胞胎。

安东妮亚 这我知道。不过，这可不是像您以为的那样，您该知道……这是因为今天是节日……是圣保护神的节……

宪兵队长 这个圣保护神又是什么鬼玩艺儿？

安东妮亚 难道您不知道她？多么了不起的圣女啊！简直神圣到了极点！一个善良的女人，她想要一个孩子……这位可怜的圣女就抱定了这个愿望，她想要怀孕……她就干啊，使劲地干啊！可总是不成功……到了一定的程度，就不行了……天上的圣父怜悯我们，于是乎，扑哧一下！她竟怀了孕！而且是在六十岁高龄的时候。这是奇迹啊！

宪兵队长 六十岁？

安东妮亚 是啊，您该想到她的丈夫当时都八十出头了！

宪兵队长 不过……

安东妮亚 这是信仰的力量！但是据说，她的丈夫很快就死了。不管怎么样，为了纪念这个奇迹，这个居民点的所有妇女都要带着一个假的大肚子，一连三天，转来转去。①

宪兵队长怎么会相信安东妮亚的胡说八道呢？安东妮亚现在遇到了一个老辣的对手，被大大将了一军。宪兵队长对安东妮亚一边冷嘲热讽，一边要她把绑在肚子上的赃物拿出来，否则就让她出尽洋相，他已经等得不耐烦了。安东妮亚别无他法，危急之中，她竟然想出了一个所谓的“圣欧拉利亚”咒语，用什么肚子里生出一大堆的玫瑰，玫瑰里有个十个月大的男孩，追问遗弃他的父亲为何不要他，老头突然双目失明

① [意] 达里奥·福著，黄文捷译：《不付钱！不付钱！》，漓江出版社2000年版，第75页。

并死去的故事，去吓唬开始恼火的宪兵队长，警告他所有不信仰“圣欧拉利亚”的人眼睛都会瞎掉。

安东妮亚本来是被逼到囧境，不得不用瞎话来应付眼前这个政府的鹰犬。岂料，无意之中揭开了宪兵队长的隐私，他曾抛弃过被他玩弄过的女人和一个私生子，这与安东妮亚胡诌的故事情节不谋而合。就在宪兵队长担忧死去男孩的英灵会来找他算账，就在他几乎被吓得灵魂出窍的时刻，适逢因安东妮亚没有钱付涨价的电费而突然遭遇断电，安东妮亚趁机马上捉弄起宪兵队长，黑暗中她欺骗宪兵队长将橱柜当窗户，谎说窗外的夜景有多漂亮，让宪兵队长将衣橱的门当房门，结果被撞得眼冒金星。这本来纯属意外的巧合，却使宪兵队长还真以为“圣欧拉利亚”显灵，自己倒了大霉，连撞带吓当场昏死了过去。

一场灾难就这样避开过去，安东妮亚逢凶化吉，转危为安，并且最终让乔万尼和自己站在一边。这一切正如巴赫金的文学的狂欢节化概念，无等级的插科打诨、粗鄙对话、庄谐结合的语言等，影射了权威的消失、等级世界观的破碎和文化中心与边缘关系的逆转。

三、乔万尼的觉悟

遵纪守法的工人乔万尼在这场反对物价飞涨、政府腐败、奸商猖獗、民不聊生的抗议浪潮中，是一个固守社会道德、自以为是的人，也是他的妻子安东妮亚拒绝付账抗议行动的绊脚石。本来在一个正常的社会秩序里，乔万尼的思想、道德无可厚非，作为一个正直的人他是值得称道和肯定的。但是在当前这个非正常非理想的现实社会里，他这个只顾挣钱养家，不管柴米油盐酱醋茶的男人，对政府转嫁百姓经济危机、奸商趁机哄抬物价的现实充耳不闻。他一上场就为今天工厂里所发生的事情生气：

乔万尼 现在到处都是那么紧张，我就是生这个气……菲亚特厂在解雇……他们甚至把四个死人也解雇了……不错，就是四个死人！人都死了两个月了……四个工人……他们就是解雇了他们……理由竟然是旷工！到处都是撵人、赶人，我刚才说了，而不是心平气和地呆着……不对，先生，有五个工人……是五个，在食堂为了一点吃的就大吵大闹一通："这简直是刷锅水。这是猪食，是拿来喂狗的！"

安东妮亚 相反，那是很好的东西，是上等丰盛的伙食，对吧？

乔万尼 不对，不对……还真是一盆刷锅水……不过，也没有必要大家伙儿纠合在一起这么大吵大闹嘛！

安东妮亚 好啊，大家伙儿纠合在一起……可你说的是只有五个人。

乔万尼 开头是五个，可后来，大家伙儿就都上去了，他们吃了东西，随后就走掉，连钱也没有付！

……

乔万尼 我从厂里出来，准备去搭电车，正好从区里的那家超市门前经过，看见那里有一大群女人，大概有三百人，她们又是叫又是吼，她们一个个出来，全都满载着东西。我问了一下，她们回答说，这些东西都是按照她们自己定的价格付钱的！……其中大部分人连一分钱也不付就拿着东西走掉了！①

① ［意］达里奥·福著，黄文捷译：《不付钱！不付钱！》，漓江出版社2000年版，第16页。

乔万尼看到了他周围人的“反常”行为，按照他的伦理道德，他骂这些女人和厂里的工人是“该死的、不讲文明的流氓无产者！”① 是再自然不过的了。他完全看不惯正在发生的事情，不付钱还要打超市经理和食堂经理，这是他非常生气的缘由。乔万尼表示他宁可饿死，也不准安东妮亚这么干，否则他就会同她离婚、就会宰了她。这就是乔万尼的“政治觉悟”，他天真地认为这些人想要争取的权利，完全可以用公民投票的方式进行，不必去做“小偷”的勾当，去当“惯犯”抢劫超市。他的高尚道德使他不自觉地站在以宪兵队长为代表的政府当局和不法奸商这一边。

经济学家凡勃伦（Thorstein Veblen）在他的《有闲阶级论》中认为：生活在社会底层的无产者，构成了有犯罪倾向的团体，如同有闲的成功贵族商业人士一样，对社会身份和地位很敏感；他们也利用同样的商业原则为自己企图掠夺他人的行径辩护。② 这段话用于《不付钱！不付钱！》这部戏很是恰如其分，耐人寻味。在那个蛮横的宪兵队长眼里，这些哄抢商品的人都是罪犯，至少具有犯罪倾向，要将他们统统逮捕起来绳之以法。宪兵队长代表着国家的利益、统治阶级的利益和法律的权威。

而乔万尼呢？他本身就是社会最底层的广大无产者中的一分子，他为何会对这些所谓“乌七八糟的”“捣蛋分子”如此愤慨？这都是因为他那所谓的伦理道德在作祟。这个一向注重名声、奉公守法的男人，宁可饿死也绝不会去干这种违法的事情，用他自己的话说：“要去干违法的

① ［意］达里奥·福著，黄文捷译：《不付钱！不付钱！》，漓江出版社 2000 年版，第 16 页。

② ［美］凡勃伦著，蔡受百译：《有闲阶级论》商务印书馆 1964 年版，第 236 页。

事，那就该倒霉了！穷要有志气！”① 在这一道德观念的驱使之下，他当然不能容忍那些哄抢超市的行为，他严肃地警告安东妮亚，要是她也这么干，那就叫她把铁皮罐头盒也吃下去，连开罐头的刀也一起吞下去！“我会离开这个家……我会卷起铺盖一走了之，你别想再见到我！甚至我会把你先宰了，然后再要求离婚！”② 这些话足见他的立场之鲜明，意志之坚定，道德之高尚。

但是，社会现实生活是最好的教科书，它往往会改变一个人。

当乔万尼傻里傻气地要求上门来履行公事的警察、宪兵队长搜查他的家，以证明自己的清白时，他的老婆安东妮亚忍无可忍，当场质问宪兵队长：“你们从来就不去偶尔检查一下：那些老板是不是遵守合同，他们有没有用计件工资把我们活活累死，他们有没有把我们扔给补助基金管理局去处理，他们是不是实行防止事故的规章制度，他们有没有一个劲儿地提高物价，他们有没有把我们从租赁的房子里赶出去，他们是不是逼得我们饿肚子！”③ 安东妮亚这个普普通通的纺织女工用一连串的质问，击中了当下意大利各种社会问题和阶级矛盾的要害，她的政治觉悟要远远高于乔万尼这个道德家，她的质问是尖锐的，一针见血的，令观众和读者对她刮目相看。

然而，乔万尼非但不去思考老婆的话是否有道理，反而认为宪兵队长是受了窝囊气，竟然帮着他说话，认为他们本身并不愿意干这种搜查的勾当，是不得已而为之，还让宪兵队长去向安东妮亚解释，结果差一点被以“触犯和侮辱政府官员”罪戴上手铐！自以为跟政府当局同心同德的乔万

① [美] 凡勃伦著，蔡受百译：《有闲阶级论》商务印书馆 1964 年版，第 10 页。
② 同上，第 17 页。
③ 同上，第 36 页。

尼碰了一鼻子灰，差一点遭了殃。这是现实生活给乔万尼的一次严重的警告，也是达里奥·福对这一类来自社会底层的天真的社会公德的维护者们敲响的一次警钟，期望乔万尼们能够睁开眼睛看看社会现实的真相，用自己的脑子真正去想一想，不要被当权者的花言巧语所蒙蔽。

为了加强喜剧效果，达里奥·福赋予这个干活认真、一板一眼的乔万尼一个怪脾气：每次和安东妮亚吵架，他就会一头钻进衣橱里去不肯出来。他在衣橱里放了把小扶手椅，一盏小台灯，还放了一本内容温和的工会行动《纲领》，像小孩子过家家一样，结婚28年只要夫妻吵架，他每次都必然如此。这是达里奥·福故意给乔万尼营造的一个小天地，暗喻他在政治上患上了幼稚病、近视眼。

因此，安东妮亚要转变乔万尼的政治立场，并非易事。乔万尼这个坚守伦理道德的“顽固分子”，后来彻底改变了自己的政治立场，抛弃了那所谓的伦理道德和清清白白做人的高尚品德，像安东妮亚们一样，也加入了绝不付账的抗议行列，是严峻的社会现实教育了他，让他猛醒过来。

当然，与乔万尼关系最密切的妻子安东妮亚对他的影响显然是不言而喻的。安东妮亚向乔万尼抱怨物价暴涨，用兔子头、猫狗罐头、喂金丝雀的小米喂他，并且毫不含糊地告诉企图抵触又饥肠辘辘的乔万尼别无其他选择，以及安东妮亚对宪兵队长义愤填膺的质问等，让乔万尼开始意识到外面形势的严峻。

此外，还有乔万尼身边的工友的造反抗议、集体罢工，好朋友路易吉对他的“笨蛋的骄傲”① 的嘲笑，对他犯政治幼稚病的开导：“只是在

① ［美］凡勃伦著，蔡受百译：《有闲阶级论》商务印书馆1964年版，第67页。

由我们来领导工会的时候，而不是他们来领导。他们总是来葬送我们的斗争，出卖我们的斗争，为的就是不打破政府平衡！”[1]路易吉还向他进一步揭露工厂要大批裁员的真相：老板们要把所有的东西都弄到阿根廷和巴西去，因为那里工资冻结、不准罢工，这样他们好赚到更多的钱。路易吉对工人罢工缘由真相的揭露，也是乔万尼慢慢转变立场的一个重要原因，这毕竟事关乔万尼的切身利益，他即将面临下岗的生存困境，自己竟然一无所知，还要去批评工友，这然他冷静了下来。

此外，那个登门搜查、执行公务的警察中士对乔万尼的触动，也是不可忽略的。这位中士非但不动手搜查，反而很坦然地与乔万尼交心，说他这个当警察的那点薪水和他们工人一样，日子很不好过，他是为了减轻家里负担去当警察的，因为他可以顿顿饭都在警察局里吃，这从一个侧面反映了意大利民不聊生的真实现状。他还向乔万尼表示他很理解那些强迫店商廉价出售商品的做法：“就我个人来说，她们得到了我的完全谅解：要保卫自己，不让别人盗窃钱财，没有别的办法，只有剥夺他的东西！”[2]这位警察中士的话，让乔万尼惊讶得不敢相信这是真话。

乔万尼 （惊讶，不敢相信地望着他）怎么，怎么……您认为，她们有道理？

中　士 不错，咱们就得这样……不能再这样过下去了。您大概不相信这个，但是，我是很不愿意到这儿来干警察这个活儿的……干这种倒霉的搜查工作。再说，这究竟是为了谁呢？为了一些让人挨饿、抢人

① ［美］凡勃伦著，蔡受百译：《有闲阶级论》商务印书馆1964年版，第68页。
② 同上，第24页。

钱财、偷人东西的该死的投机分子……偷东西的是他们！[1]

这位受过较多教育的警察中士的话比起安东妮亚来，说得更是一语中的，更加深刻，一针见血。因为安东妮亚还不敢在只认那道德死理、又爱耍大丈夫威风的乔万尼面前随心所欲地抨击现实的黑暗，表明自己偷拿东西是有理由的正当防卫。警察中士是一位有头脑、有自己独立思想的人，而不是像那个宪兵队长只是权利机构的一条狗。他看得非常清楚，真正的大偷大盗者正是那些当权者、大资本家和投机倒把的分子，他们像吸血鬼一样吸取广大工人群众的血汗钱，逼得他们走投无路、难以生存。乔万尼被震惊了，这种极端分子的言论，怎么会出自一个效忠国家政权的警察中士之口？他忍不住追问对方：既然他会这么想，为何还要选择当警察？“要么当警察，要么饿死。”[2]这个大学生毕业来当警察的中士回答道。为了开导这个被政府的虚假宣传弄得稀里糊涂的乔万尼，他还形象地拿乔万尼面前的那堆东西做比喻，乔万尼选择这些猫狗吃的令人恶心的臭东西，是没有办法，因为不吃就得活活饿死。继而他又揭露了他的同事被所谓的荣誉感和自我牺牲精神所迷惑，服从命令去镇压别人，结果充当傻瓜蛋无为而死。乔万尼惊愕之余，还硬撑着用他那套被政府灌输的大道理“要替警察局说几句公道话……不管怎么样，警察局还是要的，不是吗？哪怕让它变得更民主一点儿，但是，总得要。不然的话，可就乱套了！一个人不能因为脑袋里闪出一个念头，认为这么干是对的，就自作主张地干，去买东西，凭他脑袋里蹦出的念头，想付多少就付多少。必须遵守法律！”[3]乔万尼这时候说话的底气已

①②③ ［美］凡勃伦著，蔡受百译：《有闲阶级论》商务印书馆1964年版，第25页。

经不足了，他坚持的那套理论只是在说服自己而已。

警察中士的言行代表了政府职能部门里一部分人对被欺压的平民百姓的同情，以及对这场“绝不付账”的社会性反抗物价飞涨行动的支持。乔万尼还一时转不过弯来，直到他这么一个维护社会法律和秩序，清清白白做人的人受到宪兵队长的怀疑与侮辱，特别是路易吉向他揭露工厂老板为节省开支裁员、利用国外政府对工人的法西斯压制来赚大钱的事实真相，才猛醒过来，开始懂得那么多人行动自救是合情合理的，明白了在奸商哄抬物价背后，真正的操盘手是意大利政府当局，他们搜刮民脂民膏，搞了一次又一次合法化的抢劫！乔万尼为自己傻傻地去维护他们的利益，站在他们的立场上说话而悔恨。

于是，这个“绝不拿不属于自己东西”的乔万尼和路易吉一起开始行动起来，像骡子一样扛起原先还在替宪兵队长照看的白糖和面粉袋子，像他的安东妮亚一样拿回了家。这个曾经被老婆嘲讽像玩瞎子捉人游戏、把两只眼睛都蒙上变成一个左翼圣器保管人、一个自欺欺人的糊涂蛋乔万尼，终于在觉悟后真诚地向安东妮亚告白，后悔自己像傻瓜一样跟人抬杠：

乔万尼 我不是个糊涂虫！我什么都看到了，也什么都明白。我也明白实际状况的真相到底是怎样的。我的这个党的政策越来越像是一大锅糊涂汤，为了加入政府，它跟天主教民三党一个劲儿地拉锯，拉拉扯扯，没完没了，简直就像是在玩弄布里盖拉（注：布里盖拉是意大利戏剧里的小丑）的花招诡计。布里盖拉就是想不花一个钱玩婊子，结果是不花一个钱染了一身梅毒。所以，那么多的工人都愤愤不平，这是正当合理的！我自己也气得要命，而且我懂得其中的道理。我发火绝不是冲着你发火，我发火首先是冲我自己，冲我的软弱无能，这一点我感到自己身上确实有……因为我感到自己上当受骗了，因为党在这个时刻并不在这儿跟我们站在一起，它并没有从上面下来，到街上跟那些绝望的人站在一起！而明天，在报纸上，它也许还会写什么我们是一群流氓呢！①

乔万尼的这番话对安东妮亚来说简直是难以置信，好像他的脑子翻了一个个儿似的，变得陌生了，完全和她以前所熟悉的丈夫判若两人。

当乔万尼走到床边，拿出赃物时，安东妮亚才真正相信乔万尼现在和她一样"也偷了！"

意大利普通民众以自己的"不付钱！不付钱！"的方式，来强烈抗议意大利政府的不作为，对无序的、疯狂的涨价之风袖手旁观听之任之，他们团结一致站起来维护自己最起码的生存权利。当乔万尼夫妇和路易吉夫妇看到楼下人们把卡车上所有的东西都拉下来，警察在向人群开枪时，乔万尼进行了声援，他和路易吉一起把那口藏过赃物的棺材朝开枪的警察头上砸下去，鼓励下面的男男女女，说他们都是好样的，他们做得对！一个男孩被警察带走了，乔万尼气极了，他对所谓的"人民之子"——警察——有了更清新的认识，对媒体的虚假报道也真正有了反思。他知道报纸不会说真话，肯定会说是群众使用了暴力，任何一家报纸都不会宣布全国性的灾难。乔万尼深刻地指出："到底是谁在搞恐怖主义？……领取缩短工时补助金的人：两万五千！这难道不是屠杀？"②天真的乔万尼在严酷的现实面前，终于在政治上成熟了起来，积极行动起来，他最后的政治立场的转变，站到了"绝不付钱"的群体性

①② [美] 凡勃伦著，蔡受百译：《有闲阶级论》商务印书馆 1964 年版，第 105 页。

斗争行列之中，表示他要像人一样挺直身子站立起来，与那些真正的偷盗者、剥削者进行坚决的斗争。这一变化是巨大的，是一种由内而外的根本性大转变。

达里奥·福是一位极富道德忧患意识和社会责任感的戏剧家，通过《不付钱！不付钱！》这一虚构的故事，试图揭示其中蕴涵的伦理关怀，以及导致道德意识滑落的社会原因。乔万尼所忧虑的“道德堕落”正在发生，现行经济制度的腐蚀性影响，正在摧毁现代文明。“绝不付账”体现了滔滔民意，是社会底层小人物为争取生存权力不得已而为之的“偷”和“抢”。在戏谑搞笑的背后，蕴含着一份悲壮，这种来自民间的自发的自由意志和行动，正是达里奥·福对意大利社会、政治、经济等全方位的忧思和博大的人文情怀。

生活往往比舞台更充满戏剧性。《不付钱！不付钱！》本是纯属虚构的喜剧故事，后来却真的在现实社会中发生了。就在此剧首演的几个月之后，“有上百个妇女参加了这样的实际行动，而且这个行动得到了三十来位男士的支持。她们像演戏似的说的那些话，恰恰是演员弗兰卡·拉梅女士每天晚上在舞台上说的那些台词。”①。这部在初次上演被几位评论家指责为不切实际的“政治幻想剧”，结果成了意大利现实社会最准确的预见。

更有意思的是，这部描写公民不服从的喜剧，还直接影响了1990年初英国民众抗议政府收取“人头税”的行动，英国人的抗议行动也完全是仿照达里奥·福这部喜剧而进行的。2015年7月，随着委内瑞拉的经济恶化，物价大幅上升，全国各地超市和药店出现民众排队抢购潮，

① ［意］达里奥·福著，黄文捷译：《不付钱！不付钱》译文前言，漓江出版社2000年版，第108页。

7月31日位于委内瑞拉东北部的玻利瓦尔州圭亚那城多家超市遭民众哄抢，就像《不付钱！不付钱！》中的戏剧场景一样。这出喜剧和现实看似巧合的镜像关系，实在发人深思，让人笑不起来，而其间所散发出的对人生苦涩境遇的体味，则具有悲剧性的意蕴。达里奥·福正是通过这种辛酸、可笑的喜剧情境，展现出现实社会中严肃而又令人同情的另一面，勘探出造成这种光怪陆离之荒诞现象的社会根源。

意大利作家伊塔洛·卡尔维诺在概括意大利文艺界从现代派文学转向现实主义文学时这样写道："谁着手写作，都会涉及同样的题材，像是一个无名者的口述。在叙述我们亲身经历的或是亲眼目睹的事情中蕴含着一种心声，一种节奏，一种内在思想感情的流露。"[①] 达里奥·福的戏剧作品正是如此。他用喜剧介入现实，针砭时弊，揭露黑暗，使人意识到社会生活中的种种弊端和不公正，这种敢于面对现实的精神一直贯穿于达里奥·福全部戏剧的始终。

达里奥·福的《不付钱！不付钱！》从意大利传到中国，1998年秋天，来自台湾表演工作坊在北京公演此剧；2006年初冬，上海戏剧学院表演系学生作为毕业剧目公演，均赢得观众的交口称赞，也进一步加深了中国人对达里奥·福及其喜剧的认识和尊敬。

① 沈萼梅、刘锡荣编著：《意大利当代文学史》，外语教学与研究出版社1996年版，第276页。